셜록 홈즈의 여인들

아서 코난 도일 지음
김진언 옮김

玄 人

셜록 홈즈의 여인들

아서 코난 도일

국립중앙도서관 출판예정도서목록(CIP)

셜록 홈즈의 여인들 / 지은이: 아서 코난 도일 ; 옮긴이: 김
진언. — 서울 : 玄人, 2016
    p. ;   cm

원저자명: Arthur Conan Doyle
영어 원작을 한국어로 번역
ISBN 978-89-97831-14-2 03840 : ₩12800

영국 소설[英國小說]
추리 소설[推理小說]

843.4-KDC6
823.8-DDC23   CIP2016016143

목   차

보헤미아의 스캔들
A SCANDAL IN BOHEMIA

1

세상 사람들에게는 정체불명의 수상한 여인으로 알려져 있는 아이린 애들러. 셜록 홈즈는 그녀를 언제나 '그 여성'이라고만 불렀다. 애들러나 아이린 등의 다른 이름으로 부르는 것을 단 한 번도 들은 적이 없었다. 홈즈가 보기에 애들러 앞에서 다른 모든 여성들은 빛을 잃어버리고 마는 듯하다.

그렇다고 해서 홈즈가 애들러에게 연애감정을 품고 있는 것은 아니다. 인간의 모든 감정, 특히 연애감정은 홈즈에게 방해가 될 뿐이다. 냉정하고 완벽하게 균형 잡힌 마음을 가진 그는 그런 감정을 받아들일 수 없는 것이다.

내가 보기에 홈즈는 전례를 찾아볼 수 없을 정도로 완벽한 추리와 관찰의 기계였다. 하지만 연애에 관해서는 완전히 문외한이었다. 그런 다정하고 달콤한 기분에 대해서는 진지하게 얘기한 적이 한 번도 없었다. 반드시 비아냥거림과 비웃음을 섞어서 얘기하곤 했다. 옆에서 보기에 그런 다정한 감정은 매우 기분 좋은 것이다. 사람의 행동이나 동기를 있는 그대로 보여주니 말이다.

하지만 그것도 훈련된 추리가에게는 방해가 될 뿐이다. 복잡하고 섬세하게 조절되고 있는 마음에 그런 감정이 스며들면 혼란이 일어나 정확하게 움직일 수 없게 된다. 그것은 정밀한 기계에 모래 알갱이가 들어갔다거나 성능 좋은 돋보기에 금이 간 것보다 훨씬 더 커다란 일이었다.

그런 홈즈에게도 특별한 여성이라는 것이 존재했다. 그녀가 바로 지금 이야기한 아이린 애들러로, '그 여성'이 바로 그녀를 가리키는 말이었다.

지금부터 그 아이린 애들러와 홈즈의 만남에 대해서 이야기하려 한다.

그 무렵 나는 홈즈를 만날 기회가 그리 많지 않았다. 나의 결혼으로 둘 사이가 멀어졌기 때문이었다. 나는 결혼이 가져다주는 행복감과 처음으로 일가의 가장이 되었기에 가정을 둘러싸고 일어나는 여러 가지 일들에 마음을 빼앗겼다.

하지만 홈즈는 자유분방한 성격으로 세상과의 귀찮은 관계를 싫어했기 때문에 변함없이 베이커 가(街)의 집에서 낡은 책들 속에 파묻혀 있었다. 사건이 없을 때는 집 안에 들어앉아 무료함을 달래기 위해서 코카인을 주사하고 몽롱함에 빠져 있었다. 그러다 일단 사건이 일어나면 무서운 기세로 조사에 착수했다. 그런 날들의 반복이었다. 그리고 여전히 범죄 연구에 몰두했다. 뛰어난 추리력과 놀랄 만한 관찰력으로 단서를 쫓았으며, 경찰이 포기하고 있던 사건의 수수께끼를 풀어냈다.

나도 때때로 홈즈의 활약에 대한 소식을 들을 수 있었다. 트레포프 살인사건 때문에 러시아의 오데사라는 곳으로 초대를 받아 갔었다는 이야기. 실론 섬의 트린코마리에서 애트킨슨 형제가 일으킨 무시무시하고 기괴한 사건을 해결했다는 이야기. 네덜란드 왕실에서 부탁한 일을 멋지게 해결했다는 이야기도 들은 적이 있었다.

하지만 이렇게 홈즈가 대활약을 펼쳤다는 이야기는 신문을 읽은 사람이라면 누구나 알고 있는 사실로 오랫동안 그를 만나지 못했기에 나 역시 그 이상의 일에 대해서는 알 수가 없었다.

그렇게 오랫동안 홈즈를 만나지 못하다 1888년 3월 20일에 다시 그를 만날 수 있었다. 다시 개인병원을 운영하기 시작한 나는 왕진을 나갔다가 집으로 돌아가는 길에 우연히 베이커 가를 지나게 되었다. 그리운 하숙집의 문을 보자, 그 무시무시했던 '진홍빛에 관한 연구' 사건에 대한 일과 아내에게 청혼했던 일들이 떠올라 더 이상 치밀어 오르는 감정을 억누를 수 없었다. 홈즈를 만나 요즘에는 그 천재적인 재능을 어떤 식으로 사용하고 있는지 묻고 싶어서 견딜 수가 없었다.

2층을 올려다보니 등불이 환하게 밝혀져 있었다. 커다란 홈즈의 그림자가 창가에 두 번 비쳤다. 고개를 숙이고 손을 뒤로 돌려 잡은 채 방 안을 돌아다니고 있었다. 또 사건을 맡은 것이다. 코카인이 가져다주는 황홀경에서 깨어나 새로운 일에 열중하고

있는 것이다. 이윽고 현관의 벨을 눌러 전에 홈즈와 둘이서 살았던 방 안으로 들어갔다.

홈즈의 태도는 쌀쌀맞았으며, 변변한 인사 한마디 건네지 않았다. 하지만 그것은 평소와 다를 바 없는 태도로 그는 좀처럼 기분을 드러내 보이지 않았다. 내가 찾아왔다는 사실을 마음속으로는 기뻐하고 있다는 것을 나는 알 수 있었다. 홈즈는 부드러운 눈빛으로 팔걸이가 달린 의자에 앉으라고 손짓했다. 그리고 담뱃갑을 던져주더니 술이 담긴 통과 소다수의 기구가 있는 곳도 손가락으로 가리켰다.

그런 다음, 난롯불 앞에 서서 무언가 생각에 잠긴 표정으로 나를 뚫어져라 쳐다보았다.

홈즈가 입을 열었다.

"자네, 결혼생활이 만족스러운 모양이군. 전에 우리가 만났을 때보다 7파운드 반(1파운드는 약 454g) 정도 몸무게가 늘었지?"

"7파운드야!"

내가 대답했다.

"그런가? 조금 더 생각한 뒤에 얘기할 걸 그랬군. 아주 조금 더. 그런데 다시 병원을 시작했나보군. 그럴 생각이라는 얘기는 들은 적이 없는데."

"그럼 어떻게 알아낸 거지?"

"추리해낸 거지. 그뿐만 아니라 자네가 얼마 전에 내린 비에 흠뻑 젖었었다는 사실, 자네 집에 아주 조심성 없고 야무지지 못한 가정부가 있다는 사실도 알고 있다네. 어떤가?"

"홈즈, 자네에게는 정말 당해낼 수가 없군. 만약 자네가 몇

백 년 전에 태어났었다면 자네는 틀림없이 마법사라는 이름으로 화형에 처해졌을 거야.

그렇다네, 틀림없이 지난 목요일에 시골길을 걷다가 비에 흠뻑 젖어서 집으로 돌아왔지. 하지만 옷을 갈아입었는데 어떻게 그런 추리를 할 수 있었는지 도저히 알 수가 없군.

가정부인 메리 제인에게는 두 손 다 들었어. 아내조차도 견디지 못하고 결국에는 본인에게 해고한다고 통보했다네. 그런데 그 사실은 또 어떻게 알아냈는지 정말 신기할 따름일세."

홈즈는 혼자 껄껄 웃더니 두 손을 비벼댔다. 길고 가느다란 손가락이 매우 섬세하게 보였다.

"아주 간단한 일이지. 우선 자네 왼쪽 구두의 안쪽을 보게나. 바로 난롯불이 비치는 부분을 말이야. 그곳 가죽에 여섯 개의 긴 홈집이 나란히 나 있는 게 보이지? 그건 구두 바닥 옆에 묻었던 진흙을 털어내려다 누군가 조심성 없는 사람이 만들어낸 홈집일세. 금방 알아볼 수 있지.

바로 거기서 두 가지 사실을 추리해낼 수 있지. 하나, 날씨가 아주 궂은 날에 자네가 밖에 있었다는 사실. 또 다른 하나는, 구두에 홈집을 낼 정도로 조심성 없는 런던 가정부의 표본 같은 사람이 자네 집에 있다는 사실. 그리고 자네가 다시 의사를 시작했다는 것도 아주 간단히 알 수 있어. 아이오도폼 냄새를 풍기고 있고, 오른쪽 검지에는 초산 때문에 검은 얼룩이 생기지 않았나? 게다가 '여기에 청진기가 있습니다.'라고 말하듯 실크해트의 한쪽 끝부분이 불룩하게 부풀어 올랐고. 그런 신사가 방 안으로 들어왔네. 개인병원을 차린 의사라는 사실을 꿰뚫어보지 못한다면 내가 얼마나 머리가 나쁜 사람이란 말인가?"

홈즈의 추리가 너무나도 간단했기 때문에 나는 나도 모르게 웃으며 이렇게 말했다.

"자네의 설명을 듣고 있으면 언제나 너무 간단해서 그 정도는 나도 식은 죽 먹기로 해낼 수 있을 것 같다는 생각이 들어. 그런데 막상 해보면 전혀 감도 못 잡겠어. 자네에게 하나하나 추리과정에 대한 설명을 듣기 전까지는 영문을 모르겠다니까. 내 눈도 자네에게 지지 않을 만큼 좋은데 말이야."

"당연하지."

이렇게 대답한 홈즈가 궐련에 불을 붙인 뒤, 팔걸이가 달린 의자에 털썩 주저앉으며 말을 이었다.

"자네는 사물을 보고 있기는 하지만 관찰은 하고 있지 않아. 사물을 본다는 것과 관찰한다는 것은 전혀 다른 성질의 일이지. 가령, 자네 현관에서 이 방으로 오르는 계단은 수도 없이 봐왔겠지?"

"물론 수도 없이 봐왔지."

"몇 번 정도?"

"글쎄, 몇 백 번 정도 되지 않을까?"

"그럼 계단이 몇 개인지 알고 있나?"

"몇 개냐고? 모르겠는데."

"그렇겠지. 관찰하지 않았기 때문일세. 보고 있기는 하지만 말이야. 내가 하고 싶은 말도 바로 그걸세. 난 정확히 알고 있어. 열일곱 개. 나는 눈으로 봄과 동시에 관찰하고 있기 때문에 알고 있는 거야. 그건 그렇고, 자네는 내가 맡은 사건에 흥미를 갖고 있고 그중 몇몇 사건은 기록으로 남겼을 정도니 이번 사건도 틀림없이 재미있을 거라고 생각할 걸세."

홈즈가 책상 위에 펼쳐두었던, 분홍빛이 도는 두꺼운 종이로 만들어진 편지지 한 장을 내게 던져주었다.

"조금 전에 막 배달 된 걸세. 소리 내서 읽어봐 주겠나?"

그 편지에는, 날짜는 물론 보내는 사람의 주소와 이름조차도 적혀 있지 않았다. 편지에는 다음과 같은 내용이 적혀 있었다.

「오늘 밤 7시 45분에 매우 중요한 문제로 상의 드릴 것이 있어 어떤 사람이 선생님을 찾아뵐 것입니다. 얼마 전 선생님께서 유럽의 한 왕가를 위해서 하신 일을 보면 이번 사건도 안심하고 맡길 수 있는 분이라는 것을 알 수 있습니다. 그 점에 대해서는 여러 방면의 사람들로부터 말씀을 들었습니다. 제발 위의 시간에 댁에 계시기를, 그리고 찾아뵙는 사람이 복면을 하고 있어도 이해해주시기를 바랍니다.」

"정말 이상한 편지로군. 대체 뭣 때문에 이러는 것 같나? 홈즈."

"아직 아무런 자료도 없네. 자료가 없는데 이론을 세우려 드는 것은 커다란 잘못이지. 그렇게 하면 말이지, 사실에 맞는 설명을 찾아내는 대신 미리 만들어둔 설명에 맞도록 사실을 왜곡하게 된다네. 지금은 우선 이 편지에 대해서만 생각하기로 하세. 이 편지를 통해서 어떤 추측이 가능하겠나?"

나는 편지의 필적과 종이의 질에 대해서 유심히 관찰했다.

"이 편지를 쓴 사람은 상당한 부자일 걸세. 왜냐하면 이렇게

질이 좋은 종이라면 한 다발에 반 크라운 이하로는 살 수 없을 테니까. 빳빳하고 딱딱한 게 조금은 특이한 종이로군."

나는 홈즈가 쓰는 방법을 따라해보려 했다.

"특이하다는 말은 정확한 것 같군. 영국에서 만든 종이가 아니야. 불에 비춰보게나."

홈즈의 말대로 해보니 알파벳이 새겨져 있는 게 눈에 들어왔다. 대문자 E와 소문자 g가 한 묶음으로 적혀 있었고 대문자 P, 그리고 대문자 G와 소문자 t가 한 묶음으로 적혀 있었다.

"무슨 뜻일 것 같나?"

홈즈가 내게 물었다.

"종이를 마는 사람의 이름, 아니 이니셜이겠지."

"아닐세. Gt라는 건 독일어 '게젤샤프트(Gesellschaft)'의 약자로 회사를 뜻하는 말일세. 영어의 Co와 같은 것이지. 그리고 P는 독일어의 종이(Papier)를 나타내는 것이고. 남은 건 Eg인데 이건 틀림없이 지명일 거야. 대륙지명사전을 한번 찾아보세."

홈즈가 책장에서 갈색의 두꺼운 책을 꺼내왔다.

"이글로(Eglow), 이글로니츠(Eglonitz)……. 아, 이거야. 이그리아(Egria)의 약자였어. 여기는 보헤미아 지역 중에서도 독일어가 사용되고 있는 지방 도시로 칼스배드와 가까운 곳이지. 사전에는 이렇게 적혀 있네.

「보헤미아 출신의 오스트리아 장군이었던 발렌시타인이 죽은 곳으로 유명하다. 또한 유리공장과 종이공장이 많은 곳으로 알려져 있다.」

하하! 어떤가? 이를 통해서 무엇을 알 수 있겠나?"

홈즈가 승리감에 눈을 반짝이며 파란 담배연기를 뿜어 올렸다.

"이건 보헤미아에서 만든 종이로군."

내가 말했다.

"그렇다네. 그리고 이 편지를 쓴 사람은 독일인이야. 문장에 어색한 곳이 있었지? 영어라면 동사가 먼저 와야 하는데 깜빡 하고 문장의 가장 끝에 가져다 놓았네. 프랑스 사람이나 러시아 사람도 이렇게는 쓰지 않아. 그러니까 이제 이 보헤미아에서 만들어진 편지지를 사용한 사람, 얼굴을 보이고 싶지 않아 복면을 하고 올 독일인이 대체 어떻게 해주기를 바라는 걸까 하는 문제만 남은 셈일세.

이런, 우리가 이야기를 나누고 있는 사이에 벌써 주인공이 나타난 듯하군. 이로써 우리의 의문도 시원하게 풀릴 것 같네."

그 순간 높이 울리는 말 발굽소리와 보도 가장자리에 수레바퀴 가 닿아 긁히는 소리가 밖에서 들려왔다. 뒤이어 벨을 세차게 울리는 소리가 들려왔다. 홈즈가 휘파람을 한번 불었다.

"소리로 봐서 마차는 쌍두마차로군."

그리고는 창밖을 내다보며 말을 이었다.

"아, 역시 내말대로야. 멋진 브룸 형 사륜마차에 말들도 훌륭해. 한 마리에 150기니는 하겠는 걸. 이번 사건, 내용은 어떨지 몰라도 돈은 클 거 같네, 왓슨."

"홈즈, 나는 그만 가보는 게 좋겠지?"

"아니, 그럴 리가 있겠나? 거기 있어주게. 유명한 존슨 박사(박 사 학위를 가진 영국의 문학자. 1709~1784) 곁에 그의 전기를 써준 보스웰이 있었던 것처럼 내 옆에는 자네가 있어주지 않으면 도무지 힘이 나질 않아. 그리고 이번 사건은 틀림없이 재미있을 거야. 놓치면 후회할 걸세."

"하지만 의뢰인이……."

"걱정할 거 없네. 내게는 자네의 도움이 필요하고, 그건 곧 의뢰인에게도 자네가 필요하다는 얘기가 되니까. 자, 왔네. 저 의자에 앉아서 가능한 한 주의해서 살펴보길 바라네."

무겁고 느린 발걸음소리로, 손님이 계단을 올라 복도를 걸어오고 있다는 사실을 알 수 있었다. 문 앞에서 잠깐 멈춰서더니 쿵쿵 하는 아주 커다란 소리로 문을 두드렸다.

"들어오세요!"

홈즈가 말했다.

키가 6피트 6인치(약 2m)는 충분히 되고도 남을 만한 거구의 사내가 방 안으로 들어섰다. 영웅 헤라클레스처럼 다부지고 늠름해 보이는 몸이었다. 사치스럽고 화려한 옷을 입고 있었는데, 영국에서라면 악취미라는 말을 들을 만한 차림이었다.

우선 소맷단과 목깃에 폭이 넓은 아스트라한 가죽을 댄 더블코트. 그리고 안쪽에 불타는 듯 새빨간 비단을 댄 짙푸른 망토. 목 앞쪽에는 번쩍번쩍 빛나는 녹주석 브로치. 거기다 장딴지의 중간 부분까지 오는 부츠 안쪽으로는 푹신푹신한 모피가 보였다. 머리부터 발끝까지 요란스러운 사치, 그 자체라는 느낌을 주었다.

챙이 넓은 모자를 손에 들고 있었으며, 얼굴 윗부분이 가려지는 검은 복면을 두르고 있었다. 그 복면을 잘 둘렀는지 지금 막 확인한 듯했다. 왜냐하면 방에 들어선 순간 그의 손이 아직도 얼굴 부분에 있었기 때문이었다. 복면에 싸이지 않은 얼굴 밑

부분을 보니, 두꺼운 입술이 처져 있었으며 턱은 곧고 길었다. 틀림없이 고집스러울 정도로 의지가 강한 사람일 것이다.

"편지는 받아 보셨겠죠? 이곳으로 찾아뵙겠다고 적혀 있었을 겁니다."

남자가 굵고 갈라지는 목소리로 물었다. 독일어 억양이 매우 심했다.

의뢰인은 우리 두 사람을 번갈아가며 바라보았다. 누구에게 이야기해야 좋을지 당황스러운 모양이었다.

"앉으세요."

홈즈가 입을 열었다.

"여기는 내 친구인 왓슨 박사예요. 종종 사건 해결을 도와주는 파트너이기도 하죠. 그런데 당신은 어떤 분이신가요?"

"폰 크람 백작이라 불러주시기 바랍니다. 보헤미아의 귀족입니다. 당신 친구 분은 더할 나위 없이 중요한 문제를 밝혀도 상관이 없을 정도로 분별력 있는 훌륭한 신사시겠죠? 아니라면 선생님하고만 이야기하고 싶습니다만."

나는 자리에서 일어나 밖으로 나가려 했다. 그런데 홈즈가 내 손목을 잡고 의자 쪽으로 당기면서 이렇게 말했다.

"둘이서 들을 수 없다면 말씀은 아예 듣지 않겠습니다. 내게 이야기하실 내용이라면 전부를 이 신사에게 들려줘도 상관없습니다."

백작이 넓은 어깨를 들썩였다.

"그렇다면 말씀드리기 전에 두 분 모두 약속해주셨으면 합니다. 이 일을 앞으로 2년 동안은 절대 다른 사람에게 말하지 않겠다

고. 2년 후에는 전혀 문제될 것이 없습니다. 하지만 지금은 유럽 전체가 발칵 뒤집힌다고 말해도 결코 과장된 표현이 아닐 만큼 커다란 문제입니다."

"약속하지요."

홈즈가 말했다.

"저도 약속하겠습니다."

나도 말했다.

"그리고 이 복면에 대해서도 용서를 해주셨으면 합니다. 제게 이 일을 맡긴 어떤 지위 높은 분이 얼굴을 감추라고 하셨기 때문에 복면을 했습니다. 그리고 조금 전에 말씀 드렸던 이름도 사실은 본명이 아닙니다."

이상한 손님이 말했다.

"그건 나도 눈치 채고 있었습니다."

홈즈가 무뚝뚝하게 말했다.

"매우 복잡하고 미묘한 사정이 있어서 그러는 겁니다. 이 사건이 세상에 알려지면 한 유럽 왕실의 명예가 실추될 것입니다. 가능한 모든 예방책을 동원해서 그런 일이 일어나지 않도록 막고 싶습니다. 정확하게 말씀드리자면 보헤미아 왕국의 유서 깊은 왕실, 올므슈타인 가에 얽힌 문제입니다."

"그것도 알고 있었습니다."

중얼거리듯 이렇게 말한 홈즈는 팔걸이가 달린 의자에 몸을 깊숙이 묻으며 눈을 감았다.

축 늘어진 홈즈의 단정치 못한 모습을 보고 손님은 어이가 없는 모양이었다. 정력적이고 유럽에서 가장 날카로운 추리력을 가진 사립탐정이라는 소개를 받고 홈즈를 찾아왔음에 틀림없었다.

천천히 눈을 뜬 홈즈가 거구의 손님을 답답하다는 듯이 바라보며 말했다.

"폐하께서 자신의 사건임을 인정하시고 말씀해주신다면 나는 더 큰 힘이 되어드릴 수 있습니다."

깜짝 놀란 손님은 의자에서 벌떡 일어나 마음에 커다란 동요가 인 듯 빠른 걸음으로 방 안을 왔다갔다 했다. 그러다 이제 포기했다는 듯 얼굴의 복면을 거칠게 벗어 바닥에 내동댕이치며 외쳤다.

"그렇소! 바로 내가 보헤미아의 왕이오. 대체 왜 그 사실을 숨기려 했던 거지?"

"글쎄, 왜 그러셨을까요? 나는 폐하가 방으로 들어와 말을 꺼내기도 전부터 보헤미아의 국왕이신 카셀파르슈타인 대공, 빌헬름 고츠라이히 시기스몬 드 폰 올므슈타인 폐하라는 사실을 알고 있었습니다."

홈즈가 조용히 말했다.

이상한 손님은 그제야 의자로 돌아가 앉더니 하얗게 튀어나온 이마로 손을 가져갔다.

"하지만 이해할 수 있겠지? 나는 스스로 이런 일을 처리하는 데 익숙하지가 않아. 그렇다고 다른 사람에게 모든 걸 털어놓고 문제를 해결해달라고 하면, 약점을 잡혀 나중에 문제가 될지도 모르고. 그만큼 중대한 문제일세. 그래서 자네와 직접 상의를 하려고 프라하에서 여기까지 몰래 찾아온 것일세."

"이제, 그 얘기를 들려주세요."

이렇게 말한 홈즈는 다시 눈을 감았다.

"간단히 말하자면 이렇게 된 걸세. 지금으로부터 5년쯤 전, 바르샤바에 한동안 머물렀던 적이 있었지. 그때 아이린 애들러라는 한 강열한 여인을 알게 되었네. 유명한 여자이니 자네도 이름을 들은 적이 있을지 모르겠군."

"왓슨, 미안하지만 내 색인에서 좀 찾아봐주지 않겠나?"

홈즈가 눈을 감은 채 중얼거리듯 말했다.

색인이란 여러 인물이나 사건에 대한 요점을 적어 정리해둔 메모를 말하는 것이다. 홈즈가 오랜 세월에 걸쳐서 만들어 온 것으로 어떤 인물이나 문제든 이것만 찾으면 바로 조사를 할 수 있었다. 그때도 아이린 애들러의 경력을 바로 찾아낼 수 있었다. 그것은 유대 랍비에 관한 항목과 심해어에 대한 논문을 쓴 해군 중령에 관한 항목 사이에 있었다.

"잠깐 보여주게나."

이렇게 말한 홈즈가 색인을 읽기 시작했다.

"흠, 1858년, 미국 뉴저지 출생. 콘트랄토(여성 최저음) 가수. 스칼라 극장 출연……. 음! 바르샤바 왕실 오페라의 프리마돈나……. 굉장하군! 후에 오페라 무대에서 떠나 지금은 런던에서 살고 있음. 그랬군. 폐하. 이 젊은 여성과 알게 되어 후에 문제가 될 만한 편지를 보내셨군요. 그래서 그걸 되찾고 싶으신 거죠?"

"정확히 맞췄네. 그걸 어떻게……."

"그 여자와 비밀리에 결혼하셨나요?"

"아닐세."

"법률적으로 문제가 될 만한 서류를 건넨 적이 있었나요?"

"없었네."

"그렇다면 폐하의 마음을 알 수가 없군요. 이 여자가 협박할 목적으로 폐하의 편지를 사용한다 하더라도 그것이 정말 폐하가 보낸 편지라는 증거는 어디에도 없지 않습니까?"

"필체가 증거가 될 걸세."

"설마! 필체는 위조할 수 있습니다."

"내 전용 편지지를 사용했네."

"훔칠 수 있습니다."

"내 봉인이 찍혀 있어."

"그것도 위조할 수 있습니다."

"내 사진도 가지고 있네."

"사진은 돈을 주고 살 수도 있습니다."

"아니, 두 사람이 같이 찍은 거야."

"이런, 그건 문제가 됩니다. 폐하 왜 그런 경솔한 행동을 하셨습니까?"

"내가 제정신이 아니었네."

"정말 큰 실수를 하셨군요."

"당시 나는 황태자였어. 아직 어렸지. 이제 겨우 서른이 됐으니 말일세."

"그건 무슨 일이 있어도 찾아야 합니다."

"나도 시도해봤지만 전부 실패했다네."

"돈을 주는 겁니다. 사들이세요."

"그 여자가 팔려 하질 않네."

"그럼 훔치는 건 어떻겠습니까?"

"벌써 다섯 번이나 시도해봤네. 두 번, 도둑을 고용해서 애들러의 집을 샅샅이 뒤지게 했고, 여행 중에 짐을 빼앗아 조사해보게도 했다네. 길목을 지키고 있다 그녀를 덮친 적도 두 번이나 있었지. 하지만 모두 실패로 돌아갔고 사진은 아직도 찾지 못했네."

"흔적도 없이 사라졌단 말입니까?"

"감쪽같이 사라졌다네."

"조금 재미있는 문제로군요."

홈즈가 웃으며 말했다.

"하지만 내게는 웃을 일이 아니야."

"정말 그렇습니다. 그 여자, 사진으로 무슨 짓을 할 생각일까요?"

"나를 파멸시키려 하고 있어."

"어떻게?"

"나는 곧 결혼을 할 걸세."

"그 얘기는 이미 들었습니다."

"상대는 스칸디나비아 국왕의 둘째 딸인 크로틸드 로스만 폰 살세 메닌겐 공주일세.

그쪽 왕가의 가풍이 엄격하다는 건 자네도 들어서 알고 있겠지? 공주도 성격이 매우 예민한 사람이라네. 내 행적에 조금이라도 이상한 점이 있으면 이 혼담은 바로 깨지고 말거야."

"애들러가 뭐라고 했습니까?"

"그 사진을 저쪽 왕가에 보내겠다더군. 그 여자라면 정말로 보낼 걸세. 보내고도 남을 여자지. 자네는 모르겠지만 애들러는 강철 같이 강한 마음을 가진 여자일세. 매우 아름다운 여성의 얼굴을 가지고 있지만 마음은 어떤 남자에게도 지지 않을 만큼 강하네. 내가 다른 여자와 약혼하면 무슨 짓을 해서라도 깨트리려 할 거야."

"공주에게 아직 사진을 보내지 않은 게 확실합니까?"

"확실하네."

"어떻게 아십니까?"

"약혼을 발표하는 날 저쪽으로 보내겠다고 했네. 발표는 다음 월요일에 하기로 했지."

홈즈가 하품 섞인 목소리로 말했다.

"아, 그럼 아직 3일간의 여유가 있군요. 아주 잘됐습니다. 안 그래도 바로 조사해두고 싶었던 중요한 일이 한두 가지 있었는데. 폐하, 당분간은 런던에 계시겠지요?"

"당연히 그래야지. 폰 크람 백작이라는 이름으로 랭험 호텔에서 묵고 있네."

"그럼 조사상황을 메모해서 보내드리도록 하겠습니다."

"그렇게 좀 해주게. 걱정이 돼서 견딜 수가 없으니."

"그리고 사진을 찾는 데 드는 비용은?"

"전부 자네에게 맡기겠네."

"모든 것을?"

"그 사진을 찾을 수만 있다면 내 왕국의 한 지방을 떼어주어도 좋다고 생각하고 있을 정도라네."

"당장 일에 착수하는 데 드는 돈은?"

왕이 망토 밑에서 섀미가죽으로 된 묵직해 보이는 주머니를 꺼내더니 테이블 위에 올려놓았다.

"금화 300파운드와 지폐 700파운드가 들어 있네."

홈즈는 수첩을 한 장 찢어내 영수증을 써서 왕에게 건네주었다.

"그렇다면 그 여자의 주소는?"

홈즈가 물었다.

"세인트 존스 우드의 서펜타인 대로에 있는 브라이오니 저택."

홈즈가 주소를 받아 적었다.

"한 가지만 더 여쭙겠습니다. 사진은 카비네판입니까?"

"그렇소."

"그럼 폐하, 이만 돌아가셔서 편안히 주무십시오. 곧 좋은 소식을 보낼 수 있을 겁니다. 그리고 왓슨, 자네도 잘 가게나."

왕의 마차가 거리를 달리기 시작했다. 그 마차소리를 들으며 홈즈가 말했다.

"내일 오후 3시에 여기로 와줬으면 고맙겠네. 이 조그만 문제에 대해서 자네와 이야기를 나누고 싶거든."

2

다음 날 오후, 정각 3시에 나는 베이커 가의 집에 있었다. 하지만 홈즈는 외출에서 아직 돌아오지 않았다. 여주인의 말에 의하면 홈즈는 아침 8시 조금 지나서 집을 나섰다는 것이었다.

나는 난로 옆에 앉았다. 홈즈가 몇 시에 돌아오든 기다릴 생각이었다. 나는 이미 이 사건에 관한 홈즈의 조사에 깊은 관심을 갖게 되었다. 전에 두 가지 범죄사건에 대해서 기록을 한 적이 있었는데 이번 사건에 그들 사건에 서려 있던 것과 같은 섬뜩하고 기묘한 부분은 없었다.

하지만 사건 자체가 재미있을 뿐만 아니라, 의뢰인의 신분이 아주 높다는 사실만으로도 그리 흔히 볼 수 있는 사건은 아니었다. 그리고 내가 관심을 갖게 된 것은 홈즈가 손을 댄 사건이 단순히 재미있기만 해서가 아니었다. 홈즈가 사건의 정세를 완벽하게 파악하고 정확하게 추리해 나가는 모습을 보는 것은 멋진 구경거리가 아닐 수 없었다. 그가 일하는 법을 연구하고, 어려운 문제를 신속하고 명쾌하게 풀어가는 방법을 따라 가 보고 싶어서 견딜 수 없이 되어버린 것이다.

나는 언제나 홈즈가 일에 성공하는 모습만을 봐왔다. 그래서 설마 그가 실패하리라고는 꿈에도 생각지 못했었다.

4시 가까이 돼서 문이 열리더니 술에 취한 마부가 방 안으로 들어왔다. 머리카락은 엉망으로 헝클어져 있었으며, 수염이 덥수룩한 얼굴은 새빨갛고, 옷은 너덜너덜 초라하기 짝이 없는 모습이었다. 홈즈의 뛰어난 변장 실력에는 이미 적응을 했다고 생각했는데, 이 꾀죄죄한 마부를 세 번이나 거듭 들여다보고 나서야 그가 홈즈라는 사실을 알 수 있었다.

홈즈는 내게 고개를 끄덕이고 침실로 들어갔다가 5분쯤 뒤에 나왔다. 평소와 다름없이 트위드로 만든 신사복을 입은 말쑥한 차림이었다. 그리고 두 손을 주머니에 넣은 채 난로 앞으로 두 다리를 길게 뻗더니 우스워서 견딜 수 없다는 듯 웃음을 터뜨렸다.

"아, 정말!"

이렇게 외친 홈즈는 다시 웃음을 터뜨리더니 결국에는 의자 위에서 몸을 축 늘어뜨리고 말았다.

"왜 그래?"

"얘기가 정말 재미있게 돌아가네. 내가 오전 중에 무슨 일을 했는지 자네는 모르겠지? 특히 오후에 무슨 일을 했는지는."

"알 수 없지. 하지만 틀림없이 아이린 애들러의 평소 습관이나 살고 있는 집 등에 대해서 살피고 왔겠지."

"정확히 맞췄네. 그런데 정말 재미있는 건 그 다음이었지. 들어보게나. 8시 조금 넘어서 실직 중인 마부로 변장하고 여기서 나갔다네. 말을 다루는 사람들은 상대방을 생각하는 마음이나 동료의식이 놀랄 만큼 강하다네. 그러니까 그런 사람들 사이에 들어가면 알고 싶은 건 무엇이든 알 수가 있어.

나는 바로 브라이오니 저택으로 갔어. 한적하고 세련된 건물이었네. 뒤쪽에 정원이 있고, 정면은 바로 도로와 면해 있어. 2층 건물이고. 안으로 들어서는 문에는 처브 자물쇠가 달려 있더군. 현관 오른쪽은 멋진 장식으로 꾸민 커다란 거실일세. 바닥까지 닿을 듯한 커다란 창이 달려 있지. 그 창에는 어린애라도 열 수 있을 것 같이 아주 간단한 영국식 자물쇠가 달려 있었고. 건물 뒤쪽에는 이렇다 할 특별한 점이 없었네. 마차를 넣어두는 창고의 지붕에서 바로 손이 닿을 만한 곳에 복도의 창이 있다는 점 외에는.

나는 집 주위를 돌며 다양한 각도에서 자세히 조사했지. 하지만 그 외에 특별히 눈에 띄는 점은 없었다네. 그런 다음 길을 따라 돌아다녀보니 생각했던 대로 뒤뜰 담을 따라서 난 좁다란 길에 마구간이 있었다네. 마부가 말을 돌보고 있기에 그를 잠깐 도와줬다네. 그에 대한 보답으로 2펜스와 혼합 맥주 한 잔, 그리고

파이프에 셔그 담배(독한 살담배)를 두 번 넣어주더군.

거기다 덤으로 아이린 애들러에 대해서 내가 알고 싶어 하던 정보를 전부 알려주었다네. 그 정보를 얻기 위해서 아무런 흥미도 없는, 동네 사람들에 대한 얘기를 5, 6분 정도 들어야 하기는 했지만."

"그래, 아이린 애들러에 대한 어떤 정보를 얻었지?"

"그게 말일세, 그 동네 남자들 전부 애들러 때문에 제정신이 아닌 것 같더군. 서펜타인 대로의 마부들은 모두 입을 모아 그녀가 이 세상에서 가장 아름다운 여자라고 말하더라고.

애들러는 가끔 콘서트에서 노래를 부를 뿐 조용히 생활하고 있다고 하네. 매일 5시에 마차로 외출을 했다가 정각 7시에 저녁을 먹으러 돌아온다더군. 무대에 출연할 때를 제외하면 그 외의 시간에는 거의 외출을 하지 않는다고 하네. 그녀를 찾아오는 남자는 딱 한 명밖에 없는데, 뻔질나게 드나드는 모양이야. 잘생긴 얼굴에 검은 피부, 건장한 남자라더군. 하루에 한 번은 꼭 찾아오고 때로는 두 번 찾아오는 경우도 있다더군. 이름은 고드프리 노튼이고 법무협회에 소속된 변호사라네. 마부를 친구로 두면 얼마나 도움이 되는지 이제 알았겠지? 그들은 서펜타인 대로에서 노튼을 자주 태웠기 때문에 모르는 것이 없었지.

마부들의 이야기를 전부 들은 후에 나는 다시 한 번 브라이오니 저택 쪽으로 돌아가 부근을 서성이며 작전을 짰다네. 고드프리 노튼이라는 사람은 이번 사건에서 중요한 위치를 차지하고 있어. 변호사라는 점에 무슨 의미가 있을 듯했어. 애들러와 이 남자는 어떤 관계에 있는 걸까? 어째서 그렇게 자주 애들러를 찾아가는 걸까? 애들러가 변호를 부탁한 것일까? 아니면 단순한 친구? 그도 아니면 애인? 만약 노튼이 애들러의 변호사라면 사진은 그에게 맡겼을 거야. 친구나 애인이라면 그렇게 하지는 않았겠지만.

이 문제에 대한 답에 따라서 내 수사방침이 달라질 터였어. 이대로 브라이오니 저택에서 조사를 계속해야 할지, 법무협회에 있는 노튼의 사무실에 주의를 기울여야 할지. 이는 참으로 미묘한 문제로, 덕분에 내 수사범위가 넓어져버렸어. 너무 자질구레한 것까지 설명을 해서 조금 따분했을지는 몰라도 사건의 정황을 알기 위해서는 자네도 이 조금 어려운 문제를 알아둘 필요가 있네."

"모든 신경을 집중해서 자네 얘기를 듣고 있네."

내가 대답했다.

"내가 그 문제로 고민하고 있을 때였네. 이륜마차 한 대가 브라이오니 저택 앞에 멈추더니 그 안에서 신사 한 명이 뛰어내렸네. 아주 잘생겼으며, 피부는 거뭇했고 매부리코에 수염을 기르고 있었지. 조금 전에 들었던 노튼임을 바로 알아차릴 수 있었어.

매우 다급한 일이 있었던 모양이더군. 마부에게 기다리라고 외치더니 문을 열어준 가정부를 떠밀듯 집 안으로 뛰어들었다네. 집 안의 구조를 잘 알고 있는 사람처럼 보였어. 그 사람은 30분 정도 집 안에 있었네. 방 안을 서성이며 흥분한 듯 이야기하고 손을 내젓는 모습이 거실 창문을 통해서 가끔 보였네. 여자의 모습은 전혀 보이질 않았고.

그러다 사내는 왔을 때보다 더 다급한 모습으로 밖으로 나왔지.

마차에 오르더니 주머니에서 금시계를 꺼내 바라보더군.

'서둘러 전속력으로 달리게!'

사내가 외쳤다네.

'우선 리젠트 가의 그로스 앤 핸키 상점에 갔다가 엣지웨어 대로의 세인트 모니카 교회로 가주게. 20분 안에 가주면 반 기니를 주겠네!'

마차는 떠나버렸다네. 그의 뒤를 쫓아야 할지 말아야 할지 망설이고 있을 때 골목에서 조그맣고 멋진 사륜마차가 나타났다네. 마부는 코트의 단추를 반밖에 채우지 않았고 넥타이도 옆쪽으로 비뚤어져 있더군. 마구도 무엇 하나 제대로 걸려 있는 것이 없었다네. 이 마차가 현관 앞에 도착하자마자 여자가 밖으로 나와 마차에 뛰어오르더군. 바로 그때 잠깐 여자의 얼굴을 볼 수 있었는데 과연 남자가 목숨을 걸 만한 미인이더군.

'존, 세인트 모니카 교회로.'

여자가 외쳤다네.

'20분 안에 가주면 반 소블린을 주겠어.'

이런 좋은 기회는 다시 찾아오지 않을 걸세 왓슨. 마차를 따라 뛰어갈까, 아니면 여자가 탄 마차 뒤에 매달려 갈까 망설이고 있는데 마침 다른 마차가 한 대 오더군. 내 모습이 초라했기에 마부는 망설이듯 나를 훑어봤다네. 하지만 나는 그가 거절하기 전에 마차로 뛰어올랐지.

'세인트 모니카 교회까지 가주게. 20분 안에 가주면 반 소블린을 주지.'

나도 똑같이 외쳤다네.

11시 35분이었다네. 거기서 무슨 일이 있을 것이라는 사실만은 확실히 알 수 있었지.

마부는 바람처럼 마차를 몰았다네. 내 평생 그렇게 빠른 말을 타본 건 처음이었네. 하지만 그래도 앞서 출발한 두 대의 마차를 따라잡을 수는 없었지. 내가 도착했을 때 이륜마차와 사륜마차는 모두 교회의 문 앞에 서 있었고 말에서는 김이 오르고 있었어. 나는 마부에게 삯을 지불하고 서둘러 교회 안으로 들어갔다네. 안에는 내가 뒤쫓던 두 사람과 하얀 가운을 걸친 목사 한 사람이 있었다네. 목사가 두 사람에게 무슨 말을 건네고 있는 듯했네. 세 사람은 제단 앞에 모여 서 있었다네.

나는 우연히 교회에 들어온 한가로운 사람인 양 옆의 통로로 어슬렁어슬렁 걸어갔다네. 그러자 세 사람이 일제히 나를 바라 봤기에 놀라지 않을 수 없었지. 그리고는 고드프리 노튼이 서둘러 내게로 달려왔다네.

'자네 마침 잘 왔어! 정말 고마워. 자, 이리 오게!'

'왜 이러십니까?'

내가 물었네.

'그러지 말고 이리로 오게. 3분이면 돼. 아니면 법적으로 무효가 되어버린단 말일세.'

나는 질질 끌려가다 시피해서 제단 위로 올라갔다네. 문득 정신을 차리고 보니, 귀에 대고 속삭이는 말을 그대로 따라 하기도 하고, 전혀 알지도 못하는 일을 맹세하기도 하고 있더군. 그러니까 나도 모르는 사이에 미혼여성인 아이린 애들러와 독신남성인 고드프리 노튼의 정식결혼식에 입회하게 된 거야.

순식간에 식이 끝나자 신랑과 신부가 좌우 양쪽에서 내게 인사를 했어. 목사는 목사대로 정면에서 나를 바라보며 빙그레 웃고 있었지. 정말 이렇게 어처구니없는 경우는 내 태어나서 처음 당해보네. 조금 전에 웃은 것도 그때의 일이 생각나서였지.

아무래도 결혼 허가증에 어떤 문제가 있어서 누군가가 입회하지 않으면 식을 거행할 수 없다고 목사가 거절을 했던 모양이야. 그런데 운 좋게도 마침 내가 나타났기 때문에 노튼은 입회인을 찾으러 거리로 뛰어나가지 않아도 좋게 된 것인 듯했어. 신부가 감사의 뜻으로 소블린 금화를 주기에 기념으로 시곗줄에 달아놓으려고 받아왔네.”

“정말 뜻밖의 일이 벌어졌군. 그 다음은 어떻게 됐나?”

내가 말했다.

“응, 그 순간 내 계획이 엉망이 될 위험이 있다는 사실을 깨달았지. 두 사람이 바로 신혼여행을 떠날지도 몰랐으니까. 그래서 나도 빨리 손을 쓰지 않으면 안 되겠다고 생각했어. 그런데 두 사람은 교회 문 앞에서 헤어져 남자는 법무협회로, 여자는 자신의 집으로 돌아가더군.

헤어질 때 여자가 이렇게 말했네.

‘평소와 다름없이 5시에 마차로 공원을 드라이브하겠어요.’

내가 들은 건 그게 전부였네. 두 사람은 서로 다른 방향으로 마차를 달려 그곳을 떠났고 나도 준비를 하러 집으로 돌아온 거지.”

“준비라니?”

“차가운 고기와 맥주 한 잔.”

홈즈가 이렇게 말하더니 벨을 울렸다.

"바빠서 식사도 제대로 못했네. 하지만 오늘 밤에는 더욱 바쁠 것 같아. 왓슨, 자네가 조금 도와줬으면 하는데."

"기꺼이 도와주지."

"법에 어긋나는 일이라도?"

"상관없네."

"잡혀갈지도 모르네."

"좋은 일을 위해서라면, 상관없네."

"아, 물론 좋은 일을 위해서지."

"그럼 자네 말대로 하겠네."

"자네가 꼭 도와줄 줄 알고 있었네."

"그런데 대체 무슨 일을 하려는 거지?"

"터너 부인이 음식을 가져오면 자세한 얘기를 들려주겠네."

부인이 가져온 간단한 요리를 성급히 먹어치우며 홈즈가 말을 이었다.

"자, 별로 시간이 없으니 먹으면서 얘기하겠네. 이제 곧 5시야. 지금부터 2시간 안으로 현장에 가 있어야만 하네. 아이린 양, 아니 노튼 부인은 7시에 드라이브에서 돌아오니까. 우리는 그 시간에 맞춰서 브라이오니 저택에 가 있어야 하네."

"그래서 어떻게 할 생각이지?"

"그건 내게 맡겨두게나. 이미 모든 준비는 끝났어. 단, 한 가지 해둘 말이 있네. 무슨 일이 있어도 자네는 절대로 관여해서는 안 되네. 알겠나?"

"절대로 참견하지 말란 말이지?"

"아무것도 해서는 안 돼. 조금 불쾌한 일이 일어날 거네만 그래도 관여해서는 안 되네. 그 일이 일어나면 나는 집 안으로 실려 들어갈 거야. 그리고 4, 5분 뒤에 거실의 창문이 열릴 거야. 자네는 그 창문 바로 옆에서 기다려주기 바라네."

"알았어."

"내 모습이 보일 테니 주의해서 봐주기 바라네."

"알았어."

"그리고 내가 손을 들면, 이런 식으로 말일세, 그러면 자네는 내가 건네줄 물건을 방 안으로 던지고 '불이야'라고 소리 지르게. 알겠나?"

"잘 알겠네."

"그건 그리 위험한 물건은 아니야."

홈즈가 주머니에서 담배처럼 생긴 긴 원통을 꺼냈다.

"배관공들이 흔히 쓰는 발연통인데 저절로 불이 붙도록 양 끝에 뇌관을 심어났어. 자네는 이걸 던지기만 하면 되네. 그리고 불이라고 외치면 구경꾼들이 몰려들어 부산을 떨어줄 거야. 그러면 자네는 길 끝까지 빠져나와서 나를 기다리고 있게나. 나도 10분쯤 후에 그곳으로 갈 테니. 무슨 말인지 알겠지?"

"처음에는 그냥 지켜보고 있다가 창문 옆으로 다가간다. 그리고 자네를 보고 있다가 자네가 신호를 하면 이걸 던지고 불이라고 외친다. 그리고 길 끝까지 빠져나와서 자네를 기다리면 되는 거지?"

"그래."

"알았네. 맡겨두게나."

"고맙네. 이제 시간이 된 것 같군. 지금부터 연기해야 할 새로운 역할에 대한 준비를 해야겠네."

침실로 들어간 홈즈가 몇 분 후에 모습을 드러냈다. 다정하고 정직해 보이는 독립교회파 목사의 모습이었다. 챙이 넓은 검은 모자, 헐렁헐렁한 바지, 하얀 넥타이. 친절함을 느낄 수 있는 미소, 다정하고 인정 많은 눈빛으로 나를 바라보았다. 유명 배우인 존 헤어가 아니고서는 연출해낼 수 없는 분위기였다.

홈즈는 그저 옷만을 갈아입는 것이 아니었다. 표정, 태도, 마음까지가 새로운 역에 따라 바뀌어버리는 것이다. 홈즈가 범죄 전문가가 됨으로 해서 연극계는 뛰어난 배우를 한 명, 그리고 과학계는 날카로운 이론가를 한 명 잃은 셈이다.

우리는 6시 15분을 조금 넘은 시각에 베이커 가의 집에서 나왔는데 그래도 예정보다 10분 일찍 서펜타인 가에 도착했다. 주위에는 이미 땅거미가 내려앉기 시작했다. 여주인이 돌아오기를 기다리면서 브라이오니 저택 앞을 어슬렁거리고 있자니 마침 가로등에 불이 들어오기 시작했다. 브라이오니 저택은 홈즈의 짧은 설명으로 내가 상상하고 있던 집 그대로였다.

하지만 주위는 내가 생각하고 있던 것처럼 그렇게 조용하지는 않았다. 아니 오히려 조용한 지역의 좁은 통로 치고는 놀랄 정도로 활기에 넘쳐나는 곳이었다. 길모퉁이에서는 초라한 차림의 남자 몇몇이 서로 웃으며 담배를 피우고 있었다. 가위 가는 사람은 숫돌을 돌리고 있었으며, 두 근위병은 아이 보는 여자를 놀리고 있었다. 그리고 담배를 입에 문 채 거리를 서성이는 훌륭한 옷차림의 청년들도 있었다.

함께 집 주위를 서성이다 홈즈가 입을 열었다.

"이보게, 왓슨. 두 사람의 결혼으로 사건이 오히려 더 간단해졌다네. 그 사진은 두 사람 모두에게 영향력을 발휘할 수 있네. 우리의 의뢰인이 공주에게 그 사진을 보이고 싶어 하지 않는 것만큼이나 그 여자도 고드프리 노튼에게 그것을 보이고 싶지 않을 걸세. 그런데 문제는 그 사진을 어디에 숨겼느냐 하는 거지."

"글쎄, 정말 어디다 숨긴 걸까?"

"설마 가지고 다니지는 않겠지. 카비네판이라고 하니. 너무 커서 여자들 옷 속에는 숨길 수 없을 테니까. 또 왕이 언제 사람들을 시켜서 몸을 뒤질지 모른다는 것도 잘 알고 있을 테고. 이미 두 번이나 그런 일을 당했으니까. 그러니 애들러가 그것을 가지고 다닐 리는 없어."

"그럼 어디에?"

"그녀의 은행금고나 변호사, 두 군데를 생각해볼 수 있겠지. 하지만 나는 두 군데 모두 아니라고 보네.

여자들이란, 천성적으로 비밀을 좋아해서 혼자서만 감추려는 법이니 다른 사람에게 넘기지는 않았을 거야. 자신이 가지고 있다면 마음을 놓을 수 있겠지만, 실업가 같은 사람들에게 넘겨주면 뒤에서 손을 쓰거나 정치적인 압력을 가할지도 모르니까. 그리고 애들러는 2, 3일 안으로 그 사진을 사용할 생각으로 있네. 바로 가져올 수 있는 곳에 두었을 거야. 그렇다면 역시 그녀의 집 안이라는 얘기가 되네."

"하지만 도둑놈들이 두 번이나 집 안을 뒤지지 않았나?"

"흥! 녀석들이 제대로 뒤지기나 했겠어?"

"그럼, 자네는 어떻게 찾아낼 생각인가?"

"찾아낼 생각은 없네."

"그럼 어떻게 하겠다는 거지?"

"저쪽에서 그곳의 위치를 말하게 하는 거지."

"그걸 말해주겠나?"

"말하지 않고는 못 배기게 만들어야지. 가만, 마차가 오는 소리가 들리네. 애들러의 마차야. 그럼, 내가 말한 대로 확실하게 해주게나."

그 순간, 거리 모퉁이를 돌아 들어오는 마차의 불빛이 보이기 시작했다. 조그맣고 세련된 사륜마차로 브라이오니 저택 입구에서 멈춰 섰다.

그 순간 모퉁이에 있던 부랑자 중 한 명이 마차의 문을 열어주고 동전을 얻으려고 마차가 있는 쪽으로 달려들었다. 하지만 그 사람은 같은 목적으로 달려오던 다른 부랑자에게 밀려 넘어졌다. 곧 격렬한 싸움이 벌어졌다. 그런데 두 근위병이 한 쪽 부랑자 편을 들자 가위 가는 사람이 화를 내며 또 다른 부랑자의 편을 들기 시작했기에 소란은 더욱 커져만 갔다. 그때 마차에서 내린 애들러는 주먹과 지팡이가 오가는 대난투극 속으로 순식간에 말려들고 말았다.

홈즈가 부인을 지키기 위해 치열한 몸싸움이 벌어지고 있는 곳 속으로 뛰어들었다. 그렇게 간신히 부인 옆까지 갔나 싶었는데 비명과 함께 얼굴에서 피를 뚝뚝 흘리며 쓰러져버리고 말았다. 그 모습을 보고 두 근위병은 서둘러 도망을 쳤으며, 부랑자들도 반대 방향으로 도망을 쳐버리고 말았다. 그러자 이번에는 그때까

지 난투에 가담하지 않고 지켜보고 있던 멋진 차림의 청년들이 모여들기 시작했다. 부인을 도우려다 부상을 당한 홈즈를 살펴보기 시작했다.

아이린 애들러는 급히 현관의 계단을 오르고 있었다. 하지만 계단 꼭대기에 오르자 그 자리에 멈춰서, 그 아름다운 모습을 현관 불빛에 드러내며 거리 쪽으로 몸을 돌렸다.

"그분 많이 다치셨나요?"

"죽었습니다."

몇몇 사람이 대답했다.

"아니, 아직 죽지는 않았어."

다른 사람이 외쳤다.

"하지만 병원으로 옮길 때까지 버티지는 못할 것 같은데."

"용감한 사람이었어요. 이 사람이 없었다면 저 부인은 지갑과 시계를 전부 털렸을 거예요. 그 사람들 난폭한 강도들이에요. 아, 아직 숨을 쉬어요."

여자의 목소리도 들려왔다.

"길바닥에 눕혀둘 수는 없지. 부인, 이 사람을 댁으로 데려가도 괜찮겠습니까?"

"거실로 모시고 오세요. 편안한 소파가 있으니까요. 이리 오세요."

홈즈는 천천히 그리고 엄숙하게 브라이오니 저택 안으로 옮겨져 길거리 쪽으로 난 방에 눕혀졌다. 나는 창문 옆, 홈즈가 말한 자리로 가서 그의 모습을 가만히 지켜보았다. 방 안에는 램프가 밝혀져 있었으며, 커튼도 열려 있었기 때문에 소파에 누워 있는

홈즈의 모습이 아주 잘 보였다.

그때 홈즈가 자신의 연기에 죄책감을 느끼고 있었는지 나로서는 알 길이 없다. 하지만 나는 우리가 속이고 있는 그 아름다운 여인을 보고 있는 동안 부끄러움을 느끼지 않을 수 없었다. 부상당한 사람을 성심껏 간호하고 있었다. 지금까지 살아오면서 자신을 그렇게 부끄럽게 여긴 적이 없을 정도였다. 그렇다고 해서 홈즈와 약속한 역할을 포기한다면 나는 용서받지 못할 배신을 하게 되는 셈이었다. 나는 마음을 독하게 먹고 외투 속에서 발연통을 꺼냈다. 그리고 우리가 그녀에게 상처를 주려는 것이 아니라 그녀가 다른 사람에게 상처를 주려는 것을 우리가 막으려 하는 것이라고 생각하기로 했다.

홈즈가 소파에서 일어나 숨이 막히니 맑은 공기를 쐬어야겠다는 듯한 몸짓을 했다. 바로 가정부가 달려와서 창문을 활짝 열어젖혔다. 그와 동시에 홈즈가 손을 올리는 것이 보였다. 신호였다. 나는 바로 발연통을 방 안으로 던졌다. 그리고 큰 소리로 외쳤다.

"불이야!"

내가 그렇게 외치자마자 주위에 있던 사람들 모두가 소리 높여 '불이야!'하고 외쳤다. 신사, 하인, 가정부 할 것 없이 옷차림과는 상관없이 모든 사람들이 외쳤다. 방 안에서 자욱한 연기가 뭉게뭉게 피어오르더니 창밖으로 흘러나오고 있었다. 사람들이 이리저리 뛰어다니는 모습이 얼핏 보이고 곧 홈즈의 목소리도 들려왔다. 불이 난 게 아니라며 사람들을 진정시키고 있었다.

나는 소리 지르는 인파 속을 헤치고 나와 거리 모퉁이까지 도망쳤다. 그로부터 10분 후에 홈즈가 나의 팔을 잡고 소동이 벌어진 현장에서 빠져나왔기에 그제야 안심을 할 수 있었다. 몇 분 동안 홈즈는 아무런 말도 하지 않은 채 서둘러 발걸음을 옮겼다. 엣지웨어 대로로 나가는 조용한 골목으로 접어들어서야 드디어 입을 열었다.

"아주 잘 했네, 왓슨. 대단한 활약이었어. 모든 일이 잘 풀려가고 있네."

"사진을 찾았나?"

"숨겨둔 곳을 알아냈지."

"어떻게 찾아낸 거야?"

"그 여자가 알려줬다네. 내가 말한 대로."

"대체 어떻게 된 건지 도무지 알 수가 없군."

홈즈가 웃으며 말했다.

"자네에게 숨길 생각은 조금도 없네. 아주 간단한 일이었지. 그 거리에 있던 사람들이 전부 내 친구들이었다는 건 자네도 이미 눈치 챘겠지? 하룻밤 계약으로 고용을 했어."

"그건 나도 짐작하고 있었네."

"그리고 나는 붉은 물감을 녹여 손바닥 안쪽에 숨기고 있었지. 싸움이 시작되자마자 뛰어들어서 쓰러졌네. 그때 손을 얼굴로 가져가서 가엾은 구경거리가 됐다네. 낡은 수법이지."

"그것도 대충은 눈치 채고 있었네."

"그리고 집 안으로 실려 갔고. 그 여자도 거절할 수는 없었을 거야. 달리 방법이 없었을 테니까. 게다가 내가 점 찍어두었던 거실로 나를 데리고 갔네. 사진은 틀림없이 거실이나 침실 중 한 곳에 숨겨두었을 테니 거기를 확인해보기로 마음먹고 있었네.

나를 소파에 눕히기에 숨 막히는 척하며 창문을 열게 해서 자네에게 기회를 준 걸세."

"그게 어떤 도움이 됐단 말이지?"

"아주 커다란 도움이 됐네. 여자는 자신의 집에 불이 나면 본능적으로 가장 중요한 물건이 있는 곳으로 뛰어간다네. 그건 도저히 억누를 수 없는 충동이야. 나는 지금까지 그 본능을 몇 번이고 이용해왔네. 가짜 달링튼 스캔들 사건 때도 그랬고, 앤즈워스 성 사건 때도 그랬고, 이게 큰 도움이 됐었지. 결혼한 여자는 아기가 있는 곳으로 달려가네. 독신인 경우에는 보석상자가 있는 곳으로 달려가지.

그런데 지금 그 여자에게 있어서 가장 중요한 것은 우리가 찾고 있는 사진이라는 걸 누구보다도 잘 알고 있지 않은가? 틀림없이 가장 먼저 그곳으로 달려갈 것이라고 생각했네. '불이야!'라고 소리 지른 자네의 외침은 정말 그럴 듯했어. 그 연기와 외침 속에서는 제 아무리 침착한 여자라도 당황하지 않을 수 없었을 걸세.

애들러 역시 멋진 반응을 보여줬다네. 사진을 숨겨둔 곳은, 오른쪽 벨과 연결되어 있는 끈의 바로 위에 판자가 연결된 부분이 있는데 그 뒤쪽이라네. 그 여자가 바로 그쪽으로 달려가서 사진을 절반 정도 꺼내는 모습을 내 눈으로 확인하고 왔네. 그리고 내가 불이 아니라고 외치자 그녀는 사진을 제자리에 돌려놓고는 발연통을 힐끗 쳐다보더니 방 밖으로 뛰어나갔어. 그리고는 아직 돌아오지 않았네.

나는 자리에서 일어나 그 방에서 빠져나왔네. 당장 사진을 가지고 올까도 생각해봤지만 마부가 방으로 들어와 나를 빤히 쳐다보기에 나중에 찾으러 오는 게 안전하겠다고 판단했지. 조급하게 서두르면 사소한 일로 계획을 망쳐버릴 수도 있으니까."

"그래, 앞으로 어떻게 할 건가?"

내가 물었다.

"실질적인 조사는 이것으로 끝났네. 내일 보헤미아 왕과 함께 애들러를 찾아갈 생각이야. 괜찮다면 자네도 같이 가주지 않겠나? 우리는 거실로 안내를 받아 거기서 애들러가 준비를 하고 나올 때까지 기다리게 될 걸세. 하지만 그녀가 나왔을 때 우리는 사진과 함께 사라지고 없을 거야. 자신의 손으로 직접 그것을 찾는다면 폐하도 무척 기뻐할 걸세."

"그럼 언제 찾아갈 생각이지?"

"아침 8시에. 그녀는 그때까지도 자고 있을 테니 방해받지 않고 일을 해낼 수 있을 거야. 그리고 서둘러야 하는 이유가 한 가지 더 있네. 결혼으로 그녀의 생활과 습관이 완전히 바뀌어버릴지도 모르니까. 한시라도 빨리 폐하에게 전보를 쳐줘야겠어."

베이커 가에 도착한 우리는 문 앞에서 멈춰 섰다. 홈즈가 주머니에서 열쇠를 꺼내려는 순간 누군가 지나가던 사람이 말을 걸어왔다.

"셜록 홈즈 씨, 안녕하세요?"

그때, 몇몇 사람이 거리를 지나고 있었는데 말을 걸어온 것은 빠른 걸음으로 우리 앞을 지나쳐간 긴 외투를 입은 마른 청년인 듯했다.

"전에 들어본 적이 있는 목소린데."

이렇게 말한 홈즈는 가로등이 희미하게 비추고 있는 거리를 뚫어져라 바라보았다.

"근데 그게 누구였더라."

3

그날 밤, 나는 베이커 가에서 묵었다. 그리고 다음 날 아침, 둘이서 아침으로 커피와 토스트를 먹고 있는데 보헤미아 왕이 방 안으로 뛰어들었다.

"벌써 손에 넣었는가?"

홈즈의 어깨를 붙들고 뜨거운 시선으로 그의 얼굴을 들여다보았다.

"아직 아닙니다."

"그래도 가능성은 있는 거겠지?"

"가능성은 충분히 있습니다."

"그럼 어서 나가세. 도저히 가만히 있을 수가 없네."

"마차를 불러야 합니다."

"아니, 내 사륜마차가 우리를 기다리고 있네."

"그거 잘 됐습니다."

우리는 밑으로 내려가 다시 한 번 브라이오니 저택을 향해 출발했다.

"아이린 애들러는 결혼을 했습니다."

마차 안에서 홈즈가 말했다.

"뭐, 결혼을 했다고? 언제?"

"어제했습니다."

"그럼, 상대는?"

"노튼이라는 영국인 변호사입니다."

"아이린이 그런 사람을 사랑할 거라고는 생각되지 않는데."

"나는 그녀가 노튼을 사랑하고 있기를 바랍니다."

"어째서?"

"그러면 앞으로 폐하께 폐를 끼칠 염려가 없어지기 때문입니다. 남편을 사랑하고 있다면 폐하에 대해서는 더 이상 애정을 느끼고 있지 않을 것입니다. 폐하를 사랑하지 않는다면 폐하께서 하시는 일을 방해하려 들지도 않을 겁니다."

"그도 그렇군. 아! 하지만……, 그녀가 나와 같은 신분이었다면! 최고로 멋진 왕비가 될 수 있었을 텐데."

왕은 다시 기운 없는 모습으로 돌아가 서펜타인 대로에 도착할 때까지 아무런 말도 하지 않았다. 브라이오니 저택의 문은 열려 있었다. 돌계단 위에 중년을 지난 여자가 서 있었다. 그녀는 비웃는 듯한 표정으로 우리가 마차에서 내리는 모습을 지켜보았다.

"셜록 홈즈 씨이십니까?"

그녀가 물었다.

"내가 홈즈에요."

홈즈가 의심스럽다는 듯, 조금 놀란 표정으로 그녀를 바라보았다.

"역시 그랬군요! 당신이 여기에 오실 거라고 부인께서 말씀하셨습니다. 부인은 남편 되시는 분과 함께 5시 15분 기차로 채링 크로스 역을 출발하여 대륙으로 떠나셨습니다."

"뭐라고?"

놀라움과 분함으로 혈색이 변한 홈즈가 휘청거렸다.

"그 사람이 영국을 떠났다는 말인가?"

"두 번 다시 돌아오시지 않을 겁니다."

"혹시 편지 같은 걸 남기지 않았나? 아, 모든 게 끝장이군."

왕이 갈라지는 목소리로 말했다.

"조사해보도록 합시다."

홈즈가 그 가정부를 밀쳐내듯 하며 거실로 뛰어들었다. 왕과 나도 그의 뒤를 따라 들어갔다. 가구가 여기저기 흩어져 있었으며, 선반도 전부 떼어놓은 상태였고, 서랍도 열려 있었다. 떠나기 전에 아이린이 황급히 짐을 꾸린 듯했다. 벨의 끈이 있는 쪽으로 달려간 홈즈가 조그만 문을 열어 손을 안으로 찔러 넣었다. 그 안에서 사진 한 장과 편지가 나왔다.

사진에는 이브닝드레스를 입은 아이린 애들러의 모습이 담겨 있었다. 편지의 겉에는 '셜록 홈즈 선생님께. 방문하시면 읽어보시기 바랍니다.'라는 글이 적혀 있었다. 홈즈가 서둘러 봉투를 뜯었으며 우리 세 사람은 그것을 읽기 시작했다. 지난 밤 12시에 쓴 것으로 다음과 같은 글이 적혀 있었다.

「셜록 홈즈 선생님.

정말 훌륭한 솜씨였습니다. 저를 완벽하게 속이셨습니다. '불이야'라는 외침을 들은 순간까지 조금도 의심하지 않았었습니다. 하지만 그 직후, 제 스스로 비밀을 폭로해버렸다는 사실을 깨닫고 이런 생각이 들었습니다.

몇 개월 전에 선생님을 조심하라는 주의를 들은 적이 있었습니다. 만약 왕께서 누군가에게 부탁을 한다면 틀림없이 선생님께 할 것이라며. 그리고 선생님의 주소까지 알려줬습니다. 그럼에도 불구하고 저는 선생님께서 알고 싶어 하시는 것을 스스로 알려드린 꼴이 되어버리고 말았습니다. 수상하다는 생각이 들기 시작한 뒤부터도 그렇게 친절하고 다정한 목사님이 나쁜 사람일 것이라고는 생각되지 않았습니다.

선생님도 아시는 바와 같이 저는 배우로 활동해왔습니다. 남자로 변장하는 건 식은 죽 먹기보다 쉬운 일입니다. 덕분에 지금까지도 마음 내키는 대로 행동할 수 있었습니다. 저는 마부인 존에게 선생님을 감시하라고 시킨 뒤, 2층으로 뛰어올라갔습니다. 주로 산책할 때 입는 남자 옷으로 갈아입고 밑으로 내려가니 마침 선생님께서 돌아가시려던 참이었습니다. 그래서 선생님의 뒤를 밟아 댁 앞까지 가서 그 유명한 셜록 홈즈 선생님께서 사건에 관여하셨다는 사실을 확인했습니다. 그리고 조금은 뻔뻔스럽다고 생각하실지 모르겠지만 인사를 하고 남편을 만나러 법무협회로 갔습니다. 선생님처럼 무시무시한 분이 저희를 노리고 있으니 도망을 치는 게 상책이라고 저희는 생각했습니다. 그러니 내일 저를 찾아오셔도 빈집만이 선생님을 기다리고 있을 것입니다. 사진에 대해서는 걱정하지 말라고 선생님의 의뢰인에게 전해주시기 바랍니다. 지금은 훨씬 더 좋은 분과 서로 사랑하고 있습니다. 폐하께서는 지난 날, 한때 불장난을 했던 여자의 방해 같은 것은 걱정하실 필요 없이 당신이 하고 싶은 대로 하시면 됩니다.

그 사진은 제 몸을 지키는 무기로써 제가 가지고 있겠습니다. 앞으로 폐하께서 무슨 일을 하시든 이것만 있으면 저는 안심할 수 있습니다. 그리고 다른 사진을 한 장 놓고 가겠습니다. 원하신다면 폐하께서 가지고 계시기 바랍니다.

그럼 안녕히 계십시오, 셜록 홈즈 선생님.

아이린 노튼 (구성 애들러)」

"정말 대단한 여자야. 아, 정말 대단해!"

세 사람이 편지를 전부 읽고 나자 보헤미아 왕이 탄식하듯 외쳤다.

"내가 말한 대로 현명하고 야무진 여자 아닌가? 틀림없이 훌륭한 왕비가 될 수 있었을 텐데. 나와 신분이 다르다는 사실이 안타깝기 짝이 없네."

"내가 보기에도 이 여자와 폐하 사이에는 너무나도 커다란 수준 차이가 있습니다."

홈즈가 비아냥거리듯 말했다.

"의뢰하신 일을 좀 더 만족스럽게 해결하지 못해서 참으로 죄송합니다."

"무슨 말인가? 아주 만족스럽네. 그녀가 약속을 지키리라는 건 누구보다도 내가 잘 알고 있네. 사진은 이미 태워버린 거나 다름없어."

"그렇게 말씀하시니 나도 마음이 놓입니다."

"자네에게는 말로 표현할 수 없을 정도로 커다란 신세를 졌네. 자네가 원하는 게 있으면 말해보게나. 이 반지는……."

왕이 손가락에 끼고 있던 뱀처럼 생긴 에메랄드 반지를 빼더니 손바닥에 올려놓고 앞으로 내밀었다.

"폐하는 내가 이것보다 더 소중하게 생각하고 있는 것을 가지고 계십니다."

홈즈가 말했다.

"무엇이든 말해보게나."

"이 사진입니다."

왕이 깜짝 놀라며 홈즈를 바라보았다.

"아이린의 사진 말인가? 알겠네. 자네가 원한다면 그렇게 하지."

"감사합니다, 폐하. 이제 모든 일이 끝났으니 그만 인사를 드리겠습니다."

이렇게 말한 홈즈는 가만히 머리를 숙였다. 그리고 보헤미아 왕이 내민 손은 쳐다보지도 않고 나와 함께 집으로 돌아왔다.

보헤미아 왕을 두려움으로 몰아갔던 스캔들은 이렇게 끝났다. 이는 셜록 홈즈의 교묘한 계획이 한 여인의 기지로 인해서 깨져버린 이야기이기도 하다.

홈즈는 곧잘 여자들의 현명하지 못함을 비웃곤 했었는데 이 사건 후로는 그런 말을 들을 수가 없었다. 그리고 아이린에 대한 이야기를 하거나 그 사진에 대해서 이야기할 때면 언제나 '그 여성'이라고만 불렀다.

신랑의 정체

A Case of Identity

베이커 가의 하숙에서 홈즈와 단둘이 난로의 왼쪽과 오른쪽에 앉아 있을 때였다. 홈즈가 이런 말을 꺼냈다.

"이보게. 인생이란 인간이 생각해낸 어떤 일보다도 훨씬 더 신비한 법이라네. 일상의 아주 흔해빠진 일 속에조차 우리로서는 도저히 생각지도 못할 사연이 있는 법이니. 예를 들어서 우리가 손을 잡고 저 창을 빠져나가서 이 대도시 위를 날아다닐 수 있다고 해보세. 그리고 이 집, 저 집의 지붕을 살짝 뜯어서 그 안을 들여다볼 수 있다면 그 아래서는 틀림없이 여러 가지 일들이 일어나고 있을 걸세.

신비한 우연의 일치나 여러 가지 음모, 엇갈림이나 꼬리에 꼬리를 물고 일어나는 사건이 아버지에게서 아들에게로 몇 대에 걸쳐서 이어지다 결국에는 참으로 기괴한 결과를 낳게 되지. 그에 비하자면 진부한 줄거리에 결말도 뻔한 소설 따위는 따분하

기 짝이 없는, 아무런 도움도 되지 않는 것이 되어 버린다네."

"하지만 나는 꼭 그렇다고만은 생각지 않네. 신문에 실린 사건을 보면 전부가 아무런 재미도 없는 평범한 것이잖나. 또 경찰의 보고서란, 있는 그대로를 묘사하는 리얼리즘을 극단적으로까지 사용해서 기록된 것 아닌가? 그런데 그 결과를 보면 조금도 매력적이지 않고 예술적이지도 않다네."

라고 나는 홈즈의 의견에 반대했다.

"리얼리즘으로 효과를 거두려면 쓰는 내용을 선택해서 의미 없는 부분은 버릴 필요가 있다네. 경찰의 보고서에는 그게 없어. 판사의 헛소리만 적혀 있고, 핵심이라 할 수 있는 사건에 대한 자세한 내용은 소홀히 하니까. 사건의 세세한 부분이야말로 관찰자가 진상을 파악하는 데 가장 중요한 역할을 하는데도 말일세. 어쨌든 나날의 생활에서 일어나는 평범한 일만큼 신비한 것도 없다네."

나는 웃으며 머리를 흔들었다.

"자네가 그렇게 생각하는 것도 당연한 일이지. 자네는 전 세계의 어려움에 빠진 사람들을 돕는 사립탐정이니까. 언제나 이상하고 기괴한 일들만 경험해 왔을 테니. 그래도 말일세……."

나는 이렇게 말하면서 바닥에 떨어져 있던 신문을 집어 들었다.

"이것으로 직접 시험해보지 않겠나?

우선 가장 먼저 눈에 띄는 것은 말일세 '아내를 학대하는 남편'이라는 제목일세. 단의 절반이나 차지하고 있어. 하지만 읽지 않아도 뻔한 사건이라는 걸 알 수 있지. 남편은 바람을 피우고, 술꾼에, 부인을 들이받거나 때린다. 자매나 집의 안주인이 그녀에게 동정을 한다는 내용일 걸세. 아무리 서툰 작가라도 이보다 더 서툰 소설은 쓰지 않을 거야."

"그렇군. 하지만 미안하게도 이건 자네의 입장에 약간은 불리한 예야."

신문을 받아 든 홈즈가 대충 훑어보면서 말했다.

"이건 던다스 부부의 별거 사건에 관한 거야. 나도 우연히 이 사건과 관계가 있는 간단한 조사를 의뢰받은 적이 있었지. 그래서 알고 있는데 남편은 금주주의자로 술은 절대로 마시지 않는다네. 바람도 피우지 않는 사람이야. 어째서 소송을 했는가 하면, 식사를 마치고 나면 남편이 틀니를 빼서 부인에게 던지는 버릇이 있었기 때문이라네.

평범한 소설가라면 이런 일은 도저히 생각해내지 못할 걸세. 어떤가? 왓슨 선생. 담배라도 한 대 피우도록 하게. 그리고 자신이 들이민 예가 오히려 자신의 발등을 찍었다는 사실을 인정하는 게 어떻겠나?"

이렇게 말하며 홈즈는 빛바랜 적황색 금으로 만들어진 코담배 상자를 내밀었다. 뚜껑 한가운데 커다란 자수정이 박힌 것이었다. 눈부실 만큼 아름다워서 홈즈의 소박한 생활과는 전혀 어울리지 않는 것이었다. 그랬기에 나는 그것에 대해서 한마디 물어보지 않을 수 없었다.

"그래, 맞아."

홈즈가 나의 질문에 이렇게 대답해주었다.

"지난 몇 주일 동안 자네를 보지 못했었지. 이건 말일세, 그 아이린 애들러로부터 사진을 되찾으려 했던 사건에서 내 도움을 받았던 보헤미아 왕으로부터 답례로 받은 기념품이라네."

"그럼, 그 반지는?"

나는 아까부터 홈즈의 손가락에서 반짝반짝 빛나고 있던, 브릴리언트컷 다이아몬드를 바라보며 말했다.

"이건 네덜란드 왕실에서 보낸 물건이라네. 이것을 받게 된 사건은 매우 미묘한 사정을 가진 것이어서 말일세, 내 사건 중 몇몇을 기록해준 자네에게도 밝힐 수 없는 것이라네."

"지금도 역시 관여하고 있는 사건이 있나?"

라고 내가 흥미에 끌려 물었다.

"열 몇 가지 사건이 있네. 하지만 재미있는 건 단 한 건도 없어. 그러나 재미없다고 해서 중요하지 않다는 말은 아니야. 내가 깨달은 바에 의하면 하찮은 것처럼 보이는 사건일수록 그 안에 관찰할 만한 가치가 있는 내용이 담겨 있는 법이라네. 그것도 원인과 결과를 날카롭게 분석할 수 있고, 조사해보면 매력이 느껴지기도 하지. 커다란 범죄일수록 단순한 것이기 쉬운 법이야. 왜냐하면 커다란 범죄일수록 범인이 어째서 그런 짓을 했는지 대부분은 동기가 분명한 법이니까.

지금 맡고 있는 것들 중에서는, 마르세유로부터 부탁을 받은 약간 복잡한 사건이 그나마 재미있다네. 다른 것들은 전부 재미가 없어. 하지만 그렇게 오래 기다리지 않아도 이렇게 지내는 동안 훨씬 더 재미있는 사건이 날 찾아올 것 같아. 보라고, 저기에 보이는 사람은 틀림없이 나의 의뢰인일 거야. 그렇지 않다면 내 눈이 아주 이상해진 거겠지."

이때 홈즈는 의자에서 일어나 반쯤 열려 있던 커튼 사이로 잔뜩 찌푸린 날의 런던 거리를 내려다보고 있었다. 그의 말에 나도 홈즈의 어깨 너머로 내려다보니 건너편 인도에 커다란 체구의 여성이 서 있었다.

모피로 된 묵직한 목깃에 크고 붉은 깃털이 소용돌이치고 있는 챙이 넓은 모자를 쓰고 있었다. 게인즈버러가 그린 유명한 「데번셔 공작부인」의 초상화처럼 요염하게 한쪽으로 기울여 쓰고 있었다. 여자는 그 갑옷 같은 모자 밑에서 머뭇머뭇 망설이듯 이쪽 창을 올려다보았다. 그리고 침착하지 못하게 몸을 앞뒤로 흔들면서 장갑의 단추를 만지작거리고 있었다.

그러는가 싶더니 갑자기 수영을 하는 사람이 기슭을 떠날 때처럼 길의 이쪽을 향해서 훌쩍 뛰어내렸다. 그리고는 바로 현관의 벨을 격렬하게 울려댔다.

"저런 태도는 전에도 본 적이 있어."

홈즈가 담배꽁초를 불 속으로 던져 넣으며 말했다.

"인도에서 망설이는 것을 보니 틀림없이 연애 문제야. 의뢰를 하고 싶기는 하지만 문제가 너무 미묘해서 상대방이 과연 이해를 해줄지 자신이 없는 거야.

그렇지만 여기에도 구별이 필요한 경우가 있어. 남자에게 심하게 당한 여자라면 망설이거나 하지 않아. 그때는 벨의 끈이 끊어지는 게 보통이지. 그러니 오늘은 연애 문제이기는 하지만 남자에게 화가 난 경우라기보다는 망설이고 있거나 슬퍼하고 있는 걸 거야. 어쨌든 본인이 온 것 같으니 어느 쪽인지 곧 알 수 있을 거야."

홈즈의 말이 채 끝나기도 전에 노크 소리가 들리고 심부름하는

소년이 나타나더니, 메리 서덜랜드라는 여성이 찾아오셨습니다, 라고 말했다. 그 검은 제복을 입은 조그만 소년 바로 뒤에 커다란 체구의 서덜랜드 본인이 우뚝 서 있었다. 돛에 바람을 잔뜩 머금은 커다란 상선이, 조그만 길잡이 배를 따라오는 것 같은 느낌이었다.

홈즈는 천성적인 부드러움과 정중한 어조로 여자를 맞아들인 뒤 문을 닫았다. 그리고 팔걸이의자에 앉힌 다음 세심한 주의를 기울이고 있지만 멍한 표정으로 보이는, 그 특유의 태도로 가만히 여자를 바라보았다.

"눈도 안 좋으신데 그렇게 열심히 타자를 치시다니 꽤나 힘드시겠네요."

라고 홈즈가 말을 꺼냈다.

"처음에는 그랬어요. 하지만 지금은 눈으로 보지 않아도 타자기의 알파벳이 있는 위치를 알 수 있어요."

라고 서덜랜드는 대답했는데 순간 홈즈가 한 말의 참된 의미를 깨달았는지 깜짝 놀라서 얼굴을 들었다. 포동포동하고 사람 좋아 보이는 얼굴에 불안과 놀라움이 가득했다.

"어머, 홈즈 씨. 저에 대해서 벌써 알고 계셨군요. 그렇지 않다면 어떻게 그런 것을 아실 수 있겠어요?"

라고 서덜랜드가 외쳤다.

"아니, 걱정 마세요."

라고 홈즈가 웃으며,

"무엇이든 밝혀내는 것이 내 직업이니까요. 다른 사람들이 그냥 지나쳐버리는 것도 포착해낼 수 있도록 훈련을 쌓고 있어요. 그렇게 하지 않으면 당신도 내게 상의를 하러 오시지 않으셨을

테니까요."

"오늘 찾아온 것은 에서리지 부인께 당신의 이야기를 들었기 때문이에요. 그분의 남편께서 행방불명되셨을 때, 경찰과 다른 사람 모두 죽었다며 포기했었는데 당신께 부탁을 했더니 간단히 찾아주셨다고 하더군요. 홈즈 씨, 저도 좀 도와주실 수 없으시겠어요? 전 부자는 아니지만 타자로 돈을 버는 외에 유산에서 매해 100파운드 정도 돈이 들어와요. 호스머 엔젤 씨의 신변에 무슨 일이 있었는지 알 수만 있다면 그것을 전부 드려도 상관없어요."

"어째서 그렇게 황급히 상의를 하러 오신 거죠?"

양쪽 손가락 끝을 산처럼 맞붙이고 홈즈가 천장을 올려다보며 말했다.

어딘가 공허한 느낌이 드는 서덜랜드의 얼굴에 다시 놀라는 듯한 표정이 번졌다.

"맞아요. 저, 집에서 뛰쳐나왔어요. 사실은 윈디뱅크 씨가—저희 아버지에요— 너무나도 느긋하기에 화가 나서요. 경찰에 신고를 하려 들지도 않고 그렇다고 당신에게 의뢰를 하려 하지도 않고. 아무것도 하지 않고 그저 걱정하지 않아도 된다는 말만 되풀이할 뿐이었기에 결국에는 저도 화가 났어요. 그래서 정신없이 외출 준비를 해서 뛰쳐나온 거예요."

"아버지라고 하셨죠? 성이 다른 걸 보니 양아버지인 모양이군요."

"네, 맞아요. 하지만 아버지라고 부르고 있어요. 저보다 겨우 다섯 살하고 2개월밖에 나이가 많지 않아 조금 어색하기는 해도."

"그럼, 어머니는 살아 계신가요?"

"네, 어머니는 아직 건강하세요. 하지만 홈즈 씨, 아버지가 돌아가신 뒤 어머니가 너무 빨리 재혼해서 전 별로 기분이 좋지 않았어요. 게다가 어머니보다 열다섯 살이나 나이가 어린 사람이니까요.

친아버지는 토트넘 코트 거리에서 배관공사 상점을 경영하고 계셨어요. 꽤나 거래처가 많은 상점이었죠. 아버지가 돌아가시고 난 뒤에는 어머니가 직원들의 총책임자인 하디 씨와 함께 그 상점을 운영했어요. 그런데 윈디뱅크 씨가 나타나서 어머니에게 상점을 팔게 했어요. 윈디뱅크 씨는 와인을 팔러 다니는 사람인데 수완이 아주 좋아요. 두 사람은 상점의 권리와 단골 고객들까지 전부 포함해서 4,700파운드에 팔았어요. 하지만 아버지가 살아계셨다면 그런 헐값으로는 절대 팔지 않았을 거예요."

이 종잡을 수 없는, 앞뒤 사정이 분명하지 않은 이야기에 홈즈는 화를 내고 있을 것이라 나는 생각했다. 그러나 뜻밖에도 홈즈는 아주 열심히 귀를 기울이고 있었다.

"당신의 유산이라는 것은 그 상점의 돈에서 나오는 것입니까?"라고 홈즈가 물었다.

"아니요. 그건 전혀 다른 거예요. 오클랜드에 계신 네드 큰아버지가 남기신 것으로 이자가 4.5퍼센트인 뉴질랜드 공채에요. 전부해서 2,500파운드지만 저는 이자밖에 받을 수가 없도록 되어 있어요."

"아주 흥미로운 얘기로군요. 해마다 100파운드가 넘는 돈이 들어오고, 또 일도 하고 계시다니 조그만 여행이나 그 외에 좋아하는 일도 여러 가지로 하실 수 있으시겠네요. 독신 여성은 1년에

60파운드 정도면 꽤나 풍요로운 생활을 할 수 있을 거라 생각하는데요."

"더 적어도 살아갈 수 있어요, 홈즈 씨. 하지만 지금 집에서 같이 사는 동안은 어머니에게 신세를 지지 않으려고 두 사람에게 이자를 마음대로 쓰게 하고 있어요. 어차피 얼마 안 있으면 따로 살게 될 테니까요.

이자는 윈디뱅크 씨가 3개월마다 받아와서 어머니에게 건네주고 있어요. 저는 타자를 쳐서 버는 돈만으로도 충분히 살아갈 수 있으니까요. 1장 치면 2페니를 받는데 하루에 15장에서 20장이나 치는 날도 있거든요."

"그것으로 당신이 지금 어떤 생활을 하고 있는지 잘 알았습니다. 참, 이 사람은 왓슨 박사라고, 제 친구입니다. 저와 마찬가지로 무슨 이야기를 해도 걱정하실 것 없습니다. 다음은 호스머 엔젤 씨와의 관계에 대해서 들려주시기 바랍니다."

서덜랜드는 갑자기 얼굴을 붉히더니 웃옷의 레이스를 만지작거리기 시작했다.

"처음 만난 건 가스 공사업자들의 무도회에서였어요. 아버지와 사업관계를 맺고 있던 사람들은 아버지가 살아계실 때부터 표를 보내주었어요. 그런데 돌아가시고 난 뒤에도 잊지 않고 어머니 앞으로 보내주었어요. 하지만 윈디뱅크 씨는 어머니와 제가 참석하는 것을 반대했어요. 그 사람은 저희가 어디를 가든 반대하거든요. 일요 학교의 소풍에 간다고 해도 불같이 화를 내는 사람이니.

하지만 그때의 무도회에는 아주 가고 싶었기 때문에 무슨 일이 있어도 갈 생각이었어요. 그 사람에게 반대할 권리 같은 것, 어디에도 없잖아요? 아버지의 친구였던 분들도 전부 계시는데 그 사람은 저희가 사귀기에 적합하지 않은 사람들뿐이라고 말했어요. 게다가 제게는 입고 갈 옷도 없지 않느냐고 말했지만, 제게는 옷장에서 한 번도 꺼내지 않은 보라색 플러시로 된 옷이 있었어요.

결국, 도저히 말릴 수 없겠다고 생각한 그 사람은 회사 일이라며 프랑스로 가버렸어요. 그래서 저와 어머니는 원래 기술공이었던 하디 씨와 함께 참석했고 저는 호스머 엔젤 씨를 만나게 된 거예요."

"프랑스에서 돌아온 윈디뱅크 씨는 당신들이 무도회에 참석했다는 말을 듣고 아주 불쾌한 얼굴을 하셨겠군요."
라고 홈즈가 말했다.

"아니요. 오히려 기분이 좋은 듯했어요. 어깨를 들썩이며 '여자란 걸핏하면 멋대로 행동하니 말려도 소용없지.'라고 말한 것을 기억하고 있어요."

"그래요? 바로 그 가스 공사업자들의 무도회에서 호스머 엔젤 씨라는 신사를 알게 되었단 말이죠? 그 후에는 어떻게 됐습니까?"

"그날 밤 만났는데 이튿날, 그분은 저희가 무사히 집에 돌아왔는지 확인하러 와주셨어요. 그 뒤에도 계속 만났어요. 그러니까, 두 번 정도 만나서 산책을 했어요. 하지만 양아버지가 돌아온 뒤부터는 호스머 엔젤 씨가 집에 오지 못하게 되었어요."

"오지 못하게 됐다?"

"네. 아버지가 그런 것을 싫어하기 때문이에요. 아버지는 가능한 한 손님은 전부 사양하겠다고 말해요. 여자는 자신의 가정

안에서 즐기면 그것으로 충분하다고 입버릇처럼 말해요. 하지만 전, 어머니에게 종종 이렇게 말했어요. 그렇다면 여자는 우선 자신의 가정을 만들기 위한 첫 번째 과정으로 사귈 사람이 필요한데 나는 그 상대조차 없다고요."

"그렇다면 호스머 엔젤 씨는 어땠습니까? 어떻게 해서든 당신과 만나려 하지 않았습니까?"

"네, 아버지가 일주일 뒤에 다시 프랑스로 갈 예정이었어요. 호스머는 편지를 보내서, 아버지가 떠나실 때까지 서로 만나지 않는 편이 안전할 것이라고 말했어요. 그 동안에는 편지를 주고받으면 되니까요. 그 사람은 매일 편지를 보냈어요. 제가 매일 아침 편지를 가지러 갔기에 아버지께 들킬 염려는 없었어요."

"그때는 이미 그와 결혼을 약속한 상태였나요?"

"맞아요, 홈즈 씨. 처음 산책을 나갔을 때 저희, 결혼을 약속했어요. 호스머는, 아니 엔젤 씨는 리든홀 가에 있는 회사에서 회계를 맡고 있고, 또……."

"그 회사의 이름은 뭡니까?"

"그게, 홈즈 씨, 안타깝게도 그걸 모르겠어요."

"그럼, 어디에 살고 있나요?"

"회사에서 생활하고 있었어요."

"당신은 그 회사의 주소도 모르시죠?"

"네, 리든홀 가에 있다는 것밖에."

"그렇다면 편지는 어디로 보냈습니까?"

"리든홀 가 우체국의 사서함으로요. 회사로 보내면 여자가 보낸 편지가 왔다며 다른 사원들이 놀릴 거라고 그이가 말했기에.

그렇다면 그이가 하는 것처럼 저도 타자로 치겠다고 했더니 그건 싫다고 했어요. 직접 쓴 편지는 정말로 제게서 왔다는 기분이 들지만 타자로 친 것은 저희 두 사람 사이에 기계가 낀 것 같아서 싫다고 했어요.

이것으로 그이가 얼마나 저를 사랑하는지, 또 얼마나 세심한 부분에까지 신경을 쓰는 사람인지 아시겠지요, 홈즈 씨?"

"참으로 의미심장한 얘깁니다. 저는 옛날부터 아주 작은 일이야말로 무엇보다 가장 중요한 것이라는 말을 격언으로 삼아왔습니다. 사소한 일이어도 상관없으니 호스머 엔젤 씨에 대해서 또 생각나는 일은 없나요?"

"그 사람은 수줍음이 많은 사람이었어요, 홈즈 씨. 사람들 눈에 띄기 싫다며 저와 산책을 하는 것도 낮보다는 밤에 하고 싶어 할 정도였어요. 정말 소극적이고 조용한 사람이었어요. 목소리까지 조용했어요. 젊었을 때 편도선과 목의 임파선이 붓는 병에 걸렸었다고 했어요. 그 때문에 목이 약해져서 우물거리는 듯한 조그만 목소리로 이야기하게 되었대요.

그리고 언제나 단정한 차림에 말쑥하고 수수한 옷을 입었어요. 하지만 저처럼 눈이 약해서 빛을 피하기 위한 선글라스를 꼈어요."

"그렇군요. 그런데 아버지 윈디뱅크 씨가 다시 프랑스로 간 뒤에는 어떻게 됐죠?"

"호스머 엔젤 씨가 집으로 찾아와서 아버지가 돌아오시기 전에 결혼을 하자고 말했어요. 그는 매우 진지하게, 제 손을 성경 위에 얹게 하고 무슨 일이 있어도 결코 변치 않겠다고

맹세하게 했어요. 어머니는 그가 제게 맹세하게 한 것은 당연한 일로, 그만큼 그 사람의 애정이 큰 증거라고 말씀하셨어요.

어머니는 처음부터 그이가 마음에 들어서 마치 저보다 더 그이를 좋아하는 것 같았어요. 그리고 어머니와 그 사람이 일주일 안에 결혼식을 올리자며 상의를 시작했을 때 저는 아버지를 어떻게 할 것이냐고 물었어요. 그러자 두 사람 모두 아버지는 걱정할 것 없다, 나중에 얘기하면 된다고 말했어요. 그리고 어머니가 그 일은 신경 쓸 것 없다, 내가 잘 말할 테니, 라며 그 역할을 맡기로 했어요.

하지만 홈즈 씨, 저는 아무래도 내키지 않았어요. 나이 차이도 얼마 나지 않는 아버지에게 허가를 받는다는 것도 좀 이상한 일이기는 했어요. 그래도 저는 무슨 일이든 숨기고 몰래 하기는 싫었기에 보르도에 있는 아버지에게 편지를 보냈어요. 아버지 회사의 프랑스 지점이 있는 곳이에요. 그런데 그 편지가 결혼식 날 아침에 그대로 되돌아왔어요."

"아버지가 편지를 받지 못하셨군요."

"네. 아버지는 편지가 도착하기 직전에 영국으로 출발하셨어요."

"그거 참 안타깝게 됐군요. 그런데 결혼식은 지난 금요일이었지요? 장소는 교회에서 할 예정이었습니까?"

"네, 아주 가까운 사람들만 불러서요. 킹스 크로스 역 근처에 있는 세인트 세피아 교회에서 식을 올린 뒤, 세인트팬크라스 호텔에서 아침을 먹기로 했었어요. 그날 호스머는 2인승 이륜마차를 타고 저를 데리러 왔어요. 그런데 저희는 어머니와 두 사람이었기에, 그 사람은 저희를 먼저 그 마차에 태워 보내고 자신은 사륜마차를 잡아탔어요. 그때 거리에는 그 마차밖에 없었어요.

교회에는 저희가 탄 마차가 먼저 도착했어요. 그리고 나서 사륜마차가 도착해 저희는 그이가 내리기를 기다렸어요. 그런데 어찌된 일인지 아무리 기다려도 좀처럼 나오지 않았어요. 결국은 마부도 자리에서 일어나 안을 들여다보았는데, 거기에는 아무도 타고 있지 않았어요. 마부는, 호스머가 타는 것을 자기 눈으로 똑똑히 보았는데 대체 어디로 간 건지 모르겠다며 어리둥절해 했어요.

홈즈 씨, 이것이 지난 금요일에 있었던 일이에요. 그날 이후 호스머에게 대체 무슨 일이 있었는지 알 수 있을 만한 단서는 아무것도 없어요.”

“굉장히 좋지 않은 일을 당하셨군요.”

홈즈가 말했다.

“아니요, 그렇지 않아요! 그이는 아주 다정해서 저를 버리고 갈, 그런 사람이 아니에요.

그날 아침에도 그이는 제게 거듭 당부했어요. 무슨 일이 있어도 절대 마음이 변해서는 안 된다고. 전혀 뜻밖의 일이 일어나 두 사람이 뿔뿔이 헤어지게 된다 할지라도 맹세를 잊어서는 안 된다고, 언젠가는 꼭 데리러 오겠다고. 결혼식 날 아침에 이런 말을 한 것은 이상할지도 모르겠지만, 나중에 생각해보니 거기에는 어떤 사연이 있었던 거 같아요.”

“틀림없이 뭔가가 있는 것 같네요. 그러니까 당신은 엔젤 씨에게 뜻밖의 불행이 일어난 것 같다는 말씀이시죠?”

"네, 그래요. 분명히 어떤 위험한 일이 일어날 것 같다는 예감이 든 거겠죠. 그게 아니라면 제게 그런 말을 했을 리 없어요. 어떤 예감이 있었던 거예요."

"하지만 그에게 무슨 일이 일어났는지, 당신은 전혀 모른단 말씀이시죠?"

"네."

"하나만 더 묻겠습니다. 어머님께서는 이 일에 대해서 뭐라고 말씀하시죠?"

"어머니는 화가 나서 이번 일에 관해서는 두 번 다시 말도 꺼내지 말라고 하셨어요."

"아버지는? 아버지께 이번 일을 말씀드렸나요?"

"말했어요. 아버지도 저처럼 어떤 뜻밖의 일이 그 사람에게 일어난 듯하니, 곧 호스머에게서 연락이 올 거라고 생각하고 계신 것 같아요. 아버지도 말씀하셨지만, 저 같은 걸 결혼하자고 속여서 교회 앞까지 끌어냈다가 내팽개친들 무슨 득이 있겠어요?

가령 그이가 제게 돈을 꿨다거나, 저와 결혼을 해서 돈을 얻게 된다면 또 모르겠지만. 하지만 돈에 관한 일이라면 호스머는 타인에게 의지하는 사람이 아니고, 단돈 1실링도 제 돈에 눈독을 들인 적이 없었어요. 그런데 대체 어떻게 된 일일까요? 왜 편지도 주지 않는 걸까요? 아아, 생각하면 생각할수록 머리가 이상해질 것 같아요. 밤에도 도무지 잠을 잘 수가 없어요."

서덜랜드는 손을 따뜻하게 하는 토시에서 조그만 손수건을 꺼냈다. 그리고 그 안에 얼굴을 묻더니 괴롭다는 듯 울기 시작했다.

홈즈가 자리에서 일어서며 말했다.

"내가 조사해보겠습니다. 틀림없이 분명한 결과를 얻을 수 있을 겁니다. 그러니 이제 사건에 관한 일은 전부 내게 맡겨두세요. 더 이상은 아무것도 생각 마시기 바랍니다. 무엇보다 먼저 호스머 엔젤 씨와의 추억을 지워버리세요. 그 사람은 떠나가 버렸으니."

"그렇다면 그이와는 두 번 다시 만나지 못하는 걸까요?"

"안 됐습니다만, 그럴 거 같네요."

"그럼 그이는 어떻게 된 걸까요?"

"그 문제는 내게 맡겨두세요. 그보다 엔젤 씨의 정확한 인상착의를 가르쳐주세요. 그리고 그에게서 온 편지가 있으면 보여주세요."

"지난 토요일의 『크로니클』지에 사람 찾는 광고를 냈어요. 여기에 오려온 게 있어요. 그에게서 온 편지는 4통을 가지고 왔어요."

 "고맙습니다. 그런데 당신의 주소는 어떻게 되죠?"

 "캠버웰 구 라이언플레이스 31번지에요."

 "엔젤 씨의 주소는 모른다고 하셨죠? 당신의 아버지가 일하시는 곳은 어디죠?"

 "웨스트하우스 앤드 마뱅크 상회에요. 펜처치 가에 있는 커다란 클래릿(보르도산 붉은 와인) 수입회사에요."

 "고맙습니다. 말씀 잘 들었어요. 편지와 오려낸 신문은 제가 잠시 가지고 있을 게요. 그리고 조금 전의 충고를 잊지 마세요. 이 문제는 전부 명확하지 않은 채로 그냥 내버려두는 겁니다. 이제는 당신의 생활과 관계없는 일이라고 생각하셔야 합니다."

 "홈즈 씨, 정말 친절하시네요. 고마워요. 하지만 잊을 수는 없어요. 저는 호스머에게 진심을 바칠 생각이에요. 언제까지고 그이가 돌아오기를 기다릴 거예요."

 이 손님은 틀림없이 아주 화려한 모자를 쓰고 머리가 텅 빈 것 같은 얼굴을 하고 있었다. 그러나 끝까지 약속을 지키겠다는 순수하고 성실한 모습에서 높은 기품과도 같은 것이 느껴져 우리는 그녀에게 감탄하지 않을 수 없었다. 서덜랜드는 편지와 신문조각을 테이블 위에 놓고 무슨 일이 있으면 언제라도 다시 찾아오겠다고 말한 뒤 돌아갔다. 홈즈는 서덜랜드가 돌아간 뒤에도 여전히 입을 다문 채 앉아 있었다. 손가락 끝을 맞대고 두 다리를 뻗어 가만히 천장을 바라보고 있었다.

그렇게 한동안 시간이 흐르자 파이프를 세워둔 곳에서 도자기로 만들어진 파이프를 집어 들었다. 홈즈가 언제나 문제를 상의하는, 낡고 담뱃진이 밴 바로 그 파이프다. 그리고 거기에 불을 붙인 뒤 자세를 바꿔 의자에 깊숙이 앉아 파란 연기를 모락모락 피워 올리며 노곤해서 견딜 수 없다는 표정으로 말했다.

　　"그 아가씨, 연구 대상으로는 정말 재미있는 사람이야. 의뢰한 사건보다 그 아가씨 쪽이 훨씬 더 재미있어. 어쨌든 이번 사건 말인데, 그건 약간 흔해빠진 사건이야. 내 색인을 살펴보면 비슷한 사건을 찾아볼 수 있을 거야.

　　1877년에는 햄프셔의 앤도버에서 비슷한 사건이 있었고 네덜란드의 헤이그에서도 작년에 아주 비슷한 사건이 일어났었어. 오늘 의뢰받은 사건도 발상 자체는 낡은 것이지만 세세한 부분에서 내게는 새로운 점이 한두 가지 있었어. 하지만 누가 뭐래도 그 아가씨 자신이 가장 여러 가지 사실들을 가르쳐주었어."

　　"자네는 그 아가씨에 대해서 내가 전혀 깨닫지 못한 사실을 여러 가지로 읽어낸 모양이군."

　　내가 말했다.

　　"자네는 깨닫지 못한 것이 아니라 주의를 기울이지 않은 거야, 왓슨. 어디를 봐야 할지 몰라서 중요한 것을 전부 놓쳐버리고만 거야. 옷의 소매 끝이나 엄지손가락의 손톱이 얼마나 중요하고 많은 사실들을 가르쳐주는지, 구두끈에서 얼마나 멋진 결론을 이끌어낼 수 있는지, 자네는 모르겠지? 그래, 자네는 그 여자의 외관에서 어떤 것들을 관찰했나, 왓슨? 한번 들어보기로 하세."

　　"글쎄, 우선은 챙이 넓은 회색 밀짚모자에 붉은 벽돌색 깃털을 하나 꽂고 있었지. 그리고 검은색 재킷, 거기에는 검은 유리구슬이 달려 있었고 가장자리에도 검은 구슬이 장식되어 있었어. 그 안의 옷은 커피보다 조금 더 거뭇한 진갈색이었는데 목깃과 소매 끝에 보라색 플러시로 만든 장식이 약간 달려 있었어.

장갑은 회색이 감도는 것이었는데 오른쪽 검지가 닳아서 구멍이 뚫려 있었어. 구두는 보지 못했어. 귀에는 조그맣고 둥근 금 귀걸이를 하고 있었어. 전체적으로 봐서 여유 있고 커다란 걱정거리가 없는 서민이라는 느낌이었고, 생활은 풍족한 것 같았다네."

이 말을 들은 홈즈는 가볍게 박수를 치며 껄껄 웃었다.

"이야, 왓슨, 많이 발전했는데. 정말 훌륭해. 중요한 점을 전부 놓친 것만은 틀림없는 사실이지만, 관찰 방법만은 깨달은 듯해. 게다가 색에 대해서 민감하군. 하지만 전체적인 인상에 사로잡히지 말고 세세한 점에 주의해서 집중하도록 하게. 나는 상대가 여자인 경우에는 언제나 소매를 가장 먼저 본다네. 남자인 경우에는 바지의 무릎을 보지.

자네도 눈치 챈 것처럼 그 아가씨의 소매에는 플러시로 만든 장식이 달려 있었다네. 그건 다른 곳에 스치거나 할 때 흔적이 가장 잘 남는 천이야. 그 아가씨의 손목 바로 윗부분에 굳은살 두 개 선명하게 드러나 있었는데 타자를 칠 때 그곳이 책상에 스치기 때문이야. 손으로 돌리는 재봉틀을 사용해도 비슷한 흔적이 남지만 그 경우에는 왼손에만 남지. 그것도 새끼손가락 부분에 남아. 그 아가씨는 오른손의 꽤 넓은 부분에 남아 있었어.

그리고 얼굴을 보면, 코 양쪽에 안경을 낄 때 생기는 움푹 들어간 자국이 있었어. 그래서 눈도 안 좋은데 타자를 치느라 피곤하지 않느냐고 물었더니, 놀라는 듯하더군."

"그 말에는 나도 놀랐다네."

"놀랄 것 없네. 너무나도 분명해서 틀릴 리 없는 사실이니까.

그보다 시선을 아래쪽으로 옮겨서 신고 있는 구두의 왼쪽과 오른쪽이 아주 비슷하기는 하지만 짝짝이라는 사실을 발견했을 때는 깜짝 놀라지 않을 수 없었고, 또 재미있다는 생각이 들기도 했다네. 한쪽 구두는 발가락 부분의 가죽에 장식이 달려 있었지만, 다른 한쪽에는 그것이 없었다네. 게다가 5개가 달려 있는 구두의 단추 중 한쪽은 아래쪽의 2개만 채워져 있었고, 다른 한쪽은 제일 아래와 세 번째와 다섯 번째가 채워져 있었다네.

그러니까 젊은 아가씨가 복장은 말쑥하게 차려입었으면서도 구두만은 짝짝이로 신고 그 단추도 제대로 채우지 않은 채 집에서 나왔다는 얘기지. 그러니 서둘러 집을 뛰쳐나온 것이라는 사실을 간단히 추리할 수 있지 않겠나?"

"그 외에도 다른 사실들이 있겠지?"

평소와 다름없이 홈즈의 예리한 추리에 커다란 흥미를 느낀 내가 물었다.

"그 아가씨가 외출준비를 완전히 마친 뒤, 집을 나서기 직전에 편지를 썼다는 사실도 알아냈다네. 장갑의 오른쪽 검지 부분에 구멍이 나 있는 건 자네도 보았지? 그러나 그 장갑과 검지에 자줏빛 잉크가 묻어 있었다는 점은 놓친 듯하더군. 급히 서두르다 펜을 잉크병 안에 너무 깊이 찔러 넣은 거야. 손가락에 묻은 잉크가 지워지지 않은 것을 보면, 오늘 아침에 쓴 것임에 틀림없어.

　모두가 약간은 초보적인 사실들이지만 되돌아보니 꽤나 흥미롭군. 하지만 왓슨, 이제는 일로 되돌아가야 하네. 사람 찾는 광고에 실린, 호스머 엔젤의 인상이 적힌 기사를 좀 읽어주게.”

　나는 조그만 신문조각을 불빛에 비춰가며 광고를 읽기 시작했다.

「14일 아침 이후, 호스머 엔젤이라는 신사가 행방불명. 키 약 5피트 7인치(약 170㎝), 다부진 체구에 혈색은 좋지 않다. 머리카락은 검은색이며 정수리 부근이 약간 벗겨졌다. 검고 덥수룩한 구레나룻과 턱수염 있다. 선글라스를 끼고 발음이 약간 정확하지 않다.

　마지막으로 목격되었을 때의 복장은 비단으로 깃을 덧댄 검은 플록코트에 검은 조끼. 앨버트 형 금시계 줄을 늘어뜨리고 있었으며 손으로 짠 회색 스카치 트위드 바지를 입고 있었다. 두꺼운 고무를 댄 구두 위에 갈색 각반을 착용.

　리든홀 가의 사무소에 근무하고 있었다고 함. 이 신사에 대해서 누군가…….」

　“이제 그만 됐네.”
라고 홈즈가 말했다. 그리고 편지를 대충 훑어보면서 말을 이었다.
　“편지는 아주 평범한 것이로군. 프랑스 소설가인 발자크의 말을 한 번 인용했을 뿐, 그 외에는 엔젤에 대해서 알 수 있을 만한 단서가 전혀 없어. 하지만 자네도 틀림없이 놀랄 만한 특이한 점이 한 가지 있다네."

"전부 타자기로 쳤다는 점인가?"

라고 내가 말했다.

"그것뿐만이 아닐세. 본문도 그렇지만, 본인의 서명까지 타자로 쳤다네. 여기 좀 보게. 제일 끝에 조그맣지만 뚜렷한 글자로 호스머 엔젤이라고 쳐놓지 않았는가? 게다가 날짜는 있지만 리든홀 가라고만 쳤을 뿐, 자세한 주소는 적지 않았다네. 이 서명에는 아주 중요한 의미가 있어. 실제로 이 점이 결정적인 사건해결의 열쇠라고 해도 좋을 거야."

"뭐라고?"

"자네 설마, 이 서명이 얼마나 커다란 의미를 가지고 있는지 모르는 건 아니겠지?"

"음, 아무래도 모르겠는데. 약혼을 깼다고 고소라도 당했을 때, 자신이 서명하지 않았다고 부정이라도 할 생각이었던 걸까?"

"아니, 문제는 거기에 있지 않아. 어쨌든 내가 지금 편지 2통을 쓸 텐데, 그것으로 사건은 해결될 거야. 한 통은 구시가(상업과 금융의 중심지)에 있는 회사로 보낼 거야. 다른 한 통은 그 아가씨의 양아버지인 윈디뱅크 씨에게 보낼 건데 내일 저녁 6시에 여기로 와달라고 부탁할 거야. 남자들끼리 얘기해서 결론을 내는 게 좋을 테니.

자, 왓슨. 이 편지의 답장이 올 때까지 아무것도 할 일이 없으니 이 조그만 문제는 잠시 잊도록 하세."

나는 여러 가지 이유에서 홈즈의 정확한 추리력과 믿을 수 없을 만큼 놀라운 행동력을 신뢰하고 있다. 그랬기에 이번의 이상한 사건에 대한 조사도, 자신만만하게 한가로운 태도를 취하고 있으니 벌써 사건을 꿰뚫어본 것이라 생각했다.

하지만 그런 홈즈도 딱 한 번 실수를 했다는 사실을 나는 알고 있다. 보헤미아 왕과 아이린 애들러의 사진 사건이다. 그러나 그「네 개의 서명」이라는 섬뜩한 사건과「진홍빛에 관한 연구」를 둘러싼 이상한 정황을 돌아보았을 때, 만약 홈즈가 풀지 못하는 사건이 있다면 그것은 굉장히 복잡하게 얽힌 사건이리라.

나는 홈즈를 남겨두고 방에서 나왔다. 홈즈는 아직 파이프에서 모락모락 연기를 피워 올리고 있었다. 아마도 내일 저녁 이곳에 다시 올 때쯤이면 홈즈는 이미 메리 서덜랜드의 사라진 신랑의 정체를 밝히기 위한 모든 단서를 쥐고 있을 것이다. 나는 그렇게 확신했다. 그 무렵 나는 무거운 병에 걸린 환자를 돌보고 있었기에 이튿날은 하루 종일 그 환자에게 매달려 있었다.

6시 가까이 되어서야 비로소 여유가 생겼기에 나는 승합마차에 뛰어올라 베이커 가로 달려갈 수 있었다. 사건 해결을 돕기에는 너무 늦은 시간이 아닐까 걱정이 됐다. 그러나 방으로 들어가 보니 홈즈는 큰 키에 마른 몸을 팔걸이의자에 깊이 묻은 채 혼자 잠을 자고 있었다. 방 안에는 수많은 병과 시험관이 놓여 있었으며 코를 찌르는 염산 냄새가 감돌고 있었다. 홈즈는 그가 매우 좋아하는 화학실험을 하며 하루를 보낸 듯했다.

"어때, 뭣 좀 알아냈나?"
라고 내가 방으로 들어서자마자 물었다.

"응, 바륨의 중황산염이었어."

"아니, 그 얘기가 아니야. 사건 말일세."

"아아, 그거 말인가! 나는 지금 분석 중인 염을 말하는 줄 알았네. 그 사건에 이렇다 할 수수께끼는 없어. 어제 말했던 것처럼 세세한 부분에서는 재미있는 점이 약간 있지만. 단 하나 아쉬운 점이 있다면, 법률로는 이 악당을 처벌할 수 없다는 사실이 야."

"그게 누구인가? 서덜랜드를 버린 건 무슨 이유에서인가?"

내 질문이 채 끝나기도 전에, 그리고 홈즈가 대답하려 입을 열기도 전에 복도에서 묵직한 발소리가 들리더니 누군가가 문을 두드렸다.

홈즈가 말했다.

"그 아가씨의 양아버지인 제임스 윈디뱅크가 왔군. 6시에 여기로 오겠다는 답장을 받았다네. 네, 들어오세요!"

방으로 들어온 것은 중간 정도의 키에 몸이 다부진 사내였다. 나이는 30세 정도로 수염을 말끔히 깎았으나 혈색은 윤기 잃은 흙빛과도 같았다. 아첨이라도 하는 듯한 정중한 몸짓이었으나, 찌를 듯이 매우 날카로운 잿빛 눈이었다.

윈디뱅크는 수상한 사람이라도 보듯 우리 두 사람을 힐끗 흘겨보더니 번쩍번쩍 빛나는 실크해트를 찬장 위에 올려놓았다. 그리고 가볍게 인사를 한 뒤 가장 가까이에 있는 의자에 비스듬히 앉았다.

홈즈가 말했다.

"안녕하세요, 제임스 윈디뱅크 씨. 이 타자로 친 편지는 당신이 주신 것이죠? 6시에 오시겠다고 약속한 편지입니다만."

"네, 그렇습니다. 조금 늦기는 했습니다만 워낙 남에게 매여 있는 몸이다 보니 어쩔 수 없습니다. 이번 일로 딸 메리가 당신을 번거롭게 해드렸다고 하던데, 죄송합니다. 집안의 수치를 세상에 드러냈다는 점에서는 참으로 불만입니다만.

딸이 당신을 찾아뵙는 일에 저는 절대로 반대였습니다. 그러나 그 아이는 아주 쉽게 흥분을 하고 떠오른 일이 있으면 덮어놓고 행동으로 옮기는 성격이라 일단 결심을 하면 웬만해서는 마음을 바꾸지 않습니다. 물론 당신은 경찰과 관계가 없는 사람이니 그다지 마음에 걸리지는 않습니다만. 그래도 이와 같은 가정 내의 문제가 세상에 알려지는 것은 유쾌한 일이 아닙니다. 게다가 그 호스머 엔젤이라는 사람의 행방은 밝혀질 리 없을 테니 쓸데없는 돈을 쓰게 되는 셈입니다."

"그렇지 않습니다. 나는 호스머 엔젤 씨를 반드시 찾아낼 자신이 있습니다."

홈즈가 차분한 목소리로 말했다.

윈디뱅크가 깜짝 놀라 몸을 움찔하며 들고 있던 장갑을 떨어뜨렸다. 그리고,

"참으로 반가운 말씀입니다."

라고 말했다.

홈즈가 이야기하기 시작했다.

"타자기란 신기한 물건입니다. 타자기로 친 글자는 사람의 필적과 마찬가지로 하나하나가 독특한 특색을 가지고 있습니다. 완전히 새 타자기가 아닌 한 두 개의 기계로 똑같은 글자를 칠 수는 없습니다. 이 활자가 다른 활자들보다 더 닳았다거나, 활자의 한쪽이 닳았다거나 하는 특징이 있는 법입니다.

그런데 당신에게서 받은 이 편지에도 그와 같은 특징이 있습니다. e는 전부 윗부분이 약간 흐릿하고, r은 끝부분이 조금씩 찍히지 않았습니다. 그 외에도 이 편지의 글자에는 14가지 특징이 있지만 지금 말한 두 가지가 가장 뚜렷한 특징입니다."

　"사무실에서는 모든 편지를 이 기계로 칩니다. 그래서 약간 닳았습니다."

　손님은 조그만 눈을 반짝이며 날카로운 시선으로 홈즈를 향해 대답했다.

　홈즈가 말을 이었다.

　"그렇다면 지금부터 정말 재미있는 연구를 보여드리도록 하겠습니다, 윈디뱅크 씨. 나는 타자기와 범죄의 관계에 대한 짧은 논문을 조만간에 다시 쓸 생각입니다. 이 문제는 내가 예전부터 약간 관심을 갖고 있던 것입니다.

　여기에 행방불명된 호스머 엔젤 씨가 보낸 편지가 4통 있습니다. 전부 타자기로 친 것입니다. 그런데 이 편지들 전부 e가 약간 흐릿하고 r은 끝부분이 조금씩 찍혀 있지 않습니다. 뿐만 아니라 내 돋보기로 자세히 살펴보면 아실 테지만, 조금 전 당신의 편지에서 말씀드렸던 다른 14가지 특징도 전부 발견할 수 있습니다."

　윈디뱅크는 의자에서 벌떡 일어나 모자를 집었다.

　"홈즈 씨, 그런 터무니없는 소리를 듣기 위해 시간을 낭비할 수는 없습니다. 그 호스머를 잡을 수 있다면 잡아보시기 바랍니다. 그리고 잡고 난 뒤 제게 연락을 주시기 바랍니다."

　"그렇게 하지요."

이렇게 말한 홈즈는 문 쪽으로 걸어가 자물쇠를 잠가버렸다. 그리고,

"지금 말씀드리도록 하죠. 호스머를 잡았습니다!"

"뭐! 어디 있죠?"

이렇게 외친 윈디뱅크는 입술까지 새파래져서 쥐덫에 걸린 쥐처럼 주위를 두리번거렸다.

홈즈가 정중한 어조로 말했다.

"아니, 이미 늦었습니다. 쓸데없는 짓이에요. 절대로 도망칠 수 없을 겁니다, 윈디뱅크 씨. 시치미를 떼도 소용없습니다, 전부 간파하고 있으니. 게다가 조금 전에는, 이처럼 간단한 문제를 내가 절대로 풀 수 없을 거라고 말씀하셨죠? 그건 정말 너무한 말씀이십니다. 하지만 그건 아무래도 상관없습니다. 앉아서 천천히 얘기를 나눕시다."

우리의 손님은 시체처럼 창백한 얼굴로 이마에 땀을 흘리며 무너지듯 의자에 주저앉았다.

"이, 이, 이건 범죄가 아니야."

"그렇습니다, 참으로 안타까운 일입니다만 범죄가 되지는 않을 겁니다. 그러나 우리끼리 얘깁니다만, 윈디뱅크 씨. 시시한 트릭 중에 이처럼 잔혹하고 이기적이고 사람의 마음을 짓밟는 것은 나도 처음입니다. 그럼 지금부터 내가 사건의 경위를 순서에 따라서 말씀드릴 테니 틀린 곳이 있으면 말씀해주시기 바랍니다."

윈디뱅크는 몸을 말아 의자에 웅크려 앉았다. 머리를 깊이 숙인 채 완전히 기가 꺾인 듯한 모습이었다.

홈즈는 벽난로의 가장자리에 두 발을 얹고 주머니에 두 손을 넣고 의자 등받이에 몸을 기댔다. 우리에게 말을 한다기보다는 혼잣말을 하는 듯한 태도로 이야기를 시작했다.

"그 사람은 상대방의 돈을 노리고 자기보다 나이가 훨씬 많은 여자와 결혼을 했지. 게다가 그녀 딸의 돈도, 딸이 자신들과 함께 사는 한은 남자가 마음대로 쓸 수 있었어. 그들과 같은 신분에게 딸의 돈은 상당한 금액이었기에 그것이 들어오지 않으면 수입에 커다란 차이가 생기게 돼. 그러니 약간은 귀찮아도 어떻게 해서든 그 돈을 자신이 쓸 수 있게 해둘 만한 가치는 충분히 있었어.

그 딸은 다정하고 애교가 있을 뿐만 아니라 그녀 나름대로 애정이 깊고 친절한 사람이야. 더구나 얼굴도 단정하고 자신의 재산까지 있으니 언제까지고 독신으로 있을 수는 없을 거야. 그런데 딸이 결혼을 해버리면 1년에 100파운드씩 들어오던 수입이 당연히 사라지게 되지. 그렇다면 딸의 양아버지는 결혼을 하지 못하게 하기 위해서 어떤 방법을 취하면 좋을까?

처음에는 딸이 집 밖으로 나가는 것을 막아서 비슷한 나이의 남자와 만나지 못하게 하는, 누구라도 생각해낼 법한 방법을 취했어. 하지만 그것이 오래 가지 못할 것이라는 사실을 금방 알게 되었지. 딸은 점점 말을 듣지 않게 되었고, 자신의 권리를 주장하기 시작했어. 그리고 마침내는 어떤 무도회에 무슨 일이 있어도 참석하겠다고 고집을 부렸지. 그러자 그 교활한 양아버지가 대체 어떻게 했는지 아나? 이번에는 단순한 방법이 아니라 한껏 머리를 썼지.

아내를 설득하고 일을 돕게까지 해서 남자는 변장을 했어. 날카로운 눈은 선글라스로 가리고, 턱수염과 덥수룩한 구레나룻으로 얼굴 모양을 바꾸고, 맑은 목소리도 일부러 죽여서 소곤소곤 말했어. 거기에 딸의 시력이 좋지 않다는 점까지 고려해서 호스머 엔젤이라는 가공의 인물로 그녀 앞에 나타났지. 그리고 자신이 딸에게 청혼함으로 해서 다른 연인이 생기지 않도록 한 거야."

"처음에는 장난삼아 해본 겁니다. 딸이 그렇게 깊이 사랑에 빠지게 될 줄은 저희 두 사람도 몰랐습니다."

윈디뱅크가 신음하는 듯한 목소리로 말했다.

"그랬겠지. 하지만 젊은 딸은 완전히 사랑에 빠져버리고 말았어. 거기다 양아버지는 프랑스에 있다고 굳게 믿고 있었기에 이런 음모가 있을 줄은 꿈에도 생각지 못했어. 또 신사가 먼저 사랑을 해왔기에 기분도 나쁘지 않았고 자신의 어머니가 남자를 자꾸만 칭찬했기에 더욱 사랑에 빠지게 된 거지.

그러다 엔젤 씨가 딸의 집에 오게 됐어. 계획의 완전한 효과를 얻기 위해서는 밀어붙일 수 있는 데까지 밀어붙이지 않으면 안 됐으니까. 몇 번인가 산책도 같이 했고 약혼까지 하게 되었기에 딸이 다른 남자에게 마음을 줄 걱정도 완전히 사라졌어.

하지만 언제까지고 변장한 모습으로 속일 수는 없었지. 게다가 프랑스로 출장을 간 것처럼 꾸미는 일도 약간은 번거로운 일이었고. 가장 좋은 방법은 딸의 마음에 영원한 추억으로 남도록 이 사랑을 드라마틱하게 끝내는 것이었어. 그렇게 하면 딸이 다른 남자와 결혼하려는 것을 한동안은 막을 수 있으니까.

그랬기에 남자는 무슨 일이 있어도 변심하지 않겠다는 약속을 성경에 걸고 하게 했어. 그리고 결혼식 날 아침, 무슨 일이 일어날지도 모른다는 암시를 주었어. 다시 말해서 서덜랜드는 호스머 엔젤과 깊은 유대관계에 있으며, 또 호스머가 죽었는지 살았는지 모르니 적어도 앞으로 10년 동안은 다른 남자에게 마음을 빼앗길 염려는 없을 것이다, 그렇게 되기를 제임스 윈디뱅크는 바랐던 거야.

그런데 교회의 문 앞까지는 딸과 함께 갈 수 있지만 그 이상은 들어갈 수 없었기에 사륜마차의 한쪽 문으로 탔다가 반대편 문으로 내리는 낡은 수법을 써서 멋지게 모습을 감춘 거야. 이상이 이번 사건의 대략적인 경위라고 생각하는데. 윈디뱅크 씨!"

우리의 손님은 홈즈가 이야기하는 동안 얼마간 마음의 안정을 되찾았다. 그리고 창백한 얼굴에 차가운 웃음을 지으며 의자에서 일어났다.

"그럴지도 모르고, 그렇지 않을지도 모르지. 하지만 당신이 그렇게 뛰어난 머리를 가졌다면 법률을 위반한 것은 내가 아니라 당신이라는 사실쯤 알고 있겠지? 나는 처음부터 죄가 될 만한 행동은 하지 않았어. 그러나 당신은 저 문을 열지 않는 한 협박죄와 불법감금죄를 짓게 되는 거야."

"틀림없이 법은 네게 벌을 내릴 수 없어."

홈즈가 자물쇠를 풀고 문을 열며 말했다.

"하지만 너만큼 벌을 받아 마땅한 사람도 없을 거야. 만약 서덜랜드에게 남자 형제나 남자 친구가 있었다면 틀림없이 네 등을 향해서 채찍을 휘둘렀을 거야. 틀림없이."

상대방의 얼굴에 쓸쓸한 조소가 감도는 것을 보고 홈즈가 분노로 얼굴을 붉히며 말을 이었다.

"의뢰인에게 부탁받은 일은 아니지만, 여기에 사냥용 채찍이 있으니 큰맘 먹고 내가……."

홈즈가 채찍 쪽으로 두 걸음 정도 빠르게 걸어갔다. 그러나 그것을 채 집기도 전에 계단을 우당탕 달려 내려가는 소리가 들리더니 현관의 무거운 문을 요란스럽게 닫고 정신없이 달아나는 윈디뱅크의 모습이 창문으로 보였다.

"피도 눈물도 없는 악당이야!"

홈즈가 웃으며 말하고는 다시 의자에 몸을 내던졌다.

"저런 사람은 범죄를 하나하나 거듭해서 결국에는 교수대에서 사형을 당할 만큼 커다란 범죄를 저지르게 될 거야. 물론 이번 사건에 재미있는 점이 아주 없었던 것은 아니지만."

"나는 아직도 자네의 추리를 완전히 이해하지는 못했네."
라고 내가 말했다.

"그런가? 그 호스머 엔젤이라는 사람이 어떤 분명한 목적이 있어서 이상한 행동을 한 것이라는 사실은 처음부터 분명히 알 수 있었다네.

그리고 이번 사건으로 득을 보는 것은 그녀의 양아버지밖에 없다는 사실도 이야기를 듣는 중에 분명히 알게 됐지. 게다가 이야기를 들어보니 그 두 사람, 즉 엔젤과 윈디뱅크는 결코 같이 등장하지 않고 한쪽이 나타날 때면 다른 한 쪽은 반드시 모습을 감추더군. 이 사실은 무엇인가를 의미하는 것이라 생각했지. 거기다 선글라스와 이상한 목소리, 그리고 덥수룩한 구레나룻이 있다는 말을 듣고 변장이라는 점을 금방 알 수 있었어.

호스머가 편지의 서명까지 타자로 치는 이상한 행동을 한다는 사실을 알고 내 의문은 확신으로 바뀌었어. 즉, 자신의 필체를 서덜랜드가 알고 있어서 아주 간단한 글이라 해도 간파를 당할 우려가 있다는 사실을 알고 있었던 거지. 이와 같은 하나하나의 사실들이 다른 여러 가지 작은 사실들과 하나가 되어 한쪽 방향을 가리켰다는 점은 이해할 수 있겠지?"

"하지만 그것이 사실이라는 확증은 어디서 잡은 거지?"

"일단 이 사람이라는 확신이 있었기에 증거를 잡는 건 아주 간단했지. 윈디뱅크가 일하는 회사는 이미 알고 있었어. 신문광고에 실린 호스머의 인상착의를 읽고 구레나룻이나 선글라스, 목소리 등 변장이라고 생각되는 특징을 전부 지워버렸어. 그것을 윈디뱅크의 회사로 보내서 외교원 중에 이런 특징을 가진 사람이 있냐고 물어보았지.

거기에 메리에게 보낸 편지를 친 타자기의 특징도 이미 알고 있지 않았나? 인상착의를 묻는 편지와는 별도로 윈디뱅크에게 회사로 편지를 보내 여기에 좀 와달라고 했지. 내 생각대로 타자로 친 답장이 왔는데, 사소하지만 완전히 똑같은 특징이 나타나 있더군. 그 편지와 함께 펜처치 가의 웨스트하우스 앤드 마뱅크 상회에서도 답장이 왔다네. 알아봐달라고 요청한 인물은 모든 점에서 회사의 제임스 윈디뱅크라는 사람과 완전히 일치한다고 하더군. 그것만으로도 이미 충분했다네."

"그런데 서덜랜드 양은 어떻게 할 생각인가?"

"진실을 말해도 믿지 않을 거야.

페르시아의 오래 된 시에도 있잖은가? '호랑이 새끼를 잡으려

는 자에게는 위험이 있다. 또한 여자에게서 환상을 빼앗으려는
자에게도 위험이 있다.' 페르시아의 시인인 하피즈는 로마의
호라티우스에게도 지지 않을 만큼 분별력이 있고, 또 세상일도
잘 알고 있었던 듯해."

자전거에 탄 쓸쓸한 사람
The Solitary Cyclist

1894년부터 1901년까지 셜록 홈즈는 매우 바빴다.

이 8년 동안 세상에 널리 알려진 사건 중에서 조금이라도 난해한 것의 조사에는 반드시 관여했다고 해도 좋을 정도였다. 또한 세상에 알려지지 않은 사건도 여럿 있었는데 그중 몇 가지는 매우 복잡하고 특이한 성질을 가진 것이었다. 그러한 사건을 해결하는 데도 그는 눈부신 활약을 했다.

그 오랜 기간 동안 쉴 새 없이 일을 해온 그는 차례차례로 커다란 성공을 거두었으나 두어 번은 어쩔 수 없는 실패를 하기도 했다. 나는 모든 사건을 자세히 기록했을 뿐만 아니라 많은 사건에 내가 직접 관여하기도 했다. 그러니 어떤 사건을 여러분에게 들려주어야 할지 선택에 고민을 하고 있다는 사실도 틀림없이 이해할 수 있을 것이다.

물론 나는 오래 전에, 범죄의 잔인성보다는 교묘하고 극적인

해결방법에서 재미를 느낄 수 있는 사건을 작품집에 싣겠다고 결심한 적이 있었다. 이번에도 그 방침에 따라서 사건을 선택할 생각이다.

그런 이유로 찰링턴에서 자전거를 타며 홀로 살아가고 있는 바이올렛 스미스 양과 관련된 이야기와 우리의 조사가 이상한 결말을 맞아 생각지도 못했던 비극으로 끝나게 된 경위를 지금부터 이야기하려 한다.

하지만 홈즈의 이름을 유명하게 해준 그 능력이 이번 사건에서 눈부시게 발휘된 것은 아니다. 그러나 이 사건에는, 내가 보잘 것 없는 작품집의 재료로 삼고 있는 오랜 범죄기록 가운데서도 단연 눈에 띄는 몇 가지 특징이 갖춰져 있다.

1895년의 기록을 살펴보니 우리가 바이올렛 스미스 양과 처음으로 만난 것은 4월 23일 토요일이라고 기록되어 있다. 내 기록에 의하면 홈즈에게 있어서 그녀의 방문은 별로 달가운 것이 아니었다. 왜냐하면 그는 당시 담배왕으로 유명한 존 빈센트 하든이 기묘한 박해를 받는 아주 까다롭고도 복잡한 사건에 정신을 빼앗기고 있었기 때문이었다.

홈즈는 워낙 모든 사실을 정확하게 집중해서 생각하기를 좋아하기 때문에 몰두하고 있는 사건에서 정신을 빼앗는 일이 생기면 언제나 화를 낸다. 그러나 냉혹한 면은 전혀 없는 성격이기 때문에 밤늦게 베이커 가의 하숙으로 찾아온 젊고, 아름답고, 늘씬하고, 우아하고, 기품 있는 여성이 조력과 충고를 청하면 그녀의 이야기 듣기를 거절하지는 못한다.

미안하지만 지금은 여유가 없다는 말도 소용없는 것이었다.

왜냐하면 무슨 일이 있어도 이야기를 해야겠다고 굳게 결심하고 왔다는 사실을 그 여성의 표정에서도 분명히 느낄 수 있었기 때문이었다. 힘으로 끌어내지 않는 한 목적을 이룰 때까지 방에서 나갈 생각은 전혀 없는 것처럼 보였다.

홈즈는 포기한 듯한, 약간은 질렸다는 듯한 미소를 지으며 아름다운 침입자에게 의자를 권하고 고민거리를 이야기해보라고 말했다.

"적어도 건강에 관한 문제는 아닌 듯하네요." 홈즈가 날카로운 눈빛으로 그녀를 바라보았다. "그처럼 열심히 자전거를 타시니 건강하신 것도 당연하죠."

그녀는 놀란 듯 자신의 발 쪽으로 시선을 가져갔다. 구두의 바닥에서 가까운 옆 부분이 페달 가장자리와의 마찰로 닳아 있다는 사실을 나는 깨달았다.

"네, 자전거는 늘 타고 있어요, 홈즈 씨. 오늘 찾아뵌 것도 그 일과 관계가 있어요."

홈즈는 장갑을 낀 그녀의 손을 잡아 표본을 앞에 한 과학자와 같은 모습으로 주의 깊지만 감정은 거의 개입되지 않은 태도로 유심히 살펴보았다.

"실례했습니다. 이것도 일이니까요." 그가 손님의 손을 놓았다. "하마터면 타이피스트라고 착각할 뻔했습니다. 물론 당신은 음악가입니다. 손가락 끝이 주걱처럼 변한 것이 보이지, 왓슨? 이게 두 직업의 공통점이야. 하지만 이 분의 얼굴에는 깊이가 있어." 그녀의 얼굴을 가만히 불빛 쪽으로 향하게 했다. "타이피스트는 이렇게 되지 않아. 이 분은 음악가야."

"맞아요, 홈즈 씨. 음악을 가르치고 있어요."

"피부의 색으로 봐서 시골에서 살고 계신 것 같네요."

"네, 서리 주의 한적한 파넘 근처에서 살고 있어요."

"그 부근은 아름다운 곳이죠. 게다가 유쾌한 추억이 아주 많아요. 기억하고 있지, 왓슨? 위폐 제조범인 아치 스탬퍼드를 잡은 것도 그 부근이었어. 그런데 바이올렛 씨, 서리 주의 한적한 파넘 부근에서 당신의 신변에 무슨 일이 있었던 거죠?"

그러자 젊은 여성이 아주 이해하기 쉽고 차분한 어조로 다음과 같은 기묘한 일을 이야기해주었다.

"홈즈 씨, 저희 아버지는 이미 돌아가셨어요. 제임스 스미스라고, 예전의 제국극장에서 오케스트라를 지휘하셨어요. 어머니와 제게 친척이라고는 랠프 스미스라는 큰아버지뿐이지만, 큰아버지는 25년 전에 아프리카로 가신 후 단 한 번도 소식을 전해오지 않으셨어요.

아버지가 돌아가시고 난 뒤부터는 아주 가난한 생활을 해야만 했어요. 그러던 어느 날 『타임스』에 저희 모녀를 찾는 광고가 실렸다는 소식을 다른 사람에게서 들었어요. 상상하실 수 있으실 테지만, 틀림없이 누군가가 재산을 남겨준 것이라 생각했기에 저희는 크게 흥분했어요. 바로 신문에 이름이 실려 있는 변호사를 찾아갔어요.

거기서 캐루더스 씨와 우들리 씨라는 두 신사를 만났어요. 남아프리카에서 돌아오셨는데 잠시 이쪽에서 머물 예정이라고 했어요. 두 사람은 큰아버지의 친구인데, 큰아버지는 가난한 생활을 하다 몇 개월 전에 요하네스버그에서 일생을 마감하셨다고 했어요. 돌아가시기 직전에 두 사람에게, 당신의 친척을 찾아내서 생활에 어려움이 없도록 뒤를 봐주었으면 좋겠다고 부탁하셨대요.

살아 계실 때는 저희에게 신경도 쓰지 않던 랠프 큰아버지가 돌아가시기 직전에 그처럼 걱정을 하셨다니 뭔가 좀 이상하다는 생각이 들었어요. 하지만 캐루더스 씨의 설명에 의하면 큰아버지는 그제야 저희 아버지가 돌아가셨다는 사실을 알고 저희에게 커다란 책임감을 느끼셨다고 해요."

"잠깐만요." 홈즈가 입을 열었다. "언제 그 두 사람을 만났죠?"

"작년 12월, 지금으로부터 4개월 전이었어요."

"계속 해보세요."

"우들리 씨는 정말 불쾌한 사람이었어요. 끊임없이 이상한 눈빛으로 저를 바라보았고, 태도가 천박했으며, 뚱뚱한 얼굴에 빨간 콧수염을 기른 젊은 사람인데 머리카락을 이마의 양쪽으로 빗어 넘겼어요. 정말 속이 메슥거릴 정도였어요. 시릴이 봤다면 그런 사람과 알고 지내지 말라고 했을 거예요."

"아, 연인의 이름을 시릴이라고 하는군요!" 홈즈가 미소 지었다.

"네, 홈즈 씨. 시릴 모턴이라는 전기기사예요. 올 늦여름에 결혼할 거예요. 어머, 어째서 그에 대한 이야기를 한 걸까요. 우들리 씨는 불쾌한 사람이라고 말할 생각이었는데.

하지만 캐루더스 씨는 나이도 꽤 많고 훨씬 더 호감이 가는 분이었어요. 검은 머리에 혈색이 좋지 않았지만 수염은 깨끗하게 깎았고 말수가 적었어요. 예의바르고 웃는 얼굴이 좋은 느낌을 주었어요.

저희 모녀의 형편을 물으시기에 아주 어렵다고 말씀드렸더니 자기 집에 묵으면서 10살짜리 딸에게 음악을 가르치지 않겠느냐고 물으셨어요. 저는 어머니와 헤어지고 싶지 않았지만 매주 집에 다녀와도 상관없고 1년에 100파운드를 지불하겠다는 아주 좋은 조건을 제시하셨어요. 그래서 제안을 수락하고 파넘에서 6마일(1마일은 약 1.6㎞) 정도 떨어진 칠턴의 농장에서 살기 시작했어요.

　캐루더스 씨는 부인과 사별했지만 딕슨이라는 중년의 훌륭한 가정부가 가사를 돌보고 있어요. 따님도 아주 귀여워서 모든 일이 순조롭게 풀려갈 것만 같았어요. 캐루더스 씨는 친절하고 음악을 좋아하는 분이었기에 함께 즐거운 밤을 보냈어요. 주말에는 런던에 살고 있는 어머니를 찾아뵀어요.

　이처럼 즐거운 생활에 처음으로 그림자가 드리우기 시작한 것은 빨간 수염을 기른 우들리 씨가 찾아온 뒤부터였어요. 일주일만 묵고 돌아갈 예정이었지만, 제게는 3개월처럼 느껴졌어요.

　정말 감당할 수 없는 사람으로 주위 사람들에게 거들먹거리기만 했어요. 제게는 거들먹거리는 정도가 아니었어요. 품위 없는 말로 다가와서는 자신의 재산을 자랑하고 결혼해주면 런던에서 제일 좋은 다이아몬드를 사주겠다는 둥의 말을 했어요. 제가 조금도 상대를 해주지 않았더니 하루는 저녁 식사 뒤에 저를 끌어안고―끔찍할 정도로 힘이 셌어요― 키스해줄 때까지 놓지 않겠다고 고집을 부렸어요.

　마침 캐루더스 씨가 들어와서 우들리 씨를 떼어놓았어요. 그러자 그 사람은 손님으로 왔으면서도 캐루더스 씨를 때려서 쓰러뜨리고 얼굴에 상처까지 입혔어요. 물론 그 일로 우들리 씨는 더 머물지 못하게 되었어요. 이튿날 캐루더스 씨는 제게 사과를 하고 그런 실례가 되는 짓은 두 번 다시 하지 못하게 하겠다고 약속해주셨어요. 그 이후로 우들리 씨를 만난 적은 없었어요.

그럼 홈즈 씨, 오늘 찾아온 특별한 사정에 대해서 말씀드리도록 하겠어요.

저는 토요일이 되면 12시 22분에 출발하는 런던행 기차를 타기 위해 자전거를 타고 파넘 역으로 가요. 칠턴 농장에서부터 한적한 길을 달려야만 해요. 도중의 1마일 정도는 찰링턴 저택을 감싸고 있는 숲과 찰링턴 황야 사이에 있어서 특히 사람의 통행이 없는 곳이에요. 그처럼 한적한 길도 또 없을 거예요. 크룩스베리 언덕 부근에서 큰길과 만날 때까지 짐수레 한 대, 농부 한 명과 만나는 경우조차 매우 드물 정도니까요.

이주일쯤 전에 그곳을 지날 때 문득 뒤를 돌아보니 200야드(1야드는 약 90㎝) 정도 뒤쪽에서 역시 자전거를 탄 남자가 달려오고 있었어요. 검은 턱수염을 짧게 기른 중년남자 같았어요. 파넘에 도착한 뒤 다시 한 번 뒤를 돌아보았는데 남자의 모습이 보이지 않았기에 그 뒤로 이 일은 까맣게 잊고 있었어요.

그런데 홈즈 씨, 월요일에 런던에서 돌아갈 때 보니, 같은 사람이 같은 장소에서 나타났기에 저는 깜짝 놀랐어요. 더욱 놀라운 것은 다음 토요일과 월요일에도 똑같은 일이 일어났다는 거예요. 그 사람은 반드시 거리를 두고 달렸는데 특별히 이상한 짓을 하는 것은 아니었어요. 그래도 꽤나 묘한 기분이 들었어요.

캐루더스 씨에게 이 일을 말씀드렸더니 친절하게도 말과 이륜

마차를 주문해두었으니 앞으로는 혼자서 한적한 길을 지나지 않아도 될 거라고 말씀하셨어요.

이륜마차는 이번 주 안에 올 예정이었지만 어떤 이유에서인지 도착이 늦어져 이번에도 자전거로 역까지 가야만 했어요. 그게 바로 오늘의 일이었어요.

찰링턴 황야로 접어들었을 무렵 뒤를 돌아보았어요. 생각했던 대로 이주일 전처럼 남자가 뒤를 따라오고 있었어요. 결코 거리를 좁히려 하지 않았기에 얼굴이 분명히 보이지는 않았지만 아무리 생각해봐도 아는 사람은 아니었어요. 검은 정장에 천으로 된 모자를 쓰고 있었어요. 검은 턱수염은 보였지만 얼굴은 잘 보이지 않았어요.

오늘은 저도 크게 놀라지는 않았고 호기심만 가득했어요. 그가 어떤 사람이고 무슨 일을 하려는 건지 밝혀야겠다고 결심했어요. 자전거의 속도를 늦췄더니 그도 속도를 늦췄어요. 제가 자전거를 멈추면 그도 자전거를 멈췄어요.

그래서 덫을 놓기로 했어요. 길이 급하게 꺾이는 곳을 힘차게 돌아서 자전거를 멈추고 그가 오기를 기다렸어요. 그도 속도를 내서 모퉁이를 돌아 멈출 새도 없이 눈앞을 지나쳐 갈 것이라고 생각했어요.

하지만 그는 모습을 드러내지 않았어요. 저는 모퉁이를 다시 돌아갔어요. 길은 1마일 앞까지 똑바로 뻗어 있는데 그의 모습이 보이지 않았어요. 그 부근에는 자전거가 들어갈 수 있을 만한 길이 하나도 없으니 정말 이상한 일이 아닐 수 없어요.”

홈즈가 후후 하고 웃으며 두 손을 비볐다.

"이 사건에는 틀림없이 독특한 점이 몇 가지 있네요. 당신이 모퉁이를 돌아서 기다리다 길 위에 아무도 없다는 사실을 알았을 때까지 시간이 얼마나 지났죠?"

"2, 3분 정도요."

"그럼 그 길을 되돌아갈 여유는 없었다는 얘기네요. 다른 길은 전혀 없다고 말씀하셨죠?"

"네."

"그렇다면 어딘가의 샛길로 들어간 모양이네요."

"황야 쪽은 아니에요. 전부 보이니까요."

"가능성이 없는 것들을 제거해 나가면 그 남자는 길 한쪽에 부지가 펼쳐져 있는 찰링턴 저택 쪽으로 돌아들어간 셈이 되네요. 더 하실 말씀은 없으신가요?"

"없어요, 홈즈 씨. 단지 어떻게 된 일인지 도무지 영문을 알 수 없기에 직접 뵙고 충고를 듣기까지는 마음이 놓이질 않을 것 같아서요."

홈즈는 한동안 말이 없었다.

"약혼자는 어디에 계시나요?" 그가 드디어 입을 열었다.

"코번트리의 중부 전력회사에서 일하고 있어요."

"갑자기 당신을 찾아오거나 하지는 않나요?"

"어머, 홈즈 씨! 제가 그 사람을 알아보지 못할 거라고 생각하시는 건가요?"

"그 사람 말고, 당신을 마음에 둔 사람이 또 있나요?"

"시릴과 알기 전에는 몇 사람인가 있었어요."

"그 뒤는 어땠나요?"

"그 불쾌한 우들리가 그랬어요. 저를 마음에 두었기 때문에 그런 행동을 한 거라면요."

"그 외에는?"

아름다운 의뢰인은 약간 당황한 듯했다.

"누구죠?" 홈즈가 캐물었다.

"저……, 이건 제 착각일지도 몰라요. 하지만 고용주인 캐루더스 씨가 제게 상당한 관심을 가지고 있는 것이 아닐까 여겨지는 경우가 종종 있었어요. 함께 지내는 시간이 아주 많아요. 밤에는 그 분을 위해 반주를 하기도 하고요. 캐루더스 씨가 직접 말씀하신 적은 없었어요. 훌륭한 신사이시니까요. 하지만 여자는 반드시 알 수 있는 법이에요."

"흠." 홈즈가 얼굴을 찌푸렸다. "그는 어떤 일을 하고 있나요?"

"상당한 부자니까요."

"그런데 마차와 말도 없단 말인가요?"

"하지만 상당히 유복한 것만은 사실이에요. 일주일에 두어 번은 런던의 구시가로 나가세요. 남아프리카 금광의 주식에 상당한 관심을 가지고 있어요."

"그럼 스미스 씨, 새로운 일이 일어나면 꼭 연락을 해주세요. 저는 지금 매우 바쁘지만 어떻게든 시간을 내서 이번 사건을 조사해볼 테니까요. 그 동안에는 저희에게 연락 없이 다른 행동을 해서는 안 돼요. 안녕히 가세요. 당신에게서 좋은 소식이 오기를 빌도록 하지요."

스미스 양이 돌아가고 나자 홈즈는 깊은 생각에 잠길 때 쓰는 파이프를 손에 쥐었다. "저런 아가씨를 따라다니는 사람이 있다는 건 조금도 이상한 일이 아니지만, 하필이면 한적한 시골길에서 자전거로 따라다니다니. 틀림없이 내성적인 남자일 거야. 어쨌든 이번 일에는 기묘해서 생각하게 만드는 점이 몇 가지 있어, 왓슨."

"그 남자가 특정한 장소에만 나타난다는 점 말인가?"

"맞아. 우리는 우선 찰링턴 저택의 주인이 누군지 알아두어야 할 거야. 그런 다음 캐루더스와 우들리의 관계를 살펴보기로 하세. 이 두 사람은 성격이 전혀 다른 사람들인 듯하니. 두 사람이 어떤 이유로 함께 랠프 스미스의 친척을 찾기 위해 노력했던 것인지. 한 가지 더. 한편으로는 가정교사에게 보통의 2배가 넘는 급료를 지불하고 있으면서, 역에서 6마일이나 떨어진 곳에서 말 한 마리 없이 살고 있어. 그런 집안의 살림살이는 대체 어떻게 돌아가고 있는 걸까? 이상하지 않은가, 왓슨? 정말 이상해!"

"그곳으로 가볼 생각인가?"

"아니, 자네가 가주었으면 해. 하찮은 장난일지도 모르는데 그것 때문에 다른 중요한 일을 내팽개칠 수는 없으니까. 월요일 아침 일찍 파넘으로 가주었으면 하네. 찰링턴 황야 부근에 숨어 있으면 될 거야. 오늘 알게 된 사실들을 자네의 눈으로 직접 확인하고, 어떻게 행동할지는 스스로 판단해주기 바라네. 그런 다음 찰링턴 저택에 살고 있는 사람에 대해서 조사를 한 뒤, 여기로 돌아와서 결과를 들려주었으면 해.

왓슨, 사건 해결에 도움이 될 만큼 확실한 실마리가 몇 개 발견되기 전까지 이번 일에 대해서는 더 이상 얘기하지 말도록 하세."

스미스 양은 월요일 9시 50분에 워털루 역을 출발하는 기차로 파넘에 갈 예정이라고 했다. 그랬기에 나는 그것보다 이른 9시 13분에 출발하는 기차에 몸을 실었다.

파넘 역에 도착한 나는 찰링턴 황무지가 어디에 있는지 금방 알 수 있었다. 스미스 양이 이상한 체험을 한 곳도 분명히 알 수 있었다. 길 한쪽으로는 히스가 무성한 황야가 펼쳐져 있었으며, 반대편으로는 오래 된 주목 산울타리가, 당당한 수목이 자라고 있는 정원을 둘러싸고 있었기 때문이었다. 이끼가 긴 돌문이 있었으며 양쪽 문기둥에 걸린 문장(紋章)은 썩어가고 있었다. 그곳으로 난 마찻길 외에도 산울타리가 몇 군데 끊어져 있어서 그 사이로도 출입이 가능했다. 도로에서 집은 보이지 않았지만 주위는 참으로 음울하고 황폐해져 있었다.

히스가 무성한 황야에는 노란 꽃을 피운 가시금작화가 봄 햇살을 받아 듬성듬성 밝은 빛으로 반짝이고 있었다. 나는 저택의 문과 길의 좌우가 멀리까지 잘 보이는 장소를 골라 그 꽃의 수풀 속에 몸을 숨겼다. 황야에 몸을 숨겼을 때는 길에 아무도 없었으나, 곧 내가 온 쪽과 반대방향에서 자전거가 달려왔다. 검은 옷에 검은 턱수염을 기른 남자가 타고 있었다. 찰링턴 저택의 끝 부분까지 와서 그는 빠른 몸놀림으로 뛰어 내리더니 산울타리 사이로 자전거와 함께 모습을 감췄다.

15분 뒤, 다른 자전거가 나타났다. 그 젊은 여성이 역에서 이쪽으로 다가오고 있는 것이었다. 찰링턴 저택의 산울타리 옆을 지나면서 자꾸만 주위를 둘러보았다. 어느 틈엔가 조금 전의 사내가 숨어 있던 곳에서 모습을 드러냈다. 기세 좋게 자전거에 오르더니 그녀를 뒤따라가기 시작했다. 널따란 풍경 속에서 움직이고 있는 것은 이 두 사람뿐이었다. 등을 똑바로 편 채 자전거를 타고 있는 우아한 아가씨와, 핸들 위로 몸을 낮게 숙여 묘하게 사람들의 시선을 피하는 듯한 자세로 그 뒤를 달리는 남자.

그녀가 뒤돌아보더니 속도를 늦췄다. 그도 따라서 속도를 늦췄다. 그녀가 자전거를 멈췄다. 200야드 정도 뒤에서 그도 곧 브레이크를 잡았다. 그 순간 그녀는 전혀 생각지도 못했던, 그러나 용기 있는 행동을 취했다. 갑자기 자전거의 방향을 바꾸더니 남자를 향해서 돌진하는 것이 아닌가! 그러자 남자도 그에 뒤지지 않을 정도로 날렵한 동작을 취하더니 필사적으로 달아나기 시작했다.

잠시 후 그녀는 머리를 똑바로 세우고, 말없이 꽁무니를 따라다니는 사람에게는 신경 쓸 필요 없다는 듯한 표정으로 되돌아왔다. 그는 변함없이 거리를 두고 뒤따라갔다. 두 사람은 길이 휘어진 곳에서 모습을 감추었다.

나는 몸을 감추고 있던 곳에 계속 머물러 있었는데 이것은 현명한 행동이었다. 왜냐하면 잠시 후, 남자의 자전거가 천천히 되돌아왔기 때문이었다. 그는 찰링턴 저택의 문 안으로 들어서더니 자전거에서 내렸다. 한동안 거기에 서 있는 모습이 나무 사이로 보였다. 두 손으로 넥타이를 고쳐 매고 있는 듯했다. 그러더니 다시 자전거에 올라 집 쪽으로 난 마찻길을 따라 멀어져갔다.

나는 황야를 가로질러 가서 나무들 사이로 저택의 부지 안을 들여다보았다. 저 멀리로 튜더 양식의 굴뚝이 몇 개나 솟아 있는 낡은 회색 건물이 희미하게 보이기는 했으나 마찻길은 울창한 나무들에 가려서 남자의 모습은 이미 보이지 않았다. 그래도 그날 아침에는 목표로 했던 일을 그럭저럭 해냈다고 생각했기에 나는 기분 좋게 파넘으로 돌아갔다. 그곳의 부동산 업자에게 물어보았으나 찰링턴 저택에 대해서는 아무것도 몰랐으며 런던의 펠멜 가에 있는 유명한 회사에 물어보라는 것이었다.

하숙으로 돌아오는 도중에 그 회사에 들러보니 대표자가 나와서 정중하게 말했다. "안타깝지만 올 여름에는 찰링턴 저택을 빌릴 수 없습니다. 조금 늦으셨네요. 1개월 전에 다른 사람이 빌렸습니다. 윌리엄슨이라고 하는 사람입니다. 나이가 좀 있으신 점잖은 신사입니다. 이 이상의 질문은 삼가주시기 바랍니다. 고객에 대한 정보를 자세히 말씀드릴 수는 없으니."

그날 밤, 셜록 홈즈는 나의 긴 보고에 주의 깊게 귀를 기울였다. 나는 홈즈가 평소의 무뚝뚝한 말로 칭찬을 할 것이라고, 칭찬을 받을 만큼의 성과는 거두었다고 생각했으나 결과는 전혀 다른 것이었다. 뿐만 아니라 그는 평소의 냉정한 얼굴에 더욱 냉정한 표정을 지으며 내가 한 일과 하지 않은 일에 대해서 다음과 같이 말했다.

"왓슨, 자네는 숨는 장소를 잘못 골랐어. 산울타리 뒤쪽으로 숨었어야 해. 그랬으면 문제의 인물을 가까이에서 볼 수 있었을 거야. 하지만 자네는 몇 백 야드나 떨어져 있었기 때문에 보고할 수 있는 것이 스미스 씨보다 더 적을 정도야. 그녀는 모르는 사람이라고 착각하고 있지만, 내 생각으로는 아는 사람임에 틀림 없어. 바로 그렇기 때문에 얼굴을 알아볼 수 있는 거리 안으로 그녀가 다가오지 못하도록 그처럼 노력을 하는 거야. 자네는 그가 핸들 위로 몸을 숙이고 있었다고 말했지? 이것도 역시 얼굴을 숨기기 위한 행동 아니겠나?

자네의 서툰 행동에는 정말 할 말이 없군. 남자는 집으로 돌아갔어. 그리고 자네는 상대방이 어떤 사람인지를 알아보려 했어. 그런데 런던의 부동산 회사로 갈 줄이야!"

"그럼 어떻게 했어야 했지?"

"가장 가까운 술집으로 갔어야 했어. 시골의 술집은 소문의 중심지니까. 저택의 주인에서부터 잔심부름을 하는 하녀에 이르기까지 모든 사람들의 이름이 나왔을 거야. 윌리엄슨이라고! 그런 이름은 알아봐야 아무런 도움도 되지 않아. 나이 든 사람이라니, 그 활발한 아가씨에게 추격을 당하자 도망을 쳤을 정도로 몸이 가벼운 사람과는 다른 사람이야.

일부러 거기까지 가서 대체 무슨 수확이 있었지? 그녀의 이야기가 사실이라는 점은 분명히 확인했어. 나는 그 점을 한 번도 의심한 적이 없어. 그 자전거를 탄 남자와 찰링턴 저택과는 어떤 관계가 있다는 사실. 이것도 처음부터 알고 있었던 사실이야. 그 저택을 윌리엄슨이라는 사람이 빌렸다는 사실. 그게 어쨌다는 거지? 아아, 그렇게 시무룩할 필요는 없어. 이번 주 토요일까지는 달리 손쓸 방법이 없으니 그 전까지 내가 약간 조사를 해보도록 하지."

이튿날 아침, 스미스 양으로부터 편지가 도착했다. 내가 목격한 사실을 짧고 정확하게 기록했는데 추신에 무엇보다도 중요한 내용이 적혀 있었다.

「홈즈 씨, 비밀을 지켜주실 것이라 믿고 사실을 털어놓도록 하겠습니다. 주인께서 청혼을 하셔서 이 집에는 머물기가 어려워졌습니다.

그분이 진지한 마음으로, 또 진심으로 그렇게 바란다는 사실은 알고 있습니다. 하지만 말씀드릴 필요도 없이 제게는 약혼자가 있습니다. 거절을 하자 크게 실망하신 듯했지만 아주 조용하게 받아들여주셨습니다. 그러나 어색한 분위기가 되어버렸다는 사실은 잘 알고 계시리라 믿습니다.」

"그 아가씨가 정말 난처한 입장에 놓이게 됐군." 편지를 읽고 난 홈즈가 진지한 얼굴로 말했다.

"이번 사건은 처음 생각했던 것보다 훨씬 더 재미있는 특징이 있고, 더욱 발전할 것 같아. 시골에서 한가로운 하루를 보내는 것도 나쁘지는 않을 것 같군. 오늘 오후에 파넘으로 가서 내가 생각하고 있는 한두 가지 사실이 정확한지 확인해보기로 하겠네."

홈즈가 말한 시골에서의 조용한 하루는 어처구니없는 결말을 맞고 말았다. 밤늦게 베이커 가로 돌아온 그는 입술이 터졌고 이마에 자줏빛 혹이 나 있었으며, 머리부터 발끝까지 흐트러진 모습을 하고 있었다. 마치 런던 경찰청에서 찾고 있는 용의자와도 같은 모습이었다. 그날의 모험이 즐거워서 견딜 수 없다는 듯 크게 웃으며 이야기하기 시작했다.

"평소 하지 않던 과격한 운동을 하면 마음이 후련해지는 법이야. 자네도 알고 있는 것처럼 영국의 유서 깊고 훌륭한 스포츠인

복싱에 있어서 나는 상당한 실력을 가지고 있어. 때로는 그것이 도움이 돼. 복싱을 배워두지 않았다면 오늘도 아주 험한 꼴을 당했을 거야."

나는 어떻게 된 일인지 자세히 들려달라고 재촉했다.

"전에 자네에게도 권한 방법이네만 나는 그곳의 술집으로 가서 은연중에 조사를 시작했어. 서서 술을 마시는 바 쪽에 있자니 수다스러운 가게의 주인이 내가 알고 싶어 하는 것들을 전부 가르쳐주더군.

윌리엄슨이라는 사람은 하얗게 센 턱수염을 기른 남자로 몇 명 되지 않는 하인들과 함께 찰링턴 저택에서 혼자 살아가고 있어. 소문에 의하면 직업은 목사나, 전 목사라고 하더군. 하지만 저택으로 이사 온 지 얼마 지나지도 않았는데 그 사이에 일어난 두어 가지 일들을 들어보니 도무지 성직자라고는 여겨지지 않았어. 성직자 명부가 있는 곳으로 가서 알아보았더니, 경력이 묘하게 베일에 싸여 있는 목사가 예전에 한 명 있었다고 하더군. 그 외에도 술집 주인은 주말이면 대부분 저택으로 손님이 찾아오는데 '질이 좋지 않은 녀석들이에요.'라고 말하더군. 그중에서도 빨간 콧수염을 기른 우들리라는 사람은 꼭 찾아온다고 하더군.

이야기가 여기까지 왔을 때 다름 아닌 화제의 주인공이 나타났어. 별실에서 맥주를 마시면서 우리의 이야기를 전부 들은 모양이야. '넌 누구냐? 무슨 음모를 꾸미고 있는 거지? 왜 남의 신상을 캐고 다니는 거야?' 이렇게 쉴 틈도 없이 질문을 퍼붓더군. 아주 거친 말투로. 결국에는 듣기에도 거북한 욕을 퍼부으며 거칠게 주먹을 휘두르기 시작했어. 나는 그 일격을 완전히 피하지는 못했어. 그때부터 몇 분 동안은 참으로 유쾌했어. 그 건달에게 왼쪽 스트레이트를 먹였지.

나는 자네가 지금 보고 있는 것처럼 이런 꼴이 되었다네. 우들리 씨는 마차에 실려 갔고 이것으로 시골로의 조그만 여행도 끝났어. 서리 주의 한적한 마을에서는 즐거운 시간을 보냈지만, 솔직히 말하자면 나도 자네와 마찬가지로 이렇다 할 성과는 거두지 못했어."

목요일에 다시 스미스 양에게서 편지가 왔다.

「홈즈 씨, 이렇게 말씀드려도 놀라지 않으실 테지만 이번에 캐루더스 씨 댁의 가정교사를 그만두기로 했습니다. 아무리 많은 급여를 받는다 해도 지금처럼 마음이 불편해서는 도저히 견딜 수가 없습니다. 토요일에 런던으로 가면 그대로 돌아오지 않을 생각입니다. 캐루더스 씨께서 이륜마차를 사셨기 때문에 그 한적한 길에 위험이 있다 해도 이제는 걱정할 필요가 없습니다.

일을 그만두어야겠다고 결심하게 된 것은 캐루더스 씨와의 사이가 어색해진 것뿐만 아니라, 그 불쾌한 우들리 씨가 다시 나타났기 때문이기도 합니다. 물론 예전부터 좋은 느낌을 주는 사람은 아니었습니다만, 무슨 사고라도 당한 것인지 정말 꼴사납고 더욱 혐오스러운 모습이 되어 있었습니다. 창문을 통해서 모습을 보기는 했습니다만, 다행스럽게도 직접 얼굴을 마주치지는 않았습니다. 캐루더스 씨는 그 사람과 오랫동안 이야기를 나누었는데 그 뒤에 크게 흥분을 하셨습니다. 우들리는 어딘가 이 근처에서 머물고 있는 듯, 이 집에서 자지 않았는데도 오늘 아침에는 숲 부근을 몰래 둘러보고 있었습니다. 차라리 맹수를 정원에 풀어놓는 편이 더 나을지도 모르겠습니다.

저는 말로 표현할 수 없을 만큼 그 사람이 혐오스럽고, 또 무서워서 견딜 수가 없습니다. 캐루더스 씨는 어떻게 그 사람과 한순간이라도 이야기를 나눌 수 있는 건지 모르겠습니다. 어쨌든 저의 고민은 이번 주 토요일이면 끝이 납니다.」

"그랬으면 좋겠군, 왓슨. 정말 그랬으면 좋겠어." 홈즈가 무거운 어조로 말했다. "그녀 주위에서 뭔가 좋지 않은 음모가 행해지고 있어. 우리에게는 그 누구도 무례한 짓을 하지 못하도록 그녀의 마지막 귀갓길을 지켜주어야 할 의무가 있어. 왓슨, 토요일 아침에는 우리 둘 모두 시간을 내서 그쪽에 가보기로 하세. 그리고 이 기묘하고 정리되지 않은 사건이 좋지 않은 결과로 끝나지나 않을지 잘 지켜보기로 하세."

솔직히 말하자면 나는 그때까지도 이번 사건을 그다지 심각하게 받아들이지 않았다. 위험을 느끼기보다는 엉뚱하고 한심하다는 인상을 받았다. 남자가 미인을 기다리고 있다가 뒤따르는 것은 흔히 있는 이야기다. 게다가 말을 걸 용기가 없을 뿐만 아니라 여자가 접근하자 도망을 칠 정도이니 그다지 무서운 상대도 아니리라. 악당인 우들리는 전혀 성격이 다른 인간이지만 우리의 의뢰인에게 난폭한 행동을 한 것은 단 한 번뿐이었다. 지금은 캐루더스 씨의 집에 드나들고 있기는 하지만 그녀를 찾아가는 것은 아니었다. 자전거에 탄 남자는 아마도 술집 주인이 이야기한, 주말이면 저택으로 찾아오는 손님 중 한 명일 것이라 여겨졌다. 그래도 그 남자가 누구이며, 어떤 목적을 가지고 있는지는 아직 분명하지 않았다.

그런데 홈즈는 매우 심각한 표정을 짓고 있었으며 출발하기에 앞서 주머니에 권총을 넣기까지 했다. 그것을 보고 나는 이 일련의 기묘한 사실들 속에 어쩌면 비극이 숨어 있는 것일지도 모르겠다는 생각이 들었다.

비 내리던 밤이 지나고 맑게 갠 하늘이 펼쳐졌다. 칙칙한 회색이나 갈색으로 물든 런던의 쓸쓸한 색조에 진력이 나 있던 눈에 가시금작화 꽃이 흐드러지게 핀 초원은 더욱 아름답게 비쳐졌다. 홈즈와 나는 모래가 섞인 널따란 길을 걸으며 상쾌한 아침 공기를 마셨고, 새들의 지저귐과 신선한 봄의 기운을 즐겼다. 크룩스베리 언덕의 중턱에서 내려다보니 오래 된 떡갈나무에 둘러싸인 찰링턴 저택이 음산하게 서 있었다. 떡갈나무들도 꽤나 나이를 먹은 것들이었지만 건물은 더욱 오래 된 것이었다.

갈색 히스의 벌판과 새순이 돋기 시작한 초록색 숲 사이를 붉은 빛이 감도는 누런 띠처럼 구불구불한 길이 달리고 있었다. 홈즈가 손을 들어 그 길을 가리켰다. 멀리서 우리 쪽을 향해 달려오는 마차 한 대가 검은 점처럼 보였다. 그가 초조한 듯 외쳤다.

"30분의 여유를 가지고 왔는데 저게 그녀의 마차라면 평소보다 일찍 출발하는 기차를 탈 생각인 모양이군. 왓슨, 어쩌면 마차가 찰링턴 저택 앞을 지나기 전에 거기까지 가지 못할지도 모르겠어."

우리가 걷던 길은 거기서부터 내리막이었기에 마차는 더 이상

보이지 않았다. 발걸음을 서둘렀지만 평소 운동을 하지 않던 나는 아무래도 자꾸만 뒤로 처지고 말았다. 그러나 홈즈는 에너지가 얼마든지 솟아나는 사람이었기에 몸은 언제라도 쾌조의 상태에 있었다. 조금도 뒤처지지 않는 발걸음으로 나보다 100야드 정도 앞서서 가볍게 걸어가고 있던 홈즈가 갑자기 발걸음을 멈췄다. 손을 들어 슬픔과 절망의 몸짓을 하고 있었다. 동시에 누구도 타고 있지 않은 이륜마차가 모퉁이를 돌아 모습을 드러냈다. 고삐를 땅바닥에 끌며 가볍게 달리는 말에게 이끌려 소리를 내며 이쪽으로 다가오고 있었다.

"늦었어, 왓슨. 너무 늦었어!" 숨을 헐떡이며 그곳으로 다가선 내게 홈즈가 커다란 목소리로 말했다. "평소보다 이른 기차에 탈지도 모른다는 생각을 하지 못했다니, 내가 어리석었어! 이건 유괴야, 왓슨. 유괴당한 거라고! 틀림없이 살해당하고 말 거야! 아아, 어떻게 이런 일이! 길을 막아! 말을 멈추게 해! 그래, 어서 이것을 타고 실수를 만회할 수 있을지 가보기로 하세."

우리는 서둘러 마차에 올랐다. 홈즈가 말의 방향을 돌리더니 채찍을 날카롭게 휘둘러 전속력으로 길을 되돌아가기 시작했다. 모퉁이를 돌아서니 찰링턴 저택과 황야 사이에 긴 길이 똑바로 시야에 들어왔다. 내가 홈즈의 팔을 붙들었다.

"그 남자야!" 나는 숨을 들이마셨다.

그 자전거에 탄 사람이 이쪽으로 달려오고 있었다. 머리를 숙이고 어깨를 둥글게 말고 온몸의 힘을 다해서 페달을 밟고 있었다. 마치 자전거 경주에 나선 선수 같았다. 그가 턱수염을 기른 얼굴을 휙 쳐들어 우리를 보더니 자전거를 멈추고 뛰어내렸다. 혈색이 좋지 않았기에 검은 수염이 더욱 선명하게 눈에 띄었으며 열이라도 있는 것처럼 눈이 번질거렸다. 그는 이륜마차와 거기에 타고 있는 우리를 바라보았다. 그리고 어처구니가 없다는 듯한 표정을 지었다.

"이봐! 멈춰!" 그가 자전거로 길을 막으며 외쳤다. "그 마차를 어디서 손에 넣은 거지? 이봐, 멈추라고!" 주머니에서 권총을 꺼냈다. "멈추지 않으면 말을 쏘겠어."

홈즈는 고삐를 내 무릎 위로 던지더니 잽싸게 마차에서 내렸다.

"당신을 만나고 싶었어. 바이올렛 스미스 씨는 어디에 있지?" 홈즈가 빠른 어조로 명쾌하게 물었다.

"그건 내가 묻고 싶은 말이야. 너희는 그녀의 마차에 타고 있잖아. 어디에 있는지 모를 리가 없어."

"길에서 이 마차와 맞닥뜨린 거야. 아무도 타고 있지 않았어. 그녀를 구하기 위해서 이걸 타고 온 거야."

"아아! 큰일이 벌어지고 말았구나! 어떻게 하면 좋지?" 절망에 빠진 남자가 외쳤다. "녀석들의 짓이야. 악당 우들리와 가짜 목사에게 잡혀간 거야. 너희들이 진짜로 그녀의 친구라면 나를 따라오도록 해. 나를 좀 도와줘. 설령 찰링턴의 숲에서 죽는 한이 있어도 그 사람을 구해야 돼."

그는 권총을 손에 쥔 채 산울타리가 터진 곳을 향해 미친 듯이 달리기 시작했다. 홈즈도 그의 뒤를 따라갔다. 나는 말이 길가의 풀을 뜯을 수 있게 해놓은 뒤 두 사람을 뒤따라갔다.

"여기를 지났군!" 웅덩이가 생긴 작은 길에 남은 몇 개의 발자국을 가리키며 홈즈가 말했다. "응! 잠깐만! 수풀 속에 있는 게 누구지?"

거기에는 가죽 끈으로 각반을 차고 마부 같은 복장을 한 17세 정도의 소년이 있었다. 무릎을 벌린 채 쓰러져 있었는데 머리에 심한 상처를 입었다. 정신을 잃기는 했으나 숨이 끊어진 것은 아니었다. 나는 얼른 살펴보고 뼈에까지 이르는 상처는 아니라고 판단했다.

"마부인 피터야." 남자가 커다란 소리로 말했다. "그녀를 태우고 갔었어. 녀석들이 피터를 끌어내리고 몽둥이로 때린 거야. 지금은 아무것도 해줄 수가 없으니 이대로 누워 있게 하자고. 하지만 그녀는 여자의 몸에 찾아올 최악의 운명으로부터 구할 수 있을지도 몰라."

우리 세 사람은 나무 사이로 난 오솔길을 정신없이 달렸다. 건물을 둘러싼 나무들이 있는 곳까지 갔을 때, 홈즈가 발걸음을 멈췄다.

"집으로는 들어가지 않았어. 왼쪽에 발자국이 있어. 여기 있는 월계수 숲의 옆이야! 아아, 역시!"

여자의 날카로운 비명이 들려왔다. 겁에 질린 나머지 허둥거리는 듯한 목소리였다. 눈앞의 무성한 숲 사이에서 들려왔다. 비명이 한층 더 높아지더니 숨이 끊어질 것 같은 신음소리가 들리다, 갑자기 끊겨버리고 말았다.

"이쪽이다! 이쪽이야! 볼링장에 있어." 남자가 숲 속으로 달려 들어갔다. "아아, 비열한 놈들! 자, 두 사람 모두 이리로! 늦었어! 이미 늦었어! 이럴 수가!"

우리는 순간 고목에 둘러싸인 아름다운 잔디밭으로 들어섰다.

맞은편의 커다란 떡갈나무 밑에 기묘한 얼굴을 한 세 사람이 서 있었다.

한 사람은 의뢰인인 스미스 양으로 입 주위가 손수건으로 가려져 있었으며 기운이 빠져서 당장이라도 기절을 할 것 같았다. 그녀의 맞은편에 서 있는 것은 혈행이 좋지 않아 보이는 얼굴에 빨간 콧수염을 기른, 야만스러운 느낌의 남자였다. 각반을 찬 다리를 좌우로 넓게 벌리고, 한쪽 손을 허리에 댄 채 다른 한쪽 손으로 승마용 채찍을 휘두르고 있었다. 그 모습을 통해서 승리감에 한껏 취해 있다는 사실을 알 수 있었다. 백발이 섞인 턱수염을 기른 나이 든 남자가 두 사람 사이에 서 있었다. 모직물로 만든 정장 위에 짧은 성직자의 옷을 두르고 지금 막 결혼식을 마친 모양이었다. 왜냐하면 우리가 잔디밭 위로 올라섰을 때, 그는 기도서를 주머니에 넣고 축하의 뜻을 담아서 비열한 신랑의 등을 명랑하게 두드리고 있었기 때문이었다.

"결혼을 했군!" 내가 숨을 헐떡이며 말했다.

"서둘러! 자, 어서!" 안내를 맡은 남자가 크게 외치며 잔디밭을 달려 나갔다. 홈즈와 나도 그의 뒤를 따랐다.

우리가 다가가자 스미스 양은 비틀거리다 손으로 나무줄기를 짚었다. 전 목사였던 윌리엄슨이 공손한 듯하지만 무례한 태도로 머리를 숙였다. 한껏 들떠 있는 우들리가 자랑스럽다는 듯 거친 웃음소리를 내며 우리 앞으로 나섰다.

"밥, 그 가짜 수염은 이제 떼는 게 어떻겠나? 우들리 부인을 소개하기로 하지."

안내를 맡았던 사내가 뜻밖의 반응을 보였다. 우선 변장용

검은 턱수염을 떼어내 땅바닥에 내팽개쳐 길고 혈색이 좋지 않지만 수염을 깨끗하게 깎은 맨얼굴을 드러냈다. 그리고 권총을 들어 위협적으로 채찍을 휘두르며 다가오는 젊은 불한당을 정확히 겨냥했다.

"그래 맞아, 나는 틀림없이 밥 캐루더스야. 설령 내 목숨을 잃는 한이 있어도 저 사람을 구하고 말겠어. 저 사람에게 이상한 짓을 하면 어떻게 할지는 전에도 말한 적이 있었지? 그 약속대로 해주지!"

"이미 늦었어. 이 여자는 내 아내야!"

"그렇다면 미망인이 되겠군."

총성이 울려 퍼지더니 우들리가 입은 조끼의 가슴 부분에서 피가 뿜어져 나왔다. 그는 비명을 지르며 몸을 웅크리더니 뒤로 쓰러졌다. 혐오스러운 붉은 얼굴이 순간 창백해지는가 싶더니 기분 나쁜 반점이 떠올랐다. 아직도 성직자의 옷을 걸치고 있던 노인이 지금까지 들어본 적도 없는 더러운 욕설을 퍼부으며 권총을 꺼냈으나 그것을 제대로 쥐기도 전에 홈즈가 그에게 총구를 들이댔다.

"이제 그만두시지." 홈즈가 냉정하게 말했다. "권총을 버려! 왓슨, 그것을 주워! 이 남자의 머리를 겨누고 있어! 그래. 자, 캐루더스, 당신의 권총도 내게 주시오. 더 이상의 폭력은 안 돼. 자, 어서 건네줘!"

"당신은 대체 누구요?"

"셜록 홈즈야."

"뭐라고!"

"이름은 들어본 적이 있는 듯하군. 경찰이 올 때까지 내가 그들을 대신하기로 하지. 이봐, 너!" 어느 틈엔가 잔디밭의 끝 쪽에 나타나 자지러지듯 놀란 마부에게 홈즈가 말을 걸었다.

"이리 와. 이 편지를 가지고 가능한 빨리 파넘으로 말을 달려." 그는 수첩을 한 짱 찢어 무엇인가를 급히 썼다. "경찰서장에게 건네줘. 경찰이 올 때까지는 내가 너희들 전원의 신병을 맡고 있겠어."

사람들 위에 선 홈즈의 강한 성격이 비극의 현장을 지배했다. 다른 사람들은 모두 꼭두각시 인형이라도 된 듯 그의 말에 따랐다. 윌리엄슨과 캐루더스는 부상을 입은 우들리를 집으로 옮겼으며 나는 겁에 질려 떨고 있는 스미스 양에게 팔을 빌려줬다. 침대에 눕힌 부상자를 홈즈의 부탁으로 내가 진찰했다. 그 결과를 보고하기 위해 낡은 장식용 양탄자가 걸려 있는 식당으로 들어가자 홈즈가 두 범죄자를 앞에 두고 의자에 앉아 있었다.

"목숨은 건질 수 있을 거야." 내가 말했다.

"뭐라고!" 캐루더스가 자리에서 벌떡 일어났다. "2층으로 가서 숨통을 끊어놓겠어. 그 사람이, 그 천사가 '울부짖는 잭 우들리'에게 평생을 묶여 살아야 한단 말인가?"

"그 점을 걱정할 필요는 없어." 홈즈가 대답했다. "두 가지 분명한 이유로 그녀는 결코 우들리의 아내가 될 수 없어. 첫 번째는 윌리엄슨에게 결혼식을 거행할 자격이 있는지, 이게 가장 커다란 문제야."

"나는 성직자의 지위를 받은 사람이야." 늙은 악당이 외쳤다.

"그 뒤에 자격을 박탈당했지."

"한번 목사가 되면 죽을 때까지 목사야."

"나는 그렇게 생각하지 않아. 결혼 허가증은 어디에 있지?"

"소중하게 간직하고 있어. 이 주머니 안에."

"그럼 속임수를 써서 받아놓았군. 어쨌든 강제 결혼은 성립되지 않아. 뿐만 아니라 중대한 범죄야. 죽기 전까지는 잘 알게될 거야. 내가 잘못 생각한 것이 아니라면 그 점에 대해서 깊이생각할 여유가 앞으로 10년 동안은 주어질 테니까. 캐루더스, 당신도 권총 따위를 사용해서는 안 됐어."

"나도 그런 생각이 들기 시작했소, 홈즈 씨. 하지만 그 아가씨를지키기 위해서 온갖 주의를 기울였소. 나는 그녀를 사랑하고있는 거요, 홈즈 씨. 사랑이라는 것을 태어나서 처음으로 알게된 거요. 그런데 그녀가 킴벌리에서 요하네스버그까지 악명을떨치고 있는 남아프리카 최고의 악당의 것이 된다고 생각하자그만 이성을 잃어서.

홈즈 씨, 믿지 않을 테지만 그녀가 우리 집에서 살기 시작한이후 이 저택 앞을 지날 때는 반드시 자전거로 뒤를 따라와서위험한 일을 당하지 않도록 신경을 써왔소. 이 녀석들이 숨어있다는 사실을 알고 있었으니까. 나라는 사실을 알리고 싶지않았기에 언제나 수염으로 변장을 하고 거리를 뒀었소. 그녀는워낙 야무진 성격 아니오? 내가 시골길에서 뒤를 따라다닌다는사실을 알면 더는 집에 있어주지 않을 거요."

"어째서 그녀에게 위험을 알리지 않은 거지?"

"그 경우에도 역시 집에서 나갔을 테니. 내게는 도저히 견딜수 없는 일이었소. 사랑받지는 못할지라도 우리 집에서 그 부드럽고 우아한 모습을 보기도 하고 목소리를 듣기도 할 수 있다는 것만으로도 나는 충분히 만족할 수 있었소.”

"하지만," 내가 참견을 했다. "그걸 사랑이라고 할 수 있겠소, 캐루더스 씨? 내게는 이기주의로밖에 여겨지지 않소."

"그 두 가지는 언제나 공존하는 걸지도 모르오. 어쨌든 그녀를 떼어놓을 수는 없었소. 게다가 이런 악당들이 주위를 맴돌고 있으니 그녀의 곁에 머물며 지켜줄 필요가 있었소. 그때 마침 외국에서 전보가 왔기에 이 녀석들이 드디어 행동을 개시할 것이라는 사실을 알고 있었던 거요."

"외국에서 온 전보라니?"

캐루더스가 주머니에서 전보 한 통을 꺼냈다.

"이것이오."

전문은 짧고 간단한 것이었다.

「노인 사망」

"흠! 이것으로 어떻게 된 일인지 알겠군. 이 소식을 접하고 녀석들이 초조해한 것도 이해할 수 있겠어. 경찰을 기다리는 동안 얘기를 좀 들어볼까?"

그러자 성직자의 옷을 입은 불한당이 욕설을 퍼부으며 아우성 치기 시작했다.

"이봐, 밥 캐루더스, 배신하면 잭 우들리와 같은 꼴을 당하게 될 거야. 그 같잖은 아가씨를 사랑한다면 마음껏 징징거려도 상관없어. 그건 네 마음대로 해. 하지만 여기에 있는 사복의 형사에게 동료를 팔아보라고. 네놈이 깜짝 놀라며 후회하게 만들어줄 테니, 각오해."

"목사 양반, 흥분할 거 없어." 홈즈가 담배에 불을 붙였다. "너희들이 무슨 일을 저질렀는지 전부 알고 있어. 단지 내 개인적인 호기심에서 두어 가지 사소한 점들을 확인해보고 싶은 것뿐이야. 너희가 정 얘기하기 싫다면 내가 얘기하도록 하지. 너희가 한 짓을 얼마나 숨길 수 있을지 얘기를 들어보고 판단하도록 해. 우선 너희 세 사람은 이번 음모를 실행하기 위해 남아프리카에서 영국으로 돌아왔어. 윌리엄슨, 캐루더스, 우들리, 이렇게 셋이서."

"처음부터 거짓말이라는 게 들어났군." 노인이 입을 열었다. "나는 2개월 전까지 이 두 사람을 만난 적조차 없어. 태어나서 지금까지 아프리카에는 가본 적도 없고 그런 말도 안 되는 소리는 파이프에 채워 연기로 날려버리라고, 잘난 척하는 홈즈 양반."

"저 사람 말은 거짓이 아니요." 캐루더스가 말했다.

"그래. 그렇다면 귀국한 것은 두 사람뿐이군. 목사 양반은 순 국산품이고. 너희는 남아프리카에서 랠프 스미스를 알게 되었어. 어떤 이유로 그가 곧 죽게 될 것이라는 사실도 알게 되었지. 그의 조카딸이 유산을 상속하게 될 것이라는 사실도 알게 됐어. 여기까지 틀린 곳은 없겠지?"

캐루더스는 고개를 끄덕였으며 윌리엄슨은 욕을 해댔다.

"조카가 가장 가까운 친척이었음에 틀림없어. 그리고 스미스 노인은 유언장을 남기지 못하는 상황에 있었어."

"글을 읽을 줄도, 쓸 줄도 몰랐소." 캐루더스가 말했다.

"이에 너희 두 사람은 귀국해서 조카를 찾아냈어. 한 명이 그녀와 결혼을 한 뒤, 다른 한 명과 재산을 나눌 생각이었지. 어떤 이유에선가 우들리가 남편 역할을 맡기로 했어. 그건 어째서지?"

"돌아오는 배 안에서 그녀를 걸고 카드를 했소. 녀석이 이겼소."

"그렇군. 당신이 그녀를 고용해 집에서 살게 했고 우들리가 당신 집을 드나들며 구혼을 하기로 했어. 그런데 그녀는 우들리가 술꾼에 질이 좋지 않은 사람이라는 사실을 꿰뚫어보고 조금도 상대하려 들지 않았어. 당신은 당신대로 그녀가 진심으로 좋아져서 일이 조금씩 어긋나기 시작했지. 그런 짐승 같은 놈에게 그녀를 넘겨줄 수 없다고 당신은 생각했어."

"그렇소! 결코 그럴 수 없었소!"

"그래서 싸움이 일어났어. 화가 난 우들리는 자네와의 관계를 끊고 다른 방법을 계획하기 시작했지."

"이봐, 윌리엄슨, 이 사람에게 우리가 들려주어야 할 이야기는 얼마 없을 듯한데." 캐루더스가 쓴 웃음을 지으며 말했다. "맞소, 싸움이 벌어졌고 녀석에게 맞아 바닥에 나뒹굴었소. 그러니 오늘 일로 서로 비긴 셈이오.

우들리는 한동안 모습을 감췄었소. 그 사이에 목사직에서 파면당한 이 남자를 동료로 끌어들인 것이오. 나는 두 사람이 이곳에 자리 잡았다는 사실을 알게 되었소. 스미스 씨가 역으로 가는 길 중간에 있으니 틀림없이 좋지 않은 음모를 꾸미고 있을 것이라 생각했기에 그 후부터는 그녀에게서 눈을 떼지 않았소. 어떤 음모를 꾸미고 있는 건지 신경이 쓰였기에 가끔 이 녀석들을

만났소.

　이틀 전, 랠프 스미스가 죽었다는 전보를 가지고 우들리가 찾아왔소. 약속을 지킬 마음이 있냐고 묻더군. 나는 없다고 했소. 그랬더니 '네가 그녀하고 결혼해. 그리고 내 몫을 떼어줘.'라며 다시 제안을 해왔소. 그래서 나도 물론 결혼하고 싶지만 그녀가 허락을 하지 않는다고 말했소. 그랬더니 녀석, 이렇게 말하더군. '어쨌든 무슨 일이 있어도 결혼시켜주도록 하지. 여자는 한두 주만 지나면 생각도 바뀌는 법이야.' 무슨 일이 있어도 폭력을 써서는 안 된다고 나는 말했소. 우들리는 참으로 질이 좋지 않은 불한당답게 온갖 욕설을 퍼부은 뒤 그 여자는 자신이 차지하겠다는 말을 내뱉고 돌아가 버렸소.

　스미스 씨는 이번 주를 마지막으로 우리 집의 가정교사를 그만둘 생각이었소. 그랬기에 이륜마차로 역까지 데려다줄 준비를 했던 거요. 그래도 역시 걱정이 되었기에 자전거로 뒤를 따라왔소. 그런데 그녀가 일찍 출발을 했기에 내가 채 뒤쫓기도 전에 변을 당하게 된 거요. 당신들이 그녀의 마차를 타고 되돌아왔을 때 비로소 그 사실을 알게 된 것이오."

　홈즈가 자리에서 일어나 피우던 담배를 난로 안으로 던졌다. "내 생각이 너무 짧았어, 왓슨. 예전에 자전거를 탄 남자가 나무들 사이에서 넥타이를 고쳐 매는 듯했다고 보고해주지 않았나? 그때 모든 것을 꿰뚫어봤어야만 했는데. 그건 그렇고 이처럼 특이하고 몇 가지 보기 드문 특징이 있는 사건을 만나게 된 것은 기뻐해야 할 일이겠지. 아, 주의 경찰 셋이 마찻길에 모습을 드러냈군. 다행히 마부 소년도 함께 걸어오고 있어. 저 아이와 유쾌한 신랑

모두 이번 모험으로 목숨을 잃지는 않을 듯하군.

자, 왓슨, 스미스 씨를 진찰해주지 않겠나? 기운을 회복했다면 우리 둘이 어머니께 데려다주겠다고 전해주게. 몸이 별로 좋은 것 같지 않으면 지금 곧 중부 전력의 기사에게 전보를 치겠다고 말해보게. 틀림없이 기운을 회복할 거야. 그리고 캐루더스 씨, 당신은 틀림없이 악행에 가담하기는 했지만 당신이 할 수 있는 만큼의 죗값은 치른 듯하오. 명함을 줄 테니 재판에서 내 증언이 필요하다면 언제든지 연락을 주시오."

독자 여러분도 눈치 채셨겠지만 우리는 언제나 일에 쫓기고 있기 때문에 하나의 이야기를 완전히 매듭짓고 결말을 자세히 기록하여 호기심 많은 사람의 기대에 보답하기란 좀처럼 쉬운 일이 아니다. 한 가지 사건을 처리하고 나면 바로 다른 사건이 일어난다. 또, 일단 사건이 절정을 넘어서면 등장인물은 우리의 바쁜 생활에서 영원히 모습을 감추고 만다.

하지만 이 사건의 경우는 내 노트의 마지막 부분에 짧은 메모가 덧붙여져 있다. 그에 의하면 바이올렛 스미스 양은 아주 커다란 유산을 상속하게 되었으며 지금은 웨스트민스터의 유명한 전기 회사인 모턴 앤드 케네디의 사장 시릴 모턴의 부인이 되었다. 윌리엄슨과 우들리는 유괴와 폭력죄로 재판을 받아 윌리엄슨이 7년, 우들리가 10년형을 선고받았다. 캐루더스가 어떻게 되었는지는 기록되어 있지 않으나 우들리가 악명 높고 흉악한 사람이었기에 그 남자에 대한 폭행은 법정에서 그다지 문제가 되지 않았다. 틀림없이 몇 개월의 형을 언도받았던 것으로 기억하고 있다.

독신 귀족

The Noble Bachelor

세인트 사이먼 경의 결혼과 그 결혼의 기묘한 파국에 관한 이야기가 불행한 신랑이 속한 상류계급 사람들의 입에조차 오르지 않게 된 지도 상당한 시간이 흘렀다. 새로운 스캔들이 쉴 새 없이 일어났다. 더욱 자극적인 사건의 경과가 화제에 오를 뿐, 4년 전의 사건 따위는 잊혀져버리고 만 것이다.

그러나 경의 사건에 대한 진상이 세상에 알려지지 않은 것만은 틀림없는 사실이었다. 친구인 셜록 홈즈가 힘을 빌려주지 않았다면 사건은 해결되지 않았을 테니 그의 사건수첩을 완전한 것으로 만들기 위해서라도 간단하게나마 이 놀라운 사건을 기록해두고 싶다.

내가 결혼하기 2, 3주일 전, 아직 홈즈와 베이커 가의 하숙에서 살던 때의 일이었다. 오후의 산책에서 돌아온 홈즈는 책상 위의 편지에 시선을 고정시켰다.

그날, 나는 하루 종일 방에 들어앉아 있었다. 뜻밖에도 비가 내리기 시작했고 강한 가을바람까지 불고 있었다. 게다가 아직 다리에 박힌 채 아프간 전쟁의 기념이 된 제자일 총알이 욱신욱신 쑤셨다.

나는 안락의자에 앉아 다른 의자에 한쪽 발을 얹은 채 신문 더미에 묻혀 있었다. 마침내 그날의 뉴스를 전부 읽었기에 신문을 한쪽으로 치웠다. 그리고 책상 위에 있는 커다란 봉투에 찍힌 문장(文章)과 모노그램을 바라보며 어딘가의 귀족이 보낸 것이리라, 멍하니 생각하고 있었다.

"편지가 왔다네. 아주 고귀한 양반인 것 같더군." 방으로 들어온 홈즈에게 내가 말을 걸었다. "아침에 온 편지는 생선장수와 세관의 직원에게서 온 것이었지?"

"응. 여러 사람들로부터 편지가 와서 재미있다니까." 홈즈가 빙그레 웃으며, "그런데 신분이 낮은 사람이 보낸 편지일수록 더욱 흥미로운 법이지. 아무래도 이 편지는 사교계에서 온 반갑지 않은 초대장인 듯하군. 기껏해야 따분함을 느끼거나 거짓말을 해야 하는 상황에 빠지는 것이 고작이니까."

그는 봉투를 뜯어 대충 훑어보았다.

"음, 이거 재미있어질지도 모르겠는데."

"그럼 초대장이 아닌가?"

"응, 일을 의뢰하는 편지야."

"그럼 의뢰인은 귀족인 모양이군."

"영국에서도 일류 귀족이야."

"그럼, 축하한다고 말해야겠군."

　"이보게 왓슨, 내게 고마운 것은 재미있는 사건이라네. 의뢰인의 신분 따위는 그다지 상관없어. 어쨌든 이번의 새로운 조사는 재미있는 부분도 있을 듯해. 그건 그렇고 자네는 요즘 신문만 읽고 있는 것 같던데."

　"맞아. 달리 할 일이 없으니까."

　진절머리가 난다는 듯한 표정으로 나는 방구석에 쌓여 있는 신문을 가리켰다.

　"그거 고마운 얘기군. 그렇다면 최근의 정보에도 훤할 테니. 내가 읽는 건 범죄에 관한 기사와 사람을 찾는 광고뿐이야. 사람을 찾는 광고에는 교훈이 가득 들어 차 있지. 어쨌든 자네는 신문에서 최신 뉴스를 자세히 읽었으니 세인트 사이먼 경과 그의 결혼에 관한 기사도 읽었겠지?"

"그래, 아주 재미있었어."

"그거 잘 됐군. 이 편지는 세인트 사이먼 경에게서 온 것일세. 읽어주지. 그 대신 신문 더미를 뒤져서 무엇이든 상관없으니 관계가 있을 것 같은 기사를 찾아주지 않겠나? 부탁하네, 편지의 내용은 다음과 같아.

「셜록 홈즈 씨.

당신의 뛰어난 판단력을 믿으라고 백워터 경께서 말씀해주셨습니다. 이에 저의 결혼식에 얽힌 슬픈 사건에 대해서 상의를 드리고자 찾아뵙기로 결심했습니다.

이미 런던 경찰청의 레스트레이드 씨가 조사를 하고 있으나 당신께 협력을 구해도 상관없다고 합니다. 또한 도움이 될지도 모른다고 생각하고 있는 것 같기도 합니다.

오후 4시에 찾아뵙도록 하겠습니다. 4시에 다른 약속이 있으시다면 그 일을 뒤로 미루어주셨으면 합니다. 저의 문제는 매우 중요한 것입니다.

로버트 세인트 사이먼」

그로브너 저택에서 보낸 편지야. 거위깃털 펜으로 썼어. 이런, 이 귀족 양반 좀 보게. 새끼손가락의 바깥쪽에 잉크를 묻혔어."

편지를 접으며 홈즈가 말했다.

"4시라고? 벌써 3시 아닌가? 1시간만 있으면 오겠는데."

"그 동안 자네의 도움만 있다면 사건을 정리할 수 있을 거야. 신문 더미를 뒤져서 문제의 기사를 순서대로 놓아주지 않겠나? 나는 그 동안 의뢰인의 신상에 관해서 조사를 해보겠네."

홈즈는 난로 위 선반에 꽂혀 있는 참고서들 중에서 표지가 빨간 책을 꺼냈다.

"아아, 여기에 있군."

의자에 앉은 홈즈가 무릎 위에서 책을 펼쳤다.

"로버트 월싱엄 드 비어 세인트 사이먼, 발모럴 공작의 차남. 그렇군! 문장은 청색이고 가운데의 검은 띠 위에 3개의 마름쇠. 1846년 출생. 그렇다면 올해로 41살이니 결혼은 상당히 늦은 편이군.

전 내각에서 식민차관을 지냈다. 아버지인 공작은 전 외무부 장관이었다. 일가는 플랜태저넷 왕가의 직계 후손이며 외가는 튜더 왕가의 혈통을 이어받았다.

아아, 이것뿐이라니 아무런 도움도 되지 않겠는데, 왓슨. 제대로 된 정보는 자네에게 맡길 수밖에 없겠어."

"원하는 정보라면 금방 찾을 수 있어. 극히 최근의 일이고 강한 인상을 받은 사건이었으니까. 하지만 자네에게는 일부러 말하지 않았어. 자네는 다른 사건으로 바빠 보였고, 관계없는 일을 듣고 싶어 하지 않는다는 사실도 알고 있으니까."

"아아, 자네가 말한 조사란 그로브너 스퀘어의 가구운반 마차 사건이야. 벌써 해결했다네, 물론 처음부터 진상은 알고 있었지만. 그럼, 골라낸 기사를 읽어주기 바라네."

"이게 첫 번째 기사인 듯하군. 『모닝 포스트』의 소식란에 실린 거야. 여기 보이는 것처럼 몇 주일 전의 신문일세.

「발모럴 공작의 차남인 로버트 세인트 사이먼 경이 미국 캘리포니아 주의 신사인 앨로이시어스 도런 씨의 외동딸 해티 도런 양과 약혼했다. 곧 결혼식을 올릴 예정.」

이것뿐일세."

"간단하지만 내용은 명확하군."

홈즈는 가늘고 긴 다리를 난로의 불 쪽으로 뻗었다.

"같은 주의 사교계 신문에 좀 더 자세한 기사가 실렸을 텐데. 아아, 여기 있군.

「결혼 시장에서 보호정책을 요구하는 목소리가 들려오는 듯하다. 왜냐하면 오늘날의 자유무역주의 덕분에 영국제품의 판로가 매우 좁아졌기 때문이다. 대영제국 귀족 가정의 지배권은 차례로 대서양을 건너오는 아름다운 사촌들의 손에 넘어가고 있다. 지난주에도 그 매력적인 침입자들이 손에 넣은 상품 리스트에 중요한 예가 더해졌다.

20년 이상이나 큐피드의 화살을 피해오던 세인트 사이먼 경이 캘리포니아 주에 살고 있는 백만장자의 아름다운 딸 해티 도런과 곧 결혼할 예정이라고 발표한 것이다.

웨스트버리 가의 축하연에서 정숙한 동작과 미모로 주목을 받은 도런 양은 외동딸이다. 지참금도 여섯 자리 숫자나 되며 미래에는 거액의 재산을 상속받을 것이라는 소문이다.

지난 수년 간, 발모럴 공작이 그림을 팔아야 하는 형편에 빠져 있었다는 것은 공공연한 비밀이었다. 또한 세인트 사이먼 경은 비치무어의 조그만 영지를 제외하면 재산이 없다. 이 결혼으로 캘리포니아 출신 여성 상속인이 공화국의 시민에서 단번에 영국 귀족이 될 수 있다 할지라도 득을 보는 것이 그녀뿐만이 아니라는 점은 분명하다.」"

"그 외에는?"

홈즈가 하품을 하며 물었다.

"아직 아주 많다네. 『모닝 포스트』에는 다른 기사가 실렸어. 결혼식장은 하노버 스퀘어의 세인트 조지 교회. 식은 은밀히 행해질 예정이며, 초대받은 것도 친한 친구 여섯 명 정도라는 사실. 식이 끝난 뒤 출석자 전원이 앨로이시어스 도런 씨가 산 랭커스터 게이트의 가구가 딸린 집으로 갈 것이라는 사실 등.

그 이틀 뒤의 신문에는, 즉 지난 주 수요일이네만, 결혼식이 행해졌다는 사실, 신혼여행은 피터스필드 근처에 있는 백워터 경의 저택에서 보낼 예정이라는 사실 등이 조그맣게 실려 있다네. 신부가 행방불명이 되기까지의 기사는 이것이 전부일세."

"뭐가 어떻게 될 때까지라고?"

홈즈가 놀라서 물었다.

"신부가 행방불명이 되었다고."

"언제 행방불명이 되었지?"

"피로연 때야."

"그래? 이거 생각했던 것보다 재미있는데. 정말 드라마틱해."

"맞아, 나도 보통일은 아니라고 생각했어."

"신부가 결혼식 전에 행방불명되는 일은 흔히 있고, 신혼여행 중간에 모습을 감추는 일도 더러는 있지. 하지만 결혼식이 끝난 뒤 그렇게 빨리 모습을 감추다니, 들어본 적조차 없는 일이야. 얘기를 자세히 들려주게."

"하지만 상당히 애매한 기사일세."

"내가 조금 더 분명히 할 수 있을 거야."

"어제 조간에서 크게 다뤘지만 꽤나 어중간한 기사야. 어쨌든 읽어주기로 하지. 표제어는 「상류사회의 결혼식에서 괴사건」이라네.

「로버트 세인트 사이먼 경 일가는 결혼식 도중에 일어난 기묘한 비극 때문에 놀라움과 당혹스러움을 감추지 못하고 있다. 어제 각 신문에서 간단히 보도한 사실이지만 결혼식은 그저께 아침에 행해졌다. 그런데 그 후 기묘한 소문이 돌며 꼬리를 감출 줄 몰랐다. 조금 전 드디어 확인할 수 있었는데 그 소문은 사실이었다. 세인트 사이먼 경의 친구들은 소문을 숨기려 노력했으나 이 사건은 이미 세상의 주목을 끌고 있다. 사람들의 입에 오르내리게 된 이상 아무리 무시하려 해도 소용없는 일일 것이다.

하노버 스퀘어의 세인트 조지 교회에서 행해진 결혼식은 매우 은밀한 것이었다. 참석자는 신부의 아버지인 앨로이시어스 도런 씨, 발모럴 공작부인, 백워터 경, 유스터스 경(신랑의 동생), 클라라 세인트 사이먼 영부인(신랑의 여동생), 그리고 앨리시어 휘팅튼 영부인뿐이었다.

식이 끝난 후 참석자들은 전원 피로연이 준비되어 있는 랭커스터 게이트의 앨로이시어스 도런 씨의 집으로 향했다. 그때 이름은 알 수 없지만 한 여성이 소동을 일으킨 듯했다. 그녀는 세인트 사이먼 경에게 물을 것이 있다며 참석자들의 뒤쪽에서 억지로 집에 들어가려 했다. 언쟁은 오래 계속되었으나 집사와 하인이 그녀를 간신히 내쫓았다.

다행스럽게도 신부는 불쾌한 소동이 일어나기 전에 집으로 들어가 다른 사람들과 함께 피로연이 열릴 자리에 앉아 있었다. 그러나 신부는 갑자기 속이 좋지 않다며 자신의 방으로 들어갔다.

그 후로 모습을 드러내지 않았기에 걱정하는 사람들도 있었다. 아버지가 방을 들여다보러 갔다. 그런데 하녀의 말에 의하면 신부는 방에 잠깐 들렀을 뿐, 외투와 커다란 모자를 들고 서둘러 복도를 나갔다는 것이었다.

하인 중 한 명이 그런 복장을 한 여성이 집 밖으로 나가는 모습을 보았다. 그러나 여주인은 피로연 자리에 있을 것이라고만 생각했기에 그녀일 것이라고는 꿈에도 생각지 못했다고 그는 말했다.

앨로이시어스 도런 씨는 딸의 실종을 확인한 뒤 신랑과 함께 경찰에 신고했다. 현재 경찰에서 전력을 기울여 수사 중에 있으니 이 기괴한 사건도 곧 해결될 것이다.

그러나 어젯밤 늦은 시각까지도 실종된 신부의 행방은 무엇 하나 밝혀지지 않았다. 범인이 존재하는 사건이라는 소문도 있다. 처음에 소동을 일으킨 여성이 질투심이나 그 외의 동기로 신부의 기묘한 실종에 관여했을 것이라 생각한 경찰 당국에서 그 여성을 체포했다는 소문도 있다.」"

"그것이 전부인가?"

"다른 조간 한 군데서 짧은 기사를 실었다네. 이건 참고가 될 것 같군."

"무슨 소리지?"

"플로라 밀러 양, 즉 소동을 일으켰던 여성이 정말 체포되었다는 기사일세. 원래는 알레그로 극장의 무용수였는데 몇 년 전부터 신랑과 사귀었던 모양이야. 그 외의 자세한 내용은 적혀 있지 않아. 이것으로 사건에 관한 얘기는 전부 한 셈일세. 신문에

실린 내용들뿐이지만."

"점점 더 재미있어지는군. 놓칠 수 없는 사건이야. 왓슨, 벨소리가 들리는데. 시간도 4시를 2, 3분쯤 지났으니 아무래도 귀족 의뢰인이 온 것 같아. 아아, 왓슨. 자리를 피할 필요 없다네. 나도 자네가 있어주는 편이 기억을 확인할 때 도움이 되니."

"로버트 세인트 사이먼 경이 오셨습니다."

심부름하는 소년이 문을 활짝 열었다.

교양 있어 보이고 느낌이 좋아 보이는 신사가 안으로 들어왔다. 창백한 얼굴, 높은 콧날. 입매를 보니 아무래도 성격이 급한 사람 같았다. 응시하는 듯한 차분한 눈은 지금까지 사람들에게 명령을 내리거나 자신을 따르게만 해온 사람의 눈이었다. 시원시원한 태도였으나 등이 약간 구부정했으며 걸을 때 무릎을 구부리는 버릇이 있었기에 나이보다 어딘가 늙어 보였다.

챙이 말려 올라간 모자를 벗자 옆머리가 허옇게 세기 시작한 것이 보였다. 정수리 부근도 숱이 많지 않았다. 높은 목깃, 검은 플록코트, 하얀 조끼, 노란 장갑, 에나멜구두에 옅은 색 각반을 한 복장으로 보아 멋 부리기를 좋아하는 모양이었다.

신사는 오른손으로 금테 안경의 끈을 만지작거리며 유유히 방 안을 둘러보았다.

"어서 오십시오, 세인트 사이먼 경." 홈즈가 자리에서 일어나 인사를 하더니, "자, 그 등나무의자에 앉으세요. 이쪽은 제 친구이자 일의 협력자인 왓슨 의사입니다. 좀 더 불 쪽으로 다가가세요. 천천히 얘기를 듣기로 하겠습니다."

"홈즈 씨, 당신이라면 잘 이해할 수 있겠지만, 참으로 번거로운

문제가 일어났습니다. 애가 타는 것 같습니다. 당신은 이처럼 미묘한 사건들을 여럿 다뤄보셨겠지요? 물론 귀족 사회의 사건은 아니었을 테지만."

"이거, 내 의뢰인의 신분도 많이 떨어졌군."

"지금 뭐라고 하셨죠?"

"비슷한 사건이었는데, 얼마 전의 의뢰인은 한 나라의 왕이었습니다."

"그게 정말입니까? 뜻밖의 말이로군요. 어느 나라의 왕이었습니까?"

"스칸디나비아 국왕이었습니다."

"그럴 수가! 여왕이 행방불명됐다는 말입니까!"

"아시겠지만, 저는 이번 사건의 비밀을 지킬 것을 약속합니다. 이것은 다른 의뢰인에 대해서도 마찬가지입니다."

"물론 알고 있습니다. 잘 알고 있습니다. 실례가 되는 질문을 했군요. 제 사건에 대해서 참고가 될 만한 사실은 무엇이든 얘기할 생각입니다."

"고맙습니다. 신문기사라면 알고 있습니다만, 다른 사실들은 아직 모릅니다. 신문기사는 사실인가요? 예를 들어서 이 신부 실종에 대해서 쓴 기사는 어떻습니까?"

세인트 사이먼 경은 기사를 훑어보고,

"네, 이 기사에 거짓은 없습니다."

"하지만 이 정도의 자료 가지고는 뭐라 말씀드릴 수가 없습니다. 당신께 질문을 하면 분명한 사실을 알 수 있을 것이라 생각합니다."

"그럼, 무엇이든 물어보세요."

"해티 도런 양과 처음 만난 것은 언제였습니까?"

"1년 전, 샌프란시스코에서 만났습니다."

"미국을 여행 중이셨나요?"

"네."

"결혼을 약속한 것도 그때였습니까?"

"아니요."

"그래도 두 분은 친밀한 사이가 되셨겠죠?"

"즐겁게 교제를 나눴습니다. 그녀도 제 마음을 알고 있었을 겁니다."

"그녀의 아버지가 상당한 부자라고 들었는데요."

"태평양 연안에서는 가장 큰 부자라 일컬어지고 있습니다."

"어떻게 재산을 모으신 겁니까?"

"광산입니다. 2, 3년 전까지는 가난한 생활을 했었습니다. 그런데 금광을 발견했습니다. 거기서 번 돈을 투자하여 단번에 커다란 부자가 된 것입니다."

"그런데 아가씨의, 그러니까 부인의 성격에 대해서는 어떻게 생각하십니까?"

세인트 사이먼 경이 안경의 줄을 돌렸다. 그리고 난로의 불을 물끄러미 바라보았다.

"홈즈 씨, 사실 아버지가 부자가 되었을 때 그녀는 이미 스무 살이 넘은 나이였습니다. 그때까지 아내는 광산의 캠프를 마음껏 뛰어다녔고, 숲이나 산속을 쏘다니는 생활을 하고 있었습니다. 다시 말해서 아내의 교사는 자연이었다고 할 수 있을 겁니다.

말하자면 말괄량이 아가씨였습니다. 기가 세고, 자유분방하고, 야성적인 성격입니다. 어떤 관습에도 얽매이기 싫어합니다. 충동적인, 아니 화산과도 같은 여자라고 하는 편이 옳을 겁니다. 뛰어난 결단력을 가지고 있으며, 일단 마음먹은 일은 끝까지 해내는 성격입니다. 하지만 아내가 고귀한 마음을 가진 여성이라고 생각하지 않았다면(여기서 경은 점잖게 헛기침을 하고) 저역시 명예로운 가문을 이야기하지는 않았을 겁니다. 헌신적인 아내가 될 수 있으며, 불명예스러운 일은 참지 못하는 여성이라고 믿었습니다."

"사진은 가지고 계신가요?"

"이걸 가지고 왔습니다."

세인트 사이먼 경이 로켓을 열어 보여주었다. 매우 아름다운 여성이 정면을 바라보고 있었다. 사진이 아니었다. 상아에 조각한 세밀화였는데 윤기 넘치는 검은 머리, 크고 검은 눈, 감수성이 풍부해 보이는 입술 등이 훌륭하게 표현되어 있었다.

홈즈는 그 초상화를 한동안 열심히 들여다보았다. 잠시 후 뚜껑을 닫아 세인트 사이먼 경에게 돌려주었다.

"그 후, 아가씨가 런던으로 왔기에 다시 교제가 시작되었군요."

"네, 올해의 런던 사교 시즌에, 아버지와 함께 왔습니다. 그후 몇 번인가 만나다 약혼을 했고 얼마 전에 결혼을 한 겁니다."

"상당한 돈을 가져왔다고 하던데요."

"그렇다고 할 수도 있습니다. 우리 집안의 내력을 생각해보면 그렇게 많은 금액은 아닙니다만."

"그 지참금은 물론 당신 것이 되겠지요? 결혼한 것은 사실이니."

"그 점에 대해서는 아직 알아보지 않았습니다."

"네, 그렇겠네요. 결혼식 전날 도런 양과 만났었나요?"

"네, 만났습니다."

"기분은 어떻던가요?"

"아주 좋았습니다. 앞으로의 생활에 대해서만 이야기했습니다."

"그렇습니까? 그거 재미있네요. 그럼, 결혼식 날 아침에는 어땠습니까?"

"매우 명랑했습니다. 적어도 식이 끝날 때까지는."

"그렇다면 식이 끝난 후, 뭔가 좀 이상하다는 사실을 깨달으셨단 말씀이십니까?"

"네, 솔직히 말씀드리자면 그녀가 약간 초조해 한다는 사실을 깨달았습니다. 하지만 특별히 문제 삼을 정도는 아니었습니다. 게다가 사건과는 관계없는 일이니."

"어쨌든 말씀해주시겠습니까?"

"정말 사소한 일입니다. 교회에서 대기실로 돌아가는 도중에 그녀가 꽃다발을 떨어뜨렸습니다. 마침 제일 앞줄을 지나려 할 때였는데 꽃다발이 좌석에 떨어졌습니다. 약간 당황하기는 했으나 자리에 있던 신사가 주워서 그녀에게 건네주었습니다. 꽃다발을 떨어뜨린 것 외에 특별히 이렇다 할 일은 일어나지 않았습니다.

그런데 나중에 그 사실을 말하자 쌀쌀맞게 대답했습니다. 집으로 돌아가는 마차 안에서도 그런 사소한 일로 아주 흥분한 듯했습니다."

"그랬군요. 제일 앞자리에 신사가 있었다고 말씀하셨죠? 그렇다면 일반인도 결혼식에 참석했었다는 얘기가 되는군요."

"그렇습니다. 교회의 문은 열려 있으니 내쫓을 수도 없는 일 아닙니까?"

"그 신사는 부인의 친구가 아니었을까요?"

"아닙니다. 예의상 신사라고 말했지만 아주 평범한 남자였습니다. 어떤 인물이었는지는 기억하지 못합니다. 그건 그렇고 사건과는 관계없는 얘기만 하는 듯하네요."

"어쨌든 세인트 사이먼 경, 부인이 결혼식에서 돌아왔을 때는 출발했을 때보다 기분이 좋지 않았다는 말씀이시죠? 아버지의 집으로 돌아온 후 부인은 어떤 행동을 하셨습니까?"

"자신의 하녀와 진지하게 얘기하는 모습을 보았습니다."

"어떤 하녀입니까?"

"앨리스라는 하녀입니다. 미국 사람으로 아내와 함께 캘리포니아에서 왔습니다."

"부인은 앨리스를 믿고 있는 모양이군요."

"지나치게 믿고 있을 정도입니다. 건방지게 행동하는 것처럼도 보였습니다. 물론 그런 면에서 미국은 우리와 사고방식이 다를 테지만."

"부인은 어느 정도 앨리스와 이야기를 나눴습니까?"

"2, 3분쯤이었을 겁니다. 다른 생각을 하느라 분명히는 기억하지 못합니다."

"무슨 내용을 이야기하던가요?"

"'채굴권을 훔친다(jumping a claim).'는 등의 말만 들려왔습니다. 아내는 속어를 쓰는 버릇이 있습니다. 무슨 의미인지 저는 잘 모르겠습니다.”

"미국의 속어 중에는 정말 재미있는 표현이 있습니다. 그렇다면 하녀와 이야기를 마친 후, 부인은 어떻게 하셨나요?”

"피로연 자리로 갔습니다.”

"당신과 함께?”

"아니요, 혼자서. 남자의 팔을 빌리는 습관 따위, 아내는 아무렇지도 않게 무시합니다. 모두가 자리에 앉은 지 10분쯤 지났을 때 당황한 듯 일어서서 뭔가 변명을 하는가 싶더니 방에서 나갔습니다. 그리고는 아직도 돌아오지 않았습니다.”

"그런데 하녀인 앨리스의 말에 의하면 부인은 방으로 돌아가서 웨딩드레스 위에 긴 외투를 걸치고 커다란 모자를 쓰고 나갔다고 하더군요.”

"그렇습니다. 그 후, 플로라 밀러와 하이드 파크에 들어가는 것을 봤다는 사람도 있습니다. 플로라는 지금 경찰에 구류되어 있는데 결혼식 날 아침에 도런 씨의 집에서 소동을 일으켰던 여자입니다.”

"아아, 그랬었죠. 그 젊은 여성과 당신은 어떻게 아는 사이인지 잠시 들려주시기 바랍니다.”

세인트 사이먼은 어깨를 들썩이며 난처하다는 듯한 표정을 지었다.

"지난 2, 3년간 사귀었습니다. 아주 친하게 지냈다고 말하는 편이 정확하겠습니다. 알레그로 극장에 출연하던 여자입니다. 관계를 딱 끊고 모르는 척했던 것은 아니었습니다. 이제 와서 불평을 들어야 할 이유는 어디에도 없습니다.

하지만 홈즈 씨, 여자란 정말 알 수가 없네요. 플로라는 틀림없이 사랑스러운 여자였으나 쉽게 흥분하는 성격이었고 제게 반해 있었습니다. 제 결혼 이야기를 듣고는 협박하는 듯한 편지를 몇 통이나 보내왔습니다. 사실 결혼식을 은밀하게 치른 것도, 식장인 교회에서 좋지 않은 일이 일어나지나 않을까, 걱정이 되었기 때문입니다.

저희가 도런 씨의 집에 도착했을 때 플로라가 달려왔습니다. 그리고 아내를 더러운 말로 욕하고 협박까지 했습니다. 그런 일이 벌어질지도 모르겠는 생각이 들어서 하인들에게 미리 이야기를 해두었기에 바로 내쫓아주었습니다. 소란을 피워봐야 소용없는 일이라는 사실을 깨닫자 그녀도 곧 조용해졌습니다."

"부인도 그 일을 알고 계셨나요?"

"고맙게도, 아직 모릅니다."

"그런데도 그 후에 둘이서 함께 있었다는 말씀이십니까?"

"그렇습니다. 런던 경찰청의 레스트레이드 경감은 그 점을 중요시하고 있습니다. 플로라가 아내를 유인해내서 끔찍한 덫을 놓은 것이라고 생각하고 있는 듯합니다."

"틀림없이 그렇게 생각할 수도 있겠네요."

"당신도 그렇게 생각하시나요?"

"아니, 그렇게 생각할 수도 있겠다고 말씀드린 것뿐입니다. 하지만 당신은 그럴 리 없다고 생각하시죠?"

"플로라는 파리조차 죽이지 못하는 여자입니다."

"하지만 질투는 인간의 정신을 착란에 이르게도 합니다. 그런데 이번 사건을, 당신 자신은 어떻게 생각하십니까?"

"이거 난처하게 됐군요. 저는 당신의 의견을 들으러 온 것이지, 제 의견을 말씀드리러 온 건 아닙니다. 바로 그렇기 때문에 질문에 답한 것입니다. 어쨌든 제가 보기에 아내는 이번 결혼으로 너무 흥분하여, 다시 말해서 사회적으로 높은 지위에 오르게 되어 신경이 예민해진 것 같습니다."

"간단히 얘기해서 정신이 이상해진 것 같다는 말씀이십니까?"

"말하자면 그렇습니다. 아내는 도망친 것이라 생각됩니다. 아니, 제게서 도망친 것이라 말씀드리는 건 아닙니다. 많은 사람들이 진심으로 바라던 일에서 도망친 것이라 생각됩니다. 그 외에는 달리 생각할 길이 없습니다."

"그렇군요, 틀림없이 그런 가설도 세울 수 있겠습니다." 홈즈는 빙그레 웃으며 말하더니, "자, 세인트 사이먼 경, 이것으로 알고 싶은 사실은 전부 들었습니다. 그러면 한 가지만 더 여쭙겠습니다. 피로연 때 당신의 자리에서 창밖이 보였습니까?"

"네, 우리 자리에서는 도로 건너편과 공원이 보였습니다."

"그럴 줄 알았습니다. 이것으로 더 여쭙고 싶은 것은 없습니다. 나중에 연락드리도록 하지요."

"행운의 여신이 손을 내밀어 사건 해결을 도와줄 겁니다."

이렇게 말하며 의뢰인은 자리에서 일어났다.

"아니, 벌써 해결했습니다."

"네? 뭐라고요?"

"벌써 해결했다고 말씀드렸습니다."

"그럼 아내는 어디에 있습니까?"

"자세한 내용은 나중에 말씀드리겠습니다. 아니, 그렇게 오래 기다리지는 않으실 겁니다."

세인트 사이먼 경은 머리를 흔들며, "저나 당신보다 훨씬 더 명석한 두뇌를 가진 사람이 아니면 사건은 해결할 수 없을 것이라 여겨집니다만." 거추장스러운 구식 인사를 한 뒤, 방에서 나갔다.

"고마운 일이군. 세인트 사이먼 경은 내 머리를 자신의 머리와 같은 수준으로 보아주었어." 셜록 홈즈가 커다란 소리로 웃었다. "이것으로 반대심문도 끝났겠다, 시가를 피우며 위스키소다라도 마시기로 할까. 왓슨, 나는 말이지 의뢰인이 오기 전부터 사건의 진상을 파악하고 있었어."

"정말인가, 홈즈?"

"전에도 이야기한 적이 있지만 나는 똑같은 사건을 알고 있어. 하지만 조금 전에도 말한 것처럼 그렇게 빨리 실종된 예는 없었어. 세인트 사이먼 경으로부터 이야기를 듣고 추리가 확신으로 바뀌었어. 상황증거만으로도 사건의 진상을 파악 가능한 경우도 있는 법이지. 미국의 사상가인 헨리 소로에 의하면 '우유 속의 송어를 발견'하는 일과 같은 것이지."

"하지만 자네가 알고 있는 사실이라면 나도 전부 알고 있지 않은가?"

"하지만 자네는 전례를 모르지 않는가? 내게는 그에 관한 지식이 커다란 도움이 되었다네. 몇 년 전, 애버딘에서도 비슷한 사건이 있었고, 프랑스 · 프러시아 전쟁 이듬해에도 뮌헨에서 똑같은 사건이 일어났었어. 비슷한 사건은……, 이런, 레스트레이드 경감이 왔군! 아, 어서 와요. 그 찬장 위에 아직 컵이 있어요. 그리고 저 상자에는 시가도 있고."

형사는 두꺼운 외투에 목도리를 하고 있었다. 아무리 봐도 뱃사람으로밖에 보이지 않았다. 게다가 무명으로 만든 검은 자루를 들고 있었다. 그는 가볍게 인사를 하고 자리에 앉더니 홈즈가 권한 시가에 불을 붙였다.

"무슨 일 있었나요? 실망한 듯한 표정인데."

홈즈가 눈을 반짝였다.

"맥이 빠져버렸습니다. 전부 지긋지긋한 세인트 사이먼 경의 결혼식 사건 때문입니다. 정말 종잡을 수 없는 사건이라니까요."

"정말인가요? 놀랍군요."

"이렇게 까다로운 사건은 처음이죠? 단서를 잡았다 싶으면 손가락 사이로 빠져나갑니다. 오늘은 하루 종일 단서를 따라다녔습니다."

"그래서 흠뻑 젖은 거군요."

홈즈가 뱃사람이 입는 재킷의 소매를 손으로 만졌다.

"네, 하이드 파크의 서펜타인 연못을 뒤졌습니다."

"대체 무엇을 위해서?"

"세인트 사이먼 경 부인의 시체를 찾기 위해서입니다."

셜록 홈즈는 의자에 기댄 채 껄껄 웃었다.

"트라팔가 광장의 분수도 찾아보았나요?"

"어째서요? 무슨 뜻이죠?"

"부인의 시체가 발견될 가능성은 양쪽 모두에 있다는 뜻입니다."

레스트레이드 경감이 홈즈를 노려보며 화난 듯 말했다.

"모든 것을 알고 있다는 듯한 투로군요."

"아니, 조금 전에 얘기를 들었을 뿐이에요. 하지만 생각은 이미 정리되었어요."

"그래요? 그럼 서펜타인 연못을 뒤져도 소용없다는 말씀이신 가요?"

"아무런 소용도 없을 거라 생각합니다."

"그렇다면 연못에서 이런 물건들이 발견된 이유를 듣고 싶군요."

레스트레이드 경감이 자루의 주둥이를 열더니 비단 웨딩드레스, 하얀 새틴 구두 한 켤레, 신부의 화관, 베일 등을 바닥에 쏟았다. 물건들은 전부 물에 젖어 색이 변했다.

"어떤가요?" 경감이 수북이 쌓인 물건들 위에 만든 지 얼마 되지 않은 결혼반지를 올려놓았다. "명탐정님, 이걸 어떻게 설명 하실 생각이십니까?"

"오, 이걸 전부 서펜타인 연못에서 건졌나요?"

홈즈가 파란 연기를 둥그렇게 내뿜었다.

"아니요, 연못가 한쪽에 떠 있는 걸 공원 관리인이 발견했습니다. 웨딩드레스는 부인의 것이라고 확인되었습니다. 드레스가 있으니 시체도 근처에 있을 것이라 생각한 겁니다."

"당신의 훌륭한 추리에 의하면 어떤 시체도 옷장 근처에 있어야겠군요. 어쨌든 이 웨딩드레스에서 어떤 결론을 이끌어냈죠?"

"부인의 실종에 플로라 밀러가 관계되어 있다는 증거가 됩니다."

"글쎄, 그게 증거가 될까요?"

"아직도 그렇게 생각하십니까?" 레스트레이드 경감이 못마땅하다는 듯 말했다. "홈즈 씨, 당신의 추리나 추론은 별로 실용적이지 않은 것 같습니다. 겨우 2분 동안 어처구니없는 잘못을 2개나 범하셨습니다. 이 웨딩드레스에는 플로라 밀러가 분명히 관계되어 있습니다."

"어떤 식으로 관계되어 있단 말이죠?"

"이 웨딩드레스에는 주머니가 달려 있습니다. 주머니에 명함집이 들어 있었습니다. 그 명함집에 메모가 들어 있었단 말입니다. 알겠습니까? 이것이 그 메모입니다."

레스트레이드 경감이 눈앞의 책상에 메모를 턱 올려놓았다.

"잘 들어보십시오.

「준비를 마치면 만나기로 해요. 바로 와주세요.　F. H. M」

저는 처음부터 플로라 밀러가 세인트 사이먼 경 부인을 불러낸 거라 생각하고 있었습니다. 공범과 함께 부인을 어딘가로 유괴한

겁니다. 이니셜로 서명한 이 메모를 문가에서 몰래 건네주어 끌어낸 것이 틀림없습니다."

"훌륭한 추리네요, 레스트레이드 경감. 정말 훌륭해요. 그 메모를 좀 보여주세요."

홈즈가 웃었다. 그리고 별로 기대하지 않는다는 듯한 동작으로 메모를 집어 올렸다. 그러다 갑자기 메모에 시선을 빼앗겨버렸다. 만족스럽다는 듯한 목소리로,

"정말 중요한 것이군."

"역시, 홈즈 씨도 그렇게 생각하십니까?"

"아주 중요해요. 진심으로 축하한다고 말하고 싶어요."

레스트레이드 경감은 승리감에 젖은 듯 자리에서 일어나 메모를 들여다보았다.

"응! 어째서 메모의 뒷면을 보고 있는 겁니까?"

"무슨 소리, 이쪽이 앞입니다."

"앞이라고요? 머리가 어떻게 된 거 아닙니까? 보세요, 여기에 연필로 적혀 있지 않습니까?"

"이건 호텔 청구서에서 잘라낸 것 같은데. 나는 이쪽에 더 흥미가 있어요."

"그게 어쨌다는 겁니까? 저도 내용은 확인했습니다.

10월 4일, 객실 이용료 8실링, 아침 식사 2실링 6펜스, 칵테일 1실링, 점심 2실링 6펜스, 셰리주 8펜스.

이런 건 참고가 되지 않습니다."

"아마도 그렇겠죠. 그래도 아주 중요해요. 메모도 중요하고요. 이니셜뿐이지만. 그러니 역시 축하한다고 말해야겠네요."

"시간만 허비했습니다. 난로 옆에서 멋진 이론을 세우기보다는 발로 뛰며 조사하는 편이 훨씬 더 정확합니다. 안녕히 계세요, 홈즈 씨. 누가 사건의 진상을 파헤치게 될지, 곧 알게 될 겁니다."

레스트레이드 경감은 자리에서 일어났다. 웨딩드레스 등을 그러모아 자루에 쑤셔 넣은 경감이 문 쪽으로 걸어가기 시작했다.

"힌트를 하나 드리지요, 레스트레이드 경감. 사건의 진상을 가르쳐드릴게요. 세인트 사이먼 경 부인은 가공의 인물이에요. 그런 인물은 존재하지도 않고, 지금까지도 존재하지 않았어요."

홈즈가 방 밖으로 나서려는 경쟁자에게 여유로운 어조로 말했다.

레스트레이드 경감이 딱하다는 듯한 눈으로 홈즈를 바라본 뒤 나를 돌아보았다. 이마를 세 번 때리고 진지한 표정으로 머리를 흔들어 보이더니 얼른 밖으로 나갔다. 경감이 문을 닫은 순간 홈즈는 자리에서 일어나 외투를 입었다.

"저 경감이 말한 것처럼 발로 수사하는 게 더 확실한 경우도 있지. 난 지금부터 외출을 해야 하니 자네는 잠시 신문을 읽고 있게."

홈즈가 나를 방에 두고 나간 것은 5시를 지난 시간이었으나 외로움을 느낄 여유는 없었다. 1시간도 지나지 않아서 식품점의 점원이 매우 커다란 상자를 가지고 왔기 때문이었다. 점원은 데리고 온 젊은이와 함께 상자를 열었다. 어처구니가 없어서 바라보고 있자니 하숙집의 초라한 식탁 위에 미식가들이나 먹을 법한 차가운 고기의 야식이 놓이기 시작했다.

차가운 도요새 고기가 한 쌍, 꿩 고기가 한 마리, 타조의 간으로 만든 파이, 그리고 거미줄이 엉겨 있는 오래 된 와인 병이 몇 개. 호화로운 요리를 늘어놓더니 두 사람은 『아라비안나이트』에 나오는 램프의 요정처럼 사라져버렸다. 남기고 간 말은 '대금은 이미 치렀으며 여기에 놓고 가라는 부탁을 받았다.'는 것뿐이었다.

9시 조금 전에 홈즈가 활기찬 발걸음으로 돌아왔다. 생각에 잠긴 듯한 표정이었으나 반짝이는 눈을 보고 기대했던 대로 결론이 내려진 것이라는 사실을 알 수 있었다.

"음, 야식 준비를 전부 마쳐놓고 간 듯하군."

홈즈가 손을 마주 비볐다.

"손님이라도 오는 건가? 5인분을 차려놓고 갔다네."

"응, 손님이 몇 명 올 거 같아. 이상한데, 세인트 사이먼 경이 아직 오지 않았다니. 아아, 이제야 계단을 올라오고 있는 것 같군."

아니나 다를까, 세인트 사이먼 경이었다. 참으로 귀족다운 얼굴에 매우 불안한 표정이 어려 있었다. 안경줄을 세게 휘두르며 분주한 발걸음으로 방 안에 들어섰다.

"심부름하는 사람이 갔었던 모양이군요."

하고 홈즈가 말했다.

"편지를 읽고 깜짝 놀랐습니다. 편지에서 한 얘기는 분명한 건가요?"

"아마도 그럴 겁니다."

세인트 사이먼 경은 의자에 주저앉고 말았다. 손으로 이마를 누르며 말했다.

"일족 중 한 명이 이렇게 수치스러운 일을 당했다는 사실을 알면, 공작이 뭐라고 할지."

"어쩔 수 없는 일이었습니다. 그리고 대체 뭐가 수치스럽다는 건가요?"

"아아, 제 입장에서 생각해보십시오."

"누구의 탓도 아닙니다. 그녀로서도 어쩔 수 없는 일이었습니다. 단, 느닷없이 그런 행동을 한 것은 참으로 안타까운 일이었습니다. 어머니가 안 계시기 때문에 그와 같은 운명의 갈림길에 선 순간, 상의를 할 사람이 없었던 겁니다."

"모욕입니다. 그것도 공개적으로 모욕을 당했습니다."

세인트 사이먼 경이 테이블을 손가락으로 두드리며 말했다.

"가엾게도 뜻밖의 상황에 처하게 된 겁니다. 부디 용서해주도록 하세요."

"아니, 용서할 수 없습니다. 정말 화가 납니다. 커다란 모욕을 당했으니까요."

"벨이 울렸나? 역시 그렇군. 층계참에서 발소리가 들려. 세인트 사이먼 경, 사건을 관대하게 봐주시지 않을 경우에 대비해서 저보다 나은 변호인을 불렀습니다."

홈즈가 문을 열어 남녀 한 쌍을 맞아들였다.

"세인트 사이먼 경, 소개하겠습니다. 이쪽은 프랜시스 헤이 몰튼 부부입니다. 부인은 이미 알고 계시죠?"

방으로 들어온 두 사람을 보자마자 의뢰인은 의자에서 벌떡 일어났다. 버티고 선 채로 시선을 내리깔고 한 손을 프록코트의 가슴에 찔러 넣었다. 위엄에 상처를 입은 사내의 모습 그대로였다.

여성이 한 걸음 앞으로 다가가 손을 내밀었으나 세인트 사이먼 경은 완고하게 눈을 들지 않았다. 그러는 편이 좋았을지도 모른다. 애원하는 여자의 얼굴을 보았다면 결의 따위, 눈처럼 녹아 사라져 버렸을 것이다.

"화가 나셨군요, 로버트. 그렇게 화를 내시는 것도 당연한 일이에요."

"변명 따위 듣고 싶지 않소."

세인트 사이먼 경이 불쾌하다는 듯 말했다.

"알고 있어요. 당신을 난처하게 만들었을 뿐만 아니라 말도 없이 떠나버렸으니. 하지만 저는 거기서 프랭크를 본 순간부터 어떻게 해야 좋을지, 어떻게 말을 해야 좋을지 저 자신도 정신을 차릴 수가 없었어요. 제단 앞에서 정신을 잃고 쓰러지지 않은 게 이상할 정도예요."

"몰튼 부인, 사정을 설명하실 동안 저와 친구는 자리를 비켜드릴까요?"

"제가 잠깐 참견을 해도 괜찮을까요?"라고 낯선 신사가 말했다. "지금까지 저희는 일을 너무 비밀리에 진행시켜온 듯합니다. 저는 사건의 진상을 유럽과 미국의 모든 사람들에게 알리고 싶습니다."

몸집이 작은 몰튼 씨는 다부진 체구, 볕에 그을린 얼굴, 날카로운 눈, 활기찬 동작을 가진 사람이었다.

"그럼, 저희들의 사연을 전부 말씀드리도록 할게요. 여기에 있는 프랭크와 제가 처음으로 만난 것은 아버지의 광구(鑛區)가 있는 로키 산맥 부근의 맥과이어 광산 캠프에서였어요. 1884년이었죠. 저희 두 사람은 결혼을 약속했어요. 그러던 어느 날, 아버지가 광맥을 발견하여 커다란 재산을 손에 넣게 되었어요. 그러나 프랭크가 가지고 있던 광구의 광맥은 점점 줄어들고 있었어요. 아버지의 재산이 늘어갈수록 가엾게도 프랭크는 점점 가난해져 갔어요. 아버지는 마침내 프랭크와의 약혼을 파기하라고 하시며 저를 샌프란시스코로 데려갔어요.

그래도 프랭크는 포기하지 않고 뒤를 따라서 샌프란시스코로 와주었어요. 저희는 몰래 만났어요. 아버지가 그 사실을 알았다면 크게 화를 내셨을 거예요. 그래서 모든 일을 단둘이서 처리할 수밖에 없었어요. 프랭크는 돈을 벌러 가겠다, 우리 아버지에게도 지지 않을 정도의 부자가 될 때까지 돌아오지 않겠다고 말했어요. 저는 언제까지고 기다리겠다고 약속했어요. 그리고 프랭크가 살아 있는 한 누구와도 결혼하지 않겠다고 맹세했어요.

'그럼 지금 당장 결혼해도 되지 않겠소? 나도 당신을 더욱 가까이 느낄 수 있을 거요. 그리고 돌아올 때까지는 남편이라고 결코 떠들고 다니지 않겠소.'라고 프랭크가 말했어요. 그래서 저희 두 사람은 그렇게 하기로 했어요. 프랭크가 일을 잘 처리해서 목사님도 입회를 했기에 저희는 그 자리에서 결혼을 했어요. 그런 다음 프랭크는 돈을 벌러 떠났고 저는 아버지에게로 돌아갔어요.

얼마 후, 프랭크가 몬태나에 있다는 소문을 들었어요. 또 시굴을 위해 애리조나까지 갔었고 후에는 뉴멕시코에 있다는 소문도 들었어요. 광산 캠프가 아파치의 습격을 받았다는 기사가 신문에 대대적으로 실린 것은 그 후의 일이었어요. 살해당한 사람들의 명단 가운데 프랭크의 이름도 있었어요. 저는 정신을 잃고 말았어요. 그리고 몇 개월이나 병으로 앓아누웠어요.

아버지는 폐병에 걸린 거라 생각하고 의사에게 보였어요. 샌프란시스코에 있는 의사의 절반 정도가 진료를 했을 거예요. 그로부터 1년 동안 프랭크의 소식은 전혀 없었어요. 저는 프랭크가 죽었다고 믿게 되었어요.

바로 그 무렵에 세인트 사이먼 경이 샌프란시스코에 오셨어요. 그 후 저희가 런던에 오게 됐고 결혼이 결정된 거예요. 아버지는 매우 기뻐하셨지만, 저는 가엾은 프랭크에게 마음을 주었으니 그 마음의 빈틈을 파고들 수 있는 남자는 이 세상에 아무도 없을 거라고 생각했어요.

하지만 세인트 사이먼 경과 결혼을 했다면 저는 물론 아내로서의 의무를 다했을 거예요. 애정과는 별개로, 아내로서의 의무는

마음만 먹으면 충분히 수행할 수 있으니까요. 세인트 사이먼 경과 나란히 제단으로 다가섰을 때, 가능한 한 좋은 아내가 되겠다고 결심했어요. 그런데 제단의 난간까지 갔을 때, 제일 앞줄에 서서 저를 바라보고 있는 프랭크의 모습이 문득 눈에 들어왔어요. 그때의 제 기분을 이해해주세요.

처음에는 유령인 줄 알았어요. 다시 한 번 보았지만 역시 프랭크가 서 있었어요. 다시 만나게 돼서 기쁜지, 슬픈지 묻는 듯한 눈빛으로 저를 바라보고 있었어요. 정신을 잃지 않은 것이 이상할 정도였어요. 주위의 사물들이 전부 빙글빙글 맴돌기 시작하고, 목사님의 말씀은 벌의 날갯소리처럼 귓가에서 윙윙 울렸어요.

저는 어떻게 해야 좋을지 몰랐어요. 식을 멈추게 하고 교회에서 소란을 피우는 것이 좋을지? 저는 다시 한 번 프랭크를 돌아보았어요. 프랭크는 제가 무슨 생각을 하는지 알고 있는 듯했어요. 손가락을 입술에 대고 얌전히 있으라는 신호를 보냈어요.

프랭크는 종이에 무엇인가를 썼어요. 제게 건네줄 메모라고 생각했죠. 식장에서 나올 때 일부러 프랭크의 자리 앞에 꽃다발을 떨어뜨렸어요. 꽃다발이 건네졌을 때 메모가 손 안에 있었어요. 때가 되면 신호를 할 테니 나오라는 말 한 줄만 적혀 있었어요. 이렇게 된 이상 프랭크에게 충실하는 것이 무엇보다 중요하다고 진심으로 믿게 됐어요. 무슨 일이든 프랭크의 지시에 따르기로 결심했어요.

집에 돌아가자마자 저는 하녀에게 사실을 털어놓았어요. 그녀는 캘리포니아에 살 때부터 프랭크를 알고 있었는데 언제나 그의 편이었어요. 저는 그녀에게 비밀을 지켜달라고 하고 소지품을 챙겨서 얼스터 코트와 함께 준비를 해달라고 부탁했어요. 세인트 사이먼 경에게는 사실을 밝혀야 한다고 생각했어요. 하지만 경의 어머님이나 여러 훌륭하신 분들 앞에서는 무서워서 도저히 밝힐 수가 없었어요. 우선은 달아났다가 나중에 얘기하자. 그렇게 결심했어요.

연회의 자리에 앉은 지 10분도 지나지 않았을 거예요. 창문 너머로 프랭크의 모습이 보였어요. 도로 건너편에 서 있었어요. 그는 손짓을 해서 부른 뒤 공원 안으로 들어갔어요. 저는 자리에서 벗어나자마자 바로 준비를 해서 프랭크의 뒤를 따라갔어요. 도중에 낯선 여자가 세인트 사이먼 경에 대해서 이런저런 얘기를 해왔어요. 거의 귀에 들어오지 않았지만, 세인트 사이먼 경에게도 결혼 전에 조그만 비밀이 있었다는 듯한 말투였어요. 어쨌든 간신히 그 사람에게서 벗어나 프랭크를 따라잡을 수 있었어요.

저희는 마차를 잡아타고 프랭크가 빌려서 묵고 있던 고든 광장 부근의 하숙까지 갔어요. 그것이 오랜 세월 기다려왔던 진짜 결혼식이었어요. 프랭크는 아파치족의 포로가 됐었다고 해요. 도망을 쳐서 샌프란시스코로 갔는데, 프랭크가 죽은 줄 알고 제가 포기한 채 영국으로 왔다는 사실을 알게 된 거죠. 그래서 뒤를 따라 영국으로 건너와 저의 두 번째 결혼식 날 아침 드디어 저와 만나게 된 거예요."

"신문을 보고 결혼식을 알게 되었습니다."라고 미국인이 설명했다. "해티의 이름과 교회는 실려 있었지만 어디에 사는지는 알 수 없었습니다."

"그런 다음 저희 둘은 앞으로 어떻게 해야 할지에 대해서

이야기했어요. 프랭크는 모든 일을 사실대로 털어놓아야 한다고 말했어요. 하지만 저는 제 행동이 매우 부끄러웠기에 말없이 사라져버리고 싶은 심정이었어요. 두 번 다시 그 사람들 앞에 나서고 싶지 않았으며, 아버지에게는 무사함을 알리는 짧은 편지를 보내면 될 거라고 생각했어요. 그 귀족들과 귀부인들이 피로연 자리에서 제가 돌아오기를 기다린다는 생각만으로도 몸이 오그라드는 것 같았어요.

결국은 프랭크가 웨딩드레스 등을 모아 눈에 띄지 않는 곳에 버리고 왔어요. 저의 행방을 감추기 위해서였어요.

저희는 내일 아침에 파리로 떠날 생각이었어요. 그런데 여기 계신 홈즈 씨가, 대체 어떻게 알아낸 것인지 오늘 밤에 저희를 찾아오셨어요. 제 생각이 틀렸고 프랭크의 생각이 옳다, 게다가 비밀리에 행동하는 것은 자신의 잘못을 스스로 인정하는 것이라고, 친절하게도 홈즈 씨가 명확히 충고를 해주셨어요. 그리고 세인트 사이먼 경하고만 이야기할 수 있는 자리를 만들어주겠다고 하셨기에 바로 찾아뵙게 된 거예요.

자, 로버트, 이것으로 모든 사실을 이야기했어요. 당신에게 고통을 줘서 정말 죄송해요. 제발 잔인한 여자라고는 생각지 말아주세요."

세인트 사이먼 경은 굳은 얼굴을 결코 펴지 않았다. 그러나 눈썹을 찌푸리고 입술을 굳게 다문 채, 이 긴 이야기를 가만히 듣고만 있었다.

"실례합니다만, 나는 마음속 비밀을 다른 사람 앞에서 이야기하고 싶지 않소."

"그럼 용서해주시지 않을 건가요? 작별의 악수도 해주시지 않을 건가요?"

"아니, 하겠소. 원한다면."

세인트 사이먼 경은 그녀가 내민 손을 차갑게 쥐었다.

"어떻습니까? 함께 야식을 드시는 것이."

라고 홈즈가 말했다.

"그거 참 난처한 말씀이십니다. 이렇게 된 이상 말없이 물러날 수밖에 없을 테지만, 축하해줄 마음은 도저히 들지 않습니다. 괜찮으시다면 이만 실례하겠습니다."

이렇게 대답한 세인트 사이먼 경은 누구에게랄 것도 없이 인사를 한 뒤 커다란 발걸음으로 방에서 나갔다.

"그래도 당신들은 함께 식사를 해주시겠죠? 미국 분과 이야기를 나눌 수 있게 돼서 기쁩니다, 몰튼 씨. 예전에는 어리석은 국왕이나 엉뚱한 짓만 일삼는 신하가 있었습니다. 그러나 우리의 자손들이라면 언젠가 영국 국기와 성조기를 하나로 합친 깃발 아래서 세계에 자랑할 수 있는 대국의 시민이 되어줄 것이라고 믿는 사람들도 있습니다. 저도 그런 사람들 중 한 명입니다."

손님들이 돌아간 뒤 홈즈가 말했다.

"이번 사건이 재미있었던 건, 언뜻 보기에는 전혀 이해할 수 없는 사건이라 할지라도 참으로 간단히 설명할 수 있다는 사실을 분명히 가르쳐주었기 때문이야. 이처럼 이상한 사건도 없었어. 그런데도 그 여성의 이야기를 들으면 모든 일들이 아주 당연하게 여겨져. 그렇지만 또 다른 사람, 예를 들어서 런던 경찰청의

레스트레이드 경감의 눈으로 보자면 이처럼 영문을 알 수 없는 결말로 끝나버린 사건도 없다고 할 수 있을 거야."

"그렇다면 자네는 당황하지 않았다는 말인가?"

"처음부터 2가지 사실이 분명하게 보였으니까. 하나는 그녀가 결혼식을 진심으로 기뻐하고 있었다는 사실. 또 하나는 집으로 돌아가기까지의 몇 분 동안 결혼식을 후회했다는 사실이지. 그날 아침에 무슨 일인가가 일어나서 마음이 바뀌었다는 사실은 분명 했어. 그건 무슨 일이었을까? 집을 나선 이후는 누구와도 이야기를 나눈 적이 없었을 거야. 신랑과 계속 같이 있었으니까. 그렇다면 누군가를 본 것일까? 만약 그렇다면 미국에서 온 사람임에 틀림없을 거야. 영국에는 온 지 얼마 되지 않아서 모습을 본 것만으로 자신의 장래를 완전히 바꿔버릴 만큼 강한 영향을 줄 인물이 있을 리 없으니. 소거법을 사용했으니, 그녀가 누군가를 봤다면 틀림없이 미국인일 거라고 생각한 거지.

그럼 그 미국인이란 대체 누구일까? 어째서 그처럼 강한 영향력을 가지고 있는 걸까? 연인, 그도 아니면 남편일까? 왜냐하면 소녀 시절, 거친 환경과 평범하지 않은 상황에서 자란 사람이었으니까. 이 정도는 세인트 사이먼 경의 이야기를 듣기 전부터 알고 있었다네.

경을 만나보고 알게 된 사실은 교회의 좌석에 있었던 사내, 신부의 태도가 변했다는 사실, 꽃다발을 떨어뜨리는 뻔한 수단으로 메모를 건네받았다는 사실, 믿고 있는 하녀에게 무엇인가를 이야기했다는 사실, 채굴권 횡령이라는 꽤나 깊은 뜻이 있을 것 같은 말을 사용했다는 사실—이건 광산 기사들의 용어인데 타인이 선점한 권리를 빼앗는다는 의미야— 등이지. 이런 사실들을 알게 되었기에 사정을 완전히 이해할 수 있었어. 그녀는 남자와 함께 모습을 감췄다, 그 남자는 연인이거나 전남편……, 아마도 전남편이리라.”

“그런데 어떻게 해서 두 사람을 찾아낸 거지?”

“그게 어려운 문제였는데 우리의 친구인 레스트레이드가 단서를 가져다주었어. 본인은 그 가치를 깨닫지 못했지만. 중요한 것은 메모의 이니셜이었지만, 더욱 고마웠던 건 남자가 일주일 안쪽으로 런던의 일류 호텔에서 계산을 치렀다는 점을 알아냈다는 사실이었어.”

“일류 호텔이라는 걸 어떻게 알았지?”

“청구 금액이 비쌌으니까. 하룻밤에 8실링, 셰리주 한 잔에

8펜스나 받다니 당연히 일류 호텔 아니겠나. 그렇게 비싼 호텔은 런던에도 그렇게 많지 않다네. 두 번째로 찾아간 노섬벌랜드 가의 호텔에서 숙박부를 살펴보았더니 프랜시스 H. 몰튼이라는 미국인이 전날 호텔에서 나간 것으로 되어 있더군. 그래서 장부를 살펴보니 그 청구서의 사본에서 본 항목과 똑같은 것이 나왔다네. 남자에게 온 편지를 고든 광장 226번지로 전송하라고 되어 있기에 그곳으로 가보았다네.

고맙게도 두 사람 모두 있었어. 나는 아버지와 같은 마음으로 충고를 했다네. 어쨌든 두 사람의 입장을 세상과 세인트 사이먼 경에게 분명히 밝히는 편이 좋을 거라고. 특히 경에게는 반드시 그렇게 해야 한다고 했어. 세인트 사이먼 경과 여기서 만날 수 있게 했고, 또 경에게도 여기로 와달라고 부탁을 했어."

"하지만 그다지 좋은 결과는 아니었던 것 같더군. 세인트 사이먼 경의 태도는 그다지 관대하지 않았으니까."

"이보게 왓슨." 홈즈가 싱글싱글 웃으며 말했다. "구혼이네, 결혼식이네 귀찮은 일들을 치르고 난 뒤 정신을 차리고 보니 아내도 재산도 전부 사라져버렸다면 자네도 틀림없이 그런 태도를 취했을 걸세. 우리는 세인트 사이먼 경을 동정해야 하는 거 아닐까? 그리고 아무리 일이 잘못 된다 할지라도 그런 일은 일어날 것 같지도 않은 우리의 운명에 감사해야 할 거야.

의자를 당겨서 내 바이올린을 좀 집어주게. 아직 해결하지 못한 문제는 하나밖에 없어. 쓸쓸한 가을밤을 어떻게 보낼까 하는 문제야."

너도밤나무 숲

The Copper Beeches

"예술 때문에 예술을 사랑하는 자는 아주 시시한 표현을 발견하고는 기뻐하는 법이지." 셜록 홈즈가 『데일리 텔레그래프』의 광고 페이지를 옆으로 던지며 말했다. "왓슨, 자네는 우리가 다룬 조그만 사건들을 기록할 때 그 진리를 잘 알고 있는 듯해서 정말 기뻐. 가끔 이야기를 너무 재미있게 기록하려는 경향이 있기는 하지만, 내가 중요한 역할을 맡은 유명한 소송사건이나 세상을 떠들썩하게 한 재판보다 사건으로서는 하찮게 보이는 쪽에 힘을 기울여 쓰고 있으니. 하지만 나는 그러한 사건에서 내가 자랑으로 여기는 연역법이나 추리의 종합법을 잘 이용해 왔어."

"그래도 내 기록에는 지나치게 과장했다는 비난을 받아도 달리 할 말이 없는 부분도 있어."

내가 빙그레 웃었다.

"자네의 실수는 아마······."

홈즈는 새빨간 숯을 부젓가락으로 집어 올려 기다란 벚나무 파이프에 불을 붙였다. 그가 도자기 파이프가 아니라 벚나무 파이프를 사용하는 것은 명상보다 논의를 하고 싶은 기분이 들었을 때다.

"자네의 실수는 아마 기록을 재미있게 하려 하거나, 활기 넘치게 하려 한다는 데 있을 거야. 그렇게 하지 말고 원인에서 결과까지의 엄밀한 추론을 충실히 기록하는 편이 더 좋을 거야. 그것이야말로 사건을 부각시키고 있는 특징이니."

"기록에서는 자네를 정당하게 다루고 있다고 생각하는데."

홈즈의 자기중심적 사고에 일침을 가하기 위해 나는 약간 차가운 어조로 말했다. 물론 그 자기중심적인 부분이 홈즈의 특이한 성격을 돋보이게 하는 요소임은 잘 알고 있었지만.

"아니, 자의적 생각이나 자만심에서 하는 말이 아닐세." 언제나처럼 홈즈가 내 마음을 꿰뚫어보고 말했다. "내 예술을 정당하게 다루어주었으면 하는 것은, 내 개인의 문제가 아니기 때문이야. 나 한 사람을 초월한 문제야. 범죄는 어디에나 있지만 제대로 된 추론은 거의 없어. 그러니까 자네는 범죄보다 추론을 강조해야 해. 그런데 자네는 연속 강의가 되어야 할 것을 연속 드라마로 만들고 있어."

이른 봄의 쌀쌀한 아침이었다. 아침식사를 마친 뒤 우리는 베이커 가의 그 방에서 활활 타오르고 있는 난로의 불을 사이에 두고 앉아 있었다. 짙은 안개가 진한 갈색으로 변색된 집들 사이를 천천히 흘러가고 있었다. 노란 안개의 소용돌이를 뚫고 맞은편 집의 창문이 거뭇하게 흔들리는 반점이 되어 흐릿하게 떠올랐다. 우리 방에는 가스등이 켜져 있었다. 아직 치우지 않은 식탁의 테이블 크로스가 하얗게 빛나고 있었으며 도자기나 금속으로 만든 식기가 반짝이고 있었다.

셜록 홈즈는 그때까지 말없이 여러 신문의 광고란을 훑어보고 있었는데 결국은 이렇다 할 것을 발견하지 못한 모양이었다. 기분이 언짢아졌는지 이번에는 내 기록의 결점에 대해 트집을 잡기 시작한 것이었다.

"하지만," 한동안 기다란 파이프를 피우며 난로의 불을 바라보고 있던 홈즈가 다시 말을 이어갔다. "자네가 이야기를 왜곡하고 있다고는 말할 수 없어. 자네가 흥미를 가졌던 사건 가운데 법률상 전혀 범죄라고 할 수 없는 것도 있으니까. 보헤미아 왕을 도왔던 그 조그만 사건이나, 메리 서덜랜드 양의 기묘한 경험, 입술이 비뚤어진 사내를 둘러싼 수수께끼, 그리고 독신 귀족의 사건도 역시 법률과는 관계가 없는 사건들뿐이었어. 단지 내가 걱정하는 것은 자네가 대중적 인기를 지나치게 피하려 한 나머지 사건 자체를 밋밋하게 만들어버리는 것이 아닐까 하는 점이야."

"사건 자체는 그럴지도 모르겠지만 내 작법은 새로워서 흥미를 끌지 않았나?"

"아아, 그런가? 대중에게? 아무것도 모르는 위대한 대중이 아닌가? 치아를 보고도 직공(織工)이라는 사실을 알지 못하고 왼손 엄지를 보고도 식자공이라는 사실을 판단해내지 못하는 대중이 분석과 추론의 미묘한 차이를 알 수 있을 리 없다네! 하지만 자네가 사건을 밋밋하게 만들고 있다고 해서 자네를 탓할 수만도 없지. 요즘에는 커다란 사건이 전혀 일어나고 있지 않으니. 범죄자들은 모험정신과 독창성을 잃어버리고 말았어. 나의 소소한 직업도 이제는 잃어버린 연필을 찾거나 기숙학교 출신의 젊은 여성에게 충고를 해주는 상담소 수준으로 떨어져버린 것 같아. 물론 이보다 더 심해지지는 않을 듯하지만. 이 편지는 오늘 아침에 온 건데 이것으로 우리의 직업도 땅바닥으로 떨어졌다는 사실을 알 수 있어. 한번 읽어보게!"

홈즈가 꼬깃꼬깃해진 편지 한 통을 던져주었다.

그것은 어젯밤에 몬태규 플레이스에서 부친 편지로 이런 내용이 적혀 있었다.

「셜록 홈즈 씨

꼭 상의드리고 싶은 일이 있습니다. 가정교사로 오라는 곳이 있는데 가도 좋을지 망설이고 있습니다. 괜찮으시다면 내일 아침 10시 30분에 찾아뵙도록 하겠습니다. 잘 부탁드리겠습니다.

　바이올렛 헌터」

　"이 젊은 여성을 알고 있나?"
라고 내가 물어보았다.

　"아니, 모르네."

　"곧 10시 30분일세."

　"응. 벨소리가 들리는군. 왔어."

　"어쩌면 자네가 생각하고 있는 것보다 재미있는 사건이 될지도 모르지 않나. 예전의 「푸른 홍옥 사건」도 처음에는 별것 아닌 줄 알았지만 중대한 수사가 되었으니. 이번에도 그렇게 될지 누가 알겠나?"

　"제발 그래줬으면 좋겠네! 그것도 곧 알 수 있겠지. 장본인이 찾아온 듯하니 들어보기로 하세."

　홈즈가 이렇게 말한 순간 문이 열리며 젊은 여성이 들어왔다. 차림은 수수했으나 단정했다. 물떼새의 알처럼 주근깨가 있는 얼굴은 밝고 영리해 보였으며 자신이 선택한 길을 걸어온 여성인 듯 태도도 시원시원했다.

　"폐를 끼쳐서 죄송합니다." 홈즈가 자리에서 일어나 맞아들이자 그녀가 인사를 했다. "제가 좀 이상한 일을 겪게 되어 상의를 했으면 좋겠는데 부모님이나 친척이 안 계십니다. 당신이라면 어떻게 해야 좋을지 가르쳐주실 것이라고 생각했기에 찾아왔습니다."

"자, 앉으세요, 헌터 양. 원하신다면 기꺼이 도움을 드리겠습니다."

홈즈는 새로운 의뢰인의 태도와 말하는 모습에서 호감을 느낀 모양이었다. 살펴보는 듯한 시선으로 그녀를 바라본 뒤, 눈을 감고 양손의 손가락 끝을 마주 대며 이야기를 들어보겠다는 듯한 자세를 취했다.

"저는 지난 5년 동안 스펜스 먼로 대령 댁에서 가정교사를 하고 있었습니다. 그런데 2달 전에 대령이 노바스코샤 반도의 헬리팩스로 전근을 갔습니다. 아이들도 미국까지 따라갔기 때문에 일자리를 잃고 말았습니다. 광고를 내보았으나 뜻대로 되지 않았습니다. 결국에는 얼마 되지 않던 저금도 바닥을 드러내기 시작했기에 앞길이 막막했습니다.

웨스트엔드에 웨스터웨이라는 유명한 가정교사 소개소가 있습니다. 일주일에 한 번 정도, 제게 맞는 일이 없는지 찾아가보았습니다. 웨스터웨이는 그 소개소를 설립한 사람입니다만 실제 경영은 스토퍼라는 여성이 하고 있습니다. 스토퍼는 조그만 사무실에 있습니다. 일자리를 구하러 온 여자들은 대기실에서 기다리는데 한 사람씩 방으로 불려 들어갑니다. 스토퍼는 대장을 보면서 적당한 자리가 있는지 살펴봐 줍니다.

지난주의 일이었는데 평소처럼 사무실로 불려 들어갔습니다. 그런데 스토퍼 외에도 다른 사람이 있었습니다. 뚱뚱하게 살이 찌고 안경을 긴 남자였습니다. 턱의 살이 몇 겹으로 목까지 늘어져 있었습니다. 스토퍼 곁에 앉아서 히죽히죽 웃으며 들어오는 여자들을 아주 열심히 보고 있었습니다. 제가 들어가자 그 사람은

의자에서 펄쩍 뛰어오를 듯하며 스토퍼의 얼굴을 바라보았습니다.

'이 사람이야, 흠잡을 데 없어. 다행이다, 다행이야!'

그 사람은 아주 기쁘다는 듯 손을 비볐습니다. 아주 마음에 든 모양이었습니다. 그를 지켜보는 저까지 기뻐질 정도로 서글서글한 느낌이 들었습니다.

'일을 찾고 계시죠?'

'네, 맞아요.'

'가정교사 자리를 찾고 계신 겁니까?'

'네.'

'급료는 얼마 정도를 원하십니까?'

'요전에는 스펜스 먼로 대령 댁에서 일했는데 한 달에 4파운드를 받았어요.'

'아아, 정말 터무니없는 급료로군. 정말 지독한 대접을 받았군요!' 그 사람이 화가 난다는 듯 살찐 두 손을 높이 들고 외쳤습니다. '이렇게 매력적이고 교양이 넘치는 여성에게 그런 쥐꼬리만 한 돈밖에 주지 않았다니!'

'생각하시는 것처럼 제게는 교양이 풍부하지 않습니다. 프랑스어와 독일어를 조금, 거기에 음악과 그림을……'

'아니, 아니, 그런 건 문제되지 않습니다. 문제는 숙녀로서의 자질을 갖추고 있느냐 하는 점입니다. 바로 그것이 문제입니다. 만약 그런 자질이 없다면 장래 영국의 역사에 이름을 남길지도 모를 아이들을 교육할 자격은 없는 겁니다. 당신에게 그런 자질이 있다면 세 자릿수 이하의 금액을 지급해서는 안 됩니다. 저라면

100파운드를 드리겠습니다.'

이해할 수 있으시죠, 홈즈 씨? 틀림없이 돈이 궁하기는 했지만 이상할 정도로 너무 좋은 조건이었기에 정말이라고는 여겨지지 않았습니다. 그런데 그 신사가 제 마음을 읽은 듯했습니다. 지갑을 열더니 지폐를 한 장 꺼냈습니다.

'이것이 저만의 방법입니다.' 신사는 활짝 웃어 보였습니다. 눈이 실처럼 가늘어져서 하얀 얼굴의 주름에 가려질 정도의 웃음이었습니다. '젊은 여성에게는 급료의 절반을 미리 지불하고 있습니다. 그렇게 하면 여비나 옷을 장만하는 데 쓸 수 있으니까요.'

그처럼 훌륭하고 배려심 깊은 사람을 만나기는 처음이었습니다. 단골로 드나들던 가게에 외상을 한 상태였기에 선불을 받을 수 있다면 커다란 도움이 됩니다. 하지만 얘기를 듣고 있자니 어딘가 이상하다는 느낌이 들었습니다. 그랬기에 일을 하겠다고 약속하기 전에 몇 가지 확인을 해두어야겠다고 생각했습니다.

'실례합니다만, 댁은 어디십니까?'

'햄프셔입니다. 시골이지만 매우 아름다운 곳입니다. 윈체스터에서 5마일 떨어진 곳에 있는 너도밤나무집에서 살고 있습니다. 아가씨, 정말 아름다운 시골이에요. 게다가 낡기는 했지만 저택도 아주 훌륭합니다.'

'그렇다면 제 일 말인데, 어떤 아이들을 가르치게 되나요?'

'아이는 하나입니다. 여섯 살짜리 장난꾸러기에요. 아아, 정말, 슬리퍼로 바퀴벌레를 죽이는 모습을 보여드리고 싶네요! 찰싹, 찰싹, 찰싹! 눈 깜빡할 사이에 3마리 정도를 잡아버립니다!'

그 신사는 의자에서 몸을 뒤로 젖히고 웃었습니다. 가느다란 눈이 다시 얼굴 속으로 숨어버렸습니다.

그 아이의 노는 방법에 깜짝 놀랐으나 아버지의 과장스러운 웃음을 보고 아마도 농담일 것이라고 생각했습니다.

'제 일은 그 아이의 공부를 봐주는 것뿐입니까?'

제가 물었습니다.

'아니, 그렇지는 않습니다. 당신 정도의 여성이라면 벌써 눈치 채셨겠지만 어떤 것이 됐든 아내의 말에 따라주셨으면 합니다. 물론 숙녀에게 실례가 되는 명령은 하지 않을 겁니다. 어떻습니까? 번거로운 일은 아니죠?'

'제가 도움을 드릴 수 있다면 기꺼이 가겠습니다.'

'정말 고맙습니다. 예를 들어서 복장 말인데요! 저희는 취향이 좀 특이해서요, 특이하다고는 했지만 친절한 마음에서 그러는 겁니다만. 어떻습니까? 저희가 드리는 옷을 입어주실 수 없겠습니까? 사소한 요청이니 입어주실 수 있으시겠지요?'

'그렇게 하겠습니다.'

저는 진심으로 놀랐지만 그렇게 대답했습니다.

'그리고 여기에 앉아라, 저기에 앉아라 해도 마음 상하지는 않으시겠죠?'

'네, 물론이죠.'

'그리고 저희 집에 오시기 전에 그 머리를 아주 짧게 깎아주셨으면 하는데요.'

저는 그 말을 듣고 귀를 의심했습니다. 홈즈 씨, 보시다시피 제 머리는 숱이 많아요. 갈색이지만 이런 색을 가진 사람은 쉽게

찾아볼 수 없어요. 그림에서나 볼 법한 머리라고 말하는 사람도
있습니다. 자르라고 한다고 해서 그렇게 쉽게 자를 마음이 들지는
않았습니다.

'그것만은 할 수 없습니다.'
라고 저는 대답했습니다.

그 신사는 조그만 눈으로 저를 가만히 바라보고 있었는데
제 대답에 얼굴이 흐려졌습니다.

'그것이 가장 중요합니다. 제 아내의 하찮은 취향입니다. 그렇
다고는 해도 여성의 취향에는 맞춰주지 않을 수 없습니다. 어떻습
니까, 머리를 잘라주실 수 없으시겠습니까?'

'네, 절대로 깎을 수 없어요.'
저는 분명하게 거절했습니다.

'그렇군요, 잘 알겠습니다. 그럼 이 이야기는 없었던 걸로 하겠습니다. 정말 안타깝습니다. 다른 점에서는 전혀 흠잡을 데 없는 분인 만큼 더욱 그렇습니다. 그럼 스토퍼 씨, 두어 분을 더 만나볼 수 있게 해주세요.'

스토퍼 씨는 그때까지 말없이 서류를 만지작거리고 있었는데 순간 아주 난처하다는 표정으로 저를 가만히 바라보았습니다. 제가 거절해서 상당한 수수료를 받지 못하게 된 때문이라고 생각하지 않을 수 없었습니다.

'아직도 이름을 명부에 올려놓고 싶으세요?'

라고 스토퍼 씨가 물었습니다.

'부탁이에요, 스토퍼 씨.'

'하지만 쓸데없는 일 아닐까요? 이렇게 좋은 가정교사 자리를 거절하다니. 이 정도의 자리는 다시없을 거예요. 그럼 오늘은 이만 하기로 하죠, 헌터 씨.'

매정한 어조로 말하더니 스토퍼 씨는 책상 위의 벨을 울렸습니다. 급사가 저를 밖으로 내보냈습니다.

하지만 홈즈 씨, 하숙으로 돌아와서 변변한 식기도 없는 찬장과 테이블 위에 놓인 몇 장인가의 청구서를 바라보고 있자니 제가 참으로 어리석은 짓을 한 것이 아닐까 하는 생각이 들기 시작했습니다. 조금 특이한 사람들로 아주 이상한 일을 강요하려 했지만 그래도 역시 많은 보수를 주려 했습니다. 연봉 100파운드를 받는 여자 가정교사는 영국 전체를 찾아봐도 거의 없을 겁니다. 게다가 이 머리카락이 무슨 도움이 되겠습니까? 머리를 짧게 깎고 아름다워진 사람도 아주 많습니다. 저도 그렇게 될지 모를 일이었습니다.

이튿날, 저는 잘못 결정한 것이라 생각하게 되었고, 그 다음 날에는 저의 잘못을 확신하게 되었습니다. 부끄러움을 참고 그 자리가 아직 비어 있는지 소개소로 물으러 가려던 순간, 그 신사로부터 편지가 왔습니다. 여기 있으니 읽어보시기 바랍니다.

「윈체스터 교외, 너도밤나무집에서.

헌터 씨.

스토퍼 씨로부터 주소를 들었기에 이 편지를 씁니다. 전날 말씀드렸던 일, 다시 생각해보실 수 없으시겠습니까? 당신에 대해서 말했더니 아내가 매우 기뻐하며 꼭 와주셨으면 좋겠다고 합니다. 분기별로 30파운드의 급료를 준비하도록 하겠습니다. 1년에 120파운드입니다. 이것은 저희의 자의적인 요청으로 폐를 끼치게 될 것에 대한 사과의 뜻입니다. 자의적인 요청이라고는 하나 대체로 어려운 일을 부탁드리려는 것은 아닙니다. 아내는 조금 특이한 색조의 짙은 청색을 좋아하기에 오전 중에 집에 있을 때는 그 색의 옷을 입어주셨으면 좋겠다고 합니다. 하지만 당신이 옷을 살 필요는 없습니다. 딸 앨리스(지금은 필라델피아에 있습니다)의 옷이 당신에게 꼭 맞을 것이라 생각되기 때문입니다. 또한 앉는 자리를 지정하거나 어떤 놀이를 해달라고 하는 적도 있을 테지만 결코 실례가 되지는 않을 것입니다. 머리카락 말씀인데, 전날 한번 본 것만으로도 그 아름다움에 매료되었을 정도이니 정말로 죄송하게 생각하고 있습니다. 단, 그 건만은 꼭 승낙을 해주셨으면 하며, 그에 대한 보상으로 급료를 증액하기로 한 것입니다. 아이를 봐주는 것은 아주 간단한 일입니다. 어떻습니까? 와주실 수 있으시겠습니까? 윈체스터까지 이륜마차로 마중을 나가겠습니다. 기차 시간을 알려주시기 바랍니다.

　제프로 루캐슬」

　홈즈 씨, 이것이 얼마 전에 도착한 편지입니다. 저는 이 요구에 응하기로 결심했습니다. 하지만 분명하게 대답하기 전에 모든 사실을 이야기하고 당신의 생각을 들어봐야겠다고 생각했습니다."

　"알겠습니다, 헌터 씨. 하지만 결심을 하셨다면 망설일 필요는 없을 거라 생각합니다."

　홈즈가 생글생글 웃으며 말했다.

　"그럼, 거절하는 편이 좋겠다고 생각하지는 않으시는 건가요?"

　"물론 내 동생이었다면 별로 권하지는 않았을 거예요."

　"무슨 말씀이신가요, 홈즈 씨?"

　"판단할 만한 재료가 없어서 뭐라고 말씀드릴 수는 없습니다. 당신이야말로 뭔가 의견이 있으신 듯한데요."

　"네, 제게는 한 가지 생각밖에 없어요. 루캐슬 씨는 아주 친절하고 인품도 좋은 것 같았어요. 부인에게 정신병이 있지만 그분은 병원에 데려가기를 두려워하여 가만히 집에 두고 싶어 한다. 그래서 발작이 일어나지 않도록 부인의 요구를 전부 들어주고 있는 것이다. 이렇게는 생각할 수 없을까요?"

　"그렇게 생각할 수도 있겠네요. 실제로 이야기를 통해서는 그렇게 생각하는 것이 가장 타당할 듯합니다. 그래도 역시 젊은 여성이 일하기에 적당한 가정이라고는 여겨지지 않아요."

　"하지만 홈즈 씨, 돈 문제가 있잖아요!"

"네, 틀림없이 급료는 좋네요. 너무 좋을 정도에요. 바로 그래서 더 걱정이에요. 어째서 1년에 120파운드나 지불하는 걸까요? 40파운드만 줘도 사람은 얼마든지 구할 수 있을 텐데. 틀림없이 무슨 이유가 있을 거예요."

"사정을 이야기해두면 나중에 도움을 필요로 할 때 잘 이해하실 수 있으시겠죠? 저는 그렇게 생각했어요. 뒤에 홈즈 씨가 버티고 서 있다는 사실만으로도 저는 마음이 아주 든든해요."

"알겠습니다. 그렇게 생각하고 가시도록 하세요. 당신의 이야기는 지난 몇 개월 동안 의뢰받은 사건 중에서 가장 흥미로웠어요. 몇 가지 점에서는 아주 신선한 면도 있었고. 만약 이상하다고 생각되거나 위험하다고 느껴지는 일이 있으면……."

"위험이라고요? 어떤 위험이 있을 거라 생각하세요?"

"그걸 알 수 있다면 그건 위험이 아니에요. 어쨌든 언제라도 상관없어요. 밤이든 낮이든 전보를 보내주시면 바로 도우러 가겠어요."

홈즈가 진지한 얼굴로 머리를 흔들었다.

"그거면 충분해요." 그녀는 의자에서 경쾌하게 일어났다. 그 얼굴에 불안의 그림자는 이미 없었다. "이것으로 안심하고 햄프셔로 갈 수 있겠어요. 지금 바로 루캐슬 씨에게 답장을 쓰겠어요. 오늘 밤 긴 머리와도 작별을 고하고 내일 윈체스터로 향해 출발하겠어요."

그녀는 홈즈에게 감사의 말과 함께 인사를 한 뒤, 서둘러 돌아갔다.

"적어도 저 아가씨라면 다른 사람에게 의지하지 않고 자신의 힘으로 끝까지 해낼 수 있을 거야."

계단에서 울리는 야무지고 가벼운 발소리를 들으며 내가 말했다.

"그랬으면 좋겠는데. 며칠 안으로 틀림없이 연락이 올 거야."

홈즈가 걱정스럽다는 듯 말했다.

머지않아 홈즈의 예언대로 되었다. 이주일 뒤의 일이었다. 그 동안 헌터 양에 관한 일이 늘 머릿속에 있었다. 그리고 고독한 여성치고는 매우 기묘한 인생 경험의 갈림길에 들어서게 되었다고 머리를 갸웃거렸다. 거액의 급료, 기묘한 조건, 간단한 일 등 이 모든 것이 어딘가 이상하다고밖에 생각되지 않았다. 단순히 특이한 취향인지, 아니면 배후에 무엇인가가 있는 것인지? 신사는 자선가인지, 아니면 꿍꿍이가 있는 사내인지? 나로서는 도저히 판단할 길이 없었다.

홈즈는 곧잘 눈썹을 찌푸리고 멍한 표정으로 30분 동안이나 가만히 앉아 있곤 했다. 그럴 때 헌터 양에 대한 이야기를 꺼내면 손사래를 치며 그 문제에 대해서는 얘기하려 들지 않았다.

"자료, 자료, 자료가 없어! 나도 진흙이 없으면 벽돌을 만들 수가 없어."

홈즈는 답답하다는 듯이 말했다. 그러면서 자신의 동생이었다면 그런 일을 하게 하지는 않았을 것이라고 같은 말을 중얼거렸다.

어느 날, 늦은 밤의 일이었다. 마침내 전보가 왔다. 슬슬 잠자리에 들어야겠다고 생각하던 때였다. 홈즈는 진득하니 앉아서 실험에 몰두하고 있었다. 열중하면 밤을 새우는 적도 종종 있었다. 그럴 때면 증류기나 시험관 위에 웅크리고 있는 홈즈에게 신경 쓰지 않고 먼저 잠자리에 들었다. 그리고 이튿날 아침, 식사를 하기 위해 아래층으로 내려가면 홈즈가 같은 자세로 연구를 하고 있는 광경을 목격하게 된다.

홈즈는 노란 봉투를 열어 내용을 읽더니 내게 던져주었다.

"『브래드쇼』에서 기차 시간을 봐주지 않겠나?"

홈즈는 그렇게 말하더니 다시 화학실험에 몰두했다.

내용은 짧았으나 긴박함을 알리고 있었다.

「내일 정오, 윈체스터의 블랙 스완 호텔로 와주세요. 꼭 와주세요. 어찌해야 좋을지 모르겠습니다.

헌터」

"같이 가줄 텐가?"

홈즈가 얼굴을 들고 물었다.

"가고 싶군."

"그럼 시각표를 봐주게."

"9시 반 기차가 있어." 내가 블래드쇼 철도여행안내를 훑어보며 대답했다. "윈체스터 도착은 11시 반이야."

"그거 마침 잘 됐군. 그렇다면 아세톤에 대한 분석은 나중에 하는 편이 좋겠군. 내일 아침에 몸 상태가 좋지 않으면 곤란할 테니."

이튿날 아침 11시 무렵, 우리가 탄 기차는 옛 영국의 수도였던 윈체스터 부근을 달리고 있었다. 홈즈는 계속해서 조간을 읽고 있었는데 햄프셔에 접어들자 신문을 내던지고 창밖의 풍경을 바라보기 시작했다.

화창한 봄날이었다. 아득하게 푸른 하늘, 조그맣고 하얀 양떼구름이 몇 개씩 서쪽에서 동쪽으로 흘러가고 있었다. 햇살은 밝게 빛나고 있었으나 상쾌하고 차가운 공기가 기력을 돋우고 있었다. 앨더숏의 완만한 언덕 부근까지, 붉은빛이나 회색빛의 농장 지붕들이 신선한 초록빛 나뭇잎 사이로 조그맣게 얼굴을 내밀고 있었다. 그야말로 전원의 풍경이었다.

"정말 상쾌하고 아름다운 풍경이야."

베이커 가의 안개 속에서 막 빠져나온 내가 넋을 잃고 외쳤다.

그러나 홈즈는 걱정스럽다는 듯 머리를 흔들었다.

"이보게 왓슨, 불행하게도 나 같은 성격을 가진 사람은 무엇을 보든 자신의 일과 연관을 지어버린다네. 자네는 여기저기 눈에

떠는 집들을 보고 아름다움에 감동하고 있어. 하지만 나는 저것을 보면, 집들이 저렇게 떨어져 있으니 완전범죄도 가능하겠다는 생각밖에 들지 않아."

"세상에, 보기만 해도 마음이 편안해지는 저런 건물을 보고 범죄를 연상하는 사람이 있을 줄이야!"

"저런 건물을 보면 언제나 일종의 공포감이 느껴져. 이건 경험에서 얻은 확신이네만, 이렇게 한가롭고 아름다운 전원에서는 런던의 지저분한 어떤 뒷골목에서보다 훨씬 더 끔찍한 범죄가 일어나는 법이라네."

"자네는 정말 끔찍한 소리만 하는군."

"아니, 원인은 분명하다네. 도회에서는 법률의 힘이 미치지 못하는 곳이라 할지라도 여론의 힘이 작용하고 있다네. 아무리 지저분한 뒷골목이라 할지라도 어린아이가 괴롭힘을 당해 비명을 지르거나, 술에 취한 사람이 난동을 부리면 근처 사람들이 동정을 하거나 화를 내지. 거기에 치안조직이 잘 짜여 있기 때문에 고소를 하는 사람이 있으면 바로 조사가 시작되어 범죄자는 곧 피고석에 앉게 돼.

하지만 저 외로운 집을 보게나. 주위는 농지이고 집 안에 있는 것은 법률 따위 전혀 알지도 못하는 무지한 사람들이 대부분일세. 이런 곳에서 매해 잔혹한 범죄가 일어난다 해도 그걸 눈치 챌 사람은 아무도 없을 거야. 우리의 도움을 기다리고 있는 그 여성이 윈체스터의 도심에서 살고 있었다면 나도 걱정하지 않았을 거야. 하지만 윈체스터에서 5마일이나 떨어진 시골이기 때문에 위험한 거야. 물론 그녀 자신이 위험에 빠진 건 아니야. 그것만은 분명해."

"우리를 만나기 위해서 윈체스터의 도심까지 나올 수 있으니."

"그래 맞아. 그녀는 자유롭게 행동할 수 있어."

"그럼 뭐가 문제란 말인가?"

"그에 대한 가능성은 7가지나 생각해두었어. 그 모든 것이 우리가 알고 있는 사실과 맞아떨어져. 하지만 그중에서 어떤 것이 옳은지는 지금부터 손에 들어오는 새로운 정보에 따라서 결정될 거야. 아아, 대성당의 탑이 보이기 시작했군. 곧 헌터 씨의 이야기를 들을 수 있을 거야."

블랙 스완은 역 바로 근처에 있었으며 대로변에 세워진 평판이 좋은 호텔이었다. 헌터 양은 우리를 기다리고 있었다. 객실을 잡아주었고 점심 식사도 이미 식탁에 준비되어 있었다.

"정말 잘 와주셨습니다. 두 분께 감사의 말씀 올리겠습니다. 저, 어떻게 해야 좋을지 몰라 망설이고 있어요. 가르쳐주신다면 큰 도움이 될 거예요."

라고 그녀가 진지한 얼굴로 말했다.

"무슨 일이 있었는지 말해보세요."

"말씀드릴게요. 시간이 없어요. 3시까지 돌아가겠다고 루캐슬 씨에게 말하고 나왔거든요. 오늘 아침에 시내로 나가겠다고 해서 허락을 받았지만 무슨 일 때문인지는 말하지 않았어요."

"처음부터 순서대로 말씀해보세요."

홈즈는 기다란 다리를 난로 옆으로 뻗어 이야기 들을 자세를 취했다.

"미리 말씀드리겠는데 저는 루캐슬 부부로부터 부당한 대우는 조금도 받지 않았어요. 그분들을 위해서 이 사실을 말해두지 않는다면 불공평한 일이 될 거예요. 하지만 저는 그분들을 이해할 수가 없어요. 게다가 불안을 느끼고 있어요."

"이해할 수 없다는 건 무슨 뜻입니까?"

"그분들이 하는 행동을 이해할 수가 없어요. 어쨌든 있는 그대로를 전부 말씀드릴게요. 제가 여기에 도착하자 루캐슬 씨가 마중을 나와 있었고, 이륜마차로 너도밤나무집까지 갔어요. 듣던 대로 아름다운 곳이었지만 건물 자체는 그렇게 아름답지 않았어요. 회반죽을 바른 네모난 모양의 커다란 집인데 비바람에 시달려 완전히 더러워져 있었어요. 집 주위는 3면이 숲이고 나머지 한쪽은 사우샘프턴 가도를 향해 경사를 이루고 있는 초원이에요. 가도는 현관에서 100야드쯤 떨어진 곳에 있는데 커브를 그리고 있어요. 정면의 토지는 저택의 소유지만 숲은 전부 사우서튼 경의 사냥터에요. 현관문 맞은편에 너도밤나무 숲이 있어요. 그래서 너도밤나무집이라고 부르는 거예요.

저는 언제나 상냥한 고용주를 따라 집으로 들어가 그날 밤, 부인과 아이를 소개받았어요. 홈즈 씨, 베이커 가의 댁으로 찾아갔을 때 한 추측은 완전히 빗나갔어요.

루캐슬 부인은 정신이 이상한 사람이 아니에요. 창백한 얼굴에 아주 조용한 사람인데 루캐슬 씨보다 훨씬 젊어서 아직 서른 살도 되지 않았을 거라 생각했어요. 루캐슬 씨는 아무리 젊게 봐줘도 마흔다섯 살은 됐을 거예요. 두 사람의 대화를 통해서 결혼한 지 7년쯤 되었다는 사실, 루캐슬 씨는 재혼인데 전처와의 사이에서 낳은 딸이 필라델피아에 있다는 사실 등을 알 수 있었어요. 루캐슬 씨가 털어놓은 사실인데 딸은 이유도 없이 양어머니를 싫어해서 집을 나가버린 것이라고 해요. 딸은 스무 살이 넘었을 테니 젊은 어머니가 있으면 집에 있기가 아무래도 거북했겠지요.

루캐슬 부인은 얼굴에 이렇다 할 특징이 없고 성격도 재미없는 사람인 듯해요. 호감이 가지도 않지만 싫다는 생각도 들지 않아요. 정말 평범한 여성이에요. 남편과 아이를 진심으로 사랑하고 있다는 사실은 잘 알 수 있었어요. 언제나 남편과 아이를 잘 지켜보고 있다가 뭔가 해주어야 할 일은 없는지, 가능한 한 상대방이 말하기 전에 먼저 해주려 하고 있어요.

남편도 행동이 거칠기는 했으나 부인을 아꼈으며, 대체적으로는 행복한 부부처럼 보였어요. 그래도 부인에게는 뭔가 슬픈 일이 있는 듯해요. 아주 슬픈 표정을 지으며 가만히 생각에 잠기는 적이 자주 있어요. 눈물을 글썽이는 모습을 보고 깜작 놀란 적도 몇 번인가 있었어요. 부인의 걱정거리는 아들에게 있는 것이 아닐까 생각한 적도 몇 번 있었어요. 그 아이처럼 응석받이로 자라서 비뚤어진 아이도 본 적이 없었으니까요. 나이에 비해서는 몸집이 작은데 머리만 커서 균형이 전혀 맞지 않아요. 떼를 쓰며 몸부림을 치거나 기분이 나쁜 듯 입을 꾹 다물고 있기만 해요. 매일 그것이 일과처럼 되어 있어요. 자기보다 약한 생물을 죽이는 게 재미있는지, 생쥐나 새나 곤충을 잡는 데는 정말 뛰어난 재능을 발휘해요. 하지만 홈즈 씨, 아이에 관한 이야기는 이 정도로 해둘게요. 이번 이야기와는 거의 관계가 없을 테니."

"사소한 것까지 들려주세요. 당신이 관계없는 일이라고 생각하는 것이라도 상관없어요."

라고 내 친구가 말했다.

"중요한 부분은 빠뜨리지 않도록 할게요. 너도밤나무집으로 간 지 얼마 되지 않아서 느낀 점 중에서 불쾌한 일이 있었어요. 하인들의 풍채나 행동이에요. 하인은 두 사람뿐인데 부부에요. 남편의 이름은 톨러인데 머리카락과 구레나룻에 백발이 섞여 있는 거친 남자에요. 언제나 술 냄새를 풍기죠. 제가 살기 시작한 이후, 두 번이나 술에 취해서 쓰러졌어요. 그런데도 루캐슬 씨는 전혀 신경을 쓰지 않는 듯해요.

아내는 까다로워 보이는 얼굴에 키가 아주 크고 건장한 체격의 여자인데 루캐슬 부인만큼이나 말이 없고, 살짝 웃어 보인 적조차 없어요. 부부 모두 매우 불쾌한 사람들이지만 고맙게도 저는 대부분을 아이의 방이나 옆에 있는 제 방에서 보내기 때문에 얘기를 나누는 경우는 거의 없어요. 제 방은 건물의 구석 쪽에 있어요.

너도밤나무집에 들어간 뒤 이틀 동안은 아무런 일도 일어나지 않았어요. 사흘째 되던 날의 일이었어요. 아침 식사를 마치자마자 루캐슬 부인이 아래층으로 내려와 남편에게 무엇인가를 속삭였어요. '그래, 알았소.' 그렇게 말하더니 루캐슬 씨가 제게, '저희들의 무례한 요구 때문에 머리까지 잘라주셔서 정말 고맙게 생각하고 있습니다, 헌터 양. 머리를 깎았지만 아름다움은 조금도 변하지 않았어요. 그런데 짙은 청색 옷이 어울리는지도 한번 보고 싶습니다. 방의 침대 위에 꺼내놓았으니 입어주신다면 매우 감사하겠습니다.'

방에 가보니 특이한 색의 파란 옷이 있었어요. 모직물인 듯한 고급 천으로 만든 옷이었는데 전에 누군가가 입던 것이라는 사실을 분명히 알 수 있었어요. 크기는 제가 옷을 맞춰도 이렇게 잘 맞을 수는 없겠다 싶을 정도로 꼭 맞았어요. 그런 저를 보고 루캐슬 부부는 매우 기뻐했는데 좀 지나치다 싶을 정도였어요. 두 사람은 객실에서 저를 기다리고 있었어요. 객실은 아주 넓은데 건물의 정면 전부를 차지하고 있어요. 바닥까지 닿는 기다란 창이 3개 달려 있어요. 가운데 창문 옆에 의자가 집 안을 향해 놓여 있었어요.

그들은 저보고 그 의자에 앉으라고 했어요. 그리고 루캐슬 씨는 객실 맞은편을 이리저리 걸으며 처음 듣는 아주 재미있는 이야기를 차례차례 하기 시작했어요. 얼마나 재미있었는지 모르실 거예요. 너무 웃어서 나중에는 온몸의 힘이 하나도 없을 정도였으니까요. 그런데 루캐슬 부인은 미소조차 한 번 짓지 않고 무릎에 손을 얹은 채 슬픈 표정을 짓고 있었어요. 아마도 유머에 대한 센스가 없나 봐요. 1시간쯤 지나자 루캐슬 씨는 아이를 봐줄 시간이 된 듯하다며 옷을 갈아입고 에드워드의 방으로 가달라고 갑자기 말했어요.

이틀 뒤, 완전히 똑같은 일이 완전히 똑같은 상황에서 벌어졌어요. 저는 옷을 갈아입고 다시 창가에 앉아서 정신없이 웃었어요. 루캐슬 씨는 우스운 이야기를 아주 많이 알고 있어요. 게다가 말솜씨도 아주 좋아요. 그런 다음 노란 표지의 통속소설을 건네주더니 페이지에 그림자가 지지 않도록 의자를 약간 움직여서 그 책을 읽어달라고 했어요. 책의 중간 부분부터 읽기 시작해서 10분쯤 지나자, 하나의 문장을 다 읽지도 않았는데 갑자기 이젠 됐다며 옷을 갈아입으라고 했어요.

홈즈 씨, 아시겠어요? 어째서 이처럼 기묘한 일을 시키는 건지 알고 싶어서 견딜 수 없게 되었어요. 제가 창문 쪽으로 얼굴을 향하지 않도록 하기 위해 루캐슬 부부가 늘 신경을 쓰고 있다는 사실을 깨달았어요. 그러자 저는 창밖에 무엇이 있는지 보고 싶어졌어요. 처음에는 도저히 불가능한 일이라고 생각했지만 좋은 생각이 떠올랐어요.

깨진 손거울 덕분에 떠오른 생각인데 조그만 거울 조각을 손수건에 숨겨두는 거예요. 다음 기회에 배를 움켜쥐고 웃으며 손수건을 눈 앞으로 들어 올렸어요. 각도를 조금만 바꿔도 뒤쪽을 전부 살펴볼 수 있었어요. 하지만 실망했어요. 창밖에는 아무것도 없었어요. 아무것도 없다, 언뜻 본 순간에는 그렇게 생각했어요. 하지만 다시 한 번 봤을 때, 사우샘프턴 가도에 남자가 있다는 사실을 깨달았어요. 회색 옷을 입고 턱수염을 기른 조그만 체구의 남자였는데 우리 쪽을 바라보고 있는 듯했어요.

사우샘프턴 가도는 중요한 도로이기 때문에 사람들의 왕래가 끊이질 않아요. 그러나 그 사람은 저택의 땅인 초원의 목책에 기대어 가만히 우리 쪽을 바라보고 있었어요. 저는 손수건을 내리고 루캐슬 부인을 힐끗 쳐다봤어요. 부인은 의심스럽다는 듯한 눈빛으로 저를 보고 있었어요. 아무 말도 하지는 않았지만 손에 거울을 숨겨 뒤를 본 사실을 눈치 챈 듯했어요. 부인이 자리에서 벌떡 일어났어요.

'제프로, 저 길에 있는 남자가 헌터 씨를 힐끔힐끔 보고 있어요.'

'헌터 씨, 당신의 친구인가요?'

'아니요, 이 근처에는 친구가 없어요.'

'정말 무례한 남자로군! 뒤돌아서 손을 흔들어 쫓아버리세요.'

'모르는 척하는 편이 낫지 않을까요?'

'아니요, 저 남자는 언제나 이 부근을 어슬렁대는 사람이에요. 뒤돌아서 손을 흔들어 쫓아버리세요.'

그 말에 따라서 손을 흔들었어요. 그 순간 루캐슬 부인이 블라인드를 내렸어요. 이건 일주일 전의 일이었어요. 그 후에는 한 번도 창가에 앉지 않았고 파란 옷을 입은 적도 없었어요. 그리고 가도에 있던 남자도 보지 못했어요."

"계속해보세요. 얘기가 아주 재미있어질 것 같으니."
라고 홈즈가 말했다.

"종잡을 수 없는 얘기가 될지도 모르겠어요. 게다가 앞으로 이야기할 일은 서로 관계가 없을지도 몰라요. 제가 너도밤나무집에 도착한 날, 루캐슬 씨가 부엌 근처에 있는 조그만 창고로 저를 데려갔어요. 다가가 보니 쇠사슬을 쩔그렁거리며 커다란 짐승이 움직이는 소리가 들려왔어요.

'한번 들여다보세요. 정말 멋진 놈이죠?'

루캐슬 씨가 벌어진 판자 틈을 가리키며 말했어요. 들여다보니 어둠 속에 커다란 생물이 웅크려 앉아 있었어요. 두 개의 눈이 번쩍번쩍 빛났어요.

'무서워하지 않아도 돼요.' 제가 움찔 하는 것을 보고 루캐슬 씨가 웃으며 말했어요. '제가 기르는 마스티프 종의 개인데 이름은 카를로에요. 제 개라고 말씀드리기는 했지만 저 놈을 다룰 줄 아는 사람은 사실 하인인 톨러밖에 없어요. 먹이는 하루에 1번만 주는데 많이는 주지 않아요. 그래서 늘 기분이 좋지 않고

예민해져 있어요. 매일 밤 톨러가 사슬을 풀어줘요. 저택에 숨어드는 사람이 있으면 카를로의 먹이가 되고 말 거예요. 그러니 밤에는 정원에 나가지 말도록 하세요. 목숨을 잃을지도 모르니.'

그 경고는 사실이었어요. 이틀 후의 밤이었어요. 밤 2시 무렵, 문득 침실에서 창밖으로 시선을 돌렸어요. 아름다운 달밤으로 집 정면의 잔디가 은빛으로 반짝여서 마치 한낮 같이 밝았어요. 평화롭고 아름다운 광경에 잠겨 있다가 너도밤나무 숲 그늘에서 무엇인가가 움직이고 있다는 사실을 깨달았어요. 그것이 달빛 아래로 뛰어나왔을 때 정체를 알았어요. 송아지만 한 커다란 개였어요. 턱의 살이 늘어져 있고 코끝이 검고 황갈색 몸에 커다란 골격이 그대로 드러나 있었어요. 개는 천천히 잔디밭을 가로질러 반대편 그늘로 사라졌어요. 그 말이 없고 무시무시한 초보병을 보자 온몸에 소름이 돋았어요. 그 어떤 강도를 만나도 그처럼 두렵지는 않을 거예요.

그리고 이런 이상한 일도 있었어요. 아시는 것처럼 저는 런던에서 머리를 짧게 깎았어요. 그 머리카락을 둥글게 말아서 트렁크 바닥에 넣어두었죠. 어느 날 밤, 아이가 잠든 뒤였는데 반은 재미삼아 제 방의 가구들을 여기저기 살펴보고 가져온 물건들을 정리하기 시작했어요. 방에는 낡은 서랍장이 있어요. 위쪽 2개는 빈 채로 열려 있었지만 아래 서랍은 열쇠로 잠겨 있었어요. 그래서 셔츠와 속옷을 열려 있는 서랍에 넣었지만 그래도 정리하지 못한 것들이 아직 많이 남아 있었어요. 세 번째 서랍을 쓸 수가 없었기에 저는 어떻게 해야 좋을지 몰랐어요.

문득 잠겨 있다는 사실을 잊은 걸지도 모른다고 저는 생각했어

요. 그래서 제가 직접 열쇠 꾸러미를 가져다 열쇠구멍에 넣어보았어요. 운 좋게도 첫 번째 열쇠가 맞았기에 서랍을 열어보았어요. 아니나 다를까 물건은 하나밖에 들어 있지 않았어요. 그것이 무엇인지는 홈즈 씨도 모르실 거예요. 제 머리카락이었어요.

저는 그것을 꺼내 살펴보았어요. 특이한 색깔이나 양으로 봐서 틀림없이 제 것이었어요. 하지만 그 후, 그런 일은 있을 수 없다고 생각했어요. 열쇠로 잠가놓은 서랍에 내 머리카락이 있을 리 없다. 떨리는 손으로 트렁크를 열고 안을 뒤져 제 머리카락을 꺼냈어요. 저는 두 개의 머리카락 뭉치를 나란히 놓았어요. 저조차도 구별이 되지 않았어요. 어떻게 그런 일이 있을 수 있는 걸까요? 아무리 생각해봐도 도무지 영문을 알 수가 없었어요. 저는 그 이상한 머리카락을 다시 서랍에 넣었지만 그 사실을 루캐슬 부부에게는 말하지 않았어요. 열쇠를 채워놓은 서랍을 연 것은 제 잘못이라고 생각했기 때문이에요.

홈즈 씨, 당신은 이미 알고 계실지 모르겠지만 저는 원래부터 세심한 성격이에요. 너도밤나무집에 도착하자마자 건물의 구조는 완전히 파악해두었어요. 저택에는 별채가 있는데 거기에는 아무도 살고 있지 않아요. 그곳의 출입구는 톨러 부부가 살고 있는 곳의 출입구와 마주보고 있는데 언제나 자물쇠가 걸려 있어요.

그러던 어느 날, 저는 계단을 올라가다가 그 문에서 나오는 루캐슬 씨와 마주쳤어요. 손에 열쇠 꾸러미를 들고 있었는데 그 얼굴은 평소의 명랑한 루캐슬 씨라고는 여겨지지 않을 정도였어요. 얼굴은 시뻘겠고 미간을 찡그리고 있었으며 참으로 화가

난다는 듯한 표정으로 관자놀이에는 너무 흥분한 나머지 힘줄이 돋아 있었어요. 루캐슬 씨는 문을 잠근 뒤, 제게 말을 걸기는커녕 쳐다보지도 않고 빠른 걸음으로 지나쳐갔어요.

저는 호기심이 일었어요. 그래서 아이를 데리고 정원을 산책할 때 슬쩍 옆으로 빠져서 그곳의 창문이 보이는 곳까지 가보았어요. 그곳에는 창문이 4개 있는데 3개까지는 완전히 더러워져 있었지만 네 번째 창문에는 덧문이 내려져 있었어요. 사람이 살고 있는 것 같지는 않았어요. 가끔 하늘을 올려다보며 그 주위를 걷고 있자니 루캐슬 씨가 다가왔어요. 평소의 밝은 얼굴로 돌아와 있었어요.

'아아, 아가씨, 아까는 인사도 하지 않고 실례가 많았어요. 마음 상하지 마세요. 일 때문에 정신이 없어서요.'

저는 마음 상하지 않았다고 말했어요.

'그런데 여기에는 방이 꽤나 많네요. 한 곳에는 덧문이 내려져 있고요.'

'사진이 취미라서요. 저 방을 암실로 쓰고 있습니다. 관찰력이 정말 뛰어나시네요. 젊은 사람이라고는 믿을 수 없을 정도에요. 정말 믿을 수 없는 관찰력이에요.'

농담을 하는 듯한 어투였으나 저를 바라보는 눈은 결코 장난스럽지 않았어요. 의심과 당혹의 빛이 역력했어요.

나란히 늘어서 있는 저 방에 남들에게 보이고 싶지 않은 무엇인가가 있다는 사실을 깨달은 순간 저는 그것을 알아내고 싶다는 마음을 억누를 수가 없었어요. 하지만 그것은 단순한 호기심만은 아니었어요. 의무감, 저 방들을 살펴보면 뭔가 좋은 일이 생길지도 모른다는 생각에 사로잡혔어요. 여자의 직감이라는 말이 있잖아요. 그런 기분에 사로잡힌 것도 여자의 직감 때문인지 모르겠어요. 어쨌든 그런 기분이 든 것만은 틀림없는 사실이었어요. 금지된 방에 들어갈 방법은 없을지 저는 기회를 엿보고 있었어요.

바로 어제의 일이었어요. 마침내 그 기회가 찾아왔어요. 루캐슬 씨는 물론 톨러 부부까지 그 인기척이 없는 방으로 들어가 무엇인가를 하고 있었어요.

언젠가 톨러가 크고 검은 자루를 들고 문으로 들어가는 모습을 본 적이 있었어요. 요즘 톨러는 더욱 술을 마시게 되었고 어제 저녁에도 심하게 취해 있었어요. 그런데 제가 2층으로 올라갔을 때 그 문에 열쇠가 그대로 꽂혀 있었어요. 아마도 톨러가 깜빡한 모양이었어요. 루캐슬 부부는 아이와 함께 아래층에 있었어요. 다시없는 기회였죠. 저는 가만히 열쇠를 돌려 문을 열고 살금살금 안으로 들어갔어요.

좁은 복도가 이어져 있었어요. 벽은 도배를 하지 않았고 바닥에는 카펫도 깔려 있지 않았어요. 복도 끝은 직각으로 굽어 있었어요. 그곳으로 돌아 들어가자 문이 3개 나란히 있었어요. 첫 번째와 세 번째 방에는 열쇠가 채워져 있지 않았어요. 그곳은 모두 먼지투성이에 음산한 느낌이 드는 빈방이었어요. 첫 번째 방에는 창문이 2개, 세 번째 방에는 창문이 1개 있었어요. 저녁 햇살이 먼지투성이 창문을 통해 희미하게 들어오고 있었어요.

가운데 방은 잠겨 있었어요. 문에는 쇠로 된 빗장이 채워져 있었어요. 철제 침대에 쓰이는 폭이 넓은 철판인데 그 한쪽 끝은 벽의 고리에 자물쇠로 고정되어 있었고 다른 한쪽은 튼튼한

끈에 묶여 있었어요. 문에도 자물쇠가 채워져 있었는데 열쇠는 보이지 않았어요. 덧문이 내려져 있는 창의 방이 그 굳게 닫힌 문 너머에 있다는 사실을 분명히 알 수 있었어요. 그런데도 방문 밑으로 빛이 새어나오는 것을 보니 방이 완전히 어둡지는 않은 듯했어요. 아마도 천장에 난 창문으로 빛이 들어오고 있는 거겠죠.

복도에 서서 기분 나쁜 문을 가만히 바라보며 어떤 비밀이 숨겨져 있을지 생각했어요. 갑자기 방 안에서 발소리가 들리기 시작했어요. 문 아래로 새어 나오는 희미한 빛이 흔들리고 있었어요. 사람이 방 안을 돌아다니고 있는 것이었어요. 그것을 본 순간 머리가 혼란스럽고 이유를 알 수 없는 공포심에 휩싸였어요. 갑자기 팽팽하던 긴장감이 풀어졌고, 저는 입구 쪽으로 달리기 시작했어요. 어떤 무시무시한 손길이 스커트를 잡으려 쫓아오고 있는 것 같다는 기분이 들어 달리기 시작한 거예요. 복도를 지나서 문 밖으로 달려 나온 순간 저는 밖에서 기다리고 있던 루캐슬 씨의 팔 안으로 뛰어들고 말았어요.

'역시 당신이었군요. 문이 열려 있기에 당신일 것이라고는 생각하고 있었지만.'

루캐슬 씨가 빙그레 웃으며 말했어요.

'아아, 정말 무서웠어요.'

저는 숨을 헐떡이고 있었어요.

'네, 괜찮아요. 이젠 괜찮아요!' 루캐슬 씨가 생각할 수 없을 정도로 상냥하게 달래주셨어요. '그런데 무엇이 그렇게 무서웠죠?'

하지만 그 목소리는 약간 간살스러운 목소리였어요. 억지로

내는 듯한 느낌이 있었어요. 저는 조심해야겠다고 생각했어요.

'저런 빈 방에 가다니 쓸데없는 짓을 했어요. 어둑어둑해서 으스스한 기분이 들고 불안하기도 하고, 무서워서 뛰쳐나오고 말았어요. 무서울 정도로 조용한 곳이에요!'

'그것뿐인가요?'

루캐슬 씨가 날카로운 눈으로 저를 바라봤어요.

'네? 무슨 말씀이시죠?'

제가 되물었어요.

'이 문을 왜 잠가놓는지 아시겠어요?'

'모르겠는데요.'

'쓸데없이 사람을 들이고 싶지 않아서예요. 아시겠어요?'

루캐슬 씨는 여전히 아주 상냥해 보이는 미소를 짓고 있었어요.

'만약, 그 사실을 진작 알았다면…….'

'이젠 아셨겠지요? 만일 또 여기에 들어간다면…….' 그때 미소가 사라지더니 갑자기 격렬한 분노의 표정이 그대로 드러났어요. 그리고 악마와도 같은 얼굴로 저를 노려보면서, '마스티프견의 먹이가 될 거요.'

너무 무서워서 다음부터는 제가 어떻게 했는지 기억이 나질 않아요. 아마도 루캐슬 씨의 옆으로 달려 나가서 방으로 달아난 것 같아요. 정신을 차리고 보니 침대에 누워 부들부들 떨고 있었어요. 홈즈 씨, 저는 그때 당신을 떠올렸어요. 상의할 사람이 없다면 그 집에는 더 이상 있을 수가 없어요. 그 집도, 주인도, 부인도, 하인들도, 아이까지도 무서워서 견딜 수가 없어요. 하나에서부터 열까지 무서워서 참을 수가 없어요. 하지만 당신이 들어주신다면 모든 일이 잘 풀릴 거예요. 물론 그 집에서 도망칠 수도 있었어요. 하지만 두려움과 함께 호기심도 있었어요. 바로 결심을 했어요. 전보를 치자고. 저는 모자를 쓰고 외투를 걸친 뒤 반 마일 떨어져 있는 우체국으로 갔어요. 집으로 돌아가는 길에는 마음이 아주 편해지기 시작했어요.

집의 현관에 다가갈수록 끔찍한 의혹이 들기 시작했어요. 마스티프견을 풀어놓은 것은 아닐까? 하지만 저녁에 톨러가 술에 취해 쓰러졌다는 사실을 떠올렸어요. 그 무시무시한 개를 다룰 수 있는 것은 그 사람뿐이며 사슬을 풀어줄 만큼 용기가 있는 사람은 아무도 없어요. 저는 아무에게도 들키지 않고 집으로 들어가 침대에 누웠는데 당신을 뵐 생각을 하니 기뻐서 밤늦게까지 잠을 잘 수가 없었어요. 오늘 아침 여기에 나오는 것에 대해서는 아무런 말도 하지 않았지만 3시까지는 돌아가야 해요. 루캐슬 부부가 외출을 했다가 늦게야 돌아올 예정이기 때문에 아이를 돌봐주어야 하거든요.

홈즈 씨, 제가 겪은 일은 전부 말씀드렸어요. 이게 대체 어떻게 된 일일까요? 그보다 저는 어떻게 하면 좋을까요? 부탁이에요. 가르쳐주세요."

홈즈와 나는 그 놀라운 이야기에 매료되어 귀를 기울이고 있었다. 친구는 자리에서 일어나 심각한 표정으로 주머니에 손을 넣고 주위를 서성이기 시작했다.

"톨러는 아직 취해 있나요?"

홈즈가 물었다.

"네, 아내가 정말 어쩔 수 없는 사람이라며 부인께 말씀드리는 것을 들었어요."

"그거 잘 됐군. 그리고 루캐슬 부부는 오늘 밤 외출을 할 예정이
란 말씀이죠?"

"네."

"그 집에 튼튼한 자물쇠가 채워진 지하실이 있나요?"

"네, 포도주 저장고가 있어요."

"헌터 씨, 당신은 이번 사건에서 용감하고 이성적인 행동을
취하셨어요. 다시 한 번 공을 세워보실 생각은 없으세요? 당신이
뛰어난 여성이기에 부탁을 드리는 거예요."

"해볼게요. 어떤 일이죠?"

"밤 7시까지는 친구와 함께 너도밤나무집으로 가겠습니다.
그때쯤이면 루캐슬 부부는 외출을 했을 거고, 톨러도 아마 술에
취해 쓰러져 있을 거예요. 남은 사람은 톨러의 아내뿐인데 일을
시끄럽게 만들지도 몰라요. 그러니 뭔가 구실을 만들어 지하실로
가게 해서 가둬주셨으면 좋겠어요. 그렇게만 해주신다면 일이
한결 수월해질 거예요."

"해볼게요."

"고마워요! 그럼 사건을 자세히 살펴보기로 하죠. 물론 납득할
수 있을 만한 설명은 하나밖에 없어요. 당신이 그 집으로 들어가게
된 것은 누군가의 대역을 맡기 위해서이며, 그 사람은 어두운
방에 갇혀 있어요. 여기까지는 틀림없는 사실이에요. 갇혀 있는
사람은 미국에 있다는 딸 앨리스 루캐슬이에요. 당신이 고용된
것은 키나 몸매, 머리카락의 색이 딸과 비슷하기 때문이에요.
앨리스 루캐슬은 어떤 병에 걸렸을 때 머리를 짧게 깎았겠죠.

바로 그렇기 때문에 당신에게도 머리를 깎으라고 한 거예요. 당신은 우연히도 앨리스의 머리카락 뭉치를 발견했어요.

가도에 있던 남자는 앨리스의 친구예요. 아마도 약혼자겠죠. 그녀와 아주 닮은 당신이 그녀의 옷을 입고 언제나 웃고 있어요. 그리고 당신의 행동을 통해서 남자는 앨리스가 행복하게 생활하고 있으니 걱정할 필요 없다고 믿게 된 거예요. 밤이 되면 개를 풀어놓는 것도 그 남자가 앨리스와 연락하는 것을 막기 위해서예요. 여기까지는 분명한 사실이에요. 이번 사건에서 가장 중요한 점은 아이의 성격이에요."

"아이의 성격이 어째서 사건과 관계가 있다는 거지?"

나는 무심결에 커다란 소리를 내고 말았다.

"이보게, 왓슨. 자네는 의사이니 부모를 관찰함으로 해서 아이의 성격을 알려고 해왔겠지? 그 반대도 역시 진실일세. 나는 지금까지 아이를 관찰함으로 해서 부모의 숨겨진 성격을 꿰뚫어 본 적이 몇 번이고 있었다네. 루캐슬의 아들은 성격이 이상할 정도로 잔혹해. 잔혹함을 즐기고 있어. 그 성격은 언제나 생글생글 웃고 있는 아버지에게서 물려받은 것인 듯해. 그럴 리는 없겠지만, 그것이 어머니에게서 물려받은 성격이라 할지라도 그들에 의해 감금되어 있는 가엾은 앨리스에게는 매우 위험한 요소야."

"정말 그래요, 홈즈 씨." 의뢰인이 커다란 목소리로 말했다. "하시는 말씀 하나하나에 짚이는 부분이 있어요. 자, 어서 가엾은 앨리스 씨를 구하러 가요."

"신중하게 일을 처리하지 않으면 안 돼요. 아주 교활한 사람이 상대이니. 7시까지는 달리 손을 쓸 방법이 없어요. 7시까지 당신이 있는 곳으로 갈게요. 사건의 수수께끼를 푸는 데 그렇게 많은 시간이 걸리지는 않을 거예요."

우리는 약속대로 정각 7시에 너도밤나무집에 도착했다. 이륜마차는 도로변에 있는 술집에 맡겨두었다. 헌터 양이 현관의 계단에 생글생글 웃으며 서 있기도 했지만 저물어가는 저녁 햇살을 받아 나뭇잎이 잘 닦여진 금속처럼 반짝이는 너도밤나무 숲을 본 것만으로도 우리가 목표로 하는 집임을 알 수 있었다.

"일은 생각대로 됐나요?"

홈즈가 물었다.

쿵, 쿵 하는 커다란 소리가 지하의 어딘가에서 들려왔다.

"지하실에 있는 톨러의 아내에요. 남편은 부엌의 깔개 위에서 코를 골며 자고 있어요. 이게 톨러의 열쇠 꾸러미에요. 루캐슬 씨의 것과 같은 거예요."

"정말 잘 처리해주셨어요!" 홈즈가 기쁘다는 듯이 외쳤다. "그럼, 안내해주세요. 이 흉악한 계획도 곧 끝장입니다."

우리는 계단을 올라가 그 문의 열쇠를 열고 복도로 들어갔다. 헌터 양이 말한 것처럼 굳게 닫혀 있는 문 앞에 섰다. 홈즈가 밧줄을 끊어 쇠로 된 빗장을 벗겼다. 그리고 홈즈는 몇 개의 열쇠를 시험해보았다. 그러나 어느 열쇠도 맞지 않았다. 방 안에서는 아무런 기척도 느껴지지 않았다. 너무 조용했다. 홈즈의 얼굴이 흐려졌다.

"아직 늦지는 않았어요. 헌터 양, 안에 들어가는 건 우리에게 맡겨두세요. 자, 왓슨, 어깨로 밀자고. 문이 부서지는지 한번 해보세."

　문은 낡아서 흔들흔들했다. 둘이서 동시에 밀자 간단히 열려버리고 말았다. 우리는 일제히 방 안으로 들어갔다. 아무도 없었다. 지푸라기를 깔아놓은 조그만 침대, 조그만 테이블, 속옷 등이 든 바구니를 빼면 그 외에는 가구도 없었다. 머리 위 천장에 달린 창이 열려 있고, 갇혀 있던 사람의 모습은 보이지 않았다.

　"여기서 악행이 저질러지고 있었던 거야. 분하게도 헌터 씨의 의도를 꿰뚫어보고 딸을 빼돌렸어."

라고 홈즈가 말했다.

　"하지만 어떻게?"

　"천장의 창문이야. 어떻게 해서 빼돌렸는지 지금 보여주기로 하지." 홈즈는 펄쩍 뛰어 천장의 창에 매달리더니 지붕 위로 나갔다. 그리고 외쳤다. "이제 알겠군. 차양에 길고 가벼운 사다리가 걸려 있어. 이걸 사용한 거야."

"하지만 이상한데요. 루캐슬 부부가 외출했을 때 여기에 사다리는 없었어요."

라고 헌터 양이 말했다.

"되돌아와서 한 거예요. 아시겠어요? 그 남자는 교활해요. 아아, 누군가가 계단을 올라오고 있군. 그 남자라고 해도 이상할 건 없지. 왓슨, 권총을 준비하는 게 좋을 것 같은데."

홈즈의 말이 채 끝나기도 전에 남자가 문으로 모습을 드러냈다. 아주 뚱뚱했으나 건장한 체격을 하고 있었다. 그 손에는 굵직한 지팡이가 쥐어져 있었다. 헌터 양은 그 남자를 보자마자 비명을 지르며 뒷걸음질 치다 벽에 부딪쳤다. 하지만 셜록 홈즈가 잽싸게 뛰어들어 그 남자와 마주섰다.

"이 악당 같은 놈, 딸은 어디에 두었지?"

뚱뚱한 남자가 방을 둘러보았다. 그리고 열려 있는 천장의 창문을 올려다보았다.

"그건 내가 묻고 싶은 말이야." 남자가 대들었다. "이 도둑놈들! 빈틈을 노리다니! 이제 도망칠 생각 말아라! 따끔한 맛을 보여줄 테니!"

남자가 뒤를 돌더니 맹렬한 기세로 계단을 내려갔다.

"개를 풀어놓을 생각이에요!"

헌터 양이 외쳤다.

"우리에게는 권총이 있어요."

내가 말했다.

"현관문을 닫는 게 좋겠어."

홈즈가 외쳤다.

우리는 일제히 계단을 달려 내려갔다. 현관문을 막 닫으려는데 개 짖는 소리가 들려왔다. 뒤이어 고통스러운 비명이 들려왔다. 개가 입에 문 사냥감을 흔들어대는 소리를 듣는 것만으로도 온몸의 털이 곤두섰다. 건물 옆쪽의 문에서 붉은 얼굴을 한 초로의 사내가 손발을 떨며 비틀비틀 다가왔다.

"큰일이야! 누군가가 개를 풀어놓았어. 녀석은 이틀이나 먹이를 주지 않았어. 얼른, 얼른 말리지 않으면 목숨을 잃을 거야!"

홈즈와 나는 밖으로 달려나가 건물의 모퉁이를 돌았다. 톨러도 뒤따라 달려왔다. 크고 굶주린 짐승이 검은 콧등을 루캐슬의 목에 처박고 있었다. 비명을 지르며 땅바닥을 나뒹굴고 있는 루캐슬. 나는 달려가 개의 머리를 쏘았다. 개는 쓰러졌으나 희고 날카로운 이빨은 루캐슬의 늘어진 목에 그대로 박혀 있었다.

간신히 떼어내 루캐슬을 집 안으로 옮겼다. 빈사 상태의 중상이었으나 루캐슬은 아직 살아 있었다. 객실 소파에 눕힌 뒤 술에서 깨어난 톨러를 보내 루캐슬 부인에게 알리도록 했다. 나는 고통을 줄여주려 여러 가지로 손을 써보았다. 모두가 루캐슬 주위에 모여 있을 때 문이 열리며 키가 크고 마른 여자가 들어왔다.

"톨러의 아내예요!"

헌터 양이 외쳤다.

"그래요, 아가씨. 주인어른이 돌아오셔서 꺼내주셨어요. 그리고 당신들이 있는 곳으로 간 거예요. 아가씨, 어째서 제게 미리 얘기해주지 않았나요. 쓸데없는 일이라고 가르쳐주었을 텐데."

"오! 톨러 부인이 이번 사건에 대해서 가장 잘 알고 있는 것 같군."

홈즈가 톨러의 아내를 날카로운 눈빛으로 바라보았다.

"맞아요. 그리고 알고 있는 사실은 언제라도 얘기할 수 있어요."

"그럼 여기에 앉으세요. 자, 얘기를 들어보기로 하지. 솔직히 말해서 아직 모르는 점이 몇 가지 있으니까."

"얘기하면 금방 이해할 수 있을 거예요. 지하실에서 나올 수 있었다면 더 일찍 가르쳐드렸을 텐데. 만약 이번 사건을 경찰에서 수사하게 되면 저는 당신들 편이 될 생각이고, 앨리스 아가씨의 편이 될 생각이었어요.

앨리스 아가씨는 나리가 재혼한 뒤부터 집에 있어도 행복해하지 않았어요. 냉대를 받았고 그 어떤 일에도 자신의 의견을 말하지 못했어요. 일이 더욱 심해진 것은 앨리스 아가씨가 친구 집에서 파울러 씨를 만난 뒤부터였어요. 제가 아는 바에 의하면 앨리스 아가씨에게는 유산이 있는데 조용하고 인내심 강한 분이시기에 그 일에 대해서는 단 한 번도 입에 담은 적이 없었다고 해요. 주인어른께 모든 것을 맡겨둔 상태였어요.

나리는, 앨리스 아가씨에 대해서는 안심을 해도 되지만 결혼을 하면 그 남편 되는 사람이 법률상의 재산을 요구할지도 모른다고 생각했어요. 그래서 그런 일이 벌어지지 않도록 해야겠다고 생각한 거예요. 결혼한 뒤에도 앨리스 아가씨의 돈을 마음대로 쓸 수 있도록 하는 서류에 사인을 시키려 했어요. 앨리스 아가씨가 거절하자 끈질기게 강요했어요. 결국 앨리스 아가씨는 고열에 시달리다 쓰러지고 말았어요. 6주일 동안이나 언제 죽어도 이상할 것 없는 상태가 계속되었죠. 간신히 좋아지기는 했지만 완전히 야위어버렸어요. 머리도 그때 깎았어요. 그래도 파울러 씨는 마음이 변하지 않았어요. 남자답게 앨리스 아가씨를 사랑하고 있었어요."

　"그렇게 된 거로군요. 당신의 이야기로 사건을 분명히 알게 되었어요. 그 뒤는 전부 추리할 수 있어요. 그래서 루캐슬 씨는 앨리스 양을 가두는 방법을 쓴 거로군요."

　"네."

　"헌터 씨를 런던에서 데려온 건 끈질기게 주위를 맴도는 파울러를 내쫓기 위해서였고요?"

　"말씀대로에요."

　"그런데 파울러는 훌륭한 뱃사람처럼 인내심이 강했죠. 이 집을 계속 감시했고 당신을 만나서는 돈 같은 걸 건네주면서 부탁을 했어요. 자신뿐만 아니라 당신을 위한 일이기도 하다고요."

　"파울러 씨는 결코 거친 말을 하지 않을 뿐만 아니라 인심도 후했어요."

톨러의 아내가 순순히 인정했다.

"파울러는 당신을 설득해서 당신의 남편을 술에 취해 쓰러지게 하고 루캐슬이 외출을 하면 바로 사다리를 준비해달라고 부탁했죠?"

"전부 알고 계셨군요."

"톨러 부인, 고마워요. 당신 덕분에 몰랐던 부분까지 분명하게 알게 됐어요. 아무래도 마을의 의사와 루캐슬 부인이 온 모양이로군. 왓슨, 우리는 헌터 씨를 데리고 윈체스터로 물러나는 게 좋겠어. 우리의 법적 위치가 상당히 애매해졌으니까."

이렇게 해서 정면에 너도밤나무 숲이 있는 음산한 저택의 수수께끼를 풀었다. 목숨을 건지기는 했으나 루캐슬 씨는 폐인이 되어버리고 말았다. 부인의 헌신적인 간호로 간신히 살아가고 있다. 부부는 톨러 부부를 아직 하인으로 부리고 있다. 아마도 루캐슬의 과거를 너무 많이 알고 있기 때문에 해고를 하지 못하는 것이리라. 파울러 씨와 루캐슬 양은 달아난 이튿날 사우샘프턴에서 특별 허가를 얻어 결혼했다. 지금 파울러 씨는 몰리셔스 섬의 공무원으로 있다.

참으로 실망스럽게도 홈즈는 바이올렛 헌터 양이 사건의 중심에서 멀어지자 그녀에 대한 관심을 완전히 잃고 말았다. 그녀는 지금 월솔에 있는 사립학교의 교장으로 있다. 아마도 훌륭한 교장이 되었을 것이다.

애비 장원
The Abbey Grange

1897년 겨울의 살을 에는 듯 차가운 서리가 내린 아침, 자꾸만 어깨를 흔드는 사람이 있어서 나는 눈을 떴다. 올려다보니 홈즈였다. 그가 손에 들고 있는 촛불이 몸을 웅크린 채 내려다보고 있는 그의 진지한 얼굴을 비춰, 뭔가 심상치 않은 일이 일어났음을 단번에 알 수 있었다.

"자자, 왓슨, 그만 일어나게!"하고 그가 외쳤다. "게임이 시작됐어. 아무 말 하지 마! 그냥 옷을 입고 따라오게."

10분 뒤, 우리 두 사람은 마차에 올라 정적에 잠긴 거리를 채링 크로스 역을 향해 덜컹덜컹 달리고 있었다. 겨울 아침의 희붐한 햇살이 비추기 시작해, 우윳빛 런던의 안개 속으로 아침 일찍 일을 하러 나가는 노동자의 모습이 때때로 흐릿하게 번져 나타났다가는 우리와 스쳐 지나는 것이 희미하게 눈에 들어왔다. 홈즈는 두툼한 외투에 몸을 묻은 채 말없이 담배를 피우고 있었으

며, 나도 다행이다 싶어 그를 따라서 담배를 피웠다. 공기는 살을 찌르는 듯 차가웠으며 두 사람 모두 아침식사를 하지 않았기 때문이었다. 역에서 뜨거운 차를 마시고 켄트 지방으로 향하는 기차의 좌석에 앉자 마침내 몸이 녹아 홈즈는 이야기를 할 마음이, 그리고 나는 그것을 들을 마음이 들었다. 홈즈가 주머니에서 수첩을 꺼내더니 소리 내어 읽기 시작했다.

「켄트 주 마섬, 애비 장원에서 오전 3시 30분.
친애하는 홈즈 씨
흔치 않은 사건이 될 것 같은 일이 일어났으니 바로 응원을 와주셨으면 고맙겠습니다. 이야말로 당신의 전문 분야라고 할 수 있는 사건입니다. 부인을 자유롭게 해준 것 외에, 현장은 발견 당시와 똑같이 해두었습니다. 하지만 한시라도 빨리 와주시기 바랍니다. 유스터스 경을 언제까지고 저렇게 내버려둘 수는 없으니.
스탠리 홉킨스」

"홉킨스가 부른 것은 이번이 일곱 번째인데 언제나 나름대로의 충분한 이유가 있었어."라고 홈즈가 말했다. "그의 사건은 전부 자네의 기록에 들어 있지? 그러니 자네가 상당히 우수한 선별력을 가지고 있다는 사실을 인정하지 않을 수 없겠어, 왓슨. 자네가 이야기를 끌어나가는 방법에는 매우 마음에 들지 않는 부분도 있지만 선별력 덕분에 그나마 눈감아줄 수가 있어. 자네는 대체로 모든 사실을 과학적인 훈련으로 관찰하지 않고, 흥미로운 이야기로만 보려고 하는 고집스러운 버릇을 가지고 있어. 그 때문에 교훈적이고도 고전적이라고까지 할 수 있을지도 몰랐을 일련의 논증을 망쳐놓았어. 미묘하고도 가장 기교가 필요한 문제는 간단히 처리하고, 쓸데없이 선정적이고 지엽적인 부분만을 장황하게 늘어놓고 있는데 그래서는 독자를 흥분시키기만 할 뿐, 도저히 교훈이 되지는 않을 거야."

"그럼 왜 자네가 직접 쓰지 않는 거지?" 내가 약간 비아냥거리듯 말했다.

"쓸 거야, 왓슨. 반드시 쓸 거야. 하지만 자네도 알고 있는 것처럼 지금은 너무 바빠. 내 만년은 탐정술의 모든 것을 한 권의 책에 담은 교과서를 만드는 데 바칠 생각이야. 그건 그렇고 당면한 문제 말인데, 아무래도 살인사건 같아."

"그렇다면 유스터스 경이 죽은 것이라고 생각하나?"

"아마 그런 것 같아. 편지의 내용으로 봐서 홉킨스는 상당히 흥분한 상태야. 감정이 그렇게 크게 흔들리는 사람은 아닌데도 말이야. 맞아, 어떤 강력 사건이 일어났고, 우리에게 보여주기 위해서 사체를 그대로 보존하고 있는 것 같아. 단순한 자살이라면 나를 불렀을 리가 없어. 부인을 해방했다는 것은 참극이 일어난 동안 자신의 방에 감금되어 있었다는 사실을 말하는 것 같아. 지금 우리가 가고 있는 곳은 상류생활을 하고 있는 집임에 틀림없어, 왓슨. 양질의 편지지, EB라는 모노그램, 문장(紋章), 그리고 유서 깊은 집처럼 들리는 애비 장원이라는 이름. 홉킨스는 지금까지처럼 기대를 저버리지 않을 테니 오늘은 아주 재미있는 아침이 될 거야. 범행은 어젯밤 12시 전이야."

"어떻게 알 수 있지?"

"기차 시각표를 보고 시간을 계산하면 알 수 있어. 우선 신고를 받고 출동했던 지역 경찰이 런던 경찰청에 연락을 취했어. 홉킨스가 현장으로 향했고 다음으로 나의 출마를 희망했어. 이렇게 하는 데만도 하룻밤은 충분히 걸릴 거야. 자, 치즐허스트 역에 도착했네. 궁금했던 점도 곧 알 수 있겠지."

좁다란 시골길을 2마일 정도 마차에 흔들리며 달려 커다란 정원의 문 앞에 도착했다. 문을 열어준 것은 문지기 노인이었는데 그 야윈 얼굴에도 어떤 커다란 재난이 있었던 듯한 모습이 나타나 있었다. 장대한 정원에는 양쪽에 오래 된 느릅나무가 늘어선 길이 뻗어 있었는데, 그 길은 정면에 팔라디오(이탈리아의 건축가. 1518~1580년)풍의 기둥이 있고 옆으로 넓으며 평평한 집으로 이어져 있었다. 중앙 부분은 참으로 오래 된 건물답게 덩굴에 덮여 있었으나 커다란 창이 달려 있어서 근대에 개보수했다는 사실을 분명히 알 수 있었고, 옆으로 튀어나온 건물 한 동은 완전히 새롭게 증축된 것인 듯했다. 젊고 탄력 있는 몸의 스탠리 홉킨스 경감이 열려 있던 현관문으로 모습을 드러내, 야무진 얼굴에 열의를 가득 담아 우리를 맞아주었다.

"홈즈 씨, 잘 오셨습니다. 그리고 왓슨 선생님, 당신도 어서 오세요! 하지만 솔직히 말씀드려서 다시 한 번 편지를 쓸 시간만 있었다면 굳이 오시지 않아도 될 뻔했습니다. 의식을 회복하신 부인이 사건에 대해 아주 분명하게 설명을 해주셔서 우리는 별로 할 일이 없어졌기 때문입니다. 당신은 루이셤(템스 강 남쪽의 런던 자치구 중 한 곳) 강도단의 사건을 기억하고 계시죠?"

"응? 그 랜들 일가의 3명 말인가?"

"맞습니다. 아버지와 두 아들 말입니다. 이건 그 녀석들의 소행입니다. 의심의 여지도 없습니다. 녀석들은 이주일 전에 시드넘에서 한 건을 했는데 그때 목격자가 있어서 인상착의를 분명히 알고 있습니다. 그런데 그 뒤에 바로 이렇게 가까이서 다시 일을 벌일 줄이야, 너무 대담하기는 하지만 그래도 녀석들의 소행임에 틀림없습니다. 이번에는 교수형에 처해질 겁니다."

"그렇다면 유스터스 경이 살해당한 건가?"

"그렇습니다. 자기 집의 부지깽이로 머리를 맞았습니다."

"유스터스 브래큰스톨 경이라고 하더군, 마부에게서 들었는데."

"맞습니다. 켄트 주에서 손가락 안에 드는 부자 중 한 사람입니다. 브래큰스톨 부인은 거실에 계십니다. 안쓰럽게도 정말 끔찍한 일을 당하셨습니다. 제가 처음 봤을 때는 반은 죽은 사람 같았습니다. 어쨌든 부인을 만나서 직접 이야기를 듣는 것이 가장 좋으리라 생각됩니다. 그런 다음 같이 식당을 살펴봐주시기 바랍니다."

브래큰스톨 부인은 평범한 여성이 아니었다. 그처럼 우아한 자태, 그처럼 여성스러운 몸짓, 그처럼 아름다운 얼굴의 여성은 지금까지 본 적이 없었다. 금발에 파란 눈, 만약 어젯밤의 무시무시한 경험 때문에 수척하고 경직된 얼굴만 하고 있지 않았다면 머리와 눈의 색에 잘 어울리는, 흠잡을 데 없는 얼굴빛을 하고 있었을 것임에 틀림없었다. 부인은 정신적인 면뿐만 아니라 육체적으로도 피해를 입고 있었다. 한쪽 눈 위가 자줏빛으로 부어올랐는데, 그곳을 키가 크고 고지식해 보이는 하녀가 물에 희석시킨

식초로 열심히 식히고 있었다.

　부인은 기다란 의자에 힘없는 모습으로 앉아 있었는데 우리가 방으로 들어선 순간 얼른 주의 깊은 시선을 던지고 아름다운 얼굴에 빈틈없는 표정을 지은 것으로 봐서, 끔찍한 경험을 했음에도 정상적인 마음의 작용이나 용기는 조금도 잃지 않았다는 사실을 알 수 있었다. 파란색과 은색이 섞인 풍성한 실내복을 입고 있었는데 기다란 의자 위에는 스팽글로 장식한 검은 야회복이 걸려 있었다.

"홉킨스 씨, 사건에 대해서는 당신께 전부 말씀드렸잖아요."라고 부인이 지긋지긋하다는 듯 말했다. "저를 대신해서 이야기해 주시지 않으시겠어요? 아니, 그렇게 원하신다면 이분들께도 제가 이야기하도록 하죠. 두 분께서도 식당을 보셨나요?"

"우선 부인께 말씀을 듣는 것이 낫지 않을까 싶어서요."

"빨리 정리를 해주셨으면 하는데요. 그 사람의 시체가 아직도 거기에 있다는 사실을 생각하면 온몸에 소름이 돋아요."

부인은 몸서리를 치며 순간 두 손에 얼굴을 묻었다. 느슨한 실내복의 소매가 밑으로 떨어져 팔이 팔꿈치 부분까지 드러났다. 홈즈가 놀란 듯 외쳤다.

"부인, 다른 곳에도 상처를 입으셨군요! 그건 어떻게 된 건가요?"

희고 통통한 팔 한쪽에 새빨간 반점이 2개 선명하게 찍혀 있었다. 부인은 서둘러 그것을 가렸다.

"아무것도 아니에요. 어젯밤의 끔찍한 사건과는 아무런 관계도 없어요. 당신도, 그쪽의 친구 분도 자리에 앉으세요. 전부 말씀드리도록 하죠.

저는 유스터스 브래큰스톨 경의 아내에요. 결혼한 지 1년쯤 지났어요. 저희 결혼생활이 행복하지 않은 것이었다는 사실은 감추려 해도 소용없을 거예요. 설령 제가 그렇지 않다고 부정해도 동네 사람들 모두가 이야기할 테니까요. 잘못은 저에게도 있는 것일지 몰라요. 저는 오스트레일리아 남부의 자유로운, 전통 같은 것에는 구애받지 않는 분위기 속에서 자랐어요. 영국의 번거로운 예절, 답답한 생활은 제 성격에 맞지 않아요.

하지만 가장 커다란 이유는 모든 사람들이 잘 알고 있는 사실, 유스터스 경이 상습적으로 술을 많이 마신다는 사실에 있었어요. 그런 사람과 1시간이라도 함께 있어야 한다는 것은 매우 고통스러운 일이에요. 그런 사람에게 밤낮으로 묶여 있어야 한다는 것이, 감수성이 예민하고 마음이 견실한 여자에게 어떤 것인지 상상이나 하실 수 있으시겠어요? 그런 결혼에까지 구속력이 있다니 모독이에요, 범죄에요, 너무 매정한 일이에요. 그런 지독한 법률을 인정한다면 이 나라는 곧 저주를 받게 될 거예요. 신께서 그처럼 사악한 일을 언제까지고 용납하지는 않으실 거예요."

부인이 몸을 살짝 일으켰다. 뺨은 붉게 물들었으며 눈은 이마의 끔찍한 멍 밑에서 불타오르듯 반짝이고 있었다. 성실한 하녀가 힘이 세 보이는 손으로 위로하듯 부인의 머리를 쿠션 위로 되돌리자 부인의 격렬한 분노가 점차 가라앉더니 훌쩍임으로 바뀌었다. 잠시 후, 부인이 다시 이야기를 시작했다.

"어젯밤의 일을 말씀드릴게요. 이미 아셨을 테지만 저희 집 하인들은 모두 옆에 있는 새로 지은 건물에서 잠을 자요. 저희는 이 중앙의 건물에서 살고 있는데 뒤쪽에 부엌, 2층에 저희의 침실이 있어요. 저를 보살펴주는 하녀인 테레자만은 제 방의 위에서 생활하고 있어요. 그 외에는 아무도 없고, 어떤 소리가 나도 옆 건물에 있는 사람들에게는 들리지 않아요. 그 사실은 강도들도 잘 알고 있었던 것 같아요. 그 사실을 몰랐다면 그런 짓은 하지 않았을 테니까요.

유스터스 경은 10시 반쯤에 침실로 들어갔어요. 하인들은 이미 자신들의 방으로 돌아간 뒤였어요. 깨어 있던 것은 제 시중을 드는 하녀뿐으로 그녀는 제가 언제 불러도 바로 올 수 있도록 이 집의 제일 위에 있는 자신의 방에서 대기를 하고 있었어요. 저는 이 방에서 11시 넘어서까지 책을 읽고 있었어요. 그리고 2층으로 올라가기 전에 이상은 없는지 집 안을 둘러보았어요. 이 일은 제가 직접 하는 것이 습관이 되어 있었어요. 왜냐하면 조금 전에도 말씀드렸던 것처럼 유스터스 경은 별로 믿을 만한 사람이 아니었기 때문이에요. 저는 우선 부엌으로 갔고 다음으로 식기실, 총기실, 당구장, 응접실을 둘러본 뒤 마지막으로 식당에 들어갔어요.

그곳의 창문 가까이로 다가서자, 거기에는 두꺼운 커튼이 쳐져 있는데 갑자기 얼굴에 바람이 느껴져서 창문이 열려 있다는 사실을 알 수 있었어요. 커튼을 슥 걷은 순간 막 방으로 들어선, 어깨가 넓은 중년남자와 얼굴을 마주했어요. 창문은 바닥까지 닿는 기다란 프랑스식 창문인데 실제로 잔디밭을 드나들 때 쓰고 있어요. 저는 침실용 촛대를 밝혀 들고 있었는데 그 불빛으로 보니 맨 앞의 남자 뒤로 두 남자가 더 들어오려 하고 있었어요. 저는 뒤로 물러섰으나 남자가 바로 저를 덮쳤어요.

저는 우선 손목을 잡혔고 뒤이어 목을 잡혔어요. 입을 벌려 커다란 소리로 비명을 지르려 했지만 눈 위를 주먹으로 세게 맞아서 그 자리에 쓰러지고 말았어요. 아마 몇 분 동안은 기절해 있었을 거예요. 정신을 차리고 보니, 잘라낸 벨의 끈으로 의자에 단단히 묶여 있었어요. 움직일 수도 없을 만큼 세게 묶여 있었을 뿐만 아니라 입에 손수건이 감겨 있었기 때문에 소리도 지를 수 없었어요. 불행하게도 그때 마침 남편이 들어왔어요. 이상한 소리를 들었던 거겠죠. 남편은 그런 순간을 예상하고 그에 대비하고 있었어요. 잘 때 입는 셔츠에 바지를 입고 손에는 늘 애용하던 자두나무 몽둥이를 들고 있었어요.

남편은 강도 중 한 명에게로 달려들었어요. 하지만 다른 한 사람, 아까 말씀드렸던 중년남자가 몸을 숙여 난로에서 부지깽이를 집더니 스쳐 지나듯 하며 남편에게 무시무시한 일격을 가했어요. 남편은 신음소리조차 올리지 못하고 그대로 쓰러져 꼼짝도 하지 않았어요. 저는 다시 정신을 잃고 말았지만, 이번에도 역시 의식이 없었던 건 몇 분에 지나지 않았던 듯했어요. 눈을 떠보니 강도들은 찬장에서 은 식기를 긁어모은 뒤, 거기에 있던 와인병을 꺼내 각자가 잔을 손에 들고 있었어요.

아까 이미 말씀드렸죠? 아니면 아직 말씀드리지 않았던가요? 한 사람은 턱수염을 기른 꽤 나이 많은 남자였고 나머지 두 사람은 수염이 없는 젊은이였어요. 아버지와 두 아들의 삼인조였을지도 모르겠어요. 무엇인가 소곤소곤 이야기를 주고받더니 곧 제 곁으로 다가와서는 묶은 줄이 느슨해지지 않았는지 확인을 했어요. 그런 다음 집 밖으로 나갔는데 그때 문을 밖에서 잠갔어요.

15분 동안 노력을 해서 저는 간신히 입의 자유를 되찾았어요. 그리고 커다란 목소리로 외치자 하녀가 달려와 구해주었어요. 다른 하인들에게도 급히 사실을 알리고 경찰을 불러오라고 보냈는데 경찰은 바로 런던에 연락을 취했어요. 여러분 제가 얘기할 수 있는 것은 정말 여기까지에요. 이런 괴로운 이야기 두 번 다시는 되풀이하지 않아도 되겠죠?"

"홈즈 씨, 질문은 없으신가요?"라고 홉킨스가 물었다.

"브래큰스톨 부인을 더 이상 괴롭히거나, 시간을 내달라고 하고 싶지는 않군." 홈즈가 이렇게 말한 뒤 하녀를 바라보았다. "식당에 가기 전에 당신의 경험을 들려줬으면 해요."

"저는 그 남자들이 집에 들어오기 전에 그 모습을 봤습니다."라고 하녀는 말했다. "제 침실의 창가에 앉아 있자니 멀리 문지기의 방 옆으로 달빛에 비친 세 사람의 모습이 보였지만 그때는 대수롭지 않게 생각했습니다. 그로부터 1시간 이상이나 지난 뒤의 일이었습니다, 부인의 비명이 들린 것은. 밑으로 달려가 보니 가엾게도 부인께서는 조금 전에 말씀하신 것과 같은 모습이었으며, 나리께서는 방 안 가득 피와 뇌수를 튀긴 채 바닥에 쓰러져 계셨습니다.

그런 곳에 묶인 채 자신의 드레스에까지 남편의 피가 튀면 어떤 여자라도 정신을 잃을 테지만 부인께서는 결코 용기를 잃지 않으셨습니다. 과연 애들레이드 시의 메리 프레이저 아가씨, 애비 장원의 브래큰스톨 부인이 된 뒤에도 거기에는 변함이 없었습니다. 여러분께서는 너무 오랫동안 부인께 질문공세를 퍼부었습니다. 이쯤에서 몸종인 테레자와 함께 방으로 돌아가게 해주셨으면 합니다. 부인께는 무엇보다 휴식이 필요하니까요."

마르고 무뚝뚝한 그 하녀가 어머니와 같은 다정함으로 여주인의 몸에 팔을 감아 방에서 데리고 나갔다.

"저 여자는 부인이 태어났을 때부터 곁에 있었다고 합니다."라고 홉킨스가 말했다. "갓난아기였을 때부터 시중을 들었고 18개월 전, 처음으로 오스트레일리아를 떠나 영국에 왔을 때도 함께 따라왔다고 합니다. 테레자 라이트라는 이름으로, 요즘에는 보기 드문 하녀입니다. 자, 홈즈 씨, 이쪽으로 오십시오."

표정이 풍부한 홈즈의 얼굴에서 강한 흥미를 느끼는 듯한 빛이 사라져, 수수께끼라는 점에 있어서는 사건의 매력이 완전히 사라져버렸음을 알 수 있었다. 아직 범인을 체포해야 하는 일이 남아 있기는 했으나 그런 평범한 악당들 때문에 홈즈가 나설 필요는 어디에도 없었다. 깊은 학문을 갖춘 전문의가 부름을 받고 가보니 가벼운 홍역을 앓고 있는 환자가 기다리고 있다면 그 의사는 틀림없이 당혹해할 것이다. 바로 지금, 내 친구의 눈에는 그런 당혹감이 선명하게 어려 있었다. 그러나 사건 현장인 애비 장원의 식당에는, 홈즈의 주의를 끌어 사라져가던 흥미를 다시 불러일으킬 만큼 의심스러운 부분이 충분히 존재했다.

식당은 매우 넓고 천장이 높은 방인데 떡갈나무로 만든 천장에는 조각이 새겨져 있었으며 벽에 바른 판자도 떡갈나무였고 주위의 벽에는 사슴의 머리와 옛날의 무기 등이 보기 좋게 배치되어 있었다. 문 맞은편에 부인이 말한 프랑스식 창문이 있었다. 오른쪽에는 조금 더 작은 창문이 3개 나란히 있었는데 그곳으로 차가운 겨울 햇살이 방 안 가득 쏟아져 들어오고 있었다. 왼쪽에는 크고 깊은 난로가 있었고, 그 위에 떡갈나무로 만들어 튼튼하게 보이는 선반이 돌출되어 있었다.

난로 옆에는 몇 개의 떡갈나무를 가로로 대서 앉는 부분을 만든, 튼튼해 보이는 팔걸이의자가 놓여 있었다. 등받이와 팔걸이 등의 목재 사이로 빨간 줄 하나가 걸려 있고 그 양쪽 끝은 아래쪽의 가로로 댄 나무에 단단히 묶여 있었다. 부인을 묶고 있던 부분을 풀었을 때 끈은 미끄러져 떨어졌지만 나무에 묶여 있던 부분은

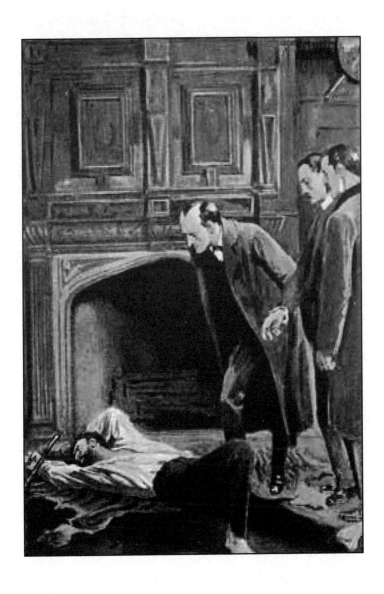

그대로 남아 있는 것이리라. 그러나 우리가 그처럼 세세한 부분을 깨달은 것은 좀 더 나중의 일이었다. 왜냐하면 우리는 난로 앞의 호랑이가죽 위에 쓰러져 있는 끔찍한 것에 완전히 마음을 빼앗겼기 때문이다.

그것은 40세 전후로 키가 크고 균형 잡힌 몸매를 가진 남자의 사체였다. 얼굴을 천장으로 향한 채 쓰러져 짧고 검은 턱수염 사이로 하얀 이를 드러내고 있는 모습이, 히죽 웃고 있는 사람처럼 보였다. 불끈 쥔 양손을 머리 위로 올리고 있었으며 그 손 위에 자두나무 몽둥이가 나뒹굴고 있었다. 거뭇하고 단정하며 독수리처럼 생긴 얼굴은 원한과 미움으로 굳어 악귀와도 같은 무시무시한 표정을 짓고 있었다.

침대에 누워 있다가 심상치 않은 소리를 들은 것인 듯, 자수가 들어간 세련된 잠옷을 입고 있었으며 바지자락 밑으로 맨발이 드러나 있었다. 머리에 커다란 상처가 있었는데, 그를 쓰러뜨린 타격이 얼마나 끔찍한 것이었는지는 방 안 전체의 모습이 확실하게 증명하고 있었다. 사체 옆에 묵직해 보이는 부지깽이가 나뒹굴고 있었는데 부지깽이는 그 격렬한 일격으로 휘어져 있었다. 홈즈가 그 부지깽이와 그것이 만들어낸 참으로 참혹한 상처를 살펴보았다.

"굉장히 힘이 센 사람이로군, 그 랜들이라는 사내 말이야."

"그렇습니다." 홉킨스가 말했다. "녀석에 대한 기록이 있습니다만, 매우 거친 녀석입니다."

"잡기 그렇게 어려울 것 같지는 않군."

"네, 조금도 어렵지 않을 겁니다. 저희는 계속 놈들을 뒤쫓고 있었는데 미국으로 달아났다는 설도 있었습니다. 하지만 녀석들이 영국에 있다는 사실을 안 이상 더는 도망칠 수 없을 겁니다. 모든 항구에 수배령을 내렸고 저녁까지는 현상금도 내걸릴 겁니다. 단 하나, 아무래도 이해할 수 없는 점은 부인에게 얼굴을 보였을 뿐만 아니라 우리도 그들의 얼굴을 뻔히 알고 있는데 어째서 이렇게 미치광이 같은 짓을 했는가 하는 점입니다."

"맞아, 이런 경우라면 브래큰스톨 부인의 입도 영원히 막아버리는 것이 일반적이었을 텐데."

"부인이 정신을 차렸다는 사실을 깨닫지 못한 것 아닐까?'라고 내가 말했다.

"그것도 있을 법한 얘기야. 부인의 의식이 없는 줄 알았다면 생명까지 빼앗으려 하지는 않았을지도 모르지. 그런데 이 가엾은 사람은 어떤가, 홉킨스? 이 사람에 대해서는 꽤나 묘한 이야기를 들은 듯한데."

"맨 정신일 때는 점잖은 사람입니다만 술에 취하면, 아니 끝장을 볼 때까지 마시는 경우는 거의 없으니 반쯤 취했을 때부터는 마치 악귀처럼 변합니다. 그럴 때면 마치 악마가 몸속으로 들어간 사람처럼 무슨 짓을 할지 모릅니다. 제가 들은 바에 의하면, 이만큼의 재산과 지위를 가지고 있으면서도 하마터면 우리 경찰의 신세를 질 뻔했던 적이 한두 번이 아니었다고 합니다.

개에게 석유를 뿌리고 불을 붙이려 했다는 이야기도 있습니다. 더욱 좋지 않았던 것은 그것이 부인의 개였다고 합니다. 그 소동을 수습하기 위해 꽤나 애를 먹었다고 합니다. 그리고 조금 전에 봤던 하녀 테레자 라이트에게 식탁용 와인 병을 집어던진 적도

있었는데 그때 역시 커다란 소동이 벌어졌던 듯합니다. 저희끼리
얘깁니다만 그 남자가 없으면 집안은 훨씬 더 밝아질 겁니다.
응? 뭘 조사하고 계십니까?"

홈즈는 무릎을 꿇고 앉아 부인이 묶여 있던 빨간 줄의 매듭을
아주 자세히 살펴보고 있었다. 그리고 다음으로는 강도가 뜯어냈
을 때 생긴 줄 끝의 풀어진 부분도 자세히 살펴보았다.

"이 줄을 잡아당겼다면 부엌의 벨이 커다란 소리로 울렸을
거야."라고 그가 말했다.

"아무도 듣지 못했을 겁니다. 부엌은 집의 뒤쪽에 있으니까요."

"아무도 듣지 못하리라는 사실을 강도는 어떻게 알고 있었을
까? 정말 그렇게 함부로 벨의 끈을 잡아당겼을까?"

"그렇습니다, 홈즈 씨. 바로 그겁니다. 그 문제에 대해서 저도
몇 번이고 생각을 해보았습니다. 범인은 이 집과 이 집의 습관을
아주 잘 알고 있다. 이건 의심의 여지도 없는 사실입니다. 하인들
이 그처럼 비교적 이른 시간에 잠자리에 들어 부엌에서 벨이
울려도 듣지 못한다는 사실 등을 범인은 완전히 알고 있었던
것임에 틀림없습니다. 따라서 하인들 중 누군가가 가담을 했던
것이 아닐까 여겨집니다. 하지만 하인들은 모두 8명인데 하나같
이 착한 사람들뿐입니다."

"다른 조건이 모두 같다면,"하고 홈즈가 말했다. "와인 병으로
주인에게 맞은 사람이 가장 의심스럽다고 하지 않을 수 없겠군.
하지만 그렇다면 그 여자가 온몸을 다 바쳐 모시고 있는 안주인을
배신한 셈이 되는데. 어쨌든 그런 것은 조그만 문제이니 랜들만
붙잡는다면 공범도 쉽게 잡을 수 있겠지. 혹시 부인이 한 말에

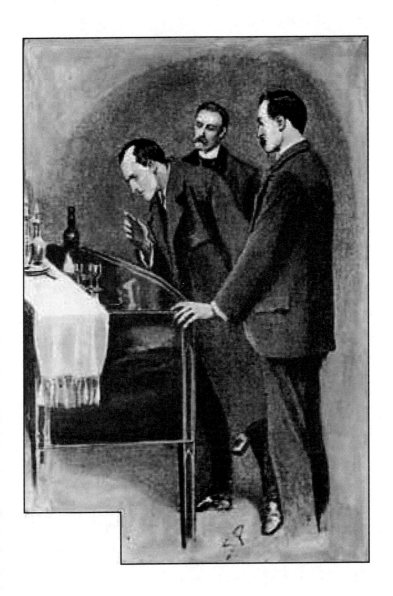

대한 확증이 필요하다면 지금 눈앞에 있는 자잘한 사항들을 하나하나 살펴봄으로 해서 그것을 얻을 수 있을 거야." 그는 프랑스식 창문 옆으로 걸어가 그것을 휙 열었다. "여기에는 아무런 흔적도 남아 있지 않군. 게다가 땅바닥이 철판처럼 딱딱하니 아무것도 기대하지 않는 편이 좋겠어. 저 난로 위 선반에 있는 촛불에는 불이 밝혀져 있었던 듯하던데."

"그렇습니다. 강도들은 이것과 부인의 침실용 촛불을 들고 돌아다녔던 듯합니다."

"그래서 무엇을 훔쳐갔지?"

"그리 대단한 건 훔쳐가지 않았습니다. 찬장에서 접시류를 6개 정도 가져갔을 뿐입니다. 유스터스 경을 살해했기에 녀석들도 당황해서 집 안 전체를 뒤지지 않고 빠져나간 것이 아닐까, 브랜큰스톨 부인은 생각하고 있습니다."

"아마도 그랬겠지. 그건 그렇고 녀석들 와인을 마셨다고?"

"마음을 가라앉히기 위해서였을 겁니다."

"그렇군. 이 찬장 위에 있는 세 개의 잔에는 아무도 손을 대지 않았겠지?"

"네, 병에도 손을 대지 않았습니다."

"잠깐 살펴보기로 하지. 응, 이건 뭐지?"

잔은 3개가 한 군데 모여 있었는데 3개 모두 와인 색으로 물들어 있었다. 그리고 그중 하나에는 오래 된 와인의 찌꺼기가 조금 남아 있었다. 잔 근처에는 내용물이 3분의 2 정도 든 병이 있었으며, 그 옆에는 와인이 진하게 배어든 긴 뚜껑이 나뒹굴고 있었다. 병의 모양과 거기에 쌓여 있는 먼지가, 범인들이 마신 것이 흔한 와인이 아니라는 사실을 말해주고 있었다. 홈즈의 태도에 변화가 일어났다. 무료한 듯하던 표정은 사라지고 깊고 날카롭게 파인 눈에 흥미롭다는 듯한 빛이 감돌았으며 빈틈이 없어 보이는 빛을 발하기 시작했다. 그는 코르크마개를 집더니 세심하게 살펴보았다.

"이걸 어떻게 딴 걸까?"라고 그가 말했다. 홉킨스가 반쯤 열려 있던 서랍을 가리켰다. 안에는 테이블보와 냅킨과 함께 와인 따개가 들어 있었다.

"브래큰스톨 부인이 저 따개로 열었다고 했나?"

"아니요. 병을 딸 때 부인은 정신을 잃은 상태였습니다."

"그랬군. 하지만 그 따개는 쓰지 않았어. 이 병을 딴 것은 휴대용 따개로, 아마 나이프에 달려 있는 건데 길이는 고작해야 1.5인치(1인치는 약 2.54㎝)밖에 되지 않을 거야. 코르크 마개를 살펴보면 그것을 딸 때까지 따개를 세 번 돌려 넣었다는 사실을 알 수 있어. 코르크에는 완전히 뚫고 지나간 흔적이 없어. 이렇게 긴 따개라면 코르크를 완전히 뚫고 지나갔을 거고 한 번에 딸 수 있었을 거야. 범인을 잡고 나면 틀림없이 휴대용 나이프를 가지고 있다는 사실을 알게 될 거야."

"놀랍습니다."라고 홉킨스가 말했다.

"하지만 솔직히 말해서 이 잔들은 도저히 이해할 수가 없어. 블래큰스톨 부인은 세 사람이 마시는 것을 정말로 본 걸까?"

"네, 그 점에 관해서는 분명하게 증언했습니다."

"그렇다면 어쩔 수 없군. 그 점에 관해서는 더 이상 할 말이 없어. 하지만 홉킨스, 이 3개의 잔에는 참으로 이상한 점이 있다는

사실을 밝혀두지 않으면 안 되겠군. 뭐? 이상한 점은 어디에도 없다고? 알겠네. 그렇다고 해두지. 나처럼 특수한 지식과 특수한 능력을 가지고 있는 사람은 가까이에 간단한 설명이 있어도 복잡한 설명을 찾고 싶어 하는 법이니까. 잔에 관한 것은 아마 우연에 지나지 않을 거야.

그럼 실례하겠네, 홉킨스. 내가 있어봐야 도움이 될 만한 일은 없고, 자네는 사건을 매우 명확하게 파악하고 있는 듯하니. 랜들이 체포되거나 뭔가 새로운 진전이 있으면 연락을 주게. 곧 자네에게 사건을 깔끔하게 처리한 것에 대한 축하의 말을 해주어야 할 것 같군. 그만 가세, 왓슨. 집에 있는 편이 더 유익한 시간을 보낼 수 있을 것 같아."

돌아오는 길에 나는 홈즈의 얼굴을 보고 그가 관찰하고 온 것들 중 무엇인가로 심각하게 고민하고 있다는 사실을 알 수 있었다. 그는 때때로 자신이 받은 인상을 애써 떨쳐내려는 사람처럼 사건은 해결되었다는 듯한 투로 이야기를 했으나, 곧바로 다시 의문에 사로잡히는 것인지 눈썹을 찌푸린 공허한 눈빛을 내보여, 생각은 다시 어젯밤의 참극이 일어났던 애비 장원의 커다란 식당으로 되돌아가 있다는 사실을 분명히 하는 것이었다.

그리고 기차가 교외의 한 역을 천천히 나서려는 순간 갑자기 충동에 휩싸인 사람처럼 얼른 승강장으로 뛰어내리며 나를 잡아끌었다.

"미안하네." 기차의 마지막 차량이 커브를 돌아 사라져가는 모습을 바라보며 홈즈가 말했다. "단순한 변덕이라고도 할 수 있는 일로 자네를 귀찮게 하는 것은 미안한 일이지만 왓슨, 나는 아무래도 이번 사건을 저 상태로 내버려둘 수가 없다네. 나의 모든 본능이 그래서는 안 된다고 외치고 있어. 잘못 되어 있어. 모든 것이 잘못 되어 있어. 틀림없이 잘못 되어 있어. 하지만 부인의 진술은 완전하고, 하녀의 증언도 충분하고, 세세한 점에서도 상당히 정확해. 거기에 대해서 나는 어떤 이의를 제기할 수 있단 말이지? 오직 3개의 와인 잔, 그것뿐이야.

하지만 만약 내가 모든 사실들을 당연한 일인 것처럼 받아들이지 않았다면, 그리고 미리 준비된 듯한 이야기에 마음을 빼앗기지 않고 처음부터 사건에 직접 접근하여 주의 깊게 조사를 했다면 좀 더 확실한 단서를 찾아낼 수 있지 않았을까? 물론 찾아낼 수 있었을 거야. 왓슨, 이 벤치에 앉아서 치즐허스트로 가는 기차가 오기를 기다리는 동안 내게 증거를 제시할 수 있도록 해주게. 단, 그 과정에서 무엇보다 부탁하고 싶은 점은, 하녀나 부인이 말이 반드시 진실이어야만 한다는 생각을 머릿속에서 쫓아내주었으면 한다는 점이야. 그 부인의 매력에 이끌려서 잘못된 판단을 하는 일이 있어서는 안 된다는 얘기야.

냉정하게 생각해보면 부인의 이야기에는 틀림없이 의심을 품을 만한 점이 몇 가지 있어. 그 강도들은 이주일 전에 시드넘에서 한바탕 일을 해서 주머니가 두둑해. 그들이 무슨 짓을 했고, 어떻게 생겼는지는 신문에 실려 있었는데 그것은 가공의 도둑이 들어왔었다는 이야기를 만들어내고 싶은 사람이라면 누구나 당연히 떠올릴 만한 기사였어. 실제로 한바탕 일을 해서 주머니를 채운 도둑은 곧바로 위험한 일에 다시 손을 내밀기보다는, 그 돈으로 즐겁고 평화로운 삶을 보내려고 하는 것이 일반적이지.

또 강도가 그런 이른 시간에 범행을 저질렀다는 것도 이상한 일이고, 소리를 지르지 못하도록 하기 위해 여성을 때렸다는 것도 이상한 일이야. 왜냐하면 여성에게 소리를 지르게 하기 위한 방법 중 때리는 것만큼 확실한 방법도 없거든.

거기다 자신들은 3명이고 상대방은 혼자라는 절대적 우세에 있었으면서도 그를 살해했다는 것도 이상한 얘기고, 주위에 돈이 될 만한 물건들이 얼마든지 더 있었는데 겨우 그 정도에 만족했다는 것도 이상한 얘기야. 그리고 마지막으로 그런 녀석들이 술병을 반만 비운 채 남겨두고 갔다는 건 아무리 생각해봐도 평범한 일이라고는 말할 수가 없어. 왓슨, 이런 여러 가지 의심스러운 점들이 있다는 사실을 자네는 어떻게 생각하는가?"

"그렇게 여러 가지 점들이 겹치면 틀림없이 이상하게 여겨지기도 하지만, 그 하나하나는 전부 충분히 있을 법한 일이야. 내가 가장 의심스러운 점은 부인이 의자에 묶여 있었다는 사실이야."

"글쎄 그건 그렇게 단정적으로 말할 수 있는 문제가 아니야, 왓슨. 도망친 뒤 바로 신고하지 못하도록 하기 위해서 부인을 죽이거나 그렇게 묶어둘 필요가 있었던 것은 틀림없는 사실이니까. 그래도 어쨌든 부인의 이야기에 석연치 않은 부분이 있다는 사실은 인정하겠지? 게다가 그 와인 잔도 문제로 떠올라."

"와인 잔이 어쨌다는 거지?"

"그 잔을 눈에 그려볼 수 있겠나?"

"응, 선명하게."

"그 잔으로 세 명이서 마셨다고 했지? 그것이 있을 수 있는 일일까?"

"어째서? 어느 잔에나 와인이 남아 있지 않았나?"

"맞아. 하지만 찌꺼기가 남아 있던 잔은 하나뿐이었어. 자네도 그 사실을 깨달았겠지? 그것을 보고 떠오른 생각 없었나?"

"마지막에 따르는 잔에는 흔히 찌꺼기가 남는 법이지."

"그게 아니야. 병에는 찌꺼기가 잔뜩 들어 있었어. 처음 2개의 잔에는 들어가지 않고 세 번째 잔에만 잔뜩 들어간다는 것은 있을 수 없는 일이야. 그에 대한 설명은 2가지를 생각해볼 수 있어. 아니 2가지밖에 없어. 하나는 두 번째 잔에 따른 뒤에 병을 아주 심하게 흔들었기 때문에 세 번째 잔에 찌꺼기가 들어간 것이라고 보는 거야. 하지만 그런 일은 있었을 것 같지 않아. 아니, 이건 틀림없이 내 생각이 맞을 거야."

"그렇다면 자네의 생각은 어떤 거지?"

"잔은 2개밖에 사용되지 않았다는 거야. 그 2개의 잔에 남은 찌꺼기를 세 번째 잔에 부어 3명이 있었던 것처럼 보인 거야. 그렇게 하면 찌꺼기는 전부 세 번째 잔에 모이게 되지 않나? 맞아, 틀림없이 그렇게 된 거라고 확신해. 그런데 만약 내가 이 하나의 조그만 현상에 대한 참된 해석을 찾아낸 거라면 사건은 곧 평범한 것에서 매우 이상한 것으로 일변하게 돼. 왜냐하면 브래큰스톨 부인과 하녀는 우리에게 일부러 거짓말을 한 셈이니 두 사람의 이야기는 한마디도 믿을 수 없게 되고, 두 사람에게는 진범을 숨겨야 할 어떤 커다란 이유가 있다는 얘기가 되니까. 그리고 우리는 그녀들의 도움 없이 우리만의 힘으로 사건을 재구성해야만 해. 이것이 우리 앞에 놓인 사명이야. 자, 왓슨, 치즐허스트로 가는 기차가 도착했네."

애비 장원 사람들은 우리가 되돌아왔기에 매우 놀랐으나 셜록 홈즈는 스탠리 홉킨스가 보고를 위해서 본청으로 들어갔다는 사실을 알고는 식당을 점령하여 안에서 문을 잠그고 2시간가량 고생스럽고도 면밀한 조사에 몰두했다. 그것이 견고한 토대가 되어 그만의 화려한 추리의 대전당이 구축되는 것이다. 나는 교수의 현장수업을 열심히 바라보는 학생처럼 한쪽 구석에 앉아서 조사에 임하는 그의 멋진 모습 하나하나를 가만히 바라보았다. 창문, 커튼, 카펫, 의자, 끈 모두를 면밀하게 살펴보았으며 충분히 음미했다. 불행한 남자의 사체는 이미 치워졌으나 그 외의 것들은 오늘 아침에 우리가 봤던 그대로였다.

놀랍게도 홈즈는 곧 난로 위의 튼튼한 장식장 위로 올라섰다. 그의 머리 훨씬 위쪽에는 아직 철사에 연결된 빨간 끈이 2, 3인치 정도 매달려 있었다. 홈즈는 오랫동안 그것을 올려다보더니 마침내 끈을 조금 더 가까이서 보기 위해 벽에서 튀어나와 있는 가로대에 한쪽 무릎을 얹었다. 그렇게 함으로 해서 그의 손은 끊어진 끈의 2, 3인치 부근까지 도달했으나 그의 주목을 끈 것은 끈보다는 오히려 가로대 자체인 듯했다. 홈즈는 마침내 만족스러운 목소리를 내며 훌쩍 뛰어내렸다.

"알았네, 왓슨."하고 홈즈가 말했다. "사건의 진상을 파악했어. 이건 우리가 다뤘던 사건 중에서도 가장 보기 드문 사건이야. 아무리 그렇다 해도 나는 얼마나 머리가 돌지 않았던 건지. 하마터면 돌이킬 수 없이 커다란 실수를 할 뻔했어! 이렇게 해서 내 추리의 사슬도 두어 개쯤 고리가 끊어져 있을 뿐, 대부분은 완성된 것이나 다를 바 없어."

"범인들을 알아냈나?"

"범인들이 아니야. 범인이야. 왓슨, 범인은 딱 한 사람이야. 한 사람이지만 아주 무시무시한 놈이야. 사자처럼 강해, 저 부지깽이를 휘어버린 무시무시한 완력을 보면 알 수 있어. 키는 6피트 3인치(약 1.90m), 다람쥐처럼 날래고 손끝도 섬세해. 마지막으로 한 가지 더 덧붙여두자면 머리가 아주 좋은 사람이야. 이 교묘하게 꾸며진 이야기도 전부 그 녀석이 만들어낸 거야. 맞아 왓슨, 우리는 머리가 아주 뛰어난 사람이 자신의 솜씨를 마음껏 발휘해서 꾸며놓은 일에 부딪치게 된 거야. 하지만 저 벨의 끈에 단서를 하나 남겨주었어. 원래는 우리에게 의심을 품게 할 생각은 아니었지만."

"그 단서가 어디에 있단 말이지?"

"응, 저기에 있어, 왓슨. 벨의 끈을 밑으로 잡아당기면 어디서 끊어질 것이라 생각하나? 당연히 철사에 묶여 있는 부분이 아니겠나? 그런데 이 끈이 묶인 곳의 3인치 앞에서 끊어진 것은 무슨 이유에서일까?"

"거기가 닳아 있었던 거겠지."

"맞아. 이쪽의 끊어진 부분을 잘 보면 알 수 있지만 닳은 것처럼 보여. 범인은 한껏 잔꾀를 부려서 이곳을 칼로 긁은 거야. 하지만 다른 쪽 끝부분은 긁지 않았어. 여기서는 보이지 않지만 장식장 위로 올라가서 보면 끈은 깨끗하게 잘려 있을 뿐, 닳은 부분은 없다는 사실을 알 수 있어. 그것으로 무슨 일이 있었던 건지, 마음속으로 재현해볼 수 있겠지? 범인은 이 끈이 필요해진 거야. 하지만 벨이 울려서 소동이 벌어지면 안 되니 끈을 뜯어낼 수는

없었어.

그럼 어떻게 했을까? 장식장 위로 뛰어올랐지만 아직 손이 닿지 않았기에 가로대에 한쪽 무릎을 걸쳤어. 먼지에 자국이 묻어 있는 것이 보여. 그리고 칼로 자른 거야. 나도 손을 뻗어보았지만 적어도 3인치는 모자랐어. 그러니 범인은 나보다 적어도 3인치는 키가 클 거야. 응? 저 떡갈나무 의자를 좀 보게. 앉는 부분에 얼룩이 묻어 있어. 저건 뭘까?"

"피야."

"이것만으로도 부인의 이야기는 더 이상 문제 삼을 필요가 없다는 사실을 알 수 있겠군. 범행이 일어난 순간에 그녀가 이 의자에 앉아 있었다면 여기에 어떻게 피가 묻었겠나? 맞아, 거짓말이야. 부인이 의자에 앉은 것은 남편이 살해당한 뒤야. 검은 드레스를 살펴보면 이 혈흔과 정확히 일치하는 곳에 핏자국이 묻어 있을 거야. 왓슨, 우리는 아직 워털루 전쟁을 치른 것이 아니야. 마렝고 전쟁쯤이 되겠지. 처음에는 졌지만 나중에는 승리를 거두게 될 거야(나폴레옹은 1800년에 이탈리아의 마렝고에서 오스트리아 군을 격파했으나 1815년에 벨기에의 워털루에서 웰링턴이 이끄는 영국과 독일의 연합군에게 결정적인 패배를 당하고 만다). 아무튼 이쯤에서 하녀인 테레자와 이야기를 나눠보고 싶군. 궁금한 사실을 알고 싶다면 한동안은 신중하게 일을 처리해야겠어."

그 완고한 오스트레일리아인 하녀는 매우 흥미로운 사람이었다. 말이 없고, 의심이 많고, 무뚝뚝해서 홈즈가 부드러운 태도를 보여 그녀에게 진실을 말하게 하기까지는 상당한 시간이 걸렸다.

그녀는 죽은 주인에 대한 증오심을 숨기려 하지 않았다.

"네, 맞아요. 제게 와인 병을 던진 게 사실이에요. 부인의 험담을 하시기에 부인의 형제가 여기에 있다면 그런 말씀을 하실 용기도 없으시겠죠, 라고 말했어요. 그랬더니 갑자기 병을 던지셨어요. 만약 사랑스러운 부인께서 말려주시지 않으셨다면 한 상자라도 던졌을지 몰라요. 그분은 언제나 부인을 괴롭히셨지만 부인은 자부심이 강하기 때문에 푸념 같은 건 한 번도 한 적이 없었어요. 나리께 무슨 일을 당했는지 제게조차 한마디도 하시려 들지 않았어요.

오늘 아침, 당신들께서 보신 팔의 상처에 대해서도 아무런 말씀 하지 않으셨지만 그것이 모자의 핀으로 찔린 것이라는 사실을 저는 분명히 알고 있어요. 그 교활한 악마―아아, 신이시여. 이미 세상을 떠난 사람에 대해서 이렇게 이야기하는 것을 용서해주소서― 하지만 그 사람은 정말 악마였어요. 만약 이 세상에 악마가 있다면. 처음 만났을 때는 아주 다정한 사람이었어요. 겨우 18개월 전이지만 저희 두 사람에게는 그것이 18년처럼 느껴졌어요. 부인은 런던에 도착한 지 얼마 되지 않았어요. 맞아요, 처음 떠난 여행으로 그 전까지는 댁을 떠나신 적이 한 번도 없었어요. 그 사람은 신분과 돈과 형식뿐인 런던풍의 예절로 부인을 획득한 겁니다.

부인이 잘못을 하셨다 해도 그 대가는, 여자로서 더 이상은 치를 수 없겠다 싶을 정도로 치르셨어요. 그 사람을 만난 게 몇 월이었냐고요? 그건 여기에 도착한 직후였어요. 6월에 도착했으니 7월이에요. 결혼하신 건 작년 1월이었어요. 네, 부인은 거실에 계세요. 틀림없이 만나주실 테지만, 너무 꼬치꼬치 캐물어서는 안 돼요. 인간으로서 더는 견딜 수 없을 만큼의 경험을 하셨으니까요."

브래큰스톨 부인은 역시 기다란 의자에 몸을 기대고 있었으나 얼굴은 전보다 밝았다. 하녀도 우리와 함께 들어가서 부인의 이마에 입은 타박상을 다시 한 번 찜질했다.

"당신들은,"하고 부인이 말했다. "다시 심문을 하러 오신 건 아니겠지요?"

"아니에요, 부인."하고 홈즈가 아주 부드러운 목소리로 대답했다. "나는 결코 불필요한 폐를 끼치지는 않아요. 내가 원하는 건 당신이 안심할 수 있도록 하는 것뿐이에요. 왜냐하면 당신은 여성으로서 너무나도 많은 시련을 겪으셨기 때문이에요. 나를 친구로 여기시고 믿어주신다면 나는 그 믿음에 반드시 보답하도록 할 거예요."

"저보고 어떻게 하라는 말씀이시죠?"

"진실을 얘기해주셨으면 합니다."

"어머, 홈즈 씨!"

"아니요, 부인. 소용없어요. 나에 대한 소문을 부인께서도 조금은 들으셨겠죠? 나에 대한 그 소문에 걸고 말씀드리겠는데 당신의 이야기는 전부 만들어낸 것이에요."

부인과 하녀 모두 하얗게 질려서 두렵다는 듯 홈즈를 바라보았다.

"그 무슨 실례의 말씀을!" 테레자가 외쳤다. "부인께서 거짓말을 하셨다는 말씀인가요?"

홈즈가 자리에서 일어났다.

"하실 말씀, 아무것도 없나요?"

"이미, 전부 말씀드렸는데요."

"다시 한 번 생각해보세요, 부인. 전부 털어놓는 것이 좋지 않을까요?"

순간 부인의 아름다운 얼굴에 망설이는 기색이 떠올랐다. 하지만 곧 어떤 강한 생각이 떠오른 듯, 가면처럼 딱딱한 표정으로 바뀌어버리고 말았다.

"알고 계신 것처럼, 전부를 말씀드렸어요."

홈즈는 모자를 집고 어깨를 들썩였다. "실례했습니다." 그가 이렇게 말한 것을 마지막으로 우리는 더 이상 아무런 말도 하지 않고 방에서 나왔다. 정원에는 연못이 있었는데 내 친구는 그쪽을 향해 걸었다. 연못은 전부 얼어 있었으나, 단 한 마리의 백조 때문에 한 군데에만 구멍이 뚫려 있었다. 홈즈는 그 구멍을 바라보다 곧 문지기의 방 쪽으로 걷기 시작했다. 문지기의 방에서 홉킨스에게 남기는 짧은 편지를 쓴 뒤, 문지기에게 건네주었다.

"적중할지 어떨지는 모르겠지만 이렇게 두 번이나 찾아온 일을 무의미하게 만들지 않기 위해서라도 홉킨스에게 무엇인가를 해주어야겠지."라고 그는 말했다. "아직 그에게 모든 사실을 털어놓을 생각은 없어. 우리가 다음으로 행동해야 할 무대는 애들레이드와 사우샘프턴 항로를 오가는 배의 해운회사가 될 것이라 생각되는데, 내 기억이 정확하다면 그 회사는 펠멜 가의 끝자락에 있어. 오스트레일리아 남부와 영국을 오가는 항로가 하나 더 있기는 하지만 우선은 커다란 쪽부터 살펴보기로 하세."

해운회사의 지배인에게 홈즈의 명함을 내밀자 태도는 곧 정중해졌고, 그가 필요로 하는 정보를 간단히 손에 넣을 수 있었다. 1895년 6월에 그 항로를 통해서 영국으로 들어온 배는 1척뿐이었다. '지브롤터의 바위'라는 배로 그 회사에서 가장 크고 가장 좋은 배였다. 애들레이드의 프레이저 양이 하녀와 함께 승선했었다는 사실을 알 수 있었다.

그 배는 현재 오스트레일리아로 항해 중인데 수에즈 운하 부근을 지나는 중이었다. 승선한 고급 선원은 1895년 당시와 똑같지만 딱 한 사람 예외가 있었다. 일등항해사인 잭 크로커 씨가 선장으로 승격하여 새로운 배 '배스 록' 호를 맡게 되었고, 이틀 후에 사우샘프턴을 출항할 예정이었다. 그는 시드넘에 살고 있는데 사무실에서 기다리고 있으면 지령을 받으러 올 것이라고 했다.

특별히 만나고 싶은 것은 아니며, 단지 그의 경력이나 성격에 대해서 좀 더 자세히 알고 싶을 뿐이라고 홈즈는 말했다.

경력은 참으로 화려했다. 그 회사의 어느 배에도 그와 견줄 만한 선원은 한 사람도 없었다. 직장에서는 아주 믿을 만한 사람이지만 일단 배에서 내리면 난폭하고 물불을 가리지 않는 성격으로 변해버린다고 했다. 즉, 다혈질이라 쉽게 흥분하지만 성실하고 정직하며 심성은 착한 사람이라는 것이었다. 대충 그러한 내용의 정보를 손에 넣은 뒤, 홈즈는 해운회사에서 나왔다. 그런 다음 마차를 타고 런던 경찰청까지 갔으나 안으로는 들어가지 않고 마차의 좌석에 앉아 이마에 주름이 새겨질 정도로 깊은 생각에 잠겨 있었다. 결국은 마차를 다시 채링 크로스 우체국으로 향하게 해서 전보를 한 통 보내고 마침내 베이커 가로 향했다.

"역시 안 되겠어, 왓슨. 나는 아무래도 그럴 수가 없어." 우리의 방으로 들어서자 홈즈가 말했다. "일단 체포영장이 발부되면 더는 그를 구할 방법이 없어. 지금까지 내가 범인을 밝혀낸 것 때문에 그 사람이 범죄로 남에게 피해를 준 것보다 더 커다란 피해를 남들에게 끼친 것 같다는 생각이 든 적이 한두 번 있었어. 그 때문에 지금은 매우 신중해져서, 내 양심보다는 영국의 법률을 속이는 편이 낫겠다고 생각하게 되었어. 행동을 개시하기 전에 몇 가지 사실에 대해서 조금 더 알아두기로 하세."

날이 저물기 전에 우리는 스탠리 홉킨스 경감의 방문을 한 번 더 받았다. 그의 수사는 썩 순조롭지 않은 모양이었다.

"홈즈 씨, 당신은 정말 마법사 같다는 생각이 듭니다. 때로는 인간 이상의 능력을 가진 사람이라고 진심으로 생각하곤 합니다. 도둑맞은 은 식기가 그 연못 안에 있다는 사실을 대체 어떻게 아신 겁니까?"

"알고 있던 건 아닐세."

"하지만 조사를 해보라고 하시지 않으셨습니까?"

"그랬더니, 나왔나?"

"네, 나왔습니다."

"자네를 도울 수 있었다니 정말 다행이군."

"아니, 도움이 되지는 않았습니다. 덕분에 사건이 훨씬 더 어려워졌습니다. 기껏 훔친 은 식기를 바로 옆에 있는 연못에 던지다니 대체 뭐 하는 녀석들인지 모르겠습니다."

"틀림없이 약간은 이상한 행동이야. 나는 단지 은 식기에 손을 댄 녀석이 사실은 그것이 갖고 싶어서 훔친 것이 아니라 사람들의 눈을 속이기 위해서 그런 것이었다면 어떻게 했을까를 생각해봤던 것뿐이야."

"그렇다면 어째서 그런 생각을 떠올리신 겁니까?"

"그냥 그런 일이 있을 수도 있지 않을까 싶었던 거야. 녀석들이 그 프랑스식 창문으로 나왔다면 바로 눈앞에 연못이 있는데 그곳의 얼음 한쪽에 눈길을 끄는 조그만 구멍이 나 있었으니까. 숨기기에 거기보다 더 좋은 장소가 또 있겠나?"

"아아, 숨길 만한 곳 말입니까? 물론 거기가 제일 좋겠죠!" 스탠리 홉킨스가 외쳤다. "그래, 이제 모든 사실을 알겠습니다! 아직 시간이 일러서 거리에는 사람들이 오가고 있었습니다. 녀석들은 은 식기를 들고 있는 모습을 사람들에게 보여서는 안 된다고 생각한 겁니다. 그래서 그것을 연못에 숨겨두었다가 나중에 건져낼 생각이었던 겁니다. 어떻습니까, 홈즈 씨. 사람들의 눈을 속이기 위해서라고 말씀하신 당신의 생각보다 이쪽이 더 그럴듯하지 않습니까?"

"그렇군. 아니, 참으로 훌륭한 추리야. 내 생각은 틀림없이 엉뚱한 것이지만 그 결과 은 식기를 찾았다는 점만은 자네도 인정하지 않을 수 없겠지?"

"물론 그렇습니다. 모두가 당신 덕분입니다. 하지만 저는 어처구니없는 실수를 저질렀습니다."

"실수라고?"

"그렇습니다, 홈즈 씨. 랜들 일당이 오늘 아침 뉴욕에서 체포되었습니다."

"정말인가, 홉킨스? 그렇다면 녀석들이 어젯밤 켄트 주에서 살인을 저질렀다는 자네의 설과는 완전히 상반되지 않는가?"

"치명적입니다, 홈즈 씨. 완전히 치명적입니다. 랜들 일당 외에도 삼인조 강도가 없는 것은 아니고, 또 경찰에서 아직 파악하지 못한 새로운 일당이 있을지도 모릅니다."

"그렇군. 충분히 생각해볼 수 있는 일이야. 벌써 돌아가려고?"

"네, 홈즈 씨. 이번 사건의 진상을 밝혀낼 때까지는 한가하게 쉬고 있을 수가 없습니다. 제게 가르쳐주실 만한 다른 단서는 없으시죠?"

"단서라면 이미 하나 가르쳐줬을 텐데."

"어떤?"

"사람들의 눈을 속이기 위한 방법이라고 말하지 않았나."

"하지만 어째서, 어째서 그럴 필요가 있었던 겁니까?"

"맞아, 바로 그게 문제야. 하지만 이 사실은 잘 기억해두는 편이 좋을 거야. 거기에는 어떤 의미가 있을지도 모르니까. 저녁을 먹고 가지 않겠나? 그래? 그럼 잘 가게. 수사에 진척이 있으면 연락을 주게."

식사 후 식탁을 정리하고 나자 홈즈가 다시 사건에 관한 이야기를 꺼냈다. 그는 파이프에 불을 붙이고 슬리퍼를 신은 발을 빨갛게 타오르고 있는 난로의 불 쪽으로 뻗었다. 그러다 갑자기 시계를 보았다.

"사건에 진전이 있을 것이라 생각하네, 왓슨."

"언제?"

"곧, 몇 분도 지나지 않아서. 자네는 틀림없이 조금 전 스탠리

홉킨스에게 취한 내 태도를 약간 매정한 것이라 생각했겠지?"

"자네의 판단을 믿고 있네."

"묘하게 신중한 대답이군, 왓슨. 그건 이렇게 봐주었으면 해. 내가 알고 있는 동안은 비공식적인 일이지만, 홉킨스가 알면 공식적인 일이 되어버려. 내게는 개인적인 판단을 내릴 권리가 있지만 그에게는 그것이 없어. 그는 모든 사실을 공표해야만 해. 그렇게 하지 않으면 공무를 배반하게 돼. 의문이 남아 있는 사건에서 그를 그런 입장에 세워둘 수는 없어. 그렇기 때문에 사건에 대한 내 생각이 분명해질 때까지는 알고 있는 사실도 내 가슴 속에만 묻어두고 싶다네."

"자네의 생각이 분명해지는 것은 언제지?"

"때는 이미 찾아왔어. 자네는 지금부터 드라마의 놀라운 결말을 보게 될 거야."

계단을 올라오는 발소리가 들리고 문이 열리더니 지금까지 이곳을 찾아온 사람들 중에서 가장 훌륭한 남성의 표본이라고도 할 수 있을 만한 사람이 들어왔다. 훤칠하게 키가 큰 청년으로 금색 콧수염에 파란 눈을 가지고 있었다. 피부는 열대의 태양에 검게 그을려 있었으며, 사뿐사뿐 가벼운 발걸음은 그 커다란 몸이 강할 뿐만 아니라 민첩하기도 하다는 사실을 알려주었다. 그는 안으로 들어와 뒤쪽의 문을 닫더니 두 손을 꼭 쥐고 가슴을 헐떡이며 넘쳐흐르는 어떤 감정을 필사적으로 억누르는 듯한 태도로 거기에 서 있었다.

"앉으세요, 크로커 선장님. 전보를 받으셨죠?"

손님은 팔걸이의자에 털썩 앉더니 묻는 듯한 눈빛으로 우리의

얼굴을 번갈아 바라보았다.

"전보를 받았기에 이처럼 지정하신 시간에 온 겁니다. 회사에 오셨다는 소리도 들었습니다. 당신의 손에서는 벗어날 방법이 없습니다. 무슨 말이든 해보세요. 대체 저를 어떻게 하실 생각이십니까? 체포하실 생각인가요? 분명히 말씀해주시기 바랍니다! 거기에 앉아서 고양이가 쥐를 가지고 노는 듯한 태도는 취하지 말아주셨으면 합니다."

"저 분께 시가를 좀 드리지 않겠나?"라고 홈즈가 말했다. "자, 크로커 선장님, 그것을 피우며 마음을 가라앉히세요. 당신을 평범한 범죄자라고 생각했다면 이렇게 당신과 함께 담배를 피우지는 않았을 거예요. 그 점은 아시겠지요? 솔직하게 말씀해주세요. 그러면 어떤 도움을 드릴 수 있을지도 몰라요. 하지만 나를 속이려 하면 일이 어려워질 거예요."

"어떻게 하란 말씀이십니까?"

"어젯밤 애비 장원에서 일어났던 일 전부의 진상을 말씀해주세요. 아셨죠? 진상이에요. 무엇 하나 덧붙여도, 빠뜨려도 안 돼요. 나는 이미 대부분의 사실을 알고 있으니 당신의 이야기가 조금이라도 사실에서 벗어나면 바로 이 경찰을 부르는 호각을 창밖을 향해 불겠어요. 그러면 이 문제는 영원히 내 손에서 떠나게 돼요."

뱃사람이 잠깐 생각에 잠겼다. 그러다 곧 볕에 탄 커다란 손으로 다리를 두드렸다.

"이렇게 된 이상 하늘에 맡기는 수밖에 없겠군."하고 그는 외쳤다. "당신은 약속을 지키는 훌륭한 분이라 믿고 모든 것을 말씀드리겠습니다. 하지만 한 가지만 미리 말씀드리겠습니다.

저에 관해서는 아무것도 후회하지 않으며, 아무것도 두렵지 않습니다. 만약 같은 상황에 처하게 된다면 다음에도 똑같은 행동을 할 것이며, 그것을 자랑스럽게 여길 겁니다. 그 짐승 같은 놈, 녀석이 고양이처럼 몇 번을 환생한다 해도 그때마다 제가 이 세상에서 없애버릴 겁니다!

그러나 마음에 걸리는 것은 그 여자, 메리입니다. 하지만 메리 프레이저입니다. 그 혐오스러운 남자의 성으로 부를 마음은 조금도 없습니다. 어쨌든 그녀를 문제에 휘말리게 해야 하다니, 그 사랑스러운 얼굴이 싱긋 웃는 것을 보기 위해서라면 목숨을 바쳐도 아깝지 않은 저로서는 온 마음에 눈물이 고일 듯한 심정입니다. 하지만, 하지만 달리 무슨 방법이 있었겠습니까? 여기서 당신들께 모든 사실을 털어놓은 뒤, 남자 대 남자로서 그 외에 어떤 방법이 있었는지 묻도록 하겠습니다.

이야기를 조금 앞으로 되돌리도록 하겠습니다. 당신은 모든 사실을 알고 계신 듯하니 제가 그녀를 처음으로 만난 것이, 그녀는 '지브롤터의 바위' 호의 승객으로, 저는 일등항해사로 그 배에 타고 있었을 때라는 사실도 알고 계시리라 믿습니다. 처음 만난 날부터 그녀는 제게 유일한 여성이 되었습니다. 항해 도중 저는 하루 종일 그녀에 대한 사랑을 키워갔으며, 밤에 근무를 할 때면 어둠 속에 무릎 꿇고 앉아 그녀가 사랑스러운 발로 밟았을 것이라 생각되는 갑판 부분에 몇 번이고 입을 맞췄습니다.

그녀가 저와 결혼 약속을 한 건 아니었습니다. 그녀는 여자가 남자에게 취할 수 있는 가장 공정한 태도로 저를 대했습니다. 저는 아무런 불평도 할 수 없었습니다. 저는 사랑에 눈이 멀어버리고 말았으나, 그녀는 단지 같은 배에서 알게 된 친구로서 기분 좋게 교제를 했던 것뿐이었습니다. 헤어질 때도 그녀는 마음에 아무런 구김살이 없는 자유로운 여자였으나 저는 두 번 다시 자유로운 남자가 되지 못했습니다.

다음 항해에서 돌아왔을 때, 저는 그녀가 결혼했다는 사실을 알게 되었습니다. 네, 맞습니다, 그녀가 사랑하는 사람과 결혼해서 안 될 이유는 어디에도 없습니다. 신분과 재산, 그 두 가지 점에 있어서도 그녀만큼 그것을 소유하기에 적합한 여성도 없습니다. 그녀는 모든 아름다운 것, 우아한 것을 위해서 태어난 사람입니다. 저는 그녀가 결혼했다고 해서 한탄하지는 않았습니다. 저는 그처럼 이기적이고 비열한 사람이 아닙니다. 그녀가 멋진 행운을 잡아, 한 푼도 없는 뱃사람 따위에게 몸을 맡기지 않게 되었다는 사실을 기뻐했을 정도였습니다. 저는 그만큼 메리 프레이저를 사랑하고 있었던 겁니다.

저는 그녀와 다시 만나게 될 줄은 꿈에도 생각지 못하고 있었습니다. 그런데 앞선 항해에서 저는 선장으로 승격되었고, 새로운 배는 아직 진수되지 않았기에 시드넘의 우리 집에서 2개월 정도 대기하게 되었습니다. 어느 날, 시골길에서 예전부터 메리를 돌봐주던 하녀 테레자 라이트와 우연히 마주치게 되었습니다. 테레자는 메리와 그 남자와 그 외의 다른 일들에 대해서도 이야기를 들려주었습니다. 그것을 듣고 저는 정신이 이상해질 것만 같았습니다.

그 비열한 술주정뱅이가, 그녀의 구두를 핥을 자격조차 없는 놈이 그녀에게 손을 대다니! 저는 그 후에도 다시 테레자를 만났습니다. 그리고 메리도 만났습니다. 그 후에 메리를 다시 한 번 만났습니다. 하지만 이후부터 그녀는 다시 만나려 하지 않았습니다. 그런데 얼마 전, 일주일 안에 출항하라는 연락을 받았기에 저는 출발하기에 앞서 한 번이라도 좋으니 그녀를 만나야겠다고 결심했습니다. 테레자는 언제나 제 편이었습니다. 저만큼이나 메리를 사랑하고 그 남자를 미워했기 때문이었습니다.

저는 테레자로부터 저택의 여러 가지 습관을 들어 알고 있었습니다. 메리는 언제나 밤늦게까지 아래층에 있는 자신의 조그만 방에서 책을 읽는다는 것이었습니다. 저는 어젯밤 그곳으로 살금 살금 다가가서 창문을 두드렸습니다. 메리는 한동안 창문을 열려 하지 않았으나 지금은 저를 남몰래 사랑하게 되었기에 서리가 내린 차가운 밤에 저를 밖에 내버려둘 수가 없었던 모양입니다. 그녀는 목소리를 죽여 앞쪽의 커다란 창문으로 돌아오라고 했습니다. 가보니 창문이 열려 있어 식당으로 들어갈 수 있었습니다. 거기서 다시 피가 거꾸로 치솟는 듯한 말을 그녀의 입을 통해서 듣게 되었습니다. 그래서 저는 사랑하는 여자를 학대하는 그 짐승을 저주하게 되었습니다.

그때 그녀와 저는 창 바로 안쪽에 서 있었는데 신께 맹세할 수 있지만 우리는 그 어떤 부정한 짓도 하지 않았습니다. 그 순간 그 남자가 미치광이처럼 달려와서 그녀를 향해, 남자로서 차마 여자에게 할 수 없는 심한 말들을 퍼붓고는 손에 들고 있던 몽둥이로 그녀의 얼굴을 내리쳤습니다. 저는 몸을 날려 부지깽이를 집었고, 그렇게 해서 서로가 정정당당히 맞서게 되었습니다.

이 팔을 보시기 바랍니다. 녀석이 처음으로 가한 일격의 흔적이 남아 있습니다. 다음은 제 차례였습니다. 저는 녀석을 마치 썩은 호박처럼 후려쳐 쓰러뜨렸습니다. 제가 후회하고 있을 것이라 생각하십니까? 천만에요! 녀석 아니면 제가 죽어야 했을 겁니다. 아니, 녀석이 죽지 않으면 그녀가 목숨을 잃을 판이었습니다. 제가 어찌 그녀를 그 미치광이의 손에 맡겨둘 수 있었겠습니까? 그렇게 해서 저는 녀석을 죽이게 된 겁니다. 제가 잘못한 걸까요? 여러분께서 저와 같은 입장에 처하셨다면 어떻게 하셨겠습니까?

그 남자에게 맞은 순간 그녀가 비명을 질렀기에 하녀인 테레자가 위층에서 내려왔습니다. 찬장에 와인 병이 하나 있기에 저는 그것을 따서 충격으로 반은 죽은 사람처럼 되어버린 메리에게 마시게 했습니다. 그리고 저도 한 모금 마셨습니다. 테레자는 참으로 침착해서, 이번 이야기는 저뿐만 아니라 테레자도 함께 만들어낸 것입니다. 모든 일을 강도의 소행이라 꾸미기로 했습니다.

테레자는 둘이서 만들어낸 이야기를 몇 번이고 거듭해서 메리에게 들려주었고 그러는 동안 저는 장식장 위로 올라가 벨의 끈을 끊었습니다. 그런 다음 그녀를 의자에 앉혀 묶은 뒤, 끈 한쪽을 긁어 자연스럽게 끊어진 것처럼 보이게 했습니다. 그렇게 하지 않으면 강도는 대체 어떻게 그곳까지 올라가 끈을 끊었을까 의심을 받게 되기 때문입니다. 다음으로 저는 은 식기를 몇 개 꺼내 강도가 한 짓처럼 꾸미고, 제가 떠난 지 15분쯤 지나면 소란을 피우라고 한 뒤 거기서 나왔습니다. 그리고 은 식기를 연못에 던져넣고 나서 일생일대의 대사업을 해낸 듯한 기분에 잠겨 시드넘으로 돌아갔습니다. 홈즈 씨, 이것이 진상입니다. 제 목을 걸 수도 있습니다. 이것이 사건의 진상입니다."

홈즈는 한동안 말없이 담배를 피우다가 마침내 방을 가로질러 다가가 방문객과 악수를 했다.

"내가 생각하고 있던 대로네요."라고 그가 말했다. "당신의 말이 전부 진실이라는 것은 알고 있어요. 내가 모르는 사실은 거의 하나도 말하지 않았으니까요. 곡예사나 뱃사람이 아니면 가로대에 올라가 그 벨에 손을 댈 수는 없었을 것이고, 또 뱃사람이 아니면 의자에 그런 매듭으로 끈을 묶을 수는 없었을 테니까요. 그 부인이 뱃사람과 접촉할 기회가 있었던 것은 영국으로 올 때의 항해 도중뿐이었어요. 그리고 그 뱃사람은 틀림없이 부인과 같은 계급의 사람이었어요. 왜냐하면 부인은 그 사람을 끝까지 감싸려 했으며, 사랑하고 있다는 사실을 분명히 내보였으니까요. 일단 정확한 단서를 잡았으니 그것을 따라 거슬러 올라가 당신을 찾아내기란 그리 어려운 일이 아니었어요."

"저희의 책략을 경찰은 절대로 꿰뚫어보지 못할 것이라 생각했습니다."

"맞아요, 경찰은 아직 사실을 몰라요. 앞으로도 알아내지 못할 거라 생각하고 있어요. 하지만 크로커 선장, 당신은 어떤 사람이라도 참을 수 없을 만큼 참으로 극단적인 도전을 받았기에 그런 행동을 한 것이니 그 점에 대해서는 나도 달리 할 말이 없지만, 그래도 이건 참으로 심각한 문제에요. 당신의 행동이 과연 정당방위로 인정받을 수 있을지 나는 잘 모르겠어요. 어쨌든 그건 영국의 배심원들이 결정할 문제에요. 하지만 나는 당신을 가엾게 생각하고 있으니 당신이 지금부터 24시간 안에 모습을 감추려 한다면 누구도 방해하지 않을 거라고 약속할 수 있어요."

"그 후에 모든 사실을 발표하실 생각이십니까?"

"아마도 그럴 거예요."

뱃사람의 얼굴이 분노로 붉게 물들었다.

"사내대장부에게 그 무슨 제안을 하시는 겁니까? 제게도 그렇게 하면 메리가 공범으로 잡혀갈 것이라는 사실을 알 수 있을 만큼의 법률적 지식은 있습니다. 그녀에게 모든 책임을 떠넘기고 저 혼자 몰래 도망칠 줄 알았습니까? 생각할 수도 없는 일입니다. 홈즈 씨, 저는 무슨 일을 당해도 상관없으니 가엾은 메리만은 법정에 서지 않도록 방법을 강구해주시기 바랍니다."

홈즈가 뱃사람에게 다시 손을 내밀었다.

"당신을 시험해본 것뿐이오. 당신의 말에는 언제나 진실이 묻어 있소. 아아, 이거 아무래도 내가 커다란 책임을 지게 된 것 같군. 하지만 홉킨스에게는 가장 커다란 힌트를 주었으니, 그가 그것을 이용하지 못한다면 나로서도 더 이상은 해줄 수 있는 일이 없어. 그러니 크로커 선장, 우리끼리 법률상의 정식 절차를 밟아 이렇게 하도록 하죠. 당신은 피고에요. 왓슨, 자네는 배심원일세. 자네만큼 배심원에 어울리는 사람은 본 적이 없으니까. 그리고 나는 판사야. 자, 배심원 여러분 이것으로 증언을 마치겠습니다. 피고는 유죄입니까, 무죄입니까?"

"무죄입니다, 재판장님."하고 내가 말했다.

"국민의 목소리는 신의 목소리입니다. 크로커 선장, 당신을 석방하겠습니다. 법이 다른 희생자를 찾아내지 않는 한 당신은 저 때문에 자유를 빼앗길 염려는 없습니다. 1년 뒤에 그 여성에게로 돌아가도록 하세요. 오늘밤 우리가 내린 판결이 옳았다는 사실을 그녀와 당신의 미래로 증명해주기 바랍니다!"

두 번째 얼룩
THE SECOND STAIN

셜록 홈즈의 공적을 기록하여 발표하는 것도 '애비 장원'의 사건을 마지막으로 그만두려 하였다. 이야기의 소재가 떨어졌기 때문에 그런 결심을 하게 된 것은 아니었다. 지금까지 언급한 적은 없었지만 아직도 몇 백 개나 되는 사건의 기록들을 가지고 있다. 그렇다고 해서 홈즈라는 뛰어난 인물의 특이한 성품, 독특한 수사방법에 독자들이 흥미를 잃은 것도 아니다.

자신의 경험이 차례차례 발표되는 것을 홈즈가 별로 달갑게 여기지 않았다는 것이 그 이유의 대부분이었다. 홈즈가 탐정이라는 일을 계속하고 있었다면 자신이 멋지게 사건을 해결하는 내용에 대한 기록은 어느 정도 그에게 도움이 되기도 했을 것이다. 하지만 홈즈는 탐정 일에서 완전히 손을 떼고 런던을 떠나 서섹스 주의 구릉지대로 옮겨가서 살고 있었다. 거기서 그는 연구와 양봉에만 몰두하고 있었기 때문에 유명하다는 것은 오히려 생활에 방해만 될 뿐이었다. 따라서 자신의 모험담을 발표하면 자신이 아주 난처해진다는 것이었다.

하지만 '두 번째 얼룩'은 언젠가 때가 오면 반드시 발표를 하겠다고 약속을 한 적이 있었고, 오랫동안 계속되어 온 이 이야기를, 홈즈가 지금까지 관여해왔던 사건들 중에서도 가장 중요한 국제적 사건으로 끝맺는 것이 좋을 것이라는 말로 간신히 그를 설득하여, 사건의 설명에 세심한 주의를 기울이겠다는 조건하에 발표해도 좋다는 허락을 받아냈다. 따라서 독자 여러분께서는 이야기의 사소한 부분에 조금 애매한 면이 있다 하더라도 그렇게 쓸 수밖에 없는 이유가 있었던 것이라고 이해해주기 바란다.

그런 이유로 정확한 연대를 밝힐 수는 없지만……, 1800년대 어느 해 가을의 한 화요일 아침이었다. 전 유럽이 알고 있을 정도로 유명한 사람 둘이 베이커 가에 있는 우리의 보잘것없는 방을 방문했다. 한 사람은 그 콧날 모양 그대로 독수리처럼 날카로운 눈빛을 가진 엄숙한 사람이었다. 지위가 아주 높은 사람으로, 두 번째 영국 수상의 자리에 올라 그 직무를 수행하고 있는 벨린저 경이었다. 나머지 한 사람은 가무잡잡한 피부에 얼굴이 단정하고 기품 있어 보이는 인물이었는데 아직 중년에 들었다고도 할 수 없는 나이였다. 몸도 마음도 오만한 사람이었다. 이 사람은 유럽담당부서의 장관으로 우리나라에서 가장 촉망받는 젊은 정치가 트렐로니 호프였다.

두 사람은 신문이 어지러이 놓여 있는 소파에 나란히 앉았다. 근심 어린 두 사람의 여원 얼굴을 보고 매우 급히 처리해야

할 커다란 문제가 있어서 찾아온 것이라는 사실을 쉽게 알 수 있었다. 수상은 파란빛이 도는 여윈 손에 상아로 만든 우산의 손잡이를 단단히 쥐고 있었다. 그리고 피곤에 지친 수행자와 같은 얼굴로 홈즈에게서 나에게로 시선을 옮겼다. 유럽담당 장관은 신경질적으로 수염을 잡아당기며 시곗줄에 매달려 있는 도장을 초조한 듯 만지작거리고 있었다.

"홈즈 씨, 오늘 아침 8시에 그것이 없어졌다는 사실을 확인하자마자 바로 수상에게 보고를 했습니다. 이렇게 둘이서 방문하기로 한 것은 수상님의 생각이십니다."

"경찰에는 알렸나요?"

"아니 알리지 않았네. 앞으로도 경찰에 알릴 생각은 없어. 경찰에 알린다는 것은 공표한다는 것과 다름없는 일인데 무슨 일이 있어도 공표만은 할 수가 없네."

수상이 곧바로 단호하게 말했다. 이것은 누구에게나 잘 알려진 수상의 특색 있는 태도였다.

"그건 어째서죠?"

"문제의 서류가 매우 중요한 것이기 때문에 그 사실이 공표되면 유럽에 중대한 분쟁이 일어나게 될 걸세. 전쟁이냐 평화냐, 그것이 이 문제에 달려 있다고 말해도 과언은 아닐 걸세. 가령 그것을 찾는다 해도 그 비밀이 새나가는 것을 막지 못한다면 차라리 찾지 않는 것이 낫다고 말할 수 있을 정도라네. 왜냐하면 그것을 훔쳐간 자들의 목적은 오직 그 내용을 밝히는 것에 있을 테니까."

"알겠습니다. 그럼, 트렐로니 호프 씨. 괜찮다면 그 서류가 없어졌을 때의 정황을 정확하게 말씀해주시기 바랍니다."

"특별히 복잡한 사정이 있는 것은 아닙니다. 외국의 한 유력자가 보낸 편지인데 6일 전에 도착했습니다. 매우 중요한 편지였기 때문에 창고에 넣어두지 않고 화이트홀 테라스에 있는 저희 집으로 가져가서 서류 상자에 넣고 자물쇠를 채워 침실에 두었습니다. 어젯밤까지만 해도 틀림없이 침실에 있었습니다. 틀림없습니다. 만찬에 출석해야만 했기 때문에 채비를 갖추면서 상자를 열어 그 안에 편지가 있는 것을 제 눈으로 확인했으니. 그런데 오늘 아침에 보니 감쪽같이 사라져버렸습니다. 서류 상자는 화장대 거울 옆에 두었습니다. 저는 잠을 깊이 자지 못하는 편이고 아내도 마찬가지입니다. 어젯밤에는 그 누구도 방에 들어오지 않았었다고 두 사람 모두 단언할 수 있습니다. 그런데, 거듭 말씀드리지만 편지가 감쪽같이 사라져버렸습니다."

"어젯밤, 몇 시에 식사를 하셨나요?"

"7시 30분입니다."

"식사 후, 얼마나 시간이 지나서 잠자리에 드셨나요?"

"아내가 극장에 갔었기 때문에 저는 아내가 돌아오기를 기다리고 있었습니다. 저희가 침실에 들어간 것은 11시 30분이 조금 지나서였습니다."

"그렇다면 4시간 동안 편지를 지키는 사람이 없었다는 얘기군요."

"하지만 하인들은 함부로 침실에 들어오지 못하도록 하고 있습니다. 단, 아침에는 청소를 하러 하녀가 들어오고, 집사와 아내의 몸종이 때때로 들어오기는 합니다. 침실에 들어 올 수 있는 이들 세 사람은 어제 오늘 고용한 이들이 아니며 전부 믿을 만한 사람들입니다. 그리고 그들 중 누구도 제 서류 상자 안에 통상적인 문서 외에 다른 중요한 문서가 들어 있었다는 사실을 알지 못했을 겁니다."

"누가 그 편지가 있었다는 걸 알고 있었죠?"

"집에서 아는 사람은 아무도 없었습니다."

"부인도 모르셨다는 말씀인가요?"

"네, 몰랐습니다. 오늘 아침에 편지가 없어지고 나서야 비로소 알게 되었습니다."

수상이 만족스럽다는 듯이 고개를 끄덕였다.

"자네가 공무에 충실하다는 사실은 전부터 알고 있었네. 그렇게 중요한 문제는 가족에게도 얘기하지 않을 것이라고 확신하고 있었네."

유럽담당 장관이 인사를 하며 말했다.

"그 말씀에 부끄럽지 않을 만큼은 소임을 다했다고 생각합니다. 그 일에 대해서는 오늘 아침까지, 아내에게도 말을 하지 않았습니다."

"부인께서 눈치 채실 만한 일이 있었던 건 아닌가요?"

"아니요, 홈즈 씨. 아내뿐만 아니라 그 누구도 편지가 거기 있으리라고는 생각지 못했을 겁니다."

"지금까지 서류를 분실하신 적이 있었나요?"

"없었습니다."

"영국에서는 누가 그 편지에 관해서 알고 있나요?"

"어제 각료 전원에게 알렸습니다. 말할 필요도 없이 각료회의에서 나온 얘기는 절대로 발설해서는 안 됩니다. 특히 어제 같은 경우에는 특별히 비밀을 지켜야 한다고 수상 각하께서 엄격하게 주의까지 주셨습니다. 그런데 그로부터 몇 시간도 지나지 않아서 내가 편지를 잃어버릴 줄이야."

장관의 훌륭한 얼굴이 절망에 휩싸여 일그러졌다. 그리고 두 손으로 머리카락을 쥐어뜯었다. 짧은 동안 지금까지 숨겨져 있던 인간의 참모습, 감정적이고 정열적이며 매우 예민한 인간의 모습을 우리는 볼 수 있었다. 하지만 곧 귀족적인 표정으로 되돌아왔으며, 목소리도 다시 온화해졌다.

"각료 외에도 두 사람, 아니 아마도 세 사람, 이 편지에 대해서 아는 관리들이 있습니다. 그 외에 이 편지에 대해서 아는 영국 사람은 아무도 없습니다."

"그럼, 외국에서는?"

"편지를 쓴 당사자 외에는 내용을 본 사람이 없을 겁니다. 그 나라의 각료들도 보지 못했을 것이라고 확신합니다. 통상적인 경로를 통해서 전달된 편지가 아니니까요."

홈즈가 한동안 생각에 잠겼다.

"지금부터는 조금 자세한 상황에 대해서 묻고 싶은데, 그 편지는 어떤 편지이며 왜 그 편지가 없어지면 중대한 사태가 벌어진다는 거지요?"

순간 두 정치가가 서로의 얼굴을 마주보았다. 잠시 후, 수상이 굵은 눈썹을 찌푸리며 말했다.

"홈즈, 봉투는 길고 얇은 것으로 옅은 푸른색이었네. 붉은 밀랍으로 봉해져 있었고 웅크리고 있는 사자가 찍혀 있었어. 받는 사람의 이름은 크고 굵은 글씨로 적혀 있었는데……."

"그런 세세한 부분도 틀림없이 흥미로운 점이며 잊어서는 안 되는 부분이기도 하지만 나는 좀 더 근본적인 얘기를 듣고 싶습니다. 그 편지는 어떤 내용이었습니까?"

"이건 매우 중요한 국가기밀이기 때문에 자네에게 말할 수도 없고, 또 말할 필요도 없을 것으로 생각되는데……. 자네가 가지고 있다고 알려진 그 신비한 힘을 사용해서 조금 전에 말한 것과 같은 봉투를 내용물과 함께 찾아준다면 자네는 우리나라를 위해서 매우 커다란 일을 한 것이 되며, 그에 대한 보답으로 가능한 한 최고의 예를 표하겠네."

셜록 홈즈가 미소를 지으며 자리에서 일어났다.

"두 분 모두, 이 나라에서 가장 바쁘신 분들일 것입니다. 그런 두 분에게 비할 바는 아니지만 나 역시도 나름대로 여기저기서 부름을 받고 있습니다. 이번 건에 도움을 드리지 못한 점 진심으로 안타깝게 생각합니다. 더 이상 얘기해봐야 시간만 낭비할 것 같습니다."

수상이 자리에서 일어났다. 움푹 들어간 눈이 날카롭게 빛나고 있었다. 그의 그런 눈빛 앞에서는 모든 각료들이 쩔쩔맨다고 알려진 바로 그 눈빛이다.

"내 일찍이 이런 경우는……."

여기까지 말한 수상이 분노를 억누르고 다시 의자에 앉았다. 한동안 아무도 입을 열지 않았다. 잠시 후, 늙은 정치가가 어깨를 떨어뜨리고 말했다.

"자네의 조건을 수용하지 않을 수 없군. 자네의 말이 맞네. 완전히 신용하지도 못하면서 우리를 위해 일해 달라는 건 이치에 맞지 않는 얘기지."

"지당하신 말씀이십니다."

젊은 정치가도 그 말에 동의했다.

"그럼 홈즈와 왓슨 박사를 믿고 얘기하도록 하겠네. 이 내용이 외부로 새어나가면 우리나라는 매우 심각한 사태를 맞이하게 되니 두 사람의 애국심에도 그 사실을 호소하고 싶네."

"저희를 믿어주시기 바랍니다."

"그 편지라는 건 외국의 한 국왕으로부터 받은 것일세. 그 분께서는 우리 영국의 식민지정책에 불만을 품고 스스로의 책임하에 급히 편지를 쓰셨어. 조사해본 바에 따르면 그 나라의 수상도 그 편지에 대해서는 전혀 모르고 있더군. 난처하기 짝이 없는 내용으로 그중에는 매우 자극적인 문장도 들어 있어서 만약 그것이 공표되면 우리나라의 국민감정을 거스르는 사태로까지 발전될 우려가 있네. 여론이 들끓어 올라 편지가 공표된 지 일주일 안에 전쟁에 휩싸이게 될 거야."

홈즈가 쪽지에 한 사람의 이름을 써서 수상에게 건네주었다.

"맞네. 바로 이 사람이야. 그 편지……, 그 편지에 막대한 전쟁비용과 수많은 사람들의 목숨이 달려 있어……. 그런데 그 편지가 감쪽같이 사라진 거야."

"편지를 보낸 분에게 이 소식을 알렸습니까?"

"암호로 전보를 보냈네."

"그분은 편지의 공표를 바라고 계십니까?"

"아닐세, 잠시 화가 치밀어 올라 분별없는 행동을 했다고 후회하고 계실 걸세. 편지가 공개되면 치명타를 입게 되는 건 우리나라가 아니라 저쪽 나라니까."

"그럼, 그 편지를 폭로하면 누가 이익을 얻게 됩니까? 대체 누가 편지의 공개를 바라고 있는 겁니까?"

"그 질문에 답하려면 복잡한 국제정치에 대해서 얘기하지 않을 수 없네. 유럽의 현 상황을 생각해보면 쉽게 그 동기를 알 수 있을 거야. 지금 유럽은 전체가 무장한 군인들의 주둔지라고도 할 수 있어. 두 개의 진영으로 나뉘어 있는데 서로가 팽팽한 힘의 균형을 이루고 있는 상태지. 그런데 우리 영국은 그 두 진영 중 어디에도 속하지 않고 중립을 유지하고 있어. 만약 우리나라가 그 어느 한쪽 진영의 나라와 전쟁을 시작하게 되면 다른 쪽 진영은 굳이 참전하지 않더라도 유리한 입장에 서게 돼."

"그러니까, 편지를 쓴 국왕의 나라와 우리나라와의 관계를 악화시키기 위해서 편지를 훔쳐 공표하면 편지를 쓴 국왕의 적이 유리해진다는 말씀이시군요."

"그렇다네."

"그 편지가 적의 손에 넘어간다면 누구의 손에 넘어갈 것으로 보입니까?"

"유럽의 고관이라면 누구라도 상관없네. 지금 이 순간도 누군가에게 빠른 속도로 전해지고 있을 거야."

트렐로니 호프 씨가 고개를 떨어뜨리며 커다란 신음소리를 올렸다. 수상이 그의 어깨에 손을 올리고 부드럽게 말했다.

"운이 없었을 뿐이야. 누구도 자네를 책망할 수는 없어. 자네는 충분히 주의를 기울였어. 홈즈, 이것으로 내 얘기는 끝인데 자네는 어떻게 생각하는가?"

홈즈가 안타깝다는 듯이 고개를 흔들었다.

"편지를 되찾지 못하면 전쟁이 일어날 것이라고 생각하십니까?"

"그럴 가능성이 매우 높네."

"그럼 전쟁에 대한 준비를 해두십시오."

"그건 너무 절망적이지 않은가?"

"현실을 직시하십시오. 편지를 도둑맞은 건 밤 11시 30분 이전입니다. 11시 30분 이후부터 편지가 사라진 것이 발견되기 전까지는 장관님과 부인이 그 방에 계셨으니. 따라서 편지를 훔친 것은 어젯밤 7시 30에서 11시 30분 사이, 틀림없이 7시 30분에 가까운 시각일 겁니다. 훔친 사람이 누구든, 범인은 편지가 있는 곳을 미리 알고 있었을 것이며, 가능한 한 빨리 손에 넣으려 했을 테니까요. 그렇게 이른 시각에 편지가 사라졌다면 지금은 어디쯤에 있겠습니까? 편지를 손에 쥐고 있을 이유는 어디에도 없습니다. 편지를 원하는 사람에게 급히 보냈을 겁니다. 지금 우리에게는 그 편지를 쫓을, 아니 편지의 뒤를 따라갈 기회조차도 없습니다. 그건 불가능한 일입니다."

수상이 의자에서 일어나며 말했다.

"자네 말이 맞네, 홈즈. 사태는 이미 우리의 손이 닿지 않는 곳까지 번지고 말았어."

"얘기를 계속하기 위해서, 하녀나 집사가 편지를 훔쳤다고 가정하겠……."

"두 사람 모두 오랫동안 일해오던 믿을 만한 사람입니다."

"호프 씨, 침실은 3층에 있기 때문에 외부에서 직접 안으로 들어갈 수는 없으며, 내부에서 그러니까 집 안을 통해서 들어가면 사람들의 눈에 띄게 돼요. 따라서 외부인의 범행이 아니라 집안사람이 훔친 게 틀림없어요. 대체 누구를 위한 범행이었을까? 국제적인 스파이나 비밀 첩보원을 위해서였을 거예요. 어쨌든 그 이름을 들으면 금방 알 수 있을 만한 사람일 거예요. 그런 일을 하는 사람 중 요주의 인물이 세 명 있어요. 나는 그 사람들에 대한 탐문수사를 시작해 그들 중 지금 움직이고 있는 사람이 있는지 조사해보도록 하지요. 만약 누군가가 행방이 묘연해졌다, 특히 어젯밤부터 모습을 감춘 사람이 있다면 편지의 행방도 알아낼 수 있을 겁니다."

"그 사람이 왜 행방을 감출 거라고 생각하십니까? 그 사람은 틀림없이 런던에 있는 다른 나라의 대사관으로 편지를 들고 갔을 겁니다."

유럽담당 장관이 반론을 펼쳤다. 홈즈가 대답했다.

"그렇게 하지는 않았을 거예요. 그런 종류의 스파이들은 독자적으로 일을 하고 있어요. 대사관과의 관계가 꼭 좋다고만은 할 수 없어요."

수상이 고개를 끄덕였다.

"홈즈, 자네의 말이 맞네. 그렇게 귀중한 사냥감을 손에 넣었으니 틀림없이 직접 본부로 가져갔을 거야. 아주 훌륭한 계획이야. 자, 호프. 이 불행한 사건에 마음을 빼앗겨 다른 일들을 방치해둘 수는 없지 않은가. 날이 어두워지기 전에 사건에 변화가 일어나면 홈즈에게 알리기로 하세. 자네도 조사를 통해서 알아낸 것이 있으면 우리에게 알려주게나."

두 정치가는 인사를 한 뒤, 엄숙한 태도로 방에서 나갔다.

이 유명한 손님들이 떠나자 홈즈는 파이프에 불을 붙이고 잠시 동안 아무런 말도 하지 않은 채 의자에 앉아 생각에 잠겼다. 나는 신문을 펼쳐들고 어젯밤 런던에서 일어났던 놀라운 범죄에 대한 기사를 읽었다. 그 순간 홈즈가 커다란 소리를 지르며 자리에서 벌떡 일어나더니 파이프를 벽난로 위 장식장에 올려놓았다.

"그래 그게 가장 좋은 방법이야. 상황은 아주 좋지 않지만 희망이 전혀 없는 것도 아니야. 그 세 명 중 누가 훔쳤는지 그것만 확인하면 아직도 그 녀석이 편지를 손에 쥐고 있을 가능성도

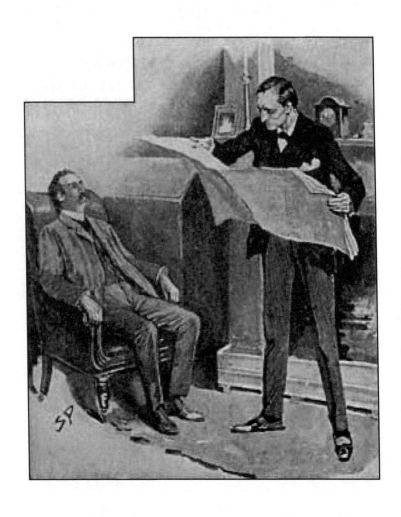

있어. 그런 사람들은 결국 돈을 위해서 그런 짓을 하는 거야. 그리고 내 뒤에는 영국의 재무부가 버티고 있어. 팔려고 내놨다면 사들이면 돼. 그것 때문에 소득세가 조금 늘어난다 할지라도. 적에게 넘기기 전에 우리가 얼마만큼의 금액을 매길지 기다리고 있을지도 모르니까. 이렇게 큰 범행을 저지를 수 있는 녀석은 그 셋뿐이야. 오버스타인, 라 로티에르, 에두아르도 루카스. 이 셋을 만나봐야겠어."

나는 손에 들고 있던 신문을 뚫어져라 쳐다봤다.

"고돌핀 가에 살고 있는 에두아르도 루카스를 말하는 건가?"

"맞아."

"그 녀석은 만날 수 없을 거야."

"왜 만날 수 없다는 거지?"

"어젯밤 집에서 살해당했어."

지금까지의 모험에서는 홈즈 때문에 내가 몇 번이고 놀랐었지만, 이번에는 내가 홈즈를 깜짝 놀라게 해주었다고 생각하니 기뻐서 견딜 수가 없었다. 홈즈가 의자에서 벌떡 일어났을 때, 나는 다음과 같은 기사를 읽고 있었다.

「웨스트민스터 살인사건

어젯밤, 이상한 사건이 고돌핀 가 16번지에서 일어났다. 고돌핀 가는 템스 강과 웨스트민스터 성당 사이에 위치, 18세기 양식의 고풍스러운 집들이 늘어선 한적한 거리로 국회의사당 첨탑 밑에 자리 잡은 곳이다. 그곳의 그다지 크지는 않지만 고급스러운 주택에 에두아르도 루카스라는 사람이 살고 있었다. 사람을 끌어

당기는 묘한 힘이 있었으며, 아마추어 중에서는 영국에서 가장 뛰어난 테너가수 중 한 사람이었기에 사교계에서는 그의 이름이 꽤 알려져 있다. 루카스 씨는 34세, 독신으로 나이 든 가정부 프링글 부인과 집사 미턴 씨와 함께 생활하고 있었다.

중년 가정부는 언제나 이른 시각에 위층에 있는 자신의 방으로 올라간다. 집사는 햄머스미스에 살고 있는 친구를 만나기 위해 외출을 했었다. 오후 10시 이후, 그 집에는 루카스 씨밖에 없었다. 그 사이에 무슨 일이 있었는지는 아직 조사 중이지만, 11시 45분에 고돌핀 가를 지나던 경찰 배렛이 16번지에 있는 그 집의 문이 반쯤 열려 있는 것을 목격했다. 배렛이 문을 두드렸으나 아무런 대답도 없었다. 정면에 있는 방에 불이 켜져 있었기에 경찰은 안으로 들어가 그 방의 문도 두드려보았지만 역시 대답은 없었다. 문을 열고 안으로 들어가 보니, 방 안은 아수라장이었다. 가구는 전부 한쪽에 모여 있었으며, 한가운데 의자가 쓰러져 있었다. 그 옆으로 의자의 한쪽 다리를 쥔 채 이 집의 주인이 쓰러져 있었다. 심장을 찔린 것으로 보아 즉사한 것으로 보인다.

흉기는 칼날이 휜 인도의 단검. 벽에 장식해둔 동양 무기 중 하나였다. 단순한 절도로는 보이지 않는다. 방 안에 있던 값진 물건에는 전혀 손을 대지 않았다. 에두아르도 루카스 씨는 매우 지명도가 높고 인기가 있었기 때문에, 이 끔찍하고 이상한 죽음에 많은 친구들이 깊은 애도의 뜻을 전하고 있다.」

"왓슨, 그 기사를 읽은 자네의 생각은 어떤가?"
한동안 말이 없던 홈즈가 이렇게 물었다.

"정말 놀라운 우연의 일치 아닌가?"

"모르는 소리. 이번 사건에 관련됐을지도 모른다고 생각한 세 사람 중 한 사람이 바로 사건이 있었던 그 시간에 살해당했어. 우연의 일치가 아니야. 이건 틀림없어. 두 사건은 서로 연관이 있어. 맞아, 틀림없이 연관이 있어. 그 연결고리를 찾는 게 내 일이야."

"하지만 이미 경찰에서 모든 걸 조사하지 않았을까?"

"모든 걸 조사하지는 못했을 거야. 고돌핀 가에서의 사건은 경찰이 모든 것을 알고 있겠지. 하지만 양쪽 모두를 알고 있는 사람은 나밖에 없어. 이 두 사건을 하나로 묶어 연관 지을 수 있는 사람은 나밖에 없다고. 그리고 루카스가 의심스러운 점이 한 가지 있네. 웨스트민스터의 고돌핀 가와 화이트홀은 걸어서 겨우 몇 분밖에 걸리지 않는 곳에 있어. 내가 이름을 거론한 스파이 중 나머지 둘은 저 멀리 웨스트엔드에 살고 있어. 그러니까 루카스는 다른 녀석들보다는 훨씬 더 용이하게 유럽담당 장관의 집과 연락을 주고받을 수 있지. 그리 대단한 일이 아닐 수도 있지만 2, 3시간 동안에 연속해서 일어난 사건이니 무시할 수는 없어. 어? 누군가 온 것 같은데."

허드슨 부인이 여자의 명함이 올려진 동그란 접시를 들고 들어왔다. 그것을 힐끗 쳐다본 홈즈가 놀란 표정을 지어 보이더니 내게 명함을 건네주었다.

"힐더 트렐로니 호프 부인에게 죄송하지만 이곳으로 올라오라고 전해주세요."

우리의 보잘것없는 아파트는 그날 아침 이미 굉장한 영광을

누렸는데 거기에다 런던에서 가장 아름다운 사람의 방문까지 받게 된 것이다. 벨민스터 공작의 막내딸이 아름답다는 얘기는 이미 헤아릴 수도 없이 들어온 터였다. 그 아름다운 얼굴의 극히 미묘한 매력과 표정은 귀로 듣거나 흑백사진으로 본 것 이상이었다.

그런데 그 가을의 아침, 보는 이의 시선을 끈 것은 아름다움이 아니었다. 뺨이 아름답기는 했지만, 고조된 감정 때문에 파랗게 질려 있었다. 눈이 빛나기는 했지만, 무엇인가에 홀린 듯한 빛이었다. 신경질적으로 보이는 입매는 자신을 억제하기 위해서인지 굳게 닫혀 있었다. 그 아름다운 방문자가 마치 액자에 들어 있는 그림처럼 열린 문가로 들어선 순간 우리의 시선을 빼앗은 것은 아름다움이 아니라 두려움에 떨고 있는 모습이었다.

"홈즈 씨, 남편이 다녀갔었죠?"

"네, 왔다가셨어요."

"제가 여기 왔었다는 걸 남편에게는 비밀로 해주세요."

침착한 태도로 고개를 끄덕인 홈즈는 의자에 앉으라고 부인에게 몸짓을 해보였다.

"내가 아주 난처한 입장에 처하게 됐군요. 자, 의자에 앉아서 원하시는 게 뭔지 말씀해보세요. 하지만 특별한 이유가 없다면 그런 약속은 할 수 없어요."

그녀는 당당하게 방을 가로질러가 창을 등지고 앉았다. 여왕이 앉아 있는 듯했다. 키가 크고, 우아하며, 매우 여성스러웠다.

하얀 장갑을 낀 손을 쥐었다 폈다 하며 그녀가 말했다.

"홈즈 씨…… 솔직하게 말씀드리겠어요. 그러면 당신도 솔직하게 말씀해주실 것이라고 믿고 있으니까요. 남편과 저는 진심으로 서로를 믿고 있으며 서로를 이해하고 있어요. 정치에 관한 일만 제외한다면. 남편은 정치에 관해서는 굳게 입을 다물고 있어요. 아무런 말도 하질 않아요.

어젯밤, 우리 집에서 매우 불행한 일이 일어났었다는 걸 저는 잘 알고 있어요. 편지가 없어졌다는 사실을. 그런데 정치에 관계된 일이기 때문에 남편은 아무런 말도 해주질 않아요. 저는 진상을 꼭 알아야만 해요. 무슨 일이 있어도. 정치가들을 빼면 진상을 알고 계시는 것은 당신뿐이에요. 그러니 홈즈 씨, 제발 부탁이에요. 무슨 일이 일어난 건지, 어떤 결과를 초래하게 되는 건지 가르쳐주세요. 전부를 말씀해주세요. 이번만은 의뢰자의 이익을 위해서 비밀을 지켜야 한다는 생각을 버려주세요. 남편도 알아줬으면 하는데, 정치를 포함한 모든 면에서 저를 믿는다면 남편에게도 커다란 이익이 될 거예요. 대체 뭘 도둑맞은 거죠?"

"부인, 그걸 말씀드릴 수는 없어요."

부인은 슬픈 소리를 내며 두 손에 얼굴을 묻었다.

"내 입장을 잘 이해하고 계시리라 생각합니다. 남편께서 이 일을 부인에게 알리지 않는 것이 좋겠다고 생각하고 계신데 직업상의 비밀을 지키겠다는 약속을 하고 알아낸 그 사실을, 남편과의 약속을 깨고 내가 부인께 말씀드릴 수는 없으니까요. 내게 물으신다면 나는 대답해드릴 수가 없어요. 남편께 여쭤보시는 게 옳은 것 같아요."

"이미 물어봤어요. 저도 여기에 쉽게 찾아온 것은 아니에요. 모든 사실을 가르쳐달라고는 하지 않겠어요. 딱 한 가지만 가르쳐

주시면 고맙겠어요."

"뭡니까? 부인."

"이번 사건으로 남편의 경력에 오점이 남게 될까요?"

"그렇습니다. 제대로 해결하지 못하면 그렇게 될 겁니다."

부인은 이제야 의문이 풀렸다는 듯 숨을 깊이 들이 쉬었다.

"아……, 한 가지만 더 묻겠습니다. 편지가 없어진 것을 처음 알았을 때, 남편이 문득 흘린 말에 의하면 이번 일로 끔찍한 일이 일어날지도 모른다던데……."

"남편께서 그렇게 말씀하셨다면 나도 부정하지는 않겠어요."

"어떤 일이 일어나나요?"

"부인, 그 질문에도 역시 답을 할 수가 없어요."

"알겠습니다. 더 이상 시간을 빼앗지 않겠습니다. 제게 비밀을 밝히지 않은 것을 원망하지는 않아요, 홈즈 씨. 당신도 저를 너무 나쁘게만 생각하지 말아주세요. 남편의 뜻에 어긋나기는 하지만 저는 그저 남편과 고통을 함께 나누고 싶었던 것뿐이에요. 다시 한 번 부탁드리겠는데, 제가 여기에 왔었다는 사실……, 비밀로 해주시기 바랍니다."

문 앞까지 갔던 부인이 뒤돌아 우리를 바라보았다. 그때의 괴로움에 잠긴 아름다운 얼굴, 겁먹은 듯한 눈빛, 굳게 다문 입술 등이 인상에 남아 있다. 그런 다음 부인은 밖으로 나갔다.

"왓슨, 여자에 대해서는 자네가 맡도록 하게. 저 아름다운 부인의 본심은 무엇이었을까? 대체 뭘 원했던 것일까?"

홈즈가 미소 지으며 말했다. 스커트가 바닥에 끌리는 소리가 멀어지더니 현관문 닫히는 소리가 들렸다.

"그녀의 말은 아주 명확했어. 걱정이 된다는 것도 아주 자연스러운 일이고."

"그녀의 모습을 생각해보게, 왓슨. 저 태도, 흥분을 감추고 있었으며, 침착하지 못했고, 아주 끈질기게 끝까지 캐물었네. 감정을 겉으로 드러내지 않는 계급 출신이면서도."

"아주 흥분한 상태였던 것만은 틀림없어."

"자신이 사건에 대해서 알면 남편에게 도움이 될 것이라고 몇 번이고 말했어. 그것도 아주 간절하게. 부인이 대체 왜 그런 말을 했을까? 그리고 부인이 창을 등지고 앉았던 것을 기억하고 있지? 자신의 표정을 숨기려 했던 거야."

"맞아. 일부러 그 의자에 가서 앉았지."

"대체 왜 그랬는지 그 이유를 알 수가 없군. 자네도 기억하고 있겠지? 같은 이유로 마게이트의 여자를 의심한 적이 있지 않았나? 그런데 알고 보니 얼굴에 분을 바르지 않아서 그랬던 거였지. 그런 말도 안 되는 사실들을 바탕으로 어떻게 추리를 할 수 있겠나. 아주 사소한 행동이 커다란 의미를 담고 있기도 하고, 머리핀이나 비녀 때문에 아주 이상한 행동을 하기도 하는 것이 여자인데. 그럼 왓슨, 이만."

"자네 외출할 생각인가?"

"고돌핀 가로 가서 경찰 나리들과 오전 시간을 보내야겠네. 이번 사건과 에두아르도 루카스와는 서로 관계가 있네. 아직 어떤 관계인지는 나도 잘 모르겠지만. 사실을 확인하지 않고 이론을 세우는 것은 커다란 실수라고 할 수 있지. 이곳을 부탁하겠네, 왓슨. 찾아오는 사람이 있으면 자네가 상대를 해주게나. 가능하다면 점심식사는 함께 하도록 하겠네."

그날 하루 종일, 그리고 그 다음 날, 그리고 또 그 다음 날까지도, 홈즈를 아는 사람이라면 말이 없는 상태, 홈즈를 모르는 사람이라면 기분이 좋지 않은 상태라고 말하는 그런 상태가 이어졌다. 서둘러 밖으로 나갔는가 싶으면 어느 틈엔가 돌아와 있었다. 줄담배를 피워대며 한바탕 바이올린을 켜다가 생각에 잠기곤 했다. 전혀 엉뚱한 시간에 샌드위치를 먹어대고, 가끔 무엇인가를 물어도 거의 대답을 하지 않았다. 수사가 뜻대로 진행되지 않는 것이 틀림없었다. 홈즈는 사건에 대해서 아무런 말도 하지 않았다.

나는 검시의 자세한 내용, 피해자의 집사인 존 미턴 씨의 체포와 석방 등 사건에 대한 일련의 내용을 신문을 통해서 알았다. 검시배심은 '고의적 살인'이라는 결론을 내렸지만 아직도 범인에 대해서는 아무것도 알아낸 것이 없었다. 살인의 동기도 확실하게 밝혀지지 않았다. 방 안에는 값진 물건들이 많았지만 모든 것들이 그대로 남아 있었다. 죽은 남자의 서류에도 전혀 손을 대지 않았다. 그 서류들을 자세히 조사해본 결과, 그 남자가 국제정치에 커다란 관심을 가지고 있었다는 사실, 여러 가지 소문을 수집하고 있었으며, 외국어에 능통하고, 수많은 편지를 썼다는 사실 등을 알 수 있었다. 그가 몇 개국의 정치가, 지도적 위치에 있는 사람들과도 친하게 지냈다는 사실도 알 수 있었다. 서랍 속에 가득 들어 있던 서류 중 특별히 눈에 띄는 것은 없었다.

수많은 여성과 사귀고 있었지만 특별히 깊은 관계를 맺고 있는 사람은 없었다. 아는 여자들은 많았지만 친하게 지내는 사람은 거의 없었으며, 사랑을 나누던 사람도 없었다. 규칙적인 생활을 했으며, 이상한 행동은 전혀 하지 않았다. 루카스의 죽음은 수수께끼 그 자체였으며 그대로 미궁에 빠지는 듯했다.

집사 존 미턴의 체포는 아무런 활약도 보이지 못한 경찰의 궁여지책에 불과했다. 알리바이는 완벽했다. 친구들과 헤어져 집으로 향한 것은 사건이 발견되기 전의 일이었지만 날씨가 좋았기 때문에 도중에 조금 산책을 하다 돌아왔다는 설명도 충분히 수긍이 가는 것이었다. 실제로 미턴은 12시에 집으로 돌아와 뜻밖의 참사에 매우 놀란 듯했다. 미턴과 주인인 루카스 사이에는 아무런 문제도 없었다. 피해자의 물건 몇 가지가, 특히 조그만 면도날케이스가 미턴의 상자 속에서 발견됐다. 하지만 그것은 주인에게서 받은 것이라고 했으며 가정부도 같은 말을 했다.

미턴은 루카스의 집에서 3년간 일을 해왔다. 대륙으로 갈 때 루카스는 미턴을 데리고 가지 않았다. 이것은 주목할 만한 점이었다. 때로는 3개월 동안이나 파리에서 머문 적도 있었지만 미턴은 고돌핀 가의 집을 맡아 관리하고 있었다. 그날 밤, 가정부는 이상한 소리를 전혀 듣지 못했다고 했다. 주인을 찾아온 사람이 있었다면 주인 스스로가 방까지 안내했을 것이라고 했다.

신문을 통해서 알게 된 바에 의하면, 사건이 발생한 지 3일이 지났는데도 조사에는 아무런 진전도 없었다. 홈즈는 그 이상의 사실들을 알고 있었을지도 모르겠지만 아무런 말도 하질 않았다. 나중에 들은 얘기지만, 레스트레이드 경감은 모든 사실을 홈즈에게 밝혔다고 했다. 따라서 홈즈는 사건에 관한 모든 것을 알고 있었을 것이다. 나흘째 되던 날, 모든 의문을 풀어줄 것으로 생각되는 소식이 파리에서 날아들었다. 『데일리 텔레그래프』지에 의하면 그 내용은 다음과 같았다.

「파리의 한 경찰이 지난 주 월요일, 웨스트민스터 가에서 살해된 에두아르도 루카스 씨의 비참한 죽음에 관한 수수께끼를 풀어줄 것으로 기대되는 발견을 했다. 피해자는 자신의 방에서 흉기에 찔려 숨진 채 발견되었고, 그의 집사가 용의자로 주목받고 있었지만 알리바이가 있었기 때문에 사건의 수사는 아무런 진전도 보이지 못했다.

어제, 오스테를리츠 가의 조그만 주택에서 살고 있는 앙리 푸르네이라는 사람의 부인의 정신이 이상해졌다고 하인들이 당국에 통보를 해왔다. 조사에 의하면 부인의 병은 매우 심각한 상태여서 치료될 가능성이 거의 없다고 한다. 이 부인은 런던에 갔다가 지난 주 화요일에 돌아왔는데 웨스트민스터 살인사건과 관계가 있다는 사실이 경찰의 조사에 의해서 밝혀졌다. 사진을 비교해보니 앙리 푸르네이 씨와 에두아르도 루카스 씨는 동일인물로, 이유는 알 수 없지만 런던과 파리에서 이중생활을 했던 것으로 밝혀졌다.

크리올 지방 출신인 부인은 쉽게 흥분하는 성격 때문에 과거에도 몇 번인가 질투심에 휩싸여 광란상태에 빠진 적이 있었다고 한다. 런던을 떠들썩하게 만든 끔찍한 범죄를 저지른 것도 이와 같은 발작 때문인 것으로 보인다. 부인의 일요일의 행적은 그리 명확하지가 않다. 하지만 화요일 아침, 채링 크로스 역에서 미친 듯한 여자가 난폭한 행동으로 사람들의 이목을 끈 일이 있었다. 그 여자의 인상착의가 푸르네이 부인과 일치한다. 따라서 이번 범죄가 광기 속에서 벌어진 것이거나, 혹은 이번 범죄 때문에 불행한 여자의 머리가 혼란스러워진 것이라 여겨진다.

지금, 부인은 지난 일을 정확하게 설명할 수 있는 상태가 아니다. 부인을 진찰한 의사들은 한결같이 입을 모아 부인이 회복될 가능이 없다고 말했다. 푸르네이 부인으로 보이는 여자가 월요일 밤에 고돌핀 가에 있는 피해자의 집을 몇 시간이고 바라보는 모습을 목격했다는 증언도 있다.」

"이 기사에 대해서 어떻게 생각하나, 홈즈."

나는 이 기사를 홈즈에게 읽어주었다. 그 사이 홈즈는 아침식사를 마쳤다.

"왓슨, 자네는 정말 인내심 강한 사람일세. 지난 3일 동안 자네에게 아무런 말도 하지 않았던 것은 특별히 들려줄 말이 없었기 때문이야. 파리에서 날아든 그 보고도 지금은 그리 커다란 도움이 되지 않네."

테이블에서 일어난 홈즈가 방 안을 서성이며 말했다.

"이번 사건을 해명하는 데 이건 결정적인 단서가 되지 않을까?"

"그 남자는 단순한 사고로 죽은 걸세. 처음 우리가 맡았던 일에 비하면 이건 아주 사소한 일에 불과해. 우리가 맡은 일은 편지를 찾아 유럽을 위기에서 구하는 것일세. 지난 3일간 중요한 일이 딱 한 가지 있었네. 그것은 아직 아무런 일도 일어나지 않았다는 거야. 나는 거의 1시간 간격으로 정부의 보고를 받고 있어. 걱정했던 일이 일어날 조짐을 보이는 곳은 유럽 어디에도 없어.

편지를 도둑맞았다면 이건 있을 수 없는 일이야. 하지만 도둑맞은 게 아니라면 편지는 대체 어디로 간 걸까? 누가 가지고 있는 걸까? 왜 공표하지 않는 걸까? 그런 의문들이 머릿속에 가득하다네. 편지를 도둑맞은 그날 밤 루카스가 죽은 건 우연의 일치에 지나지 않았던 것일까? 루카스는 편지를 손에 넣었을까? 그렇다면 왜 남아 있지 않았을까? 머리가 혼란스러워진 부인이 가지고 간 것일까? 그렇다면 파리에 있는 그녀의 집에 있는 걸까? 어떻게 해야 프랑스 경찰의 눈에 띄지 않고 찾아볼 수 있을까? 이런 경우 법률은 범죄자에게 뿐만 아니라 우리에게도 번거로운 것이 되지.

모든 것이 우리에게 불리하게 작용하고 있지만, 잘만 하면 거기서 어마어마한 이익을 얻을 수 있을 거야. 해결하기만 한다면 내 생의 더할 나위 없이 영예로운 경력이 될 거야. 아, 전선에서 날아온 최신 정보로군."

홈즈는 건네받은 메모를 서둘러 읽었다.

"레스트레이드가 흥미로운 걸 발견한 모양일세. 모자를 쓰게 왓슨. 웨스트민스터로 함께 가세."

처음으로 이번 사건의 현장에 가게 되었다. 지어진 연대에 어울리게 답답할 정도로 격식이 갖춰진 튼튼한 집이었다. 앞쪽에 있는 창에 불도그처럼 생긴 레스트레이드의 얼굴이 나타나 우리를 내려다봤다.

몸집이 커다란 경찰이 문을 열어 우리를 안으로 안내했다.

레스트레이드가 따뜻하게 우리를 맞으며 인사했다. 범행이 있었던 방으로 안내되었다. 카펫에 묻은 끔찍한 흔적을 제외하면 범행의 흔적은 어디에도 남아 있지 않았다. 그 카펫은 사각형의 조그만 인도산 융단으로 방의 한가운데 깔려 있었다. 융단 주위로는 아름답고 고풍스러운 사각형의 판자로 짠 바닥이 잘 손질되어 깨끗하게 펼쳐져 있었다. 난로 위에는 피해자가 수집한 멋진 무기들이 걸려 있었다. 그중 하나가 사건 당시 흉기로 사용되었던 것이다. 창가에 고급스러운 라이딩 데스크가 놓여 있었을 뿐만 아니라, 그림, 깔개, 커튼 등 그 방에 있는 모든 물건들이 놀라울 정도로 고급스러운 것이었다.

"파리에서의 소식을 들으셨습니까?"

레스트레이드가 물었다.

홈즈가 고개를 끄덕였다.

"이번에는 파리의 경찰도 한몫 거들 모양입니다. 그 소식은 전부 사실입니다. 그 여자가 문을 두드렸습니다. 깜짝 놀랐을 겁니다. 절대 안전한 곳이라고 생각했었을 테니까요. 밖에 세워둘 수도 없었기에 여자를 안으로 불러들였습니다. 여자는 이곳을 어떻게 찾아냈는지 설명하고 남자를 몰아세웠을 겁니다. 쉴 새 없이 남편을 공격하고 원망했을 겁니다. 그러다 가까이에 있던 단검을 쥐어들고 이곳을 아수라장으로 만들어버렸을 겁니다. 하지만 범행은 순식간에 일어난 게 아닙니다. 왜냐하면 모든 의자들이 저쪽 구석에 몰려 있었고 피해자는 그중 하나를 들어 여자를 막으려 했었던 것 같으니까요. 마치 현장을 목격했던 것처럼 모든 정황이 눈에 선합니다."

홈즈가 눈썹을 치켜 올렸다.

"그것 때문에 날 불렀나요?"

"아, 아닙니다. 다른 일이 좀 있어서. 아주 사소한 것이지만 당신이 흥미를 느끼실 만한 것이 발견되었기에…… . 기묘한, 달리 표현하자면 조금 뜻밖의 것입니다. 제 생각에 사건의 주요 내용과는 크게 관계가 없을 것으로 보이기는 하지만…… . 있을 리가 없을 겁니다."

"그게 뭔가요?"

"잘 아시는 바와 같이 이런 종류의 사건을 다룰 때는 범행의 흔적이 남아 있는 현장을 그대로 보존하는 데 힘을 기울입니다. 담당 경찰이 밤낮 이곳을 지켜보고 있었습니다. 오늘 아침에 피해자를 매장했고 수색도 어느 정도 끝났기에 이 방을 조금 정리해도 상관없겠다고 생각했습니다. 보시는 바와 같이 이 카펫은 바닥에 고정된 게 아닙니다. 그냥 깔아놓았을 뿐입니다. 그런데 이 카펫을 뒤집어보고 알게 된 사실이 있습니다."

"그래요? 어떤 사실이죠?"

기대감으로 홈즈의 얼굴이 굳었다.

"아무리 시간을 들여 생각한다 해도 이것만은 그 이유를 모르실 겁니다. 카펫에 묻은 혈흔은 전에 보신 적이 있으시죠? 대량의 피가 카펫으로 스며들었을 겁니다."

"맞아요."

"그런데 그 혈흔 밑에 있던 나무 바닥에는 피가 묻어 있지 않았습니다. 어떻습니까? 놀라셨죠?"

"피가 묻어 있지 않았다고요? 아니, 틀림없이 있었을 거예요."

"말씀하신 대로 묻어 있어야 하는 게 정상입니다. 그런데 없었습니다."

레스트레이드가 카펫의 한쪽 끝을 쥐었다. 그리고 카펫을 뒤집어 보였다. 틀림없이 자국은 남아 있지 않았다.

"그런데 카펫 뒤쪽에는 앞쪽과 마찬가지로 피가 묻어 있습니다. 그러니까 바닥에도 피가 묻어 있어야 정상인데."

레스트레이드는 유명한 탐정인 홈즈를 당황하게 만들었다는 점에 매우 만족 한 듯, 쿡쿡 소리 내어 웃었다.

"그럼, 계속 말씀드리겠습니다. 제2의 혈흔이 있습니다. 첫 번째 혈흔과는 일치하지 않습니다. 직접 확인하시기 바랍니다."

이렇게 말하며 레스트레이드가 카펫의 다른 부분을 뒤집었다. 그 밑에 있던 고풍스러운 바닥에 커다란 혈흔이 남아 있었다.

"어떻게 생각하십니까? 홈즈 씨."

"간단합니다. 두 개의 혈흔이 일치하지 않는다는 것은 카펫을 움직였다는 말이에요. 카펫은 정사각형이고 고정되어 있지 않으니 아주 간단한 일이었을 거예요."

"카펫을 움직였다는 사실을 알아내려고 당신에게 도움을 요청한 게 아닙니다. 그 정도는 우리도 잘 알고 있습니다. 보세요, 이렇게 움직이면 두 개의 혈흔이 완벽하게 일치합니다. 누가, 왜, 카펫을 움직였을까, 그걸 알고 싶은 겁니다."

홈즈의 굳은 표정을 통해서 그가 흥분하기 시작했다는 사실을 알 수 있었다.

"레스트레이드 씨, 저 복도에 있는 경찰이 이곳을 계속 감시하고 있었나요?"

홈즈가 물었다.

"맞습니다."

"그렇다면 내 말대로 하세요. 저 경찰을 철저하게 심문하도록 하세요. 우리가 있는 곳에서 해서는 안 돼요. 우리는 여기서 기다리고 있을 테니 뒤쪽에 있는 방으로 데려가세요. 우리가 없는 곳에서 해야만 솔직하게 대답할 거예요. 어떻게 이 방 안으로 사람을 들였는지, 그리고 왜 감시하지 않았는지를 물어보세요. 그런 일이 있었나 없었나를 물어서는 안 돼요. 틀림없이 그런 일이 있었으며 모든 사실을 다 알고 있다는 식으로 물어야 해요. 상대방을 완전히 압도해야 해요. 솔직히 털어놓으면 용서해줄 수도 있다고 말하세요. 어서, 내 말대로 하세요."

"조지가……. 저 녀석이 사실을 알고 있다면 전부를 말하도록 하겠습니다."

큰소리로 외친 레스트레이드가 현관 쪽으로 달려갔다. 몇 분 뒤, 뒤쪽 방에서 그의 호통 치는 소리가 들려왔다.

"서두르게 왓슨, 어서 서둘러!"

홈즈가 미친 듯이 외쳤다. 뚱한 표정 뒤에 숨겨두었던 무시무시한 에너지를 단번에 폭발시킨 것이다. 카펫을 걷어내더니 바로 바닥에 엎드려 카펫 밑에 있던 사각형 판자 사이사이로 손톱을 찔러 넣었다. 그러자 판자 중 하나가 옆으로 움직였다. 그 판자에는 마치 상자의 뚜껑처럼 경첩이 달려 있었다. 밑으로 검고 작은 구멍이 입을 벌리고 있었다. 홈즈가 손을 안으로 밀어 넣었다. 그러나 곧 분노 때문인지 실망 때문인지 모를 신음소리를 올리며 손을 뺐다. 안이 텅 비어 있었던 것이다.

"빨리, 왓슨. 빨리 원래대로 해놔야 해."

나무 뚜껑을 닫고 카펫을 원래대로 해놓자마자 바로 레스트레이드의 목소리가 복도에서 들려왔다. 경감이 방에 들어왔을 때 홈즈는 아무런 말도 하지 않고 난로 옆에 기대서서 그를 기다리다 지쳤다는 듯한 표정을 짓고 있었다.

"홈즈 씨, 기다리게 해서 죄송합니다. 이번 사건이 그다지 흥미롭지 않다는 사실은 저도 잘 알고 있습니다. 어쨌든 자백했습니다. 이리 오게 맥퍼슨. 어처구니없는 자네의 실수에 대해서 말해보게나."

후회로 얼굴이 붉게 물든 거구의 경찰이 주저주저하며 방 안으로 들어왔다.

"다른 뜻은 없었습니다. 어젯밤, 그 젊은 부인이 문 앞으로 다가왔습니다. 집을 잘못 찾아왔다고 했습니다. 그리고 서로 얘기를 나눴습니다. 이렇게 하루 종일 임무를 수행하다 보면 외로워져서 그만."

"그래, 그래서 무슨 일이 있었던 거야?"

"그 부인이 범죄가 있었던 방을 보고 싶다고 말했습니다. 신문에서 읽었다고 했습니다. 옷차림도 훌륭했고 말투도 아주 예의바른 젊은 부인이었습니다. 그래서 잠깐 보여줘도 상관없을 것이라고 생각했습니다. 그런데 그 카펫에 묻은 피를 보자마자 그 자리에서 쓰러져버렸습니다. 마치 죽은 사람처럼 쓰러져 있었습니다. 저는 부엌으로 달려가서 물을 가지고 왔습니다. 그래도 정신을 차리지 못했습니다. 그래서 모퉁이에 있는 '아이비 플랜트'로 브랜디를 얻으러 달려갔다 돌아 와보니 정신을 차린 듯 이미 모습을 감추고 말았습니다. 부끄러운 마음 때문에 제 얼굴을 차마 볼 수 없어서 그냥 간 것 같습니다."

"카펫을 움직인 건?"

"제가 돌아왔을 때 카펫에 주름이 조금 잡혀 있었습니다. 그 여자가 쓰러졌고 미끄러운 바닥에 고정 시켜놓지 않고 그냥 깔아놓지 않았습니까? 나중에 제가 깨끗하게 펴놨습니다."

"맥퍼슨, 나를 속일 수 없다는 사실을 이제 알았겠지? 자네는 임무를 조금 소홀히 해도 결코 들키지 않을 거라고 생각했겠지만 저 카펫을 잠깐 보기만 해도 누군가를 들여보냈다는 사실을 금방 알 수 있다고. 다행히 없어진 물건은 없는 듯하군. 만약에 무슨 일이 있었다면 자네는 감당할 수 없는 큰일을 당하게 됐을 거야. 홈즈 씨, 이런 하찮은 일로 불러서 정말 죄송합니다. 하지만 처음 발견한 혈흔과 두 번째 발견한 혈흔이 일치하지 않았다는 점에는 흥미를 느끼셨을 줄로 압니다."

"네, 아주 재미있었어요. 그 부인은 한 번밖에 오질 않았나요?"

"네, 딱 한 번입니다."

경관이 대답했다.

"그 부인, 누구였을까요?"

"이름은 모릅니다. 타자치는 사람을 구한다는 광고를 보고 거기에 응모하러 왔는데 번지를 잘못 찾았다며……. 매우 쾌활하고 품위 있어 보이는 젊은 여자였습니다."

"키가 큰 미인이었나요?"

"네, 키가 컸습니다. 선생님도 한번 보신다면 미인이라고 말씀하실 겁니다. 사람들 중에는 굉장한 미인이라고 말할 사람도 있을 겁니다. '경찰 아저씨, 잠깐 구경시켜 주세요.'라고 말했습니다. 뭐라고 해야 할까? 매우 사랑스럽고 사람을 매혹하는 듯한 말투였습니다. 그래서 저도 모르게 문 앞에서 잠깐 들여다보는 정도는 상관없을 거라고 생각했습니다."

"옷차림은 어땠죠?"

"수수한 옷차림이었습니다. 발끝까지 내려오는 긴 망토를 두르고 있었습니다."

"그게 몇 시쯤이었습니까?"

"막 어두워진 때였습니다. 브랜디를 가지고 돌아올 때 집들에 불이 켜지기 시작했으니까요."

"잘 알았어요."

홈즈가 말했다.

"그만 가세, 왓슨. 좀 더 중요한 임무가 우리를 기다리고 있네."

우리는 방에서 나왔지만 레스트레이드는 그대로 방에 남아 있었다. 실수를 저지른 경찰이 문을 열어주려고 우리를 따라 나왔다. 현관 앞 계단에서 홈즈는 뒤돌아서더니 손에 들고 있던 물건을 경찰에게 보여주었다. 경찰이 그것을 가만히 바라보았다.

"이게 어떻게 된 일이지?"

경찰은 놀란 표정을 감추지 못했다.

아무 말 말라는 듯 손가락을 세워 입술에 댄 홈즈가 다른 손으로 가슴 안주머니에 그것을 넣고 거리로 내려서며 커다란 소리로 웃었다.

"이제야 모든 일이 제대로 풀리는군. 어서 가세, 왓슨. 곧 마지막 장이 시작될 거야. 그걸 보면 자네 마음도 편안해질 걸세. 전쟁은 일어나지 않아. 트렐로니 호프의 화려한 경력에도 오점은 남지 않을 거야. 경솔한 군주도 무분별한 행동에 대한 벌을 받지 않아도 될 거야. 수상은 유럽에서의 분쟁을 처리하지 않아도 될 거고. 어쩌면 커다란 문제로 번질 수 있었던 일을 우리가 조금만 잘 처리하면 그 누구에게도 고통을 주지 않고 끝맺을 수 있을 것 같네."

홈즈는 이렇게 말했다. 내 마음은 이 뛰어난 인물, 홈즈에 대한 자랑스러운 생각으로 가득했다.

"자네, 사건을 해결한 거군."

내가 큰소리로 말했다.

"아직은 아니야, 왓슨. 아직 풀리지 않은 부분이 있어. 하지만 대부분의 진상을 알았으니 그 부분을 풀지 못한다면 그건 우리에게 부족한 점이 있다는 말이겠지. 지금 당장 화이트홀로 가서 문제를 단번에 해결해버리세."

유럽담당 장관의 집에 도착하자마자 홈즈는 힐더 호프 부인을 만나고 싶다고 말했다. 우리는 거실로 안내되었다.

부인이 얼굴을 붉히며 화를 냈다.

"홈즈 씨, 너무하시는군요! 전에도 말씀드렸듯이 제가 이번 사건에 신경 쓰고 있다는 사실을 남편이 눈치 채지 못하도록 당신을 찾아갔던 일을 비밀로 해달라고 부탁하지 않았나요? 그런데 이렇게 저를 찾아오시다니 도대체 무슨 생각을 하고 계시는 거죠? 당신들과 저 사이에 관계가 있다는 사실을 남편이 눈치 채고 말 거예요."

"죄송합니다만, 달리 방법이 없었어요. 나는 그 중요한 편지를 찾아달라는 부탁을 받았거든요. 그러니 부인, 그 편지를 돌려주시기 바랍니다."

그러자 안색이 변한 부인이 자리에서 벌떡 일어났다. 눈이 점점 초점을 잃더니 비틀거리기 시작했다. 나는 부인이 기절하는 게 아닐까 걱정되었다. 간신히 충격에서 벗어난 부인이 놀라움과 분노의 표정을 그대로 드러냈다.

"당신……, 당신은 저를 모욕할 생각으로 오신 건가요?"

"자, 부인. 이제 그만 편지를 건네주세요."

부인이 벨 쪽으로 달려갔다.

"집사를 불러 당신들을 내쫓겠어요."

"벨을 울려서는 안 돼요. 그러면 사건이 크게 번지는 걸 어떻게든 막아보려던 나의 노력도 물거품이 되고 마니까요. 편지를 건네주세요. 그러면 모든 일이 잘 해결될 겁니다. 협력해주신다면 내가 모든 일을 잘 처리할 테니까요. 편지를 건네주시지 않는다면 부인의 행동을 모두에게 공개할 수밖에 없어요."

부인은 여왕처럼 당당하고 반항적인 태도로 자리에 멈춰 서서 홈즈의 마음을 꿰뚫어보려는 듯 홈즈를 가만히 바라보았다. 손은 이미 벨 위에 있었지만 아직 누르지는 않았다.

"당신, 저를 협박하는 건가요? 일부러 여기까지 오셔서 여자를 협박하다니 남자답지 못한 행동이에요. 대체 알고 계신 게 뭔지……, 뭘 알고 계시는 건지 말씀해주세요."

"자, 이리 와서 앉으세요. 만약 쓰러지기라도 한다면 다칠 수도 있으니까요. 앉으실 때까지는 아무런 말도 하지 않겠어요. 아, 고마워요."

"시간을 5분 드리도록 하죠, 홈즈 씨."

"1분이면 충분해요. 부인이 에두아르도 루카스를 찾아갔었다는 걸 알고 있어요. 루카스에게 편지를 건네줬었다는 사실도, 어젯밤 그 방에 다시 찾아가 카펫 밑 비밀 장소에 있던 편지를 어떻게 찾아왔는지도 전부 알고 있어요."

부인이 하얗게 질린 얼굴로 홈즈를 바라보았다. 그리고 두 번 숨을 들이 쉰 다음 드디어 입을 열었다.

"당신 제정신이 아니군요. 미쳤어요."

부인이 커다란 소리로 외쳤다.

홈즈가 주머니에서 두꺼운 종잇조각을 꺼냈다. 초상화에서 오려낸 여자의 얼굴이었다.

"도움이 될지도 모르겠다 싶어서 이걸 들고 다녔죠. 경찰이 어젯밤 찾아온 여인과 동일인물이라고 자백했어요."

부인이 숨을 헐떡이다 머리를 의자의 등받이에 기댔다.

"부인이 편지를 가지고 있다는 사실도 이미 알고 있어요. 사태는 아직 절망적이지 않아요. 나는 부인을 괴롭히려고 온 게 아니에요. 사라진 편지를 남편에게 돌려드리면 그것으로 내 일은 끝이에요. 내 말대로 하세요. 모든 걸 사실대로 말씀하세요. 그 외에 다른 방법은 없으니까요."

부인의 용기도 참으로 대단했다. 아직도 패배를 인정하려 들지 않았다.

"다시 한 번 말씀드리겠는데 홈즈 씨, 당신은 커다란 오해를 하고 계시는 거예요."

홈즈가 의자에서 일어났다.

"정말 안타깝군요, 부인. 나는 최선을 다했어요. 하지만 전부 쓸데없는 짓이었어요."

홈즈가 벨을 울렸다. 집사가 들어왔다.

"트렐로니 호프 씨, 집에 계신가요?"

"12시 45분에 돌아오실 겁니다."

홈즈가 시계를 들여다봤다.

"아직 15분 남았군. 여기서 기다리지요."

홈즈가 말했다.

집사가 문을 닫고 나가자 힐더 부인이 홈즈의 발밑에 무릎을 꿇고 앉았다. 그리고 얼굴을 감싸고 있던 두 손을 벌려 아름다운 얼굴을 들었다. 얼굴은 눈물로 젖어 있었다.

"저를 도와주세요, 홈즈 씨. 제발 도와주세요. 부탁이니 남편에게 말하지 말아주세요. 저는 남편을 진심으로 사랑하고 있어요. 남편의 삶에 그림자를 드리우고 싶지는 않아요. 이번 일로 남편은 그 고귀한 마음에 상처를 입게 될 거예요."

부인이 열띤 목소리로 말했다.

홈즈가 부인을 일으켜 세웠다.

"고맙습니다, 부인. 아슬아슬한 순간에 드디어 내 마음을 이해해주셨군요. 한시도 지체할 수 없어요. 편지는 어디에 있죠?"

책상으로 달려간 부인이 열쇠로 서랍을 열어 길고 푸른 봉투를 꺼냈다.

"여기 있어요. 두 번 다시 보고 싶지도 않아요."

"이걸 어떻게 돌려줘야 하지? 서둘러 좋은 방법을 찾아내야 하는데! 서류 상자는 어디 있죠?"

홈즈가 중얼거리듯 말하다 부인에게 물었다.

"남편의 침실에 아직 있어요."

"아주 운이 좋았군! 부인, 그걸 얼른 이리로 가져오세요."

부인이 바로 납작하게 생긴 붉은 상자를 들고 들어왔다.

"전에는 이걸 어떻게 열었죠? 열쇠를 가지고 계신가요? 물론 가지고 계시겠죠. 열어주세요."

힐더 부인이 가슴 속에서 조그만 열쇠를 꺼냈다. 그것으로 바로 상자를 열었다. 상자 안에는 서류가 가득 들어 있었다. 홈즈는 상자 깊은 곳에 있는 다른 서류 사이에 푸른 편지봉투를 찔러 넣었다. 그리고 뚜껑을 덮은 다음 자물쇠를 채워 다시 침실에 가져다놓았다.

"이제 남편이 돌아오셔도 걱정할 것 없어요. 아직 10분 정도 시간이 남았네요. 부인, 나는 부인을 지켜줄 생각이에요. 그 대신 이번 사건에 대한 진상을 들려주세요."

홈즈가 묻자 부인이 큰소리로 대답했다.

"뭐든지 다 말씀드리겠어요. 남편을 조금이라도 슬프게 하느니 차라리 이 오른손을 잘라버리는 게 나을 거예요. 런던에 제 아무리 많은 부부들이 살고 있다해도 저만큼 남편을 사랑하는 사람은 없을 거예요. 하지만 제가 한 행동을 남편이 알게 된다면 달리 방법이 없었다는 것을 안다 해도 결코 저를 용서하지 않을 거예요. 자신의 명예를 아주 소중히 여기는 사람으로, 타인의 실수를 잊지도 용서하지도 않는 사람이에요. 도와주세요, 홈즈 씨! 제 행복도, 남편의 행복도, 우리의 생활도 전부 위험에 처했어요!"

"서둘러주세요. 시간이 얼마 없어요."

"이 모든 일은 제 편지에서부터 시작된 거예요. 결혼 전에 쓴 경솔하고 어리석은 편지. 사랑에 빠진 처녀가 충동적으로 쓴 편지였어요. 제가 보기엔 별 내용 없는 편지지만, 남편이 보면 그렇게 생각지 않을 거예요. 그 편지를 남편이 읽는다면 저에 대한 신뢰는 영원히 사라지고 말 거예요. 아주 오래 전에 쓴 편지에요. 전부 잊혀진 일이라고 생각했었죠.

그런데 그 루카스라는 사람이 그걸 손에 넣어 남편에게 보여주 겠다고 했어요. 그러지 말라고 부탁했죠. 그 사람은 남편의 서류 상자에 있는 그 편지를 자신에게 주면 제 편지를 돌려주겠다고 했어요. 남편이 다니는 곳에 그 사람이 매수한 스파이가 있어서 그 편지에 대한 내용을 알게 됐다고 했어요. 루카스는, 그 편지가 없어져도 남편은 절대로 안전할 거라고 말했어요. 제 입장을 한번 생각해보세요, 홈즈 씨. 그런 상황에서 뭘 어쩔 수 있었겠어 요?"

"남편에게 모든 걸 털어놓았어야죠."

"그럴 수 없었어요. 저는 그럴 수 없었어요. 그러면 모든 것이 끝나고 말았을 거예요. 남편의 편지를 훔치는 것도 두려운 일이기 는 했어요. 하지만 정치에 관한 일이었기 때문에 저는 그 결과가 어떤 것인지 전혀 알지 못했어요. 애정이나 신뢰에 관한 일이라면 저도 확실하게 알고 있어요. 저는 결심했어요. 그리고 열쇠의 본을 떴죠. 열쇠는 루카스가 만들어줬어요. 그 열쇠로 서류 상자를 열어 편지를 훔쳐다 고돌핀 가로 가져갔어요."

"그때 무슨 일이 있었던 거죠?"

"저는 약속한 대로 문을 두드렸어요. 루카스가 문을 열어줬고 현관문을 반쯤 열어놓은 채 그를 따라 안으로 들어갔어요. 남자와 단 둘이 있는 게 무서워서요. 안으로 들어 갈 때, 밖에 여자가 서 있는 것을 보았어요. 일은 바로 끝났어요. 제 편지가 책상 위에 놓여 있더군요. 저는 편지를 건네줬어요. 그리고 제 편지를 돌려받았죠. 바로 그때 문 쪽에서 무슨 소리가 들려왔어요. 그리고 뒤이어 복도를 걸어오는 발소리가 들렸어요. 당황한 루카스가 서둘러 카펫을 들추더니 비밀장소에 편지를 쑤셔 넣고 카펫을 원래대로 되돌려놓았어요.

그런데 그 다음 순간에 악몽과도 같은 일이 벌어졌어요. 광기에 넘친 가무잡잡한 얼굴이 눈에 들어왔어요. 그 여자가 째지는 듯한 프랑스어로 '역시 기다린 보람이 있었군. 드디어 다른 여자와 함께 있는 현장을 포착했어.'라고 외쳤어요. 끔찍한 싸움이었어요. 루카스의 손에는 의자가, 여자의 손에는 칼이 들려 있었어요. 너무 놀란 저는 그 방에서 빠져나와 서둘러 집으로 돌아왔어요. 그리고 이튿날 아침, 신문을 통해서 그 싸움의 끔찍한 결말을 알게 됐어요. 그날 밤에는 마음 편하게 잘 수 있었어요. 편지도 되찾았고, 앞으로 무슨 일이 일어날지 전혀 알지 못했으니까요.

그런데 그 다음 날, 하나의 문제를 다른 문제와 맞바꿨을 뿐이라는 사실을 깨닫게 됐어요. 남편이 사라진 편지 때문에 괴로워하는 모습을 보고 충격을 받았어요. 그때는 남편의 발밑에 무릎을 꿇고 앉아 제가 저지른 일을 전부 실토해야겠다는 생각을 억누를 수 없을 정도였어요. 하지만 그러려면 제 과거를 전부 밝혀야만 했죠.

제가 저지른 일이 어떤 결과를 초래하게 될지, 그것을 알기 위해서 당신을 찾아간 거예요. 그리고 엄청난 결과를 초래하게 될 것이라는 사실을 알게 된 순간부터 무슨 일이 있어도 그 편지를 되찾아야겠다고 생각했어요. 편지는 루카스가 숨겨둔 곳에 그대로 있을 거라고 생각했죠. 그 무시무시한 여자가 들어오기 전에 숨겼으니까. 그 여자가 들어오지 않았다면 그 비밀장소는 알지도 못했을 거예요. 어떻게 해야 그 방으로 들어갈 수 있을지, 이틀 동안이나 집을 살펴보았지만 문은 언제나 잠긴 상태였어요. 그래서 어젯밤 모험을 걸어보기로 했어요.

그 뒤로 제가 어떻게 했는지, 어떻게 편지를 꺼내갔는지 당신은 이미 알고 계시죠? 집으로 편지를 가져온 저는 그냥 태워버릴까도 생각해봤어요. 죄를 고백하지 않고 되돌려놓을 방법을 찾을 수가 없었으니까요. 어머, 남편이 계단을 올라오는 발소리가 들려요."

유럽담당 장관이 흥분된 표정으로 달려 들어왔다.

"새로운 소식이라도 있나요? 홈즈 씨, 뭣 좀 알아내신 거라도 있습니까?"

장관이 큰소리로 물었다.

"드디어 희망이 보이기 시작했어요."

"감사합니다. 식사를 하러 수상께서 함께 오셨습니다. 그분께도 희망이 보이기 시작했다고 말씀드려도 되겠습니까? 정말 대담한 분이기는 하시지만 이번 사건 이후로는 거의 잠도 못 주무시고 계시거든요. 제이콥스, 수상을 안으로 모시고 오게. 당신은……, 이건 정치에 관한 일이니 잠시 후 식당에서 보기로 하세."

표정으로는 감정을 드러내지 않았지만, 반짝이는 눈빛과 여윈 손을 꿈틀꿈틀 움직이는 것으로 봐서 수상 역시 젊은 장관처럼 흥분했다는 사실을 알 수 있었다.

"홈즈, 새로운 소식이 있다고 들었는데."

"지금까지 그럴 듯한 정보는 전혀 입수하지 못했습니다. 편지가 가 있을 만한 곳은 전부 조사해봤습니다. 그 결과 걱정했던 것과 같은 위험은 일어나지 않을 것이라는 결론에 도달했습니다."

내 친구가 말했다.

"하지만 그것만으로는 충분하지 않아. 언제 분화할지도 모를 화산 위에서 살아갈 수는 없는 일 아닌가? 우린 확실한 것이 필요하네."

"편지를 찾을 희망은 있습니다. 바로 그래서 이곳으로 찾아온 겁니다. 아무리 생각해봐도 그 편지는 이 집 안에 있는 것 같습니다."

"홈즈!"

"도둑맞았다면, 지금쯤은 벌써 공표가 되었을 겁니다."

"그냥 집에 둘 거라면 왜 훔쳐갔단 말이지?"

"과연 도둑맞은 것인지 그것도 확실하지 않습니다."

"그럼 왜 서류 상자에 없는 거지?"

"서류 상자에 있을 거라는 생각이 듭니다."

"홈즈! 감히 누구 앞이라고 농담을 하는 겁니까? 저는 편지가 서류 상자에서 사라졌다고 단언할 수 있습니다."

"화요일 이후로 그 상자를 열어본 적 있나요?"

"아니, 그럴 필요도 없었으니까요."

"잘못 봤을 수도 있지 않나요?"

"절대 그럴 리 없습니다."

"나는 그럴 수도 있다고 생각해요. 전에도 그런 일이 있었거든요. 상자 안에는 다른 서류도 함께 들어 있겠죠? 다른 서류 속으로 섞여 들어갔을지도 모르잖아요."

"그 편지는 제일 위에 두었습니다."

"누군가 상자를 흔들어서 서류의 위치가 바뀌었을 수도 있죠."

"아니, 모든 서류를 꺼내봤습니다."

"호프, 금방 확인할 수 있는 일 아닌가? 서류 상자를 가져오라고 하게."

수상이 말했다. 장관이 벨을 울렸다.

"제이콥스 내 서류 상자를 가져다주게. 말도 안 되는 소리지만 이렇게 하지 않으면 만족할 수 없다니 한번 열어보기로 하지. 고맙네, 제이콥스. 여기 두고 나가게. 열쇠는 시곗줄에 걸어서 늘 지니고 다닙니다. 자, 상자 안의 서류들을 보십시오. 메로우 경이 보낸 편지, 찰스 하디 경의 보고서, 베오그라드에서 온 조약서, 러독 곡물세에 관한 통보, 마드리드에서 온 편지, 플라워스 경의 편지……, 이게 어떻게 된 일이지? 벨린저 경! 벨린저 경이라고?"

수상이 푸른 봉투를 손에 쥐었다.

"이 편지는 틀림없이……. 하나도 빠짐없이 전부 들어 있군. 축하하네! 호프."

"감사합니다. 정말 감사합니다. 마음의 짐을 덜었습니다. 어떻게 이런 일이 있을 수 있는 겁니까? 있을 수 없는 일입니다. 홈즈 씨, 당신은 마법사예요. 여기 있다는 걸 어떻게 아셨습니까?"

"다른 곳에 없었으니까요."

"내 눈이 의심스럽군. 힐더는 어디에 있지? 모든 일이 무사히 해결됐다고 알려줘야지. 힐더! 힐더!"

장관이 서둘러 문 밖으로 뛰어나갔다.

계단에서 부인을 부르는 소리가 들려왔다.

수상이 눈을 깜빡이며 홈즈를 바라보았다.

"이번 사건에는 숨겨진 비밀이 있는 것 같군. 편지가 어떻게 다시 상자로 돌아온 거지?"

슬쩍 떠보는 듯한 수상의 날카로운 눈빛을 피하며 홈즈가 미소 지었다.

"제게도 외교상의 비밀이라는 것이 있습니다."

이렇게 대답하며 모자를 집어든 홈즈는 문을 향해 걸어갔다.

소포상자
The Cardboard Box

지금까지 나는 친구 셜록 홈즈의 머리가 얼마나 뛰어난지를 보여주는 대표적인 사건 몇 가지를 소개해왔다. 그리고 그 사건을 고를 때에는 가능한 한 자극적인 면이 적고 그의 재능을 공평하게 보여줄 수 있는 것들을 고르기 위해 노력해왔다. 그러나 안타깝게도 범죄에는 자극적인 부분이 늘 따라다니기 마련이다. 그러한 면을 줄이기 위해서 이야기의 진행에 반드시 필요한 세세한 부분을 빼버린다면 독자에게 사건에 대한 잘못된 인상을 심어주게 될 것이다. 반대로 그렇게 하지 않는다면, 스스로 고른 것이 아니라 외부에서 우연히 주어진 소재로 글을 쓴 셈이 된다. 홈즈의 전기 작가로서 나는 언제나 이러한 고민에 시달려왔다.

이상, 변명과도 같은 말은 그만두기로 하고 곧 나의 수첩으로 시선을 돌려보기로 하겠다. 거기에는 기묘하고도 참으로 끔찍한 일련의 사건들이 기록되어 있다.

　그것은 불타오를 듯 뜨거운 8월의 어느 날이었다. 베이커 가는 마치 아궁이처럼 더웠으며, 우리 방과 도로를 사이에 두고 맞은편에 서 있는 집의 노란 벽돌에 햇빛이 반사되어 눈이 아플 지경이었다. 그것이 지난 겨울 동안 안개에 휩싸여 어두운 느낌을 주던 그 벽이라고는 여겨지지 않았다.

　블라인드를 반쯤 내린 채 홈즈는 소파에 몸을 둥그렇게 말고 누워 아침에 배달된 편지를 몇 번이고 몇 번이고 되풀이해서 읽고 있었다. 나는 인도에서 군무에 종사할 때 추위보다는 더위를 참는 데 익숙해져 있었기에 화씨 90도(약 32℃) 정도의 기온은 별로 고통스럽지 않았다.

　그건 그렇고 신문은 재미있지 않았다. 의회도 열리지 않았다. 이럴 때 도회에 남아 있는 사람은 아무도 없었다. 나는 뉴 포레스트의 나무그늘이나 사우스씨의 해변이 그리워서 견딜 수가 없었다. 은행에 넣어둔 돈이 얼마 되지 않았기에 나는 휴가를 미룬 것이었지만 내 친구 셜록 홈즈는 시골에도 해안에도 전혀 관심이 없었다. 그는 500만이나 되는 사람들의 한가운데서 신경의 안테나를 세우고 미해결 사건에 관한 이야기나 의문을 감지해내는 것이 더 좋은 것이다. 그는 여러 가지 재능을 가지고 있었으나 자연을 즐기는 재능은 없었다. 조그만 변화라고 한다면 도회의 악한들에게서 시선을 돌려, 시골에 있는 그 녀석들의 동료를 뒤쫓는 정도일 것이다.

홈즈가 편지만 읽고 있었기에 나는 재미있지도 않은 신문을 옆으로 내던지고 의자에 등을 기대 생각에 빠져 있었다. 그런데 홈즈가 갑자기 말을 걸어 내 생각은 끊기고 말았다.

"자네가 옳아, 왓슨."

홈즈가 이렇게 말했다.

"싸움을 말리는 데 그런 방법을 쓸 리 없어. 이상해."

"정말 이상해!"

나는 이렇게 외쳤다. 외치고 나서야 홈즈가 내 마음속의 생각을 정확히 말로 표현했다는 사실을 깨달았다. 나는 깜짝 놀라 자리에서 일어나 홈즈를 바라보았다.

"대체 어떻게 된 일이지? 홈즈, 난 뭐가 뭔지 모르겠어."

내가 당황한 것을 보고 홈즈가 커다란 소리로 웃었다.

그런 다음 홈즈는 입을 열었다.

"조금 전에 포의 단편소설 중 한 구절을 읽어주지 않았나? 그 가운데서 뛰어난 추리력을 가진 사람이, 아무 말도 하지 않은 친구가 무슨 생각을 하고 있는지 맞혔지? 자네는 그것을 작가의 속임수로 치부하려 했어. 내가 똑같은 일을 언제나 하고 있다고 말했지만 믿을 수 없다고 했지."

"천만에."

"물론 직접 말로는 하지 않았을지 모르지. 하지만 왓슨, 자네 눈썹의 움직임을 보면 믿지 않는다는 사실을 알 수 있어. 그래서 자네가 신문을 내던지고 생각에 잠긴 것을 보고 좋은 기회라 생각했지. 자네의 마음속으로 들어가 그것을 읽어낼 좋은 기회를 놓치지 않은 거야. 내가 자네와 아주 가까운 관계에 있다는 증거로 말이지."

그래도 나는 납득할 수가 없었다.

"자네가 내게 읽어준 이야기 속에서 주인공은 자신이 관찰한 남자의 행동에서 결론을 끌어냈어. 그 남자는 쌓여 있던 돌에 걸리기도 하고, 별을 보기도 하지 않았나? 하지만 나는 의자에 가만히 앉아 있었을 뿐이라고. 내가 대체 자네에게 어떤 단서를 제공한 거지?"

내가 이렇게 물었다.

"자네는 오해를 하고 있어. 얼굴의 표정이란 감정을 나타내기 위해서 인간이 갖추고 있는 것이야. 특히 자네의 표정은 너무 정직해."

"내 표정을 보고 생각을 맞혔다는 말인가?"

"자네의 표정, 특히 눈의 움직임을 보고 알았어. 자네는 자네가 한 몽상의 첫 부분을 기억하지 못하겠지?"

"맞아. 기억하지 못해."

"그럼 설명해주기로 하지. 신문을 내던진 뒤—그 행동 때문에 자네에게 주목하게 된 거야— 자네는 30초 정도 멍한 표정으로 앉아 있었어. 그런 다음 자네는 새로 액자에 넣은 고든 장군의 초상화로 시선을 돌렸어. 표정의 변화로 자네가 무엇인가를 생각하기 시작했다는 사실을 알았어.

그런 다음 액자에 넣지 않고 몇 권인가 겹쳐놓은 책 위에 그냥 세워놓은 헨리 워드 비처의 초상화로 자네는 시선을 움직였어. 잠시 후, 자네는 눈을 들어 벽을 보았어. 물론 자네가 무엇을 생각하고 있는지는 분명했어. 비처의 초상화를 액자에 넣어서 걸면 썰렁해 보이는 벽도 채워질 거고 맞은편에 있는 고든 장군의 초상화와도 조화를 이룰 거라고 생각했지."

"놀랍군. 자네는 나를 완전히 파악하고 있어."

내가 이렇게 외쳤다.

"여기까지 나는 거의 망설이지 않았어. 그런데 자네는 다시 비처에 대해서 생각하기 시작했어. 비처의 얼굴에서 그의 성격을 파악해내려는 사람처럼 뚫어져라 쳐다봤어. 잠시 후 눈가에 웃음이 번졌지만 여전히 비처를 바라보고 있었어. 깊은 생각에 잠긴 듯한 표정을 지은 채. 자네는 비처가 겪었던 사건을 떠올린 거야. 틀림없이 남북전쟁(1861~1865년) 때 북군을 위해 비처가 행한 특별임무를 떠올린 것이라고 나는 생각했어. 왜냐하면 비처가 우리 영국 국민들로부터 부당한 취급을 받은 것에 대해서 자네가 매우 화를 냈다는 사실을 내가 기억하고 있기 때문이야. 자네는 그 일을 매우 강하게 생각하고 있었으니 비처를 보고 그 사건을 떠올리지 않았을 리 없어.

곧 자네의 시선은 초상화에서 벗어났어. 자네의 생각이 남북전쟁으로 옮아간 것이 아닐까 생각했지. 입술을 꾹 다물고 눈을 반짝이고 양 손을 쥐었어. 그것을 보고 남북전쟁의 치열한 전투에서 남북 양군이 보여준 용감함을 자네가 생각하고 있는 것이라고 나는 확신했어.

잠시 후, 자네는 슬프다는 듯한 표정을 지었어. 자네는 머리를 흔들었지. 자네는 슬픔, 공포, 덧없는 죽음에 대해서 곰곰이 생각하고 있었던 거야. 자네는 무의식중에 옛 상처를 건드린 거야. 자네는 쓴웃음을 지었고 입술이 떨렸어. 그래서 국제분쟁의 해결을 위한 그 황당한 방법으로 자네의 마음이 자연스럽게 옮아갔다는 사실을 알게 되었지. 그때 나는 그건 이상한 방법이라고 말했고 자네가 동의를 한 거야. 내 추리가 맞았다는 사실을 알게 된 거지."

"굉장하군!"

내가 외쳤다.

"자네가 설명을 마친 지금까지도 나는 역시 놀라고 있어."

"이건 그렇게 어려운 추리가 아니야. 조금 전에 자네가 의심하지 않았다면 일부러 이런 일을 하지는 않았을 테지만. 그건 그렇고 여기에 한 가지 문제가 있는데 이건 지금과 같은 독심술 실험처럼 간단히 풀 수 있을 것 같지가 않아. 크로이든 시의 크로스 가에 살고 있는 커싱 양 앞으로 이상한 소포가 배달되었다는 신문의 짧은 기사를 읽어보았는가?"

"아니, 못 봤는데."

"그럼 놓친 모양이로군. 그 신문을 던져주겠나. 보라고, 여기야. 경제란 밑에 있어. 소리 내서 읽어주지 않겠나?"

나는 홈즈가 던져서 되돌려준 신문을 펼쳐 그가 말한 기사를 읽기 시작했다. 표제어로 「섬뜩한 소포」라고 적혀 있었다.

「크로이든 시 크로스 가에 사는 수전 커싱 양에게 매우 좋지 않은 장난이 행해졌다. 만약 이것이 장난이 아니라면 그 뒤에는 더욱 악질적인 범죄가 숨겨져 있다고 할 수 있을 것이다.

어제 오후 2시, 커싱 양은 갈색 종이로 포장된 소포를 받았다. 열어보니 안에 든 상자에는 굵은 소금이 가득 들어 있었다. 그녀가 그 소금을 쏟아내니 놀랍게도 그 속에서 이제 막 잘라낸 것처럼 생생한 사람의 귀 2개가 나왔다. 그 소포는 전날 오전에 벨파스트에서 부친 것으로 보낸 사람의 주소와 이름은 적혀 있지 않았다. 커싱 양은 50세의 독신 여성으로 사람들과 거의 교제하지 않고 혼자 살아가고 있다. 사람 사귀기를 싫어하고 편지를 주고받는 사람도 없어서 평소 우편물을 받는 경우가 거의 없었기에 사건은 더욱 미궁 속으로 빠져들고 있다.

하지만 몇 년 전, 펜지 지구에서 살고 있을 때 세 명의 젊은 의학생들에게 방을 빌려준 적이 있었는데 너무 시끄럽고 생활도 올바르지 않았기에 내쫓은 적이 있었다. 그 때문에 경찰 당국은 이 학생들이 쫓겨난 것에 원한을 품고 해부실의 사체에서 잘라낸 귀를 보내 놀라게 한 것이라 생각하고 있다. 이 설을 뒷받침하는 사실로, 세 학생 중 한 명은 아일랜드 북부 출신으로 커싱 양의 기억에 의하면, 틀림없이 벨파스트 출신이라고 한다. 사건은 현재 런던 경찰청에서도 최고의 실력을 갖추고 있는 경감인 레스트레이드 씨가 맡고 있으며 엄밀한 수사가 진행 중이다.」

"『데일리 크로니클』의 기사는 그 정도야."

내가 신문 읽기를 마치자 홈즈가 입을 열었다.

"그 다음은 우리가 친애하는 레스트레이드 경감이야. 오늘 아침에 이런 편지가 왔어."

「아마 이번 사건은 당신의 취향에 꼭 맞을 듯합니다. 저희에게도 사건을 해결할 만한 자신감은 충분히 있으나, 지금은 단서라고 할 만한 것이 거의 없어서 애를 먹고 있습니다. 물론 벨파스트의 우체국에는 전보로 문의를 해보았으나 그날은 소포가 많았기 때문에 문제의 소포에 대한 기억도, 보낸 사람에 대한 기억도 없다고 합니다. 상자는 반 파운드짜리 허니듀 담배의 상자인데 이것도 단서가 되지 않습니다. 역시 의학생이 범인이라는 설이 가장 유력한 듯한데, 혹시 잠깐 시간을 내서 이쪽으로 와주신다면 더할 나위 없이 감사하겠습니다. 저는 하루 종일 크로이든에 있는 커싱 씨의 집이나 경찰서에 있을 예정입니다.」

"어떤가, 왓슨? 이 더위 속을 크로이든까지 함께 갈 생각은 있는가? 어쩌면 자네 범죄기록의 소재가 될지도 몰라."

"뭐 할일은 없는지 몸이 근질근질하던 차였어."

"그거 잘 됐군. 벨을 울려서 구두를 가져오게 하고, 마차도 좀 불러달라고 해주게. 나는 안에 가서 가운을 갈아입고 담배상자를 가득 채워가지고 나올 테니."

기차를 타고 가는 동안 비가 한바탕 내렸기에 크로이든에 도착했을 때는 무더웠던 런던보다 한층 더 시원해져 있었다.

홈즈가 미리 전보를 쳐두었기에 레스트레이드 경감이 역까지 마중을 나와 주었다. 여전히 마르고 활기에 넘쳐서 토끼사냥에 쓰는 하얀 족제비 같은 느낌이었다. 역에서 5분쯤 걸어 커싱 양이 살고 있는 크로스 가에 도착했다. 그곳은 벽돌로 지어진 2층짜리 집들이 늘어서 있는, 아주 긴 거리였다. 어느 집이나 모두 깔끔하게 잘 정돈되어 있었으며 현관에는 하얀 돌계단이 놓여 있었다. 곳곳의 문가에서 앞치마를 두른 여자들이 수다를 떨고 있었다.

거리의 중간쯤 왔을 때 경감이 멈춰 서더니 한 집의 현관문을 두드렸다. 조그만 체구의 하녀가 나와서 우리를 안으로 맞아주었다. 커싱 양은 현관 옆의 도로에 면한 방에 있었고 우리는 그곳으로 안내되었다. 차분해 보이는 얼굴에 크고 부드러운 눈을 가진 여성이었는데 백발 섞인 머리카락이 관자놀이의 양쪽으로 곡선을 그리며 드리워져 있었다. 무릎 위에는 바느질을 하던 의자 커버가 놓여 있었고 옆의 조그만 의자에는 여러 가지 색의 비단실이 들어 있는 바구니가 놓여 있었다.

"창고에 넣어두었어요, 그 혐오스러운 건. 그대로 가져가주시면 좋을 텐데." 레스트레이드 경감의 얼굴을 보자마자 그녀는 이렇게 말했다.

"그렇게 할 겁니다, 커싱 씨. 당신의 입회하에 홈즈 씨에게 보여드리기 위해 잠시 여기에 놓아둔 것뿐입니다."

"어째서 제가 입회하지 않으면 안 되는 거죠?"

"홈즈 씨께서 당신께 질문하고 싶은 게 있을지도 모르기에."

"제게 질문하셔도 소용없어요. 아무것도 모른다고 몇 번이고

말씀드렸잖아요."

"그래요." 홈즈가 달래는 듯한 목소리로 말했다. "이번 일로 당신도 커다란 피해를 보셨죠."

"맞아요. 저는 조용한 여자로, 이렇게 세상일과는 상관없이 숨어서 살고 있어요. 신문에 이름이 나기도 하고 경찰이 찾아오기도 한 것은 태어나서 처음이에요. 레스트레이드 씨, 그런 건 방에 들여오지 않으면 좋겠어요. 보고 싶으시다면 창고로 가주세요."

그것은 집 뒤쪽의 좁은 정원에 있는 작은 창고였다. 경감이 안으로 들어가 노란 종이상자를 갈색 포장지와 끈과 함께 가지고 나왔다. 정원 통로 끝 쪽에 벤치가 있었기에 우리는 거기에 앉았다. 홈즈가 레스트레이드로부터 건네받은 물건을 하나하나 꼼꼼히 살펴보았다.

"이 끈은 아주 재미있네요." 홈즈는 끈을 밝은 쪽으로 가져가 살펴보기도 하고 냄새를 맡아보기도 했다. "이 끈에 대해서 어떻게 생각하시나요, 레스트레이드 경감님?"

"타르가 발려 있습니다."

"맞아요, 타르를 바른 삼베 끈이에요. 당신은 분명히 커싱 씨가 가위로 끈을 잘랐다고 말씀하셨죠? 잘린 부분이 두 가닥으로 풀린 것을 봐도 알 수 있어요. 이건 중요한 사실이에요."

"어째서 중요한 건지, 저는 잘 모르겠습니다만."

"매듭이 남아 있는데 그게 특이한 매듭이라는 점이 중요한 거예요."

"아주 단단하게 묶여 있습니다. 그 사실은 저도 틀림없이 기록해놓았습니다." 레스트레이드가 의기양양하게 말했다.

홈즈가 미소를 지으며 말했다. "끈은 이 정도로 하고 포장지를 살펴보죠. 갈색 종이로 커피 냄새가 나네요. 네? 몰랐다고요? 분명히 커피 냄새에요. 주소를 적은 글자는 활자체로 약간 어설프게 쓴 글자네요. '크로이든 시 크로스 가 S. 커싱 양' J펜처럼 끝이 두꺼운 펜에 싸구려 잉크를 사용했어요. Croydon(크로이든)의 y를 처음에는 i라고 썼다가 다시 y로 고쳤어요. 그러니까 소포를 보낸 사람은 교육을 많이 받지 못한, 크로이든 시에 대해서 잘 모르는 남자라는 사실을 알 수 있어요. 이 필체는 틀림없이 남자의 것이니까요. 여기까지는 간단히 알아냈네요.

상자는 노란색으로 반 파운드짜리 허니듀 담배의 상자인데 바닥의 왼쪽 구석에 엄지손가락 흔적이 2개 남아 있을 뿐 다른 특징은 아무것도 없어요. 가득 들어 있는 소금은 동물의 가죽을

저장할 때나 여러 가지 상업용으로 쓰이는 거친 소금인데 그 안에 이 기괴한 물건이 묻혀 있었단 말이로군요."

이렇게 말하며 홈즈는 소금 속에서 2개의 귀를 꺼내 무릎 위의 판자에 늘어놓고는 면밀하게 살펴보기 시작했다. 레스트레이드와 나는 그의 양 옆에 웅크리고 앉아 그 섬뜩한 물건과 깊은 생각에 빠져 있는 홈즈의 진지한 얼굴을 번갈아 바라보았다. 잠시 후, 그는 그것을 원래대로 상자에 넣고는 한동안 생각에 잠겼다가 입을 열었다.

"물론 당신도 깨달았겠지만 이 2개의 귀는 동일인물의 것이 아니에요."

"네, 알고 있었습니다. 하지만 이것이 의학생의 장난으로, 해부실에서 구한 것이라면 서로 다른 사람의 귀를 보내는 정도는 그리 어려운 일이 아닐 겁니다."

"그야 그렇지만, 이건 장난이 아니에요."

"그게 사실입니까?"

"내 추리는 장난이라는 설과는 전혀 다른 거예요. 해부실의 사체에는 방부제를 주사하지만 이 귀는 방부제가 들어간 사체에서 떼어낸 것이 아니에요. 게다가 이건 잘라낸 지 얼마 되지 않은 거예요. 잘 들지 않는 칼로 잘랐는데 의학생이라면 그런 건 쓰지 않아요. 그리고 의학을 알고 있는 사람이라면 방부제로 석탄산이나 알코올을 쓰지 이런 거친 소금을 쓸 리가 없어요. 거듭 말하지만 이번 사건에 장난처럼 여겨지는 부분은 조금도 없어요. 우리가 조사하고 있는 건 중대한 범죄 사건이에요."

홈즈의 이야기를 들으며 그의 진지하게 굳어 있는 표정을 보자 나는 왠지 섬뜩함이 느껴졌다. 처음부터 이처럼 잔인성을 드러낸 사건이니 앞으로 얼마나 기괴하고 또 설명조차 할 수 없는 끔찍한 일이 터져 나올지 알 수 없는 일이었다. 그러나 레스트레이드 경감은 아직 반신반의하듯 머리를 옆으로 흔들며 말했다.

"틀림없이 장난이라는 설에는 문제가 있기도 하지만 범죄라는 설에는 더 커다란 문제가 있습니다. 커싱 씨는 지금까지 20년 동안이나 펜지와 이 마을에서 조용하고 눈에 띄지 않는 생활을 해왔습니다. 그 동안 단 하루도 집을 비운 적이 없었다고 해도 좋을 겁니다. 범인이 범죄의 증거가 되는 물건을 보낼 만한 이유는 어디에도 없습니다. 저 여자가 천하의 명연기로 연극을 하고 있는 것이라면 모르겠지만 저희와 마찬가지로 짚이는 부분이 전혀 없다고 하니 말입니다."

"바로 그 점이 지금부터 해결해야 할 문제겠지요. 나는 내 추리가 옳다는 가정하에서 조사를 해나갈 생각이에요. 두 사람이 어딘가에서 살해당한 것이라는 가설을 바탕으로. 이 귀 중 하나는 여자의 것이에요. 조그맣고 생김새가 가지런하고 귀걸이를 하는 구멍이 뚫려 있어요. 다른 하나는 남자의 귀로 햇볕에 탔는데 역시 귀걸이를 하는 구멍이 뚫려 있어요. 이 두 사람은 이미 살해당했을 거예요. 그렇지 않다면 귀가 없는 두 사람에 대한 소식이 지금쯤이면 우리에게도 도착해 있을 테니까요.

오늘이 금요일이니 소포를 부친 건 목요일 오전이에요. 그렇다면 범죄가 일어난 건 수요일이나 화요일, 혹은 그 전이라고 볼수 있어요. 두 사람이 살해당한 것이라면 그 증거품을 커싱 씨에게 보낸 것을 범인 이외의 다른 사람이라고 생각할 수 있을까요? 이 소포를 보낸 사람이야말로 우리가 찾고 있는 사람이라고 생각해도 좋을 거예요.

그런데 이런 물건을 보낸 데에는 뭔가 분명한 이유가 있을 거예요. 그건 뭘까요? 살해했다는 사실을 커싱 씨에게 알리기 위해서, 혹은 그녀를 괴롭히기 위해였겠지요. 그렇다면 그녀는 보낸 사람이 누군지 알고 있을 거예요. 정말 알고 있을까요? 아니, 그런 것 같지는 않아요. 알고 있다면 경찰에 신고하지 않았을 테니. 그대로 귀를 어딘가에 묻어버렸다면 아무도 몰랐을 거예요. 범인을 감쌀 마음이 있었다면 그렇게 했을 거예요. 하지만 감쌀 마음이 없다면 우리에게 범인의 이름을 말했을 거예요. 이 점이 아무래도 이해할 수 없는 부분으로 앞으로 풀어나가지 않으면 안 될 부분이에요."

홈즈는 정원의 담 위쪽을 멍하니 바라보며 높은 목소리로 빠르게 이야기하다 그것을 그치고 갑자기 자리에서 벌떡 일어나 집 쪽으로 걸어가기 시작했다.

"커싱 씨에게 묻고 싶은 것이 몇 가지 있어요."라고 그가 말했다.

"그럼 저는 여기서 실례하겠습니다." 레스트레이드가 말했다. "이것 외에도 조그만 사건들을 몇 개 끌어안고 있습니다. 저는 더 이상 커싱 씨에게 묻고 싶은 것이 없습니다. 저는 경찰서에 있겠습니다."

"역으로 가는 길에 들를게요."라고 홈즈가 대답했다.

잠시 후, 아까의 방으로 가보니 커싱 양은 아직도 조용히 의자 커버를 만들고 있었다. 우리가 방으로 들어가자 그녀는 바느질하던 것을 무릎 위에 올려놓고 정직해 보이는 파란 눈을 크게 떠서 분위기를 살피듯 우리를 바라보며 말했다.

"이번 일은 틀림없이 착오에서 일어난 거예요. 저 소포는 제게 보낸 게 아니에요. 경찰에게도 몇 번이나 그렇게 말했지만 그저 웃기만 할 뿐, 진지하게 받아들이려 하지 않았어요. 저는 이 세상 누구에게도 원한을 산 일이 없으니 제게 이런 장난을 칠 사람 역시 아무도 없어요."

"나도 그렇게 생각해요, 커싱 씨." 홈즈가 그녀 곁에 앉으며 말했다. "내 생각으로는……."

홈즈가 갑자기 말을 멈췄기에 문득 그를 바라보니 놀랍게도 홈즈는 커싱 씨의 옆얼굴을 뚫어져라 쳐다보고 있었다. 순간 그의 얼굴에 놀라움과 만족스럽다는 듯한 표정이 스치고 지나갔다. 그러나 갑자기 이야기를 멈춘 홈즈를 이상히 여겨 그녀가 돌아보았을 때는 이미 냉정한 얼굴로 돌아가 있었다. 그래서 나도 그녀의 얼굴을 열심히 바라보았으나 단정하게 빗어 넘긴 백발 섞인 머리에도, 얌전하게 보이는 모자에도, 도금을 한 조그만 귀걸이에도 홈즈를 그처럼 흥분시킬 만한 것은 무엇 하나 보이지 않았다.

"한두 가지 여쭙고 싶은 것이 있는데요."

"질문은 이제 지긋지긋해요!" 더는 참을 수 없다는 듯 커싱 씨가 소리를 질렀다.

"여자 형제가 두 분 계시죠?"

"어떻게 아셨죠?"

"이 방에 들어서자마자 세 여성이 찍은 사진이 난로 위 선반에 놓여 있는 것을 보았어요. 그중 한 명은 틀림없이 당신이고, 나머지 두 사람은 당신과 아주 똑같이 생겼기에 세 자매라고 생각한 거예요."

"네, 맞아요. 저 두 아이는 동생인 사라와 메리에요."

"그리고 이쪽에도 사진이 한 장 더 있네요. 동생이 리버풀에서 남자와 같이 찍은 것인데 제복을 보니 배에서 객실을 담당하고 있는 사람인 듯하군요. 저 때 동생은 결혼 전이었던 듯하고요."

"정말 잘 아시네요."

"그게 직업이니까요."

"전부 말씀하신 대로에요. 이 사진을 찍은 지 2, 3일 뒤에 이 브라우너 씨와 결혼했어요. 그는 이 사진을 찍었을 무렵 남아메리카를 오가는 배에서 근무하고 있었는데 오래 떨어져서 살 수 없을 만큼 사랑한다며 리버풀과 런던을 오가는 정기선으로 일자리를 옮겼어요."

"아아, 컨커러 호를 말씀하시는 건가요?"

"아니요, 얼마 전에 물었더니 메이데이 호라고 하던데요. 짐은 저희 집에 한 번 찾아온 적도 있었어요. 그때는 아직 금주를 하고 있었지만 그 후에 약속을 깨고 상륙하면 반드시 술을 마셨어요. 그 사람은 조금이라도 술이 들어가면 미치광이처럼 변해버려요. 아아! 약속을 지켜서 술을 마시지 않았더라면 좋았을 텐데. 우선은 저와 인연을 끊었고, 다음으로는 사라와 말다툼을 했고, 저는 지금 메리와도 연락을 주고받지 않으니 이 두 사람이 어떻게 지내고 있는지는 저도 몰라요."

커싱 씨가 평소 매우 걱정스러워하는 이야기를 하고 있다는 사실을 분명히 알 수 있었다. 다른 독신자들과 마찬가지로 그녀도 처음에는 마음을 열지 않았으나, 결국에는 마음을 완전히 열고 이야기를 하게 된 것이다. 그녀는 선원으로 있는 제부에 대해서 자세히 들려준 뒤, 화제를 돌려 예전에 방을 빌려줬던 의학생들에 대해서 이야기하기 시작했다. 그들이 저지른 나쁜 짓을 하나하나 늘어놓고 그들의 이름과 근무하고 있는 병원까지 가르쳐주었다. 홈즈는 가끔 질문을 해가며 모든 이야기를 주의 깊게 들었다.

"첫째 동생인 사라 씨 말인데요."라고 홈즈가 말했다. "두 분

모두 결혼을 하지 않았으면서 왜 같이 살지 않는 거죠?"

"사라의 성격을 모르시기 때문에 그런 말씀을 하시는 거예요. 제가 이 크로이든으로 이사 왔을 때 처음에는 같이 살았어요. 2개월 전까지만 해도 같이 살았지만 결국은 나가버리고 말았어요. 친동생을 나쁘게 말하고 싶지는 않지만 정말 참견하기 좋아하고 까다로운 성격이에요, 사라는."

"사라 씨는 리버풀에 있는 동생 부부와도 말다툼을 했다고 하셨죠?"

"맞아요. 한때는 사이가 아주 좋았지만. 동생 부부와 가까이서 살고 싶다며 사라가 리버풀로 이사한 적도 있었을 정도니까요. 그런데 지금은 짐 브라우너의 험담이라면 하루 종일 해도 그칠

줄 모를 정도가 됐어요. 여기에 머물던 6개월 동안에도 술버릇이 좋지 않다는 둥, 야무지지 못하다는 둥, 하루 종일 짐에 대한 험담만 늘어놓았어요. 아마 사라가 지나치게 참견을 하자 짐이 심하게 대든 것이 원인일 거예요.”

“정말 고맙습니다, 커싱 씨.”라고 말하며 홈즈는 자리에서 일어나 인사를 했다. “사라 씨는 월링턴의 뉴 가에서 산다고 하셨죠? 이만 실례하겠습니다만, 당신 말씀대로 아무런 관계도 없는 일로 폐를 끼쳐서 정말 죄송합니다.”

밖으로 나오자 마침 마차가 지나고 있었기에 홈즈가 불러 세웠다.

“월링턴까지 거리는 얼마나 되지?”

“1마일쯤 됩니다, 선생님.”

“좋았어, 왓슨, 타기로 하세. 쇠는 달구어졌을 때 두드리라는 말도 있지 않은가? 사건 자체는 단순하지만 세세한 점에서 교훈이 될 만한 것도 한두 가지 있어. 마부, 도중에 전보를 보낼 만한 곳이 있으면 잠깐 세워주겠나?”

홈즈는 전보국에서 짧은 전보를 치고 모자를 코 위까지 내려써서 태양을 피하며 좌석에 기대앉아 다시 마차에 흔들렸다.

잠시 후, 마차가 한 집 앞에 멈춰 섰다. 우리가 조금 전에 나온 집과 별로 차이가 없다는 느낌이었다. 홈즈는 마부에게 기다려 달라고 말하고 현관문을 두드리려 했다. 바로 그때 문이 활짝 열리더니 젊은 신사가 모습을 드러냈다. 검은 옷에 번쩍번쩍 빛나는 모자를 쓴 모습에서 위엄이 느껴졌다.

“커싱 씨 계십니까?”라고 홈즈가 물었다.

"사라 커싱 씨는 무거운 병에 걸렸습니다. 어제부터 심한 뇌 장애로 누워 계십니다. 그녀의 주치의로서 누구도 만나게 할 수 없습니다. 열흘쯤 후에 다시 오시기 바랍니다."

이렇게 말한 의사는 장갑을 끼고 문을 닫은 뒤 거리를 걸어가 버렸다.

"만날 수 없다면 하는 수 없지."라고 홈즈가 밝은 목소리로 말했다.

"억지로 만나도 얘기는 별로 나누지 못할 거고, 얘기할 마음도 없을 거야.

나는 그녀에게서 얘기를 들을 생각은 없었어. 그냥 얼굴이 보고 싶었을 뿐이야. 이것으로 알아야 할 사실은 전부 알아낸 듯해. 마부, 점심을 먹기에 적당한 호텔로 데려다줘. 그런 다음 경찰서로 가서 레스트레이드 경감을 만나기로 하세."

우리는 간단한 점심을 기분 좋게 먹었다. 식사를 하는 동안 홈즈의 이야기는 바이올린에 관한 것뿐이었다. 지금 그가 가지고 있는 스트라디바리우스 바이올린은 적어도 500기니는 하는 물건인데 그것을 토트넘 코트 거리의 유대인이 운영하는 전당포에서 겨우 55실링에 샀다는 것이었다. 그 이야기를 아주 자랑스럽다는 듯 한 뒤, 화제는 파가니니로 옮아갔다. 클라레 한 병을 마시면서 1시간 정도 앉아 있었는데 홈즈는 파가니니에 대한 일화를 쉴 새 없이 들려주었다.

오후도 상당히 늦은 시간이 되어 뜨거운 햇살도 어느 정도 누그러진 뒤에야 우리는 경찰서에 도착했다. 레스트레이드 경감이 입구 부근에서 우리를 기다리고 있었다.

"홈즈 씨, 당신 앞으로 전보가 도착했습니다."

"아아, 아까 보냈던 것의 답장이로군!"이라고 말하더니 봉투를 뜯어 전문을 읽은 홈즈는 둥글게 뭉쳐 주머니에 쑤셔 넣었다.

"이것으로 끝났어."

"뭣 좀 알아내셨습니까?"

"전부를 알아냈어요."

"뭐라고요!" 레스트레이드가 놀라 눈을 둥그렇게 떴다. "농담이시겠죠?"

"농담이 아니에요. 지금처럼 진지하기도 처음이에요. 끔찍한 범죄가 있었는데 나는 지금 세세한 부분까지 전부 파악했어요."

"그렇다면 범인은?"

홈즈는 명함 뒤쪽에 무엇인가를 잠깐 쓰더니 레스트레이드에게 건네주었다.

"그게 범인의 이름이에요. 하지만 체포 가능한 건 아무리 빨라도 내일 밤이에요. 그리고 이번 사건에서 내 이름은 밝히지 않았으면 해요. 해결이 어려웠던 사건에서만 이름을 밝히고 싶으니까요. 그만 가세, 왓슨."

우리는 레스트레이드 경감을 남겨둔 채 역을 향해 걷기 시작했다. 경감은 홈즈가 건네준 명함을 기쁘다는 듯 언제까지고 바라보고 있었다.

그날 밤, 베이커 가의 방에서 우리는 시가를 피우며 이야기를 나누고 있었다. 잠시 후, 홈즈가 이번 사건을 화제로 삼기 시작했다.

"자네가 「진홍빛에 관한 연구」와 「네 개의 서명」이라는 제목으로 기록해준 사건이 있었지? 이번 사건도 그때의 수사처럼 결과에서 원인으로 거슬러 올라가며 추리하지 않으면 안 되는 것 중 하나야. 아직도 모르는 점이 몇 가지 있기는 하지만 그건 레스트레이드에게 편지를 보내 보고를 해달라고 부탁해두었어. 범인을 잡기만 하면 알 수 있는 일이니. 체포에 별 문제는 없을 거야. 왜냐하면 그 경감, 추리력은 엉망이지만 일단 하기로 마음먹은 일에 대해서는 불도그처럼 끈질긴 면이 있으니까. 경찰청의 일인자가 된 것도 그 끈질긴 성격 덕분이야."

"그럼 아직 이번 사건이 완전히 해결 된 건 아니군."

"중요한 부분은 전부 해결했어. 이 섬뜩한 사건을 저지른 사람이 누구인지는 알고 있어. 피해자 중 한 사람이 누구인지는 아직 모르겠지만, 자네도 나름대로 결론을 내려 보게."

"자네가 수상하다고 생각하는 사람은 리버풀 항로의 객실 담당자인 짐 브라우너 아닌가?"

"아니, 수상한 정도가 아니야."

"나는 분명하지는 않지만 그런 느낌이 든다는 정도밖에 모르겠는데."

"하지만 내게는 이보다 더 분명한 사실도 없어. 요점을 되짚어 보기로 할까? 자네도 기억하고 있을 테지만 나는 우선 선입관을 버리고 사건 조사에 임했어. 이건 언제나 유리한 일이야. 우리는 단지 현장으로 가서 관찰을 하고, 그 관찰한 내용 속에서 결론을 이끌어냈어. 우선 현장에서 본 것은 무엇이었지? 비밀이라고는 전혀 가지고 있을 것 같지 않은 조용하고 품위 있는 여성과 그 여성에게 두 여동생이 있다는 사실을 알려주는 사진 한 장이었어. 그때 내 머릿속에 떠오른 것은 그 상자가 두 여동생 중 한 사람에게 보내진 것이 아닐까 하는 생각이었어. 하지만 그것은 나중에 시간이 있을 때 천천히 검토하기로 하고 일단은 그냥 내버려두기로 했어.

그런 다음 우리는 정원으로 가서 노란색 조그만 상자의 기분 나쁜 내용물을 살펴보았지? 상자를 묶은 끈은 배의 돛을 기울 때 쓰는 것이었어. 이번 사건에서 바다의 냄새가 나기 시작한 거야. 끈의 매듭도 선원들이 흔히 쓰는 방법이었고, 소포의 발송지는 벨파스트라는 항구도시였어. 남자의 귀에도 귀걸이를 하기 위한 구멍이 뚫려 있었는데 그런 사람은 평범한 남성보다 뱃사람들 가운데 훨씬 더 많지. 그런 사실들을 알았기에 이번 사건의 등장인물은 전부 뱃사람과 관계가 있는 사람들 중에서 찾아내야 할 것이라는 확신이 들었어.

그런 다음 소포에 적힌 주소를 살펴보았더니 S. 커싱 양이라고 적혀 있었어. 맏언니의 이름이 수전이니 물론 S. 커싱이 되지만, 어쩌면 다른 자매 중에도 이름이 S로 시작하는 사람이 있을지 몰랐어. 그렇게 되면 수사를 처음부터 다시 시작해야만 돼. 그래서 그 사실을 분명히 하기 위해 다시 집 안으로 들어갔어. 이번 사건은 역시 착오에서 비롯된 것 같다고 커싱 씨에게 말하려다 내가 갑자기 말을 멈춘 것을 기억하고 있겠지? 그때 어떤 사실을 깨닫고 깜짝 놀라 입을 다문 것인데 덕분에 수사의 범위가 아주 좁아졌어.

왓슨, 자네도 의사이니 잘 알고 있을 테지만, 인간의 몸 중에서

귀만큼 다양한 형태를 하고 있는 부분도 없을 거야. 누구의 귀에도 분명한 특징이 있어서 다른 사람의 귀와는 확연히 구분이 되지. 작년에 발간된 『인류학회지』를 보면 사람의 귀에 관해서 내가 쓴 짧은 논문이 2편 실려 있을 거야. 나는 그 전문가의 눈으로 상자 속의 귀를 관찰했고, 해부학적 특징을 머리에 깊이 새겨두었어.

그런데 커싱 씨의 귀를 보니 잘려진 여성의 귀와 판박이더군. 내가 왜 놀랐는지 이해했겠지? 우연의 일치가 아니야. 귓바퀴가 짧은 점, 위쪽 귓불이 넓게 곡선을 그리고 있는 점, 안쪽 연골의 형태까지 전부가 똑같았어. 중요한 특징을 전부 가지고 있었어. 완전히 똑같은 귀야. 이 사실은 매우 중요한 문제라고 할 수 있어. 피해자 중 여성 쪽은 커싱 씨와 아주 가까운 친척이라는 사실이 밝혀진 셈이니. 그래서 나는 가족에 관한 얘기를 꺼내보았어. 그랬더니 자네도 들은 것처럼 아주 귀중한 단서를 바로 얻을 수 있었지.

첫 번째로 그녀 동생의 이름이 사라로 머리글자가 S야. 게다가 얼마 전까지만 해도 언니와 같은 집에서 살고 있었어. 이것으로 왜 착오가 생긴 건지, 그 소포가 원래는 누구에게 보내진 것인지를 분명히 알 수 있었어. 다음으로 막내 동생과 결혼한 선원의 이야기가 있었지. 그 남자는 사라와 아주 친하게 지냈고, 사라는 그 브라우너 부부와 가까이서 살고 싶다며 리버풀로 이사를 갔을 정도였어. 그런데 그 후에 말다툼을 한 뒤 헤어졌고 몇 개월 동안이나 연락을 하지 않았어. 다시 말해서 브라우너가 사라에게 소포를 보낼 일이 있었다면 언니와 함께 살던 예전의 주소로

보냈을 것이라 생각해볼 수 있어.

이것으로 문제는 놀랄 만큼 분명해졌어. 그 선원은 정열적이고 성격이 매우 격한 남자인 듯해. 자네도 기억하고 있을 테지만 남아메리카로 가는 배에서 일하는 게 훨씬 더 좋은 자리인데도 아내 곁에 있고 싶다며 그 자리를 버리고 런던의 정기선으로 옮겼다고 했었지? 거기다 때때로 많은 술을 마시고 미친 사람처럼 날뛰었다고도 했어. 이러한 사실들로 미루어보아 그의 아내가 살해당했고, 또 뱃사람인 듯한 남자가 살해당했다고 생각할 만한 이유는 충분하다고 할 수 있을 거야.

그렇다면 범행의 동기는 무엇이었을까? 물론 가장 먼저 떠오르는 것은 아내에 대한 남편의 질투야. 그렇다면 죽인 후의 증거품이 사라 커싱에게 보내진 이유는 무엇일까? 틀림없이 사라가 리버풀에서 사는 동안 이번 사건의 원인이 될 만한 일에 관계했던 거겠지. 게다가 그 정기선은 벨파스트, 더블린, 워터포드 등 3개의 항구에도 정박해. 그러니 브라우너가 살인을 저지른 뒤 곧 메이데이 호에 승선한 거라면 그 섬뜩한 소포를 발송할 수 있는 첫 번째 장소는 벨파스트가 되는 셈이야.

하지만 여기까지의 증거뿐이라면 다른 하나의 설명도 충분히 가능해. 그쪽은 가능성이 아주 희박해 보였지만 어쨌든 앞으로 나가기에 앞서 그것을 분명히 확인하기로 했어. 그건 브라우너 부인, 즉 메리와의 사랑을 놓고 벌어진 두 남자의 싸움에서 진 사람이 부부를 살해했을지도 모른다는 생각이야. 그렇다면 남자의 귀는 짐 브라우너의 것일지도 몰라. 이 설에는 중대한 결점이 아주 많지만 가능성이 전혀 없는 것도 아니었어.

그래서 나는 리버풀의 경찰인 친구 앨가에게 전보를 보냈어. 브라우너 부인이 집에 있는지, 짐 브라우너가 메이데이 호를 타고 출항했는지 알아봐달라고 부탁했지. 그런 다음 사라 양을 만나러 자네와 함께 월링턴으로 간 거야. 가장 먼저 확인하고 싶었던 것은, 그 일족에게서 볼 수 있는 귀의 특징이 사라의 귀에는 얼마나 나타나 있을까 하는 점이었어. 그리고 물론 그녀가 중요한 단서를 제공할지도 모른다는 점도 있었지.

　하지만 이 일에는 크게 기대를 걸지 않았어. 크로이든 전체가 그 사건으로 떠들썩했으니 사라도 어제부터 그 사실을 알고 있었을 거야. 그리고 사라만은 그 소포가 사실은 누구에게 보내진 것인지 알고 있었을 거야. 그러니 경찰에 협력할 마음이 있었다면 벌써부터 자청을 하고 나섰을 거야. 별로 기대를 하고 있지는 않았다 할지라도 사라를 만나는 것이 내 의무라고 생각했기에 일단은 가보았어. 거기서 그녀는 뇌염을 일으킬 정도로 강한 충격을 받아 어제부터 누워 있었다는 사실을 알게 됐어. 다시 말해서 소포가 도착했다는 뉴스를 듣고 쓰러진 거야. 그것으로 사라가 이번 사건에 대해서 아주 잘 알고 있다는 사실을 더욱 분명히 알게 되었어. 그리고 당분간 그녀에게서 이야기를 듣기란 어려울 것이라는 사실도 분명히 알게 되었어.

　그런데 곧 그녀에게서 얘기를 들을 필요도 없게 되었지. 앨가의 답장이 내가 지정한 대로 크로이든 경찰서에 도착했기 때문이야. 그 답장은 내 추리를 완전히 뒷받침하는 것이었어. 브라우너의 집은 3일 전부터 잠겨 있었고, 동네 사람들의 말에 의하면 부인은 친척을 방문하기 위해 남부로 간 듯하다고 하더군. 그리고 해운회

사에 문의한 결과 짐 브라우너는 메이데이 호를 타고 출항했다고 하니 내일 밤, 템스 강에 도착할 거야. 거기에 도착하면 머리는 썩 신통치 않지만 행동만은 민첩한 레스트레이드가 기다리고 있을 거야. 이번 사건에 대한 자세한 점까지 분명히 알게 되겠지."

일은 역시 셜록 홈즈가 말한 대로 되었다. 베이커 가에서 이야기를 나눈 날로부터 이틀 뒤, 두툼한 편지가 홈즈 앞으로 배달되었다. 안에는 레스트레이드 경감이 보낸 짧은 편지와, 커다란 필기용지 몇 장에 타자기로 빽빽하게 작성한 서류가 들어 있었다.

"레스트레이드가 일을 잘 처리한 모양이군." 홈즈가 나를 힐끗 쳐다보며 말했다. "어디, 경감이 뭐라고 보내왔는지 자네도 알고 싶을 테니 읽어주도록 하겠네."

「홈즈 선생님께.

저희의 추리를 확인하기 위해서, 저희가 세운 계획대로(이 '저희'라고 말하고 있는 부분이 재미있지 않은가, 왓슨) 저는 어제 오후 6시에 앨버트 선착장으로 갔습니다. 그리고 리버풀, 더블린, 런던 우편선 회사의 기선인 메이데이 호에 올랐습니다. 조사를 해본 결과 그 배에는 틀림없이 제임스(짐) 브라우너라는 선원이 있다는 사실을 알아냈습니다. 그런데 항해 중의 행동이 너무나도 이상했기에 선장은 어쩔 수 없이 근무를 쉬고 누워 있도록 조치를 취했다고 합니다.

제가 선실로 내려가 보니 브라우너는 옷상자 위에 걸터앉아 두 손으로 머리를 감싸 쥔 채 몸을 앞뒤로 흔들고 있었습니다. 힘이 세 보이는 거한으로 수염을 깨끗하게 깎은 거뭇한 얼굴이었

습니다. 예전에 가짜 세탁소 주인 사건에서 저희에게 협력했던 알드릿지와 닮은 듯한 인상이었습니다. 저희가 경찰이라는 사실을 알고 브라우너는 깜짝 놀라 자리에서 벌떡 일어났습니다. 그러나 제가 가까이에 배치해두었던 수상경찰서 대원들을 부르려고 호각을 입에 대자 포기한 듯 조용히 두 손을 내밀어 수갑을 찼습니다.

그런 다음 유치장으로 데리고 갔는데 앉아 있던 옷상자에도 증거가 되는 물건이 들어 있지 않을까 싶어서 같이 가져갔습니다. 그러나 안에서 나온 것은 선원들이 흔히 사용하는 커다란 칼 정도였고, 다른 이렇다 할 물건은 나오지 않았습니다. 하지만 더 이상 그런 증거를 찾을 필요도 없었습니다. 경찰서에서 취조를 맡은 경감 앞으로 데려갔더니 브라우너 자신이 모든 사실을 털어놓겠다고 말했습니다. 그래서 속기 담당자가 자백을 기록했고, 그 후 타자기로 서류 3통을 작성했기에 그 사본 한 통을 동봉합니다. 이번 사건은 제가 생각했던 것처럼 매우 간단한 것이었으나, 어쨌든 수사에 협력을 해주셔서 대단히 감사합니다.

　G. 레스트레이드」

"흠! 수사는 참으로 간단했다고." 레스트레이드의 짧은 편지를 읽고 나서 홈즈가 중얼거렸다. "하지만 경감이 처음 협력을 의뢰했을 때는 간단한 사건이라고 생각지 않았을 거야. 그야 어찌 됐든, 짐 브라우너가 스스로 이야기했다는 내용을 읽어보기로 할까? 이것이 쉐드웰 경찰서의 몽고메리 경감 앞에서 자백한 진술서야. 브라우너의 이야기가 그대로 적혀 있을 테니, 상황을 생생하게 알 수 있겠지."

「뭐 하고 싶은 말은 없냐고요? 아주 많습니다. 전부 얘기해버리지 않으면 제 속도 시원해지지 않을 겁니다. 그 결과 사형을 당하든 그냥 내버려두든, 그건 상관없습니다. 어떻게 되든 제 알 바 아닙니다.

실제로 그 일을 저지르고 난 뒤 밤에도 편안하게 잠을 잔 적이 없었습니다. 앞으로도 죽을 때까지 편히 자지 못할 겁니다. 가끔 남자의 얼굴이 떠오르는 적도 있지만, 대부분은 그 여자의 얼굴이 떠오릅니다. 어쨌든 둘 중 하나의 얼굴이 언제나 눈앞에 떠오릅니다. 남자는 음울하게 찡그린 얼굴이지만, 여자는 언제나 깜짝 놀란 듯한 표정입니다. 물론 그 하얀 새끼 양 같던 여자가 놀란 것도 당연한 일입니다. 그 전까지는 언제나 사랑으로 가득한 얼굴만 보이던 제가 갑자기 살인자의 얼굴로 변했으니. 하지만 이건 전부 사라 때문에 벌어진 일입니다. 마음에 상처를 받은 남자의 저주로 그 여자를 엉망으로 만들고 온 몸의 피를 썩게 만들었으면 좋겠습니다.

물론 제게도 좋지 않은 점은 있었습니다. 한번 끊었던 술을 다시 마시기 시작했을 뿐만 아니라 술을 마시면 짐승처럼 변한다는 사실도 잘 알고 있었습니다. 하지만 아내는 저를 받아들였습니다. 그 사라만 저희 사이에 껴들지 않았다면 메리는 도르래에 감겨 있는 밧줄처럼 제 옆에 찰싹 달라붙어 있었을 겁니다. 모든 일의 원인은 사라가 제게 반했다는 데 있었습니다. 저는 아예 상대도 하지 않았습니다. 사라의 몸과 마음을 전부 더한 것보다,

메리가 흙탕물 속에 남긴 발자국이 더 소중하다고 저는 생각하고 있었습니다. 그 사실을 알고 저에 대한 사라의 사랑은 증오로 바뀌었습니다.

그녀들은 세 자매였습니다. 제일 위는 착하기만 한 여자였으나 두 번째는 악마였고 세 번째는 천사였습니다. 저희가 결혼했을 때는 사라가 서른세 살, 메리는 스물아홉 살이었습니다. 둘이서 가정을 꾸렸을 때는 행복 그 자체였습니다. 리버풀 전체를 뒤져봐도 메리만큼 좋은 여자는 없을 거라고 저는 생각했습니다. 그때 일주일 정도 예정으로 사라가 놀러 왔습니다. 그런데 일주일이 한 달이 되고, 어영부영하는 사이에 어느 틈엔가 가족처럼 되어버려 그냥 눌러앉게 되었습니다.

그 무렵 저는 술도 마시지 않았고 돈도 얼마간은 모아서 모든 것이 새 은화처럼 반짝이는 나날이었습니다. 그런데 이렇게 될 줄이야 누가 알았겠습니까? 저는 주말의 대부분을 집에서 보냈고, 화물 때문에 출항이 늦어지면 일주일 내내 집에서 보내기도 했습니다. 그랬기에 사라와도 늘 얼굴을 마주했습니다. 사라는 키가 크고 머리카락이 검고 활달한 성격의 기가 센 여자입니다. 약간 새침한 느낌으로 눈은 부싯돌에서 튀는 불꽃처럼 번뜩였습니다. 하지만 사랑스러운 메리가 있었기에 저는 그 여자에게 눈길 한 번 주지 않았습니다. 이건 신께 맹세할 수 있습니다.

사라는 종종 저와 단둘이 있고 싶어 하기도 하고, 둘이서 산책을 나가자고 하기도 했습니다. 하지만 저는 그러고 싶은 마음이 전혀 들지 않았습니다. 그러던 어느 날 밤, 저도 마침내 눈을 뜨고 말았습니다. 배에서 돌아와 보니 메리는 외출을 했고, 집에는 사라밖에 없었습니다. "메리는 어디 갔지?"라고 묻자, "외상값을 주러 갔어요."라고 대답했습니다. 저는 아무래도 마음이 가라앉지 않아서 방 안을 이리저리 걸어 다녔습니다. 그러자 "짐도 참, 메리가 5분만 없어도 안절부절못한다니까. 한순간도 저와는 즐겁게 보내지 못하다니, 실례 아닌가요?"라고 사라가 말했습니다. "그, 그렇지 않아."라고 말하며 달래듯 한 손을 내밀었더니 사라가 두 손으로 꼭 쥐었습니다. 마치 열이 있는 사람처럼 뜨거운 손이었습니다. 사라의 눈을 가만히 들여다본 순간 모든 사실을 알게 되었습니다. 아무 말 듣지 않아도 사라의 마음을 알 수 있었으며, 저도 아무 할 말이 없었습니다. 저는 얼굴을 찌푸리며 손을 뺐습니다. 사라는 한동안 말없이 옆에 서 있었습니다만, 곧 손을 들어 제 어깨를 가볍게 때렸습니다. "정신 차려요, 짐!"하고 말하더니 경멸하듯 웃으며 방에서 뛰어나갔습니다. 그때부터 사라는 저를 진심으로 미워하게 되었습니다. 그녀는 일단 미워하게 되면 섬뜩할 정도로 격해지는 여자입니다. 일이 그렇게까지 되었는데도 그 여자를 그냥 집에 두다니, 저도 참 바보 같은 짓을 했습니다. 바보도 이런 바보가 없을 겁니다. 하지만 그런 얘기를 하면 메리가 슬퍼할 것이라 생각했기에 메리에게는 아무런 말도 하지 않았습니다.

그 후에도 전과 다를 바 없는 생활이 계속되었으나, 메리가 어딘가 좀 이상하다는 생각이 들기 시작했습니다. 천진난만하게 늘 저를 믿어주었는데 이상하게 의심을 품기 시작한 겁니다. 어디에 다녀왔냐는 둥, 무엇을 하고 왔냐는 둥, 그 편지는 누구에게서 온 것이냐는 둥, 주머니에 든 건 무엇이냐는 둥, 시시콜콜한

것들만 귀찮을 정도로 물어봤습니다. 날이 갈수록 그것이 점점 심해져서 사소한 일에도 금방 화를 내고 싸움을 하게 되었습니다. 저도 어떻게 해야 좋을지 몰라 난처하기 짝이 없었습니다. 사라는 저를 피하듯 생활했으나 메리와는 사이가 아주 좋아서 늘 붙어 다녔습니다. 이제 와서 생각해보면, 메리의 마음을 제게서 멀어지게 하기 위해 사라가 여러 가지로 음모를 꾸민 것 같습니다. 그것을 깨닫지 못할 정도로 당시의 저는 바보였습니다.

그 무렵부터 저는 약속을 깨고 다시 술을 마시기 시작했습니다. 메리만 그러지 않았어도 다시 술을 마실 일은 없었을 텐데. 그렇게 되자 메리도 제게 정나미가 떨어져버렸는지 두 사람 사이의 골은 더욱 깊어지기만 할 뿐이었습니다. 거기에 알렉 페어베언이라는 녀석이 껴들어 둘 사이는 다시 되돌릴 수 없을 정도로 나빠지고 말았습니다.

녀석, 처음에는 사라를 찾아온 것이었으나 워낙 서글서글하고 누구와도 친하게 지내는 성격이었기에 저희 부부와도 금방 친구가 됐습니다. 세련되고 활달한 남자로 머리카락은 보기 좋게 곱슬곱슬했고, 세계의 절반 여기저기를 돌아다니며 여행한 이야기를 아주 재미있게 들려주었습니다. 틀림없이 같이 있으면 즐거운 사람이었습니다. 게다가 뱃사람 치고는 놀랄 정도로 예의바른 사람이었으니 하급 선원이 아니라 고급 선원이었을 겁니다. 녀석은 1개월 정도 저희 집에 드나들었는데 그처럼 부드럽고 교활한 방법으로 그런 짓을 할 줄은 꿈에도 생각지 못했습니다. 하지만 저도 점점 뭔가 좀 이상하다고 생각하게 되었고, 그때부터는 단 하루도 마음 편할 날이 없었습니다.

계기는 아주 사소한 데서 비롯되었습니다. 어느 날 제가 갑자기 거실로 들어서자 문가에 있던 메리가 마치 기다리고 있었다는 듯 기쁘기 짝이 없는 표정을 지었습니다. 그런데 들어선 것이 저라는 사실을 안 순간, 갑자기 얼굴이 어두워지더니 실망한 듯 고개를 돌렸습니다. 그것만으로도 저는 모든 사실을 충분히 깨달을 수 있었습니다. 메리가 제 발소리를 듣고 착각했다면 상대는 알렉 페어베언밖에 없으니. 만약 거기에 녀석이 있었다면 틀림없이 죽여버리고 말았을 겁니다. 저는 일단 화를 내면 미친 사람처럼 되어버립니다.

제 눈빛이 예사롭지 않다는 사실을 눈치 챈 메리가 제 곁으로 달려와 소매에 매달렸습니다. "짐, 부탁이에요. 그만두세요!"라고 외쳤습니다. 제가 "사라는 어디 있지?"라고 물었더니 "부엌에 있어요."라고 대답했습니다. 저는 "사라!"하고 부르며 부엌으로 들어갔습니다. "그 페어베언이라는 녀석을 두 번 다시 우리 집에 들여서는 안 돼.", "어머 왜요?", "내 명령이야!", "내 친구가 이 집에 올 수 없다면, 나도 여기에는 머물 수 없겠네요.", "맘대로 해. 하지만 녀석이 다시 한 번 여기에 낯짝을 내밀면 녀석의 한쪽 귀를 잘라서 기념으로 네게 보낼 테니 그리 알아."

화난 제 모습에 완전히 겁을 먹었는지 사라는 그날 밤, 아무 말도 없이 집에서 나갔습니다. 그 여자가 타고난 악마인지, 아니면 메리를 꼬드겨 바람을 피우게 해서 저와의 사이가 벌어지게 하려 한 것인지는 지금도 알 수가 없습니다. 어쨌든 사라는 저희 집에서 2블록쯤 떨어진 곳에 집을 빌렸습니다. 거기서 뱃사람들을 상대로 하숙을 시작한 겁니다. 페어베언도 그 집에서 자주 묵었던 듯하고 메리도 가끔 찾아가서 사라와 그 남자와 차를 마셨던 듯합니다.

몇 번이나 찾아갔었는지는 모르겠지만 하루는 메리의 뒤를 따라가 갑자기 현관 안으로 뛰어들었더니 페어베언 녀석, 정원의 담을 넘어 달아나버리고 말았습니다. 정말 겁쟁이 스컹크 같은 녀석입니다. 저는 메리에게 한 번만 더 녀석과 함께 있는 것이 눈에 띄면 살려두지 않겠다고 분명히 말했습니다. 그런 다음 백짓장처럼 하얗게 질려서 벌벌 떨며 우는 그녀를 질질 끌다시피 해서 집으로 데려왔습니다.

이제 저희 사이에서 부부의 애정이라고는 조금도 찾아볼 수 없게 되었습니다. 메리가 저를 무서워하고 미워한다는 사실을 분명히 알 수 있었기에 그걸 생각하면 술을 마시지 않을 수 없었습니다. 또 술을 마시면 마시는 대로, 메리는 저를 더욱 미워하게 되었습니다. 그러는 사이에 사라는 리버풀에서 생활할 수 없게 되었기에 크로이든에 있는 언니에게로 다시 돌아간 듯했습니다. 저희는 여전히 아옹다옹 하면서도 그럭저럭 둘이서 살아가고 있었습니다. 그런데 지난주에 마침내 모든 것을 엉망으로 만들어버릴 만한 일이 일어난 겁니다.

일의 시작은 이렇습니다. 저는 일주일 동안의 항해에 나서게 되어 메이데이 호에 승선했으나 커다란 통 하나가 굴러 떨어져 뱃바닥의 깔판 하나가 빠져버리고 말았습니다. 덕분에 다시 항구로 돌아가 수리를 위해 12시간 정도 기다리게 되었습니다. 저는 배에서 내려 일단 집으로 돌아가기로 했습니다. 갑자기 돌아가면 깜짝 놀라겠지. 어쩌면 이렇게 빨리 만나게 될 줄은 몰랐다며

기쁘게 맞아줄지도 모르겠다고 생각했습니다.

그런 생각을 하며 집이 있는 골목으로 들어섰는데 마차 한 대가 스쳐 지났습니다. 안을 보니 메리가 페어베언과 나란히 앉아 웃으며 대화를 나누고 있었습니다. 제가 보도에 서서 가만히 지켜보고 있다는 사실조차 깨닫지 못했습니다.

맹세코 말하건대 저는 그 순간부터 스스로를 제어할 수 없게 되어버렸습니다. 지금 생각해봐도 모든 것이 마치 꿈속에서 벌어진 일 같습니다. 요즘 술을 많이 마신 탓도 있었기에 머리가 완전히 이상해져버린 듯했습니다. 지금도 머릿속을 망치로 두드리는 것처럼 쿵쿵 울리지만, 그날 아침에는 마치 나이아가라 폭포가 귀 옆에서 굉음을 내며 떨어지는 것 같았습니다.

저는 곧장 달려서 녀석들의 마차를 뒤쫓기 시작했습니다. 굵은 떡갈나무 지팡이를 들고 처음부터 울컥 치밀어 올라 매우 격분해 있었습니다. 하지만 달리는 동안 약간 정신이 들어 제 모습이 보이지 않도록 머리를 써서 어느 정도 거리를 두고 뒤따라갔습니다. 마차는 곧 기차역 앞에 멈춰 섰습니다. 매표소 부근은 매우 혼잡했기에 저는 들키지 않고 두 사람 바로 옆까지 다가갈 수 있었습니다. 녀석들은 뉴브라이튼까지 가는 표를 샀습니다. 저도 같은 표를 사서 3량쯤 뒤에 있는 차량에 올랐습니다.

뉴브라이튼에 도착하자 두 사람이 산책로를 걷기에 저도 100야드쯤 떨어져서 따라 걸었습니다. 잠시 후, 두 사람은 보트를 빌려 타기 시작했습니다. 아주 더운 날이었으니 물 위가 시원할 거라 생각했던 거겠죠.

그렇다면 녀석들은 제 손아귀로 굴러들어온 것이나 다를 바

없는 일이었습니다. 바다에는 옅은 안개가 껴 있어서 2, 3백 야드 앞도 보이지 않았습니다. 저도 당장 배를 빌려 두 사람의 뒤를 쫓았습니다. 두 사람이 탄 배가 희미하게 보였는데 녀석들도 비슷한 속도로 배를 저었기에 제가 따라잡았을 때는 해안에서 1마일은 족히 떨어져 있었습니다. 안개가 주위를 감싸고 있었고, 그 한가운데 있는 것은 저희 세 사람뿐이었습니다.

다가온 배에 타고 있는 사람이 저라는 사실을 알았을 때의 녀석들의 얼굴이란! 잊으려 해도 잊을 수가 없습니다. 여자는 비명을 질렀습니다. 남자는 미친놈처럼 고함을 지르고 노를 휘두르며 덤벼들었습니다. 아마 제 눈에서 살기를 느꼈던 듯합니다.

그것을 피한 뒤 지팡이로 일격을 가하자 녀석의 머리는 계란처럼 깨져버리고 말았습니다.

저는 완전히 제정신이 아니었으나 그래도 메리만은 살려둘 생각이었습니다. 그런데 그녀가 남자를 끌어안고 알렉, 알렉하며 울부짖었습니다. 눈이 뒤집힌 제가 그녀를 내리치자 그녀도 남자 옆에 쓰러지고 말았습니다. 그 순간부터 저는 피맛을 본 짐승이나 다를 바 없었습니다. 만약 사라가 그 자리에 있었다면 그녀도 역시 죽였을 겁니다. 저는 칼을 꺼내……. 그 다음부터는 얘기하지 않아도 아시겠지요? 사라에게, 네가 쓸데없는 참견을 해서 이런 일이 벌어졌다는 증거품을 보내면 어떤 얼굴을 할지. 그런 생각이 들자 잔혹한 즐거움으로 가슴이 뛰기 시작했습니다.

그런 다음 둘의 시체를 배에 묶고 뱃바닥의 판자 하나를 뜯어내 배가 가라앉는 모습을 지켜보았습니다. 배를 빌려줬던 사람은 두 사람이 안개 때문에 방향을 잃고 바다 멀리로 떠내려간 것이라 생각했을 겁니다. 저는 차림새를 단정히 한 뒤 뭍으로 올라가 누구에게도 의심을 받지 않고 다시 메이데이 호에 올랐습니다.

그리고 그날 밤, 사라 커싱에게 보낼 꾸러미를 만들어 다음 날 벨파스트에서 발송했습니다.

제 얘기는 이것으로 끝입니다. 교수대로 보내든지 말든지, 맘대로 하세요. 하지만 저는 벌써 충분히 벌을 받고 있으니 이 이상 벌을 줄 수는 없을 겁니다. 눈을 감으면 언제나 그 두 사람이 저를 가만히 노려봅니다. 제 배가 안개 속에서 갑자기 나타났을 때처럼 저를 가만히 바라봅니다. 저는 녀석들을 단번에 죽였는데, 녀석들은 저를 천천히 죽이려 하고 있습니다. 하루만 더 그런 밤이 계속되면 내일 아침에는 미쳐버리거나 숨이 끊어져 있을 겁니다. 제발 부탁이니 독방에만은 가두지 말아주십시오. 부탁입니다. 당신들이 같은 입장에 서게 됐을 때, 지금 제게 한 것과 똑같은 일을 당하게 될 겁니다. 내일은 내 차례, 라는 말도 있지 않습니까?」

"이번 사건에는 대체 어떤 의미가 있는 걸까, 왓슨?" 홈즈가 서류를 내려놓으며 진지하게 말했다. "이 되풀이되는 불행과 폭력과 공포, 이것은 무엇을 나타내는 것일까? 어떤 목적이 있어야만 해. 그렇지 않다면 이 세상은 그저 우연에 지배받고 있는 셈이 되어버리고 마는데, 그건 생각할 수도 없는 일이니까. 그렇다면 어떤 목적이 있는 걸까? 이것은 영원히 풀지 못할 문제로, 인간의 이성은 끝까지 답을 내리지 못할 거야."

고명한 의뢰인

The Illustrious Client

"이제는 누구에게도 피해를 주지 않을 거야."

셜록 홈즈는 그렇게 자신의 감상을 말했다. 몇 년도 전부터 지금부터 써내려갈 이야기를 공표하게 해달라고 홈즈에게 부탁했었다. 결국은 열 번째 부탁을 해서야 간신히 허락을 받아낼 수 있었다. 그렇게 해서 간신히 세상의 빛을 보게 된 이 사건은 어떤 의미에서, 홈즈가 다루었던 여러 가지 사건 중에서도 가장 특수한 성격을 가진 것일지도 모른다.

홈즈와 나는 터키식 목욕탕을 아주 좋아한다. 휴게실에서 파이프를 문 채 나른하고 편안한 시간을 즐길 때면 홈즈도 평소보다 훨씬 더 말이 많아져서 얼마간은 인간미를 느끼게 해준다. 노섬벌랜드 대로에 위치한 터키식 목욕탕의 2층에는 주위로부터 독립된 공간이 있는데 거기에는 2개의 기다란 의자가 놓여 있다. 이

이야기가 시작된 것은 1902년 9월 3일, 그 의자에 둘이 나란히 누워 쉬고 있을 때였다.

나는 홈즈에게 뭐 특별한 사건은 없냐고 물었다. 그러자 홈즈는 덮고 있던 수건 사이로 기다랗고 신경질적인 팔을 불쑥 내밀더니 곁에 걸려 있던 상의 주머니를 뒤지기 시작했다. 주머니에서 한 통의 편지가 나왔다.

"별것도 아닌데 괜한 소란을 피우는 건지, 아니면 정말로 목숨이 걸린 문제인지, 거기에 적혀 있는 것 외에는 나도 아직 잘 모르겠지만."

살펴보니 '칼턴 클럽'이라는 이름이 적혀 있었다. 봉투에 적힌 날짜는 어젯밤으로 되어 있었다. 편지에는 다음과 같은 내용이 적혀 있었다.

「셜록 홈즈 씨

갑자기 이런 편지를 보내게 돼서 정말 죄송합니다. 매우 미묘하고 중요한 용건으로 내일 저녁 4시 반에 찾아뵙도록 하겠습니다. 꼭 만나서 이야기를 들어주셨으면 합니다.

칼턴 클럽으로 전화를 주셔서 시간이 어떠신지 알려주셨으면 감사하겠습니다.

제임스 데머리 대령」

"물론 알았다고 대답을 해두었지만……."

내가 돌려준 편지를 받으며 홈즈가 말했다.

"왓슨, 자네는 이 데머리라는 사람에 대해서 어떤 사실을 알고 있지?"

"글쎄, 사교계에서는 아주 유명한 이름이라는 것 정도가 전부야."

"그럼 내가 더 잘 알고 있는 셈이군. 그는 아주 훌륭한 인격을 갖춘 사람이야. 그래서 신문 같은 데 실리기를 원치 않는 복잡한 사건이 일어나면 당사자들의 부탁으로 곧잘 중재를 하기로 유명하지. 자네가 기억하고 있을지 어떨지는 모르겠지만, 해머포드의 유언장 사건에서 조지 루이스 경과 쉽지 않은 협상을 벌여 사건을 무사히 해결한 것도 바로 이 사람이야. 인상이 좋고 세상사에 밝은 사람이야. 이런 사람이 나와 상의할 일이 있다고 하니 괜한 소란을 피우는 건 아닐 거야. 아주 어려운 사건으로 자신이 감당할 수 없기에 우리의 도움을 청하려는 거겠지."

"우리라고?"

"물론 자네도 도와주겠지?"

"바라던 바야."

"그럼, 오늘 4시 반이야. 그때까지 이 일은 깨끗이 잊고 편안히 쉬기로 하세."

그 무렵 나는 오랫동안 살던 베이커 가의 하숙에서 나와 퀸 앤 가로 이사를 한 상태였다. 그랬기에 조금 일찍 그리운 베이커 가로 갔다. 4시 반 정각에 제임스 데머리 대령이 모습을 드러냈다. 많은 사람들이 대령을 알고 있을 테니 그렇게 자세히 설명할 필요는 없으리라. 수염이 없는 커다란 얼굴, 아일랜드계인 듯 회색으로 정직해 보이는 눈, 언제나 기분이 좋은 듯 생글생글 미소를 짓고 있는 입매. 그것은 시원하게 보여서 넓은 마음과 유쾌한 인품을 그대로 나타내는 것이었다.

번쩍번쩍 빛나는 실크해트에 검은 플록코트, 검은 나비넥타이, 그리고 진주가 박힌 핀을 꽂았으며, 역시 번쩍번쩍 광이 나게 닦은 구두에 연보랏빛 각반을 두른 차림은 한 치의 빈틈도 없는 영국 신사의 표본인 듯했다. 데머리 대령은 멋쟁이로도 유명했다. 몸집이 크고 당당한 귀족이 들어왔기에 조그만 방이 가득 찬 것처럼 느껴졌다.

"아아, 역시 왓슨 선생님도 같이 계셨군요."

데머리 대령이 크고 울림이 좋은 목소리로 말하며 정중하게 인사를 했다.

"왓슨 박사님을 부르신 건 아주 현명한 판단이었습니다. 이번

사건의 상대는 아무렇지도 않게 폭력을 휘두르고 세상에 무서울 것이 하나도 없는 난폭한 사내니까요. 유럽 전체를 뒤져봐도 그렇게 위험한 사람은 없을 겁니다."

"그런 재미있는 사람이라면 나도 지금까지 몇 명인가 상대한 적이 있어요."

홈즈가 빙그레 웃으며 대답했다.

"그건 그렇고 담배는 어떻습니까? 아, 안 태우신다고요. 그럼 실례하지만 나는 파이프를 피우도록 하겠습니다. 이제 그 악당의 이름을 들려주세요. 대령께서 말씀하신 그 사람이 죽은 모리어티 교수나 아직 살아 있는 세바스천 모런 대령보다 더 위험한 사람이라면 내가 적으로 삼기에 부족함이 없을 테니까요."

"홈즈 씨께서는 그루너 남작이라는 사람을 알고 계십니까?"

"아아, 그 오스트리아의 살인광 말씀이신가요?"

데머리 대령은 갑자기 웃음을 터뜨리더니 송아지 가죽장갑을 낀 두 손을 벌려 보였다.

"정말 대단합니다, 홈즈 씨. 당신은 정말 모르는 것이 없네요. 그렇다면 당신은 그가 살인범이라는 사실도 이미 알고 계십니까?"

"유럽 전역에서 일어나고 있는 범죄사건을 자세히 살펴보는 것도 내 일 중 하나예요. 그래서 나는 프라하에서 일어난 그 남작 부인 살인사건의 재판기록도 읽어보았어요. 틀림없이 그가 진범이에요. 그가 무죄를 선고받은 것은 중요한 증인이 의문의 죽음을 당했고 변호사가 그 점을 교묘하게 속였기 때문이에요. 결국 남작 부인은 슈플뤼겐 고개에서 사고로 죽은 것이라 결론

내려졌지만 그것이 남작의 짓이라는 점만은 틀림없는 사실이에요.

그래서 남작이 우리 영국으로 건너왔다는 사실을 안 순간부터 나는 그 사람이 언젠가는 문제를 일으킬 것이라고 생각하고 있었어요. 내가 그 남자와 대결을 벌일 때가 반드시 올 것이라고 각오하고 있었어요. 그 그루너 남작이 무슨 짓을 한 거죠? 예전의 사건 때문에 오신 건 아니겠지요?"

"네, 물론입니다. 무릇 범죄라는 것은 일어난 뒤에 발견을 해서 벌하는 것도 중요하지만 일어나지 않도록 하는 것이 더 중요하지 않겠습니까, 홈즈 씨? 커다란 범죄가 지금 제 눈앞에서 일어나려 하고 있습니다. 그런데도 제게는 그것을 막을 방법이 없습니다. 이보다 더 괴로운 일도 없을 겁니다."

"그렇군요."

"제 말을 이해할 수 있겠습니까, 홈즈 씨? 사실 저는 어떤 분의 대리인으로 온 것인데 그분에게 힘을 빌려주실 수 있으시겠습니까?"

"그렇다면 이번 일을 의뢰하신 분은 대체 어떤 분이신가요?"

"사실은 그것을 말씀드릴 수가 없어서 저도 조금 난처합니다. 그분은 매우 유명한, 그리고 지위가 높은 분이십니다. 저는 그분의 이름을 절대로 밝히지 않겠다고 약속하고 왔습니다. 그분께서는 기사도 정신에 입각한 존경할 만한 이유로 이번 일을 당신에게 의뢰해달라고 부탁하셨지만 자신의 이름을 밝히는 것은 피하고 싶어 하십니다. 하지만 조사를 위한 비용이나 사례비는 걱정하지 않으셔도 됩니다. 또 어떤 방법을 취하셔도 상관없습니다. 그러니 의뢰인의 이름만은 묻지 말았으면 합니다만."

"그거 참 안타깝네요. 나는 의문을 푸는 일에는 익숙해져 있지만, 의뢰인 쪽에도 비밀이 있으면 사건을 해결하는 데 어려움을 겪게 되니까요. 이번 사건은 맡기가 어려울 것 같습니다."

데머리 대령은 당황한 기색이 역력했다. 마음의 동요와 실망감을 감추지 못하겠다는 듯, 그 크고 감정이 풍부해 보이는 얼굴이 어두워졌다.

"홈즈 씨, 당신은 그 결과 어떤 일이 일어날지 알고 계십니까?"

대령이 말했다.

"정말 난처하게 됐군……. 물론 저도 사실을 남김없이 이야기하고 싶습니다. 그러면 홈즈 씨도 이번 사건을 맡으실 것이 틀림없으니까요. 하지만 이야기하지 않겠다고 약속을 해버렸기에……. 이렇게 하는 건 어떨까요, 홈즈 씨. 제가 허락을 받은 한도 안에서는 전부 이야기를 하기로 하겠습니다. 그것을 듣고 판단하시는 것은 어떻겠습니까?"

"그렇게 하도록 하죠. 하지만 얘기를 들은 후에도 납득이 가지 않는다면 사건은 맡지 않을 겁니다."

"알겠습니다."

데머리 대령이 이야기를 시작했다.

"홈즈 씨도 드 머빌 장군은 알고 계시겠지요?"

"카이버 고개의 전투로 유명하신 드 머빌 장군 말인가요? 물론 알고 있습니다."

"장군에게는 젊고 아름다운 따님이 한 분 계십니다. 머리가 좋고 재능도 있으며 거기에 재산도 있습니다. 어디 한 군데 흠잡을 데 없는 아가씨입니다. 실은 우리가 그 악마와도 같은 사내로부터 지키려는 사람이 바로 그 사랑스럽고 세상물정 모르는 아가씨 바이올렛 드 머빌 양입니다."

"그렇다면 그루너 남작이 그 바이올렛 드 머빌의 약점이라도 쥐고 있다는 말씀이신가요?"

"그렇습니다. 여자에게 있어서는 가장 커다란 약점입니다. 다시 말해서 바이올렛이 남작을 사랑하게 된 겁니다. 홈즈 씨도 아시겠지만 그루너 남작은 세상에서도 보기 드문 미남입니다. 세련된 동작, 부드러운 목소리, 거기에 낭만적이고 신비로운 분위기. 여자의 마음을 사로잡을 만한 매력을 가지고 있습니다. 그 때문에 지금까지도 많은 여자들이 그에게 속아 괴로움을 맛보았습니다."

"그런 것 같더군요. 그런데 그런 남자가 어떻게 바이올렛 드 머빌처럼 신분이 높은 아가씨를 알게 된 거죠?"

"바이올렛이 요트로 지중해를 여행할 때 알게 된 것입니다. 훌륭한 집안의 사람들만 승객으로 받는다고 했으나 사실은 여비만 내면 누구나 섞여들 수 있었던 겁니다. 주최자도 남작이 어떤 사람인지 그 본성을 몰랐던 거겠지요. 나중에야 알게 되었지만 그때는 이미 늦었던 겁니다. 그루너 남작은 아무것도 모르는 바이올렛의 주위를 맴돌며 그 뛰어난 매력으로 바이올렛의 마음을 사로잡은 겁니다. 바이올렛이 얼마나 열을 올리고 있는지는 말로 표현할 수 없을 정도입니다. 지금은 남작에게 완전히 빠져서 단 하루도 떨어지지 않으려 합니다. 정말 머리가 어떻게 된 게 아닐까 싶을 정도입니다.

저희도 그루너 남작에게 여러 가지로 좋지 않은 소문이 있다는 사실을 끊임없이 들려주었지만 아예 들으려 하지도 않습니다. 가능한 모든 방법을 다 써보았으나 헛수고였습니다. 그런데 두 사람은 다음 달에 결혼을 하려하고 있습니다. 바이올렛은 이미 어른이고, 또 의지가 강한 아가씨이기 때문에 일단 마음을 먹으면 말릴 수가 없습니다."

"흠……, 바이올렛 씨는 그 오스트리아에서의 사건을 알고 있나요?"

"물론 그것도 분명히 이야기했습니다. 하지만 남작은 정말로 교활한 사람입니다. 그는 세상에 알려진 자신의 과거를 전부 바이올렛에게 고백했습니다. 그리고 자신에게는 아무런 죄도 없다, 전부 세상의 오해로 자신이야말로 진정한 피해자라고 말한 겁니다. 바이올렛은 그의 말을 철석같이 믿고 있어 우리의 충고에는 귀를 기울이려 하지도 않습니다."

"그렇군요. 쉽지 않은 문제네요. 하지만 말씀을 들어보니 이번 사건의 의뢰인을 특별히 감출 필요도 없을 것 같은데요. 의뢰인은 바이올렛 씨의 아버지인 드 머빌 장군 아니신가요?"

데머리 대령이 우물쭈물하며 대답했다.

"그렇다고 대답해서 홈즈 씨를 속일 생각이라면 속일 수도 있을 겁니다. 하지만 솔직히 말씀드리자면 그렇지가 않습니다. 드 머빌 장군은 이제 환자나 다를 바 없습니다. 그 용감하시던 장군도 이번 사건으로 완전히 기력을 잃어 갑자기 늙으셨을 뿐만 아니라 마음도 약해지셨습니다. 전장에서 싸우시던 때의 기력은 이제 찾아볼 수가 없습니다. 교활함으로 가득하고 기운이 넘쳐나는 그루너 남작을 상대로 싸울 만한 힘은 조금도 남아 있지 않습니다.

사실 이번 사건을 홈즈 씨에게 의뢰해달라고 부탁한 사람은 장군의 오랜 친구로, 어렸을 때부터 바이올렛을 자신의 딸처럼 귀여워했던 사람입니다. 그래서 타인이면서도 아버지와 같은 마음으로 이번 문제를 걱정하고 있는 겁니다. 하지만 이와 같은 일의 경우, 런던 경찰청은 아무런 도움도 되지 않습니다. 그래서 그분이 당신의 명성을 듣고 당신에게 꼭 좀 부탁을 해달라고 청하신 겁니다. 단, 조금 전에도 말씀드린 것처럼 그분이 이번 사건에 관여하고 있다는 사실은 비밀로 하겠다고 굳게 약속했습니다."

여기까지 이야기한 데머리 대령은 잠시 한숨을 돌리며 홈즈의 눈을 가만히 바라보았다.

"물론 홈즈 씨의 뛰어난 탐정 능력을 발휘하신다면 그 분의 정체를 알아내는 것은 간단한 일일 겁니다. 하지만 그 일만은 참아주셨으면 합니다. 제 명예를 걸고 부탁드리겠습니다."

홈즈는 싱긋, 그 수수께끼와도 같은 웃음을 지었다.

"알겠습니다. 맡기로 하지요. 그리고 그 의뢰인의 정체도, 억지로 밝히지는 않겠다고 약속하겠습니다. 사건 자체에 흥미가 생겼으니. 그런데 데머리 대령님, 당신에게 연락하려면 어떻게 해야 하나요?"

"저는 칼턴 클럽에 있겠습니다. 급한 일이 생겼을 때는 xx—31번으로 전화를 주시면 바로 통화를 할 수 있습니다."

홈즈는 수첩에 전화번호를 적고 무릎 위에 그 페이지를 펼쳐놓

은 채 여전히 미소를 지으며,

"그루너 남작의 현재 주소도 가르쳐주세요."

"킹스턴 바로 옆에 위치한 버넌 로지라는 저택에서 살고 있습니다. 아주 호화스럽고 멋진 저택입니다. 자세히는 모르겠으나 미심쩍은 방법으로 커다란 돈을 모은 듯, 돈은 넘쳐날 정도로 가지고 있습니다. 그런 만큼 적으로 상대하기에는 아주 어려운 사람입니다."

"지금 그 집에 있단 말씀이시죠?"

"네."

"그 남자에 대해서 더 알고 계신 것은 없나요?"

"글쎄요. 그 외의 것이라면, 아주 사치스러운 취미를 여럿 가지고 있습니다. 한때는 헐링엄 폴로 경기장에서 폴로를 자주 했었습니다만 프라하에서의 사건으로 평판이 나빠졌기 때문에 지금은 그만두었습니다. 고서와 그림도 수집하고 있습니다. 예술가로서의 재능도 가지고 있습니다. 중국 도자기에 관해서는 모르는 것이 없을 정도의 전문가로 책을 쓴 적도 있다고 합니다."

"그렇군요. 매우 복잡한 성격을 가진 사람이네요. 중대한 범죄자 중에는 때로 그처럼 뛰어난 예술가적 재능을 가진 사람들도 있는 법입니다. 내가 잘 알고 있는 찰리 피스는 바이올린의 명수였으며, 웨인라이트는 일류 화가였습니다. 그 외에도 그런 인물들은 얼마든지 있습니다. 이만 돌아가셔서 베일 속의 의뢰인에게 그루너 남작에 관한 일을 맡겠다고 전해주세요. 지금은 더 이상 말씀드릴 것이 없지만 제게도 약간의 정보망이 있으니 문제를 해결할 수 있을 거예요."

데머리 대령이 돌아가고 난 뒤 홈즈는 의자에 앉아 말없이 생각에 잠겼다. 너무 오랫동안 아무런 말도 하지 않았기에 내가 있다는 사실도 잊은 것이 아닐까 여겨졌다. 마침내 홈즈가 생각을 마친 듯 입을 열었다.

"아아, 왓슨, 자네의 의견은 어떤가?"

"글쎄……, 우선은 그 바이올렛 씨를 만나 이야기를 해보는 게 어떨까 싶은데."

"그건 좋은 방법이 아니야. 나이 들고 병에 걸린 아버지의 말도 전혀 듣지 않는데 한 번도 만난 적이 없는 우리가 간다고 해서 말을 들어줄 것 같은가? 어쨌든 다른 방법이 전부 실패를 한다면 생각해볼 여지는 있을 거야. 하지만 나는 우선 다른 쪽에서부터 시작할 생각이야. 그를 위해서 우선은 신웰 존슨을 만나볼 생각이라네."

나는 홈즈가 비교적 최근에 맡은 새로운 사건에 대해서는 거의 기록을 발표하지 않았기 때문에 이 남자에 대해서 쓸 기회가 없었지만 신웰 존슨은 이번 세기가 시작될 무렵부터 홈즈의 일을 거들어 커다란 도움을 주고 있는 사람이다.

존슨은 원래 무시무시한 범죄자로 벌써 2번이나 파크허스트 감옥에 갇힌 적이 있었다. 그런데 곧 마음을 다잡고 홈즈의 한쪽 팔로 일을 하게 되었다. 그 이후부터 존슨은 런던의 암흑가로 잠입해 들어가 홈즈를 위해서 매우 귀중한 정보를 모아다 주었다. 전과 2범이라는 경력 때문에 런던의 모든 나이트클럽과 싸구려 호텔, 도박장에서도 알아주는 인물이었다. 게다가 관찰력이 뛰어나고 머리가 잘 돌아가기 때문에 이런 일에는 안성맞춤이었다.

만약 존슨이 경찰의 앞잡이가 되었다면 곧 목숨이 위태로워졌을 것이다. 그러나 홈즈는 법정으로 가지 않을 만한 사건에서만 존슨을 이용했기에 동료들이 눈치 챌 염려는 전혀 없었다. 셜록 홈즈가 지금 의지하려는 것이 바로 그 사람이다. 하지만 그때 나는 홈즈와 함께 행동을 하지 못했다. 나를 기다리는 환자들이 있어서 시간을 낼 수 없었기 때문이었다. 그래서 그날 밤, 심슨의 가게에서 만나기로 약속하고 홈즈와 헤어졌다.

내가 심슨의 식당에 도착했을 때, 홈즈는 벌써 거리에 면한 창가 자리에 앉아 나를 기다리고 있었다. 무엇인가 생각에 잠긴 듯, 스트랜드 가를 오가는 사람들을 내려다보며 멍한 표정을 짓고 있었다.

내가 앉자 홈즈가 지금까지의 경과를 이야기해주었다.

"지금 존슨이 열심히 돌아다니고 있어. 암흑가의 구석구석까지 뒤져서 틀림없이 어떤 냄새를 맡아가지고 올 거야. 그 남작의 약점을 찾아내기 위해서는 범죄자들의 소굴로 들어가는 것이 가장 좋을 테니까."

"하지만 홈즈, 바이올렛은 남작이 지금까지 해온 일을 듣고도 무엇 하나 믿지 않았어. 자네가 어렵게 새로운 사실을 찾아낸다 해도 과연 그것을 믿을까?"

"아니, 그건 모르는 일이야. 남자에게 있어서 여성의 심리란 전혀 이해를 할 수 없는 수수께끼와 같은 것이니까. 살인에 대해서는 관대하게 봐주거나 세상의 오해라고 생각해서 상대방을 용서할 마음이 생길지도 몰라. 하지만 살인보다 죄가 훨씬 더 가벼운 사소한 사건 때문에 상대방을 용서하지 못하는 경우도 있어. 그루너 남작도 같은 말을 했지만……."

"응, 뭐라고? 홈즈, 자네 남작을 만나고 온 건가?"

"아아, 그러고 보니 자네에게는 말을 하지 않았군. 나는 처음부터 그럴 생각이었어. 그런 뛰어난 범죄자를 상대하는 일을 아주 좋아하지만, 그럴 경우에는 직접 만나서 어떤 사람인지 알아둘 필요가 있어. 그래서 존슨을 만나고 돌아오는 길에 킹스턴으로 마차를 달려서 그를 만나고 왔어. 남작이 아주 상냥하게 맞아주더군."

"그도 자네를 알아보던가?"

"아주 간단히. 내가 명함을 건네주며 안내를 부탁했으니까. 상대로 삼기에 부족함이 없는 사람이었어. 얼음처럼 냉정하고 품위 있는 목소리로 이야기하는, 얼핏 보기에는 인기가 좋은 의사처럼 아주 상냥한 사람이었어. 하지만 그 뒷면에는 코브라처럼 독을 품은 마음이 있다는 사실을 잘 알 수 있었지. 어쨌든 제1급 범죄자야. 겉으로는 차를 마실 때처럼 편안함을 가장하고 있지만 악마처럼 잔혹한 성질을 가진 사람이야. 나는 아델베르트 그루너 남작과 같은 범죄자와 만나게 된 것을 하늘에 감사하고 있어."

"분명히 아주 상냥했다고 말했지?"

"마치 쥐를 발견하고는 목을 울리는 고양이 같았어. 어떤 종류의 인간들의 상냥함은 난폭한 사람의 폭력보다 훨씬 더 무서운 법이지. 우선 처음 인사부터 만만치가 않더군.

'조만간 만나게 될 것이라 생각했습니다, 홈즈 씨. 당신은 틀림

없이 드 머빌 장군의 부탁으로 바이올렛 아가씨와 나와의 결혼을 막기 위해서 여기에 오신 거겠죠?'

그가 다짜고짜 이렇게 말했다네. 나는 말없이 고개를 끄덕였어. 그랬더니 남작은,

'하지만 홈즈 씨, 이번 일에 나서면 지금까지 쌓아온 명성에 흠집이 생길 겁니다. 당신이 해결할 수 있는 성질의 문제가 아니니까요. 당신은 헛수고만 하게 될 뿐만 아니라 상당히 위험한 상황에 놓이게 될 우려도 있습니다. 당신을 위해서 하는 말이니, 지금 당장 손을 떼시는 게 좋을 겁니다.'

그래서 나도 이렇게 맞받아쳤지.

'이거 굉장한 우연이네요. 나도 당신에게 같은 충고를 하러 온 참인데. 당신의 뛰어난 머리에는 전부터 감탄을 하고 있었어요, 그루너 남작님. 이렇게 만나 뵙게 된 지금도 그 생각에는 변함이 없어요.

그러니 숨김없이 말씀드리도록 하지요. 그 누구도 당신의 과거를 들춰서 당신을 불리한 입장에 세우려 하지는 않을 거예요. 전부 끝난 일이니까요. 당신은 지금처럼 별 탈 없이 살아가실 수가 있어요. 하지만 만약 당신이 무슨 일이 있어도 바이올렛 씨와 결혼을 하려고 한다면 강력한 적들을 여럿 만들게 될 거예요. 그들은 당신을 가만히 내버려두지 않을 거예요. 결국 당신은 영국에 머물 수 없게 될 거예요. 그렇게까지 해서 결혼할 가치가 있을까요? 아가씨에게서 손을 떼세요. 당신이 과거에 저질렀던 좋지 않은 일이 바이올렛 씨에게 전부 알려진다면 당신에게도 결코 좋지 않을 거예요.'

내 이야기를 듣는 동안 남작은 재미있다는 듯 턱수염을 움찔움찔하고 있었어. 마치 곤충의 더듬이 같은 수염이었는데 기름을 발라서 딱딱하게 고정시켜놨어. 그리고는 마침내 낮은 소리로 큭큭 웃더군.

'아아, 갑자기 웃어서 죄송합니다. 하지만 홈즈 씨, 당신은 좋은 패를 하나도 가지고 있지 않으면서 트럼프의 승부에 임하려 하고 있습니다. 그것을 보자 우스워서 견딜 수가 없었습니다. 그건 그렇고 승패가 이렇게 분명한데 그처럼 큰소리를 치시다니 과연 홈즈 씨답습니다. 판을 뒤엎을 만한 결정적인 패를 가지고 계신가요? 수중에 이렇다 할 패는 없으실 텐데요.'

'정말 그렇게 생각하시나요?'

'다 알고 있습니다. 그럼, 얘기를 분명히 하겠습니다. 설령 당신이 어떤 수단을 쓴다 할지라도 제게는 아주 결정적인 패가 있으니까요. 다시 말해서, 바이올렛은 저를 좋아합니다. 제 과거에 여러 가지 사건이 있었다는 사실도 전부 알고 있습니다. 그런데도 바이올렛은 저와 결혼을 하겠다는 겁니다. 그리고 저는 지금, 어딘가의 짓궂고 참견하기 좋아하는 사람이 찾아와서—당신이라고 생각해도 상관없습니다— 같잖은 얘기를 하기에 조심하라고 말해주었습니다.

홈즈 씨, 당신은 후최면암시라는 말을 알고 계시죠? 그렇다면 당신은 지금부터 그 효과를 직접 맛보게 될 겁니다. 뛰어난 사람은 이상하게 손을 움직이거나 한심한 몸짓을 하지 않아도 최면을 걸 수 있으니까요. 그러니 홈즈 씨, 바이올렛을 만나고 싶다면 만나러 가도록 하세요. 바이올렛은 틀림없이 만나줄 겁니다.

그녀는 아버지의 뜻을 절대로 거스르지 않으니까요. 물론 딱 한 가지, 아주 사소한 일만은 예외지만.'

나는 더 이상 얘기해봐야 소용없는 일이라고 생각했기에 자리를 뜨기로 했다네. 내가 가능한 한 냉정하고 엄숙한 태도로 방의 문을 열려고 한 순간 그루너 남작이 나를 붙들더군.

'홈즈 씨. 당신은 프랑스의 르 브륑이라는 탐정을 알고 계십니까?'

'알고 있어요.'

'그 사람이 최근에 어떤 일을 당했는지도 알고 계십니까?'

'알고 있어요. 파리의 몽마르트 가에서 정체를 알 수 없는 사람들에게 갑자기 습격을 당해 한쪽 다리를 심하게 다쳤다고 하더군요. 평생 낫지 않을 거라고.'

'맞습니다, 홈즈 씨. 그런데 참으로 기묘한 우연입니다. 습격을 당하기 일주일 전부터 그 브륑은 제 뒷조사를 하고 다녔습니다. 그러니 홈즈 씨도 몸을 위해서 그런 일은 하지 않는 것이 좋을 겁니다. 나중에 후회한 사람들이 여럿 있는데, 그래서는 너무 늦습니다. 마지막으로 한 번 더 말씀드리겠습니다. 손을 떼고 제가 하려는 대로 그냥 내버려두는 것이 당신을 위해서 좋을 겁니다. 그럼 안녕히 가세요.'

이렇게 된 거야, 왓슨. 지금까지는 이게 전부야."

"위험한 사람인 듯하군."

"응, 위험해. 괜한 협박이 아니야. 물론 그런 말을 들었다고 해서 겁먹을 필요는 없지만 그 자는 결코 입으로만 떠들어대는 사람은 아니니까. 그 이상의 일을 할지도 몰라."

"그래도 이번 사건을 맡겠다는 건가? 그 남자와 바이올렛 씨가 결혼하는 게 그렇게 좋지 않은 일인가?"

"물론이지. 예전의 일을 생각해보라고. 녀석은 틀림없이 부인을 살해했어. 바이올렛 씨도 어떻게 될지 몰라. 게다가 의뢰인이 의뢰인이니까. 자네의 커피를 얼른 마셔버리지 않겠나? 그리고 우리 집으로 가세. 신웰 존슨이 정보를 가지고 올 때가 다 되었으니까."

홈즈의 말대로 천박하게 붉은 얼굴을 한 뚱뚱한 거한이 거실에서 기다리고 있었다. 검고 반짝반짝 빛나는 눈만이 그 영악한 마음을 드러내고 있었다. 신웰 존슨은 자신이 세력을 뻗치고 있는 세계에 이미 다녀온 듯했는데, 그 증거로 신웰 옆에 있는 긴 의자에 젊은 여자가 하나 앉아 있었다. 마른 몸에 불과 같은 격렬함을 느끼게 하는 여자였다. 아직 어린데도 그녀의 창백하고 정열적인 얼굴은 범죄와 불행에 찌들어 있었다. 그것을 보니 몇 년 동안이나 거친 생활을 해온 여자라는 사실을 금방 알 수 있었다.

"이 사람은 키티 윈터 씨에요."

신웰 존슨이 살찐 손을 내밀어가며 우리에게 그 여자를 소개했다.

"어쨌든 홈즈 씨께서 알고 싶어 하는 일이라면 뭐든 알고 있을 겁니다. 당신의 부탁을 받은 지 1시간도 지나지 않아서 이 여자를 찾아냈습니다, 홈즈 씨. 나머지는 이 여자에게 직접 물어보시기 바랍니다."

"나를 찾아내는 건 식은 죽 먹기죠."

젊은 여자가 입을 열었다.

"나는 언제나 런던의 지옥 같은 어둠 속에 있으니까요. 이 뚱보 신웰과 같은 둥지에서 살고 있어요. 우리는 오래 전부터 알고 지냈어요. 그건 그렇고 정말 혐오스러워요! 이 세상에 정의라는 것이 있다면 우리보다 훨씬 더 깊은 지옥에 떨어져야 할 사람이 있어요! 홈즈 씨가 쫓고 있는 것이 바로 그 사람이죠?"

홈즈가 빙그레 웃으며 말했다.

"협력해주실 거죠, 윈터 씨?"

"그 사람을, 그에게 어울리는 곳으로 끌어내리는 일이라면 무슨 일이든 돕겠어요!"

키티가 격한 어조로 말했다. 키티의 희고 결의에 찬 얼굴과 불타오르는 듯한 눈에서 섬뜩할 정도의 증오심을 엿볼 수 있었다. 증오심을 이처럼 그대로 드러내는 것은 여성에게서도 거의 볼 수 없는 일, 남성에게서는 생각할 수도 없는 일이리라.

"제 과거에 대해서는 말할 필요 없겠죠, 홈즈 씨? 이 문제와는 관계없으니까요. 하지만 제가 이렇게까지 타락한 건 전부 아델베르트 그루너 때문이에요. 녀석을 파멸시킬 수만 있다면!"

키티가 광기어린 표정을 지으며 손으로 하늘을 찔렀다.

"아아, 그놈이 지금까지 수많은 사람을 떨어뜨린 그 지옥의 구덩이로 녀석을 끌어내릴 수만 있다면!"

"그런데 이번 일에 관한 얘기는 들었나요?"

"네, 뚱보 신웰에게서 들었어요. 녀석이 또 어딘가의 가엾은 바보의 뒤꽁무니를 쫓아다니고 있는 거죠? 게다가 이번에는 결혼을 하고 싶어 한다던데요. 그걸 막으려 하신다고요? 하지만 당신

은 그 악마에 대해서 이미 충분히 알고 계시겠죠? 그러니 제정신이
박힌 양가의 아가씨에게 녀석과의 결혼을 그만두게 하는 건
아주 간단한 일 아닌가요?"

"제정신이 아니에요. 사랑에 눈이 어두워졌어요. 그 남자의
과거에 대해서도 전부 알고 있어요. 그런데도 전혀 신경을 쓰지
않아요."

"자신의 부인을 죽인 일도 말했나요?"

"물론."

"아아! 정말 머리가 어떻게 됐군요!"

"무슨 말을 해도 험담이라며 믿으려 하지 않아요."

"그럼 증거를 보이면 정신을 차리겠죠."

"그래서 당신의 도움이 필요한 거예요."

"제가 증거가 되면 안 될까요? 제가 그 아가씨를 만나서 그놈에
게 얼마나 지독한 일을 당했는지 이야기하면……."

"그렇게 해주시겠어요?"

"그렇게 하겠느냐고요? 물론이죠!"

홈즈가 고개를 끄덕였다.

"흠, 틀림없이 해볼 만한 가치는 있어. 하지만 그루너 남작은
자신이 한 나쁜 짓을 대부분 그 아가씨에게 이야기했고 그 아가씨
는 그것을 용서했어요. 이제 와서 그런 얘기를 해봐야 받아들이지
않을 거예요."

"그럼 녀석이 아직 말하지 않았을 만한 것을 알려드릴게요!"

키티가 말했다.

"저는 녀석이 한두 사람쯤 더 죽였다는 사실을 어렴풋이 알고

있어요. 그 커다란 문제가 되었던 사건 말고도요. 녀석은 겉으로는 부드러운 듯하지만 어딘가 섬뜩함이 느껴지는 그 말투로 다른 사람에 대해서 이야기하곤 했어요. 그러다 차분하기 짝이 없는 눈으로 저를 가만히 바라보며 말했죠.

'녀석은 1개월 안에 죽을 거야.'

흥분한 것 같은 모습은 조금도 보이지 않고요. 하지만 저는 그런 일에는 거의 신경도 쓰지 않았어요. 아시겠지만 그때는 그 사람에게 푹 빠져 있었으니까요. 저도 이번의 가엾은 바보처럼 녀석이 무슨 짓을 하든 같이 있어주기만 하면 좋았던 거예요. 그런데 그로부터 얼마 뒤 저는 굉장한 것을 보고 말았어요. 아아, 녀석이 그것을 보여줬을 때의 충격은 지금도 잊을 수가 없어요. 맞아요! 그날 밤이라도 당장 녀석의 곁에서 달아나고 싶었어요.

그런데도 저는 녀석의 추잡하고 거짓말투성이인 달콤한 말에 빠져버리고 말았던 거예요. 녀석의 일기장이에요. 열쇠로 잠글 수 있게 만들어진, 갈색 가죽표지의 일기장이에요. 표지에는 금으로 녀석의 문장이 새겨져 있어요. 그날 녀석은 약간 취해 있었던 것 같아요. 그렇지 않았다면 제게 그런 걸 보여줬을 리 없으니까요."

"일기장이 어쨌단 말이죠?"

"말씀드릴 게요, 홈즈 씨. 녀석은 여자를 수집하고 있어요. 게다가 그것을 자랑스럽게 생각하고 있어요. 다른 사람들이 나방이나 나비를 수집하고 있는 것처럼요. 그 일기장은 그 수집품들을 기록한 거예요. 스냅사진을 붙이고 이름에서부터 여러 가지 자잘한 내용까지, 어쨌든 그 사람에 대한 온갖 것들을 적어놓아요.

정말 더러운 일기예요! 아무리 더러운 세상에서 온 사람이라 할지라도 그런 건 만들지 못할 거예요. 어쨌든 아델베르트는 그런 일기장을 가지고 있어요. 굳이 제목을 붙이자면 '내가 타락시킨 영혼의 기록'이라고 표지에 써놓으면 될 거예요. 하지만 이런 건 아무런 상관도 없는 얘기겠죠? 그 일기장이 당신에게 도움이 되지는 않을 거예요. 혹시 도움이 된다 해도 손에 넣을 수 없을 거예요."

"그 일기장을 어디에 두죠?"

"지금은 어디에 두는지 알 수 없어요. 그 남자와 헤어진 지 1년이나 지났으니까요. 하지만 그때 어디에 두었는지는 알고 있어요. 그 남자는 늘 깔끔하게 정돈된 것을 좋아하니 어쩌면 지금도 안쪽의 서재에 있는 오래 된 책상의 선반에 보관하고 있을지도 몰라요. 녀석의 집은 알고 계시나요?"

"서재에 들어간 적이 있어요."

홈즈가 대답했다.

"역시 다녀오셨군요. 오늘 아침부터 일을 시작하셨다더니 일처리가 그렇게 늦는 편은 아니네요. 아델베르트도 이번에는 호적수를 만나게 됐네요. 하지만 바깥쪽의 서재는 중국 도자기를 진열해 놓는 방이에요. 창과 창 사이에 커다란 유리 진열장이 있죠? 그 방의 책상 뒤쪽에 안쪽의 서재로 통하는 문이 있어요. 조그만 방이지만 거기에 책과 여러 가지 것들이 놓여 있어요."

"도둑을 무서워하지는 않나요?"

"아델베르트는 겁쟁이가 아니에요. 아무리 녀석을 싫어하는 사람이라 할지라도 녀석이 겁쟁이라고는 말하지 않을 거예요.

자기 스스로 자신을 지킬 수 있는 사람이에요. 밤에는 경보가 울리게 되어 있고, 무엇보다 도둑이 노릴 만한 물건은 아무것도 없어요. 물론 그 멋진 도자기를 전부 가져가려는 사람이 있다면 모르겠지만."

"그런 건 훔쳐봐야 소용없어."

신웰 존슨이 그 방면의 전문가답게 확신에 찬 목소리로 말했다.

"그런 건 녹일 수도 없고, 또 그대로 팔 수도 없잖아. 게다가 그런 물건은 어떤 장물아비도 사지 않으니까."

"맞아."

홈즈가 말했다.

"그렇다면 윈터 씨, 내일 저녁 5시에 다시 한 번 여기로 와주실 수 있으시겠어요? 당신 말대로 그 아가씨를 만나주셨으면 좋겠어요. 여러 가지로 수고를 해주셔서 고마워요. 머지않아 의뢰인으로부터 충분한 사례가……."

"그만두세요, 홈즈 씨."

키티가 화난 듯이 말했다.

"저는 돈 때문에 이런 일을 하는 게 아니에요. 녀석이 진흙탕 속으로 떨어지는 모습을 볼 수만 있다면 사례는 그것으로 충분해요. 맞아요, 진흙탕 속에 있는 녀석의 혐오스러운 얼굴을 제 발로 짓밟아주겠어요. 그게 제가 원하는 보수예요. 저는 당신이 녀석과 맞서는 한, 내일뿐 아니라 언제라도 당신께 협력할 거예요. 제가 있는 곳은 이 뚱보가 가르쳐드릴 거예요."

이튿날 밤까지 나는 홈즈를 만나지 못했다. 밤이 되어서야 우리는 스트랜드에 있는 심슨의 가게에서 다시 만나 저녁을 먹었다. 나는 바로 바이올렛 드 머빌을 만났을 때의 일을 홈즈에게 물어보았다. 홈즈는 어깨를 들썩이더니 이야기를 시작했다. 그러나 홈즈의 이야기는 사실만을 나열한 따분한 것이었기에 나는 그것을 조금 더 부드럽고 인간미 넘치는 말로 이야기할 생각이다.

"그 아가씨를 만나는 건 아주 간단했어."

홈즈가 말했다.

"이번의 약혼으로 워낙 커다란 불효를 저지르고 있기에 그에 대한 속죄로 다른 일에 관한 말은 전부 고분고분 들을 마음으로 있으니까. 부모를 거역할 마음은 아니라는 사실을 내보이는 것이 기쁜 거야.

드 머빌 장군께는 집으로 와도 좋다는 허락을 전화로 받았어. 그래서 나는 약속 시간에 찾아온 그 불같은 윈터 씨와 함께 마차를 타고 장군 댁으로 갔지. 버클리 광장 104번지에 있는 장군의 저택에 도착한 건 5시 30분이었어. 장군의 저택은 런던에서 흔히 볼 수 있는, 아주 당당하고 회색 성 같은 건물이었어. 그 부근의 교회보다 훨씬 더 훌륭했어.

안내를 맡은 사람이 나와서 우리를 노란색 커튼이 달려 있는 널따란 거실로 데리고 갔어. 바이올렛 드 머빌은 거기서 이미 우리를 기다리고 있더군. 새침하고 창백한 얼굴에 쉽게 마음을 열 것 같지 않은 여성으로, 마치 눈의 정령처럼 의연하고 함부로 범접할 수 없는 모습이었다네. 그 아가씨의 모습을 어떻게 설명해야 좋을지 나는 모르겠네, 왓슨. 이번 문제를 해결하기 전에 자네도 그 아가씨를 만날 기회가 있을 테니 그때 자네의 말로 설명을 해주게.

틀림없이 굉장한 미인이더군. 하지만 그 아름다움은 높은 세계만을 바라보고 있는 광신자들에게서 흔히 볼 수 있는 비현실적인 아름다움이야. 왜, 중세의 화가가 그린 초상화에서 흔히 볼 수 있지 않은가? 그런 성질의 얼굴이었어. 그 짐승 같은 사내가 어떻게 그처럼 속세를 내려다보는 듯한 여성에게 접근할 수 있었던 건지 나로서는 상상도 되지 않아. 물론 극과 극은 통한다는 말도 있기는 하지만. 자네도 알고 있겠지만 고귀한 사람이 야수와도 같은 사람을 좋아하거나, 동굴 속에서 살 것 같은 야만인이 천사 같은 사람을 좋아하게 되는 경우는 흔히 있는 일 아닌가?

바이올렛은 우리가 찾아간 목적을 이미 알고 있었어. 물론 그루너 남작이 선수를 쳐서 우리의 험담을 해놓은 뒤였어. 윈터씨를 봤을 때는 바이올렛도 약간 뜻밖이라는 표정을 지었지만 그래도 차분히 우리에게 의자를 권했어. 마치 나병환자를 맞이하는 수녀원의 원장과도 같은 태도였어. 만약 자네가 도도한 태도를 취하고 싶다면 바이올렛 드 머빌의 흉내를 내면 될 거야, 왓슨.

'어서 오세요, 홈즈 씨. 소문은 예전부터 듣고 있었어요.'

바이올렛이 빙산 위에서 불어오는 바람처럼 싸늘한 목소리로 말했어.

'제 약혼자인 그루너 남작의 험담을 하러 오신 거죠? 저는 아버지의 말씀에 따라서 어쩔 수 없이 당신들을 만나는 거예요. 하지만 미리 말씀드리겠는데 어떤 말을 들어도 제 마음은 변하지 않을 테니 그렇게들 아세요.'

나는 바이올렛이 가여워졌다네, 왓슨. 한동안은 마치 내 딸처럼 그녀가 걱정스러웠어.

나는 원래 말을 잘하는 편이 아니야. 그리고 논리적이어서 감정적인 말은 잘 하지 않는 편이야. 하지만 그때만은 가능한 한 부드럽고 끈기 있게 이야기를 했어. 결혼한 뒤 상대방의 정체를 깨닫는 여성의 입장이 얼마나 비참한 것인지를, 피로 더러워진 손과 비열한 입술에 어쩔 수 없이 농락당하는 입장이 얼마나 비참한 것인지를, 나는 자세히 설명했어. 그런 생활이 얼마나 굴욕적이고 공포와 고뇌로 가득하고 절망적인 것인지를 남김없이 이야기했어.

하지만 내가 아무리 열심히 이야기해도 바이올렛의 하얀 얼굴빛은 조금도 변하지 않았어. 변함없이 먼 곳을 바라보는 듯한 눈에는 아무런 감정의 변화도 없었어. 나는 그 악당이 이야기한 후최면암시를 떠올렸지. 최면술에 능한 사람이 암시를 걸면, 그 사람은 오랫동안 최면술을 건 사람의 말만 듣게 되지. 그 아가씨는 의심의 여지도 없이 지상에서 멀리 떨어진 몽롱한 꿈의 세계에서 살고 있는 상태였어. 하지만 대답은 분명한 것이었어. 바이올렛은 이렇게 말했어.

'꽤나 인내심을 가지고 들었지만 더 이상 들어봐야 소용없을 것 같네요. 다시 한 번 말씀드리겠는데 제 마음은 조금도 변하지 않을 테니까요. 틀림없이 제 약혼자인 아델베르트는 지금까지 꽤 많은 일들을 해온 것 같아요. 그 때문에 커다란 원망을 사기도 하고, 근거 없는 소문에 시달려왔다는 사실도 알고 있어요. 지금까지도 많은 사람들이 그런 험담을 하기 위해 저를 찾아왔었어요. 당신이 그 마지막 사람일 거예요.

홈즈 씨, 죄송하지만 당신은 돈으로 고용된 사립탐정이에요. 사립탐정은 돈을 많이 주는 사람 쪽에 서서 일을 하는 법이라고 하던데요. 그야 어찌됐든 지금 이 자리에서 분명히 말씀드릴게요. 저는 아델베르트를 사랑하고 있고, 아델베르트도 저를 사랑하고 있어요. 그러니 세상 사람들이 무슨 말을 하든 제게는 창밖의 새가 지저귀는 것과 다를 바 없어요.

원래 그 사람은 고결한 분이세요. 한때 자신의 품성에 어울리지 않는 행동을 하셨다 할지라도 지금은 제가 곁에 있어요. 그 사람의 고결한 본성을 되찾게 하기 위해 신께서 저를 그 사람에게 보내신 것이라고 저는 생각해요.'

바이올렛이 여기서 말을 끊고 키티를 바라보며 물었어.

'이분은 대체 누구시죠?'

내가 대답을 하기도 전에 키티가 마치 회오리바람이 이는 것과 같은 기세로 이야기하기 시작했다네. 불과 얼음이 부딪치면 어떻게 될지 생각해보게, 왓슨. 그 두 사람은 그야말로 불과 얼음이었어.

'어떤 사람인지 지금 가르쳐드리죠!'

키티가 갑자기 의자에서 일어나더니 격렬한 감정으로 입을 일그러뜨리며 바이올렛에게 다가갔어.

'저는 당신이 그 사람과 만나기 전까지 그 사람의 여자였어요. 그루너에게 속아서 한껏 이용을 당하다 타락해서 쓰레기처럼 버림을 받은 멍청한 여자예요. 저 같은 일을 당한 사람은 저 말고도 수십 명이나 돼요. 당신도 머지않아 그렇게 될 게 뻔해요! 물론 당신이 버려지는 곳은 쓰레기통이 아니라 무덤이 될 테지만.

그러는 편이 나을지도 모르겠네요. 분명히 말해두겠는데요, 한심한 아가씨, 그 남자와 결혼한 순간 살해당한 거나 다를 바 없다고 생각하면 될 거예요. 슬픔으로 가슴이 뭉그러져 죽을지 목이 부러져 죽을지는 모르겠지만, 그렇게 될 것만은 틀림없는 사실이에요.

당신 생각해서 이런 말 하는 게 아니에요! 당신이 죽든지 말든지 내 알 바 아니니까요. 내가 이런 말을 하는 것은 녀석이 미워서 견딜 수 없기 때문이에요. 녀석을 괴롭혀서, 녀석이 내게 한 짓에 대한 복수를 하고 싶은 거예요. 그런 눈으로 나를 보지 마세요, 오만하기 짝이 없는 아가씨. 당신 따위는 곧 나보다도 더 타락할 것이 틀림없으니까.'

하지만 바이올렛은 냉정하기 짝이 없었다네.

'여기서 그런 일로 언쟁을 벌여봐야 소용없는 일이에요. 단 한 가지만 말씀드릴게요. 그 사람의 과거에는 3개의 시기가 있었는데 그중 한 시기에 어떤 속셈을 가진 여자와 관계를 맺었다는 사실은 저도 알고 있어요. 하지만 지금은 그때의 좋지 않은 행동을 깊이 후회하고 있어요.'

'3개의 시기라고? 멍청이! 당신은 구제할 길 없는 멍청이야!'

키티가 날카롭게 외쳤다네.

'홈즈 씨, 그만 돌아가 주세요.'

얼음과 같은 목소리로 바이올렛이 말했지.

'저는 아버지께서 당신을 만나라고 하시기에 만난 거예요. 이런 여자의 광기어린 헛소리를 듣기 위해서가 아니에요.'

그 말을 들은 키티는 화가 머리끝까지 치밀어 올라 바이올렛을 향해 달려들었다네. 내가 손목을 잡았기에 망정이지 아니면 그 불쾌한 아가씨의 머리채를 잡았을 거야.

나는 키티를 문까지 끌고 가서 간신히 마차로 밀어 넣었다네. 워낙 화가 머리끝까지 나서 길길이 날뛰었으니, 다른 사람의 눈에 띄지 않은 게 다행이었어. 나도 키티 정도는 아니지만 꽤나 화가 났었어, 왓슨. 우리가 기껏 도와주려 하는데 그 아가씨의 태도는 뭔가. 그처럼 차분한 듯하지만 무관심한 태도와, 아주 정중한 듯하지만 무례하기 짝이 없는 말투로 응대를 받아보게. 정말 화가 날 테니.

이것으로 내 보고는 끝일세, 왓슨. 첫 번째 방법은 실패로 끝났으니 다른 방법을 생각해봐야지. 결국에는 자네의 힘을 빌려야 할 것 같으니 언제라도 연락을 할 수 있게 해두게. 물론 내가 다른 방법을 취하기 전에 그루너가 먼저 손을 쓸 것이 틀림없지만."

홈즈의 예언은 멋들어지게 맞아 떨어졌다. 그들의 공격이 시작된 것이다. 아니, 그의, 라고 해야 하는 것일지도 모르겠다. 그 아가씨가 이런 일에 관여했으리라고는 여겨지지 않으니.

홈즈를 만난 지 이틀 뒤의 일이었다. 나는 그랜드 호텔과 채링 크로스 역 사이에서 외발의 신문팔이가 석간을 팔고 있는 곳을 지나고 있었다. 내 눈은 신문 스탠드 앞에 붙여놓은 광고에 고정되었다. 두려움으로 영혼마저 떨리는 듯했다. 당시 내가 멈춰 섰을 때 밟고 서 있던 인도의 그 돌을 나는 지금도 정확히 가리킬 수 있으리라 여겨진다. 노란색 종이에 끔찍한 뉴스가 검은 글씨로 적혀 있었다.

「셜록 홈즈 씨
괴한의 습격을 받다」

나는 한동안 멍하니 서 있었다. 이후의 일을 떠올리면 약간 당황스러워지는데, 신문을 낚아챈 나는 신문팔이에게 한소리를 듣고 나서야 돈을 내지 않았다는 사실을 깨달았다. 그런 다음 나는 약국 문 앞에 서서 그 끔찍한 기사를 읽기 시작했다. 그 기사에는 이런 내용이 적혀 있었다.

「유명한 사립탐정인 셜록 홈즈 씨가 어젯밤 12시 무렵, 리젠트 가의 카페 로얄 앞에서 2인조 괴한에게 지팡이로 맞아 안타깝게도 죽음에 이를 정도의 중상을 입었다. 곧 채링 크로스 병원으로

옮겨졌으나 의사의 말에 의하면 머리 등을 세게 맞아서 낙관할 수 없는 상태라고 한다.

목격자의 말에 의하면 그 두 사람은 말쑥한 차림의 신사 같았는데 구경꾼들 사이를 헤집고 카페 로얄 안으로 뛰어들었으며 뒷문을 통해 크로스하우스 거리로 나가 그대로 도망쳤다고 한다. 홈즈 씨는 지금까지 수많은 범죄자들을 잡아 형무소로 보냈는데 그러한 범죄자 가운데 누군가가 복수를 위해 이번 일을 저지른 듯하다. 한편, 홈즈 씨는 오늘 아침 본인의 강력한 희망에 따라 베이커 가에 있는 자신의 집으로 옮겨졌다.」

이 기사를 단숨에 읽고 난 나는 마침 다가오던 마차를 세워 베이커 가에 있는 홈즈의 하숙으로 황급히 달려갔다. 하숙 앞에 마차가 세워져 있었는데 홀에 들어가 보니 유명한 외과의사 오크쇼트 박사가 막 돌아가려던 참이었다.

"현재 생명에 지장은 없습니다. 하지만 머리에 찢어진 곳이 2군데 있으며 그 외에도 상당한 타박상을 입었습니다. 찢어진 곳은 몇 바늘 꿰맬 필요가 있었습니다. 지금 모르핀 주사를 놓았으니 한동안 안정을 취할 수 있게 해주십시오 그래도 몇 분 정도라면 면회를 하셔도 될 겁니다."

박사가 허락을 했기에 나는 홈즈의 침실로 가만히 들어갔다. 블라인드를 내려 방을 어둡게 해놓은 상태였다. 홈즈가 눈을 뜨더니 갈라지는 듯한 목소리로 내 이름을 불렀다. 내려진 블라인드의 틈 사이로 한 줄기 빛이 비스듬하게 들어와 머리에 칭칭 감겨 있는 붕대가 하얗게 도드라져 보였다. 하얀 붕대에 피가 살짝 배어 있는 것이 마음 아프게 느껴졌다. 나는 침대 곁에 앉아 가만히 홈즈를 바라보았다.

"괜찮아, 왓슨. 그렇게 걱정할 것 없어."

홈즈가 힘없는 목소리로 중얼거렸다.

"보기보다 많이 다치지 않았어."

"다행이군!"

"자네도 알고 있을 테지만 난 봉술에 있어서 웬만한 사람에게는 지지 않을 자신이 있어. 물론 몸을 지키기 위해서밖에 쓰지 않지만. 그런데 그 두 명 중 한 명이 나보다 실력이 더 좋더군."

"뭐 필요한 거 없나, 홈즈? 사양하지 말고 말하게. 물론 그 그루너의 사주를 받은 거겠지? 자네만 괜찮다면 녀석의 집으로 찾아가 망신을 주고 오겠네."

"마음은 고마워, 왓슨. 하지만 경찰이 나서주지 않으면 어쩔 수 없는 일이야. 그건 그렇고 잘도 도망을 쳤더군. 녀석들은 사전에 면밀하게 계획을 세워두었던 거야.

조금만 기다려주게. 내게도 생각이 있으니. 어쨌든 자네는 내 상처를 가능한 한 과장해서 선전해주지 않겠나? 나를 만나지 못하면 모두 자네를 찾아가서 상태를 물을 거야. 그러면 뇌진탕이라는 둥, 혼수상태라는 둥, 앞으로 일주일 버틸 수 있을지 없을지 모르겠다는 둥의 엉터리 말들을 늘어놓게. 아무리 과장되게 이야기해도 상관없어."

"하지만 오크쇼트 선생님은?"

"선생님이라면 걱정할 것 없어. 그 선생에게는 내가 가능한 한 좋지 않은 것처럼 보일 생각이야. 잘 해낼 수 있을 거야."

"그 외에 또 할일은 없겠나?"

"맞아, 신웰 존슨을 찾아내서 키티에게 당분간 몸을 숨기고 있으라고 전해달라고 해주게. 녀석들, 이번에는 키티를 노릴 거야. 키티가 내게 협력하고 있다는 사실을 당연히 알았을 테니. 어쨌든 나까지 습격을 할 정도이니, 그녀에게는 무슨 짓을 할지 몰라. 서둘러주게. 오늘 밤 안으로 전해주게."

"그래, 알았어. 그 외에 다른 것은 없나?"

"그리고 내 파이프와 담배를 테이블 위에 놓아주었으면 좋겠어. 그래, 이젠 됐어. 그리고 매일 아침 여기에 와주지 않겠나, 왓슨. 작전을 짜고 싶어."

나는 그날 밤 바로 존슨을 만나서 키티를 조용한 교외에 숨기는 일에 관해서 상의했다. 그리고 안전해질 때까지 몸을 숨길 수 있도록 처리를 해달라고 부탁했다.

그로부터 6일 동안, 세상 사람들은 홈즈가 매우 위독한 줄 알고 있었다. 오크쇼트 선생이 홈즈의 상태가 좋지 않다고 발표했을 뿐만 아니라, 신문에는 불길한 기사들만 실렸기 때문이었다. 하지만 매일 아침 찾아가는 나는 그와는 정반대라는 사실을 알고 있었다. 홈즈는 튼튼한 체질일 뿐만 아니라 의지도 강했기 때문에 하루하루 건강을 되찾아가고 있었다. 실제로 내가 놀랄 만큼 빠른 속도로 회복하고 있었다. 사실은 몸이 훨씬 더 좋아졌으면서도 나까지 속이고 있는 것이 아닐까 의심이 들 때가 종종 있었다.

홈즈에게는 사실을 분명히 가르쳐주지 않는 버릇이 있다. 친구인 내게까지 중요한 사실을 가르쳐주지 않는 경우가 흔히 있었다.

그 때문에 때로는 마술처럼 모든 상황이 단번에 바뀌어 깜짝 놀라는 경우도 있었다. 홈즈는 자기 혼자 책략을 세우는 것이 가장 확실하다는 생각을 절대 바꾸지 않았다. 나는 그 누구보다도 홈즈와 친했으나 그런 나조차도 언제나 둘 사이에 건널 수 없는 골이 있다고 느끼고 있었다.

7일째 되는 날, 홈즈의 상처는 거의 나아서 꿰맸던 상처의 실을 풀게까지 되었다. 그러나 그날 석간에는 홈즈의 상처가 세균에 감염되었다는 기사가 실렸다. 그런데 바로 그 신문에 홈즈의 용태가 어떻든 반드시 알려야만 할 기사가 실렸다. 금요일에 리버풀 항구를 출발하는 큐나드 해운의 여객선 루리타니아 호의 승객 속에 아델베르트 그루너 남작의 이름이 있었던 것이다. 그리고 그루너 남작은 드 머빌 장군의 딸과의 결혼에 앞서 반드시 정리해야 할 재정상의 문제가 있기 때문에 미국으로 가는 것이라는 내용이 실려 있었다.

내가 그 기사를 읽는 동안 홈즈의 창백한 얼굴에 싸늘한, 깊은 생각에 잠긴 듯한 표정이 떠올랐다. 그 얼굴을 보고 나는 홈즈가 커다란 충격을 받았다는 사실을 알 수 있었다.

"금요일이라고?"

그가 외쳤다.

"그렇다면 3일 뒤가 아닌가? 녀석, 위험을 감지하고 도망칠 생각이로군. 내가 놓칠 것 같은가! 절대 놓칠 수 없어! 왓슨, 자네에게 부탁이 있네."

"무엇이든 말해보게, 홈즈."

"좋았어. 그럼, 지금부터 24시간 동안 중국의 도자기에 관해서 연구를 해주게."

홈즈는 그 이상 아무런 설명도 하지 않았으며, 나 역시 아무런 질문도 하지 않았다. 나는 오랜 세월 홈즈와 함께 해왔던 경험을 통해서, 이럴 때는 그저 그의 말대로 할 수밖에 없다는 사실을 잘 알고 있었다. 그러나 그의 방에서 나와 베이커 가를 걸으면서는, 이 묘한 부탁을 어떻게 실행해야 하는 건지 막연하기 짝이 없다는 생각이 들었다. 결국 나는 세인트 제임스 광장에 있는 런던 도서관으로 마차를 달려, 그곳의 부관장으로 있는 친구 로맥스에게 사정을 설명했다. 그리고 책을 잔뜩 빌려서 집으로 돌아왔다.

나는 문득 이런 이야기를 떠올렸다. 변호사는 제아무리 까다로운 사람이 증인으로 나서더라도 철저하게 심문할 수 있도록 그 사건에 관한 모든 사실을 머릿속에 넣어두지만 심문이 끝나면 일주일도 지나지 않아서 머릿속에 넣어두었던 사실을 완전히 잊고 만다는 것이다. 틀림없이 내게도 벼락치기 공부를 한 정도로 중국 도자기의 전문가인 척하고 싶은 마음은 없었다. 그래도 나는 그날 밤 늦게까지, 그리고 이튿날 오전 내내 도자기 연구에 몰두하여 여러 가지 이름들을 외워두었다.

예를 들어서 위대한 장식예술가들의 이름과 수도 없이 바뀌는 연호의 신비, 홍무(명나라 초기의 황제) 시대 도자기의 문양, 영락(명나라 제3대 황제) 시대 도자기에 새겨진 그림의 아름다움, 당영(청나라의 유명한 도공)의 글씨, 옛날 대제국이었던 송과 원의 번영 등에 대해서 나는 공부를 했다. 덕분에 그날 저녁, 홈즈의 하숙에 갔을 때 나는 그에 대한 대략적인 지식을 갖게 되었다.

　신문의 보도만 봤다면 상상할 수도 없는 일이었을 테지만, 홈즈는 더 이상 침대에 누워 있지 않았다. 머리에 붕대를 칭칭 감은 채 자신이 좋아하는 의자에 턱을 괴고 앉아 있었다.

　"아, 벌써 일어났나, 홈즈? 신문에 자네는 아직 사경을 헤매고 있는 것으로 되어 있어."

　홈즈가 나를 올려다보며 말했다.

　"그렇게 생각하게 만드는 것이 내 목적이야. 그런데 도자기 연구는 했나?"

　"응. 뭐 대충은 지식을 갖췄어."

　"그럼 됐네. 중국 도자기에 대해서 전문가와 이야기를 나누어도 들통이 나지는 않겠지?"

　"아마 그럴 거야."

　"됐어. 그럼 난로 위에 있는 저 조그만 상자를 잠깐 가져다주지 않겠나?"

　내가 상자를 건네주자 홈즈가 상자의 뚜껑을 열었다. 그리고 고급 비단으로 정성스럽게 싼 것을 꺼내 가만히 비단을 풀었다. 속에서는 언뜻 보기에도 깜짝 놀랄 정도로 아름다운, 은은한 푸른빛의 조그만 접시가 나왔다.

　"왓슨, 소중히 다루어주게. 이건 명나라 때의 진품 도자기야. 이것보다 훌륭한 물건은 크리스티 미술품 경매소에서도 찾아볼 수 없을 거야. 세트가 전부 갖추어져 있다면 왕의 몸값 정도의 가치가 있을 거야. 물론 베이징의 왕궁 이외의 곳에 완전한 세트가 있을지는 모르겠지만. 도자기를 잘 아는 사람이라면 한번 본 것만으로도 손에 넣고 싶어서 몸이 달아오를 정도의 일품이야.”

“홈즈, 대체 내가 그걸 어떻게 하면 되는 거지?”

홈즈는 내게 명함 한 장을 건네주었다. 거기에는 ‘하프문 가 369번지 의학박사 힐 바튼’이라고 인쇄되어 있었다.

“그게 오늘밤 자네의 이름일세, 왓슨. 그루너 남작을 만나주었으면 해. 내가 조사한 바에 의하면 남작은 8시 30분쯤이면 대부분 집에 있어. 미리 편지를 보내서 명나라의 멋진 도자기를 가지고 있는데 그 일로 만나고 싶다고 통보를 해두게.

자네의 직업은 의사로 해두었으니 그 점에 관해서는 평소처럼 행동하면 돼. 자네는 도자기 수집가로 우연히 이 일품 한 벌을 손에 넣었고, 남작이 중국 도자기에 커다란 관심이 있다는 소문을 들었기에 가격에 따라서는 양보할 수도 있다고 생각해서 왔다고 말하게.”

“얼마라고 하면 되겠는가?”

“아주 중요한 질문이야, 왓슨. 수집가라고 했는데 자신이 가지고 있는 물건의 값을 몰라서는 가짜라는 사실이 금방 들통 날 테니까. 이 접시는 데머리 대령이 구해준 물건이야. 아마 그 베일 속 의뢰인의 수집품 가운데서 특별히 빌려온 것이겠지. 온 세계를 뒤져봐도 이보다 더 좋은 물건은 없다고 해도 과언은 아닐 거야.”

“그럼 전문 감정가에게 가격을 문의할 생각이라고 말하기로 하지.”

“그거 좋은 생각이야! 오늘은 머리가 아주 잘 돌아가는데, 왓슨. 스스로 값을 매기려 하지 않다니. 남작에게는 크리스티나

소더비에 감정을 의뢰할 생각이라고 해두게."

"하지만, 혹시 만나려 하지 않는다면?"

"아니, 반드시 만나줄 거야. 그 사람의 수집벽은 상상을 초월하니까. 특히 이런 종류의 도자기에 대해서는 자타가 공인하는 권위자이기도 하니 절대 놓칠 리가 없지. 어쨌든 자리에 앉게. 내가 말하는 대로 편지에 적도록 하게. 답장은 받지 않아도 돼. 단지 방문하고 싶다는 사실과 그 이유만 말하면 돼."

홈즈가 불러준 편지의 내용은 참으로 훌륭한 것이었다. 간결하고 예의바르며, 또 감식안이 있는 사람이라면 홀딱 반하지 않을 수 없을 만한 내용이었다. 우편배달부가 특급 우편으로 배달을 해주었다.

이렇게 해서 나는 힐 바튼 박사라는 이름으로 혼자 모험을 하게 되었다.

그날 밤 나는 상상할 수도 없는 가치를 지닌 접시를 가지고 그루너 남작의 저택으로 갔다. 아름다운 정원에 둘러싸인 당당한 저택을 바라보며 나는 데머리 대령의 말을 떠올렸다. 남작은 틀림없이 굉장한 부자였던 것이다.

문 안으로 들어서자 양쪽에 나무를 심어놓은 마찻길이 구불구불 이어져 있었으며, 그 끝에 자갈을 깔아놓은 광장이 있었다. 광장 여기저기에는 조각이 장식되어 있었다. 이 저택은 남아프리카의 금광왕이 최고 전성기에 세운 건물이었다. 건물은 낮고 길게 이어져 있었으며 그 구석구석에 조그만 탑이 세워져 있었다. 건축학적 입장에서 보자면 훌륭한 것은 아니었으나 그 크기와

튼튼함에서는 사람을 압도하는 것이었다.

현관 앞에 서자 고위 성직자처럼 훌륭한 집사가 나와서 안으로 맞아주었다. 그리고 플러시로 만든 제복을 입은 하인이 나를 남작의 서재로 안내해주었다. 창문과 창문 사이에 유리장이 놓여 있는 방이었다. 그 장에 중국 도자기가 진열되어 있었다. 장의 문은 열려 있었으며 그 앞에 그루너 남작이 조그만 갈색 단지를 들고 서 있었다. 내가 들어서자 남작이 돌아보며 말했다.

"안녕하세요, 바튼 선생님이시죠? 어서 앉으세요. 안 그래도 저의 소중한 수집품들을 둘러보며 새로운 물건을 사들일 만한 여유가 있을까 생각하던 중이었습니다.

어떻습니까, 이 당나라 시대의 걸작은? 이건 1,200년 전의 물건이지만 모양도 그렇고 광택도 그렇고, 이렇게 아름다운 물건은 거의 찾아볼 수 없을 겁니다. 그런데 편지에서 말씀하신 명나라 시대의 접시는 가지고 오셨습니까?"

그 상자를 꺼낸 나는 비단 보자기를 조심스럽게 풀어 접시를 남작에게 건네주었다. 남작은 책상 앞에 앉아 램프를 가까이로 당기더니 접시를 가만히 바라보기 시작했다. 밖은 완전히 어두워져 있었다. 나는 램프의 노란 불빛에 비춰진 남작의 얼굴을 유심히 관찰했다.

그는 역시 굉장한 미남이었다. 유럽 전역에 미남이라고 소문이 난 것도 당연한 일이었다. 체구는 조그만 편이었으나 전체적으로는 우아하고 활동적인 몸매였다. 얼굴은 거뭇하고 어딘가 동양적인 느낌이 들었으며, 검고 커다란 눈에는 근심이 어려 있는 듯해서 여자가 끌리는 것도 당연한 일인 듯했다. 목소리도 매력적이었고 동작에도 흠잡을 데가 없었다. 머리카락과 수염도 검었으며, 수염은 가늘고 뾰족하게 다듬어 기름으로 빳빳하게 고정을 시켜 놓았다.

얼핏 보기에는 밝고 보기 좋은 얼굴이었으나, 딱 한 군데 전체적인 부드러움과 전혀 어울리지 않는 곳이 있었다. 그것은 그의 입술이었다. 얇고 굳게 닫힌 입술에는 섬뜩할 정도의 잔혹함이 드러나 있었다. 그것을 보면 그가 피도 눈물도 없는 살인자라는 사실을 금방 알 수 있었다.

다시 말해서 그의 입술은 사람들에게 그 남자의 위험성을 알리는 신호등과도 같은 역할을 하고 있는 것이다. 만약 그가 그 사실을 깨닫고 윗입술의 윤곽을 수염으로 가렸다면 사람들의 눈을 완전히 속일 수 있었을 것이다. 나이는 서른을 조금 넘었을 것이라고 그때 나는 생각했으나, 나중에 들은 바에 의하면 42세였다고 한다.

마침내 그루너 남작이 입을 열었다.

"아름답습니다, 정말 아름답습니다! 이런 것 6개가 한 벌이란 말씀이시죠! 이런 걸작이 있는데 아직 얘기를 듣지 못했다니 정말 이상한 일입니다. 영국에 이 정도로 훌륭한 물건은 어떤 귀족의 손에만 있다고 들었는데……. 설마 그 귀족이 팔았을 리는 없고……. 이런 질문 드리기 죄송스럽습니다만……, 바튼 선생님은 이것을 어디서 구하셨습니까?"

"그런 건 아무래도 상관없지 않습니까?"

나는 가능한 태연한 척하며 말했다.

"이 도자기의 가치는 금방 아실 수 있을 겁니다. 가격은 전문가의 감정에 맡길 생각입니다."

"하지만 아무래도 이해할 수가 없습니다."

그루너 남작의 검은 눈에 의심의 빛이 어렸다.

"그러니까, 워낙 귀한 물건이라 거래하기 전에 자세한 내용을 알아두고 싶습니다. 물론 틀림없이 명나라 시대의 귀한 진품입니다. 하지만 저로서는 모든 가능성을 생각하지 않을 수 없습니다. 이것이 정말 당신 물건인지 걱정이 되지 않을 수 없습니다."

"그 점에 대해서는 조금도 걱정하실 것 없습니다. 제가 보증합니다."

"그렇다면 당신의 보증에 어느 정도 신용이 있는지, 그 점이 문제가 되겠군요."

"그렇다면 제가 거래하는 은행에 문의를 해보시기 바랍니다. 은행에서 제 신용을 보증해줄 테니."

"그렇군요……. 그래도 이 거래에는 여러 가지 점에서 의심스러운 면이 있는 듯합니다."

"그렇습니까? 꼭 사달라고 말씀드리는 건 아닙니다, 그루너 남작님."

나는 아무래도 상관없다는 듯한 투로 말했다.

"중국 도자기에 관해서는 최고의 전문가라고 알고 있었기에 가장 먼저 보여드린 것뿐입니다. 이 물건을 손에 넣고 싶어 하는 분이라면 얼마든지 있을 테니까요."

"제가 중국 도자기의 전문가라는 사실은 누구에게서 들었습니까?"

"누구에게서 들었냐고요? 당신은 책까지 쓰시지 않으셨습니까?”

"오호. 제 책을 읽으셨나요?”

"아니……, 그건 아직…….”

"뭐라고! 이거 정말 이상한데요. 당신은 중국 도자기 수집가로, 이렇게 멋진 물건을 알아볼 정도의 전문가이십니다. 그런데 당신이 손에 넣은 도자기의 참된 가치와 의미가 기술되어 있는 유일한 책조차 아직 살펴보지 않았다니. 대체 어떻게 된 일입니까?”

"너무 바빠서 도저히 읽을 시간이 없었습니다. 저는 의사니까요.”

"그건 이해할 수 없는 말입니다. 취미를 가진 사람은, 아무리 바빠도 좋아하는 일에 시간을 할애하는 법입니다. 편지에서 도자기 수집가라고 말씀하시지 않으셨습니까?”

"그렇습니다.”

"흠. 그렇다면 한두 가지 여쭙도록 하겠습니다. 일이 더욱 의심스러워졌으니까요, 선생님. 물론 당신이 진짜 의사라면 말입니다.

먼저 묻겠는데 쇼무텐노(일본의 45대 왕)에 대해서 무엇을 알고 계십니까? 그리고 쇼무텐노와 나라(奈良)의 쇼소인(쇼무텐노의 유품 등 1만 여 점의 보물이 소장되어 있는 창고)과의 관계는? 응? 이 정도도 모르신다는 말씀입니까? 그렇다면 도자기의 역사에 있어서 북위가 어떤 위치를 차지하고 있는지 잠깐 들려주실 수 있으시겠습니까?”

나는 화난 척하며 의자를 박차고 일어났다.

"적당히 하십시오! 저는 이것을 보여드리러 일부러 찾아온 겁니다. 학교의 학생도 아니고, 시험을 받아야 할 이유는 어디에도 없습니다! 물론 당신에 비하자면 제 지식은 미천할지도 모릅니다. 아무리 그렇다 해도 이런 모욕을 당한다면 저도 참을 수 없습니다. 절대 대답할 수 없습니다!"

그루너 남작은 내 모습을 가만히 바라보고 있었다. 그 눈에서는 근심어린 듯한 빛이 사라지고 섬뜩함이 번쩍번쩍 빛나고 있었다. 그 가늘고 잔혹한 입술이 일그러져 하얀 이가 그대로 드러나 있었다.

"넌 누구지? 이놈……, 스파이로구나! 틀림없이 홈즈의 스파이야. 아닌가? 나를 속이려는 거지? 녀석은 죽음을 앞두고도 아직 포기하지 않고 나를 감시하기 위해서 앞잡이를 보냈단 말인가! 뻔뻔스럽게 남의 집에 함부로 들어오다니. 제길……, 들어왔을 때처럼 간단히 나갈 수 있을 거라 생각했다면, 커다란 착각이야!"

남작은 분노로 반은 미친 사람처럼 의자에서 벌떡 일어났다. 나는 뒤로 물러나 남작에 맞서 자세를 취했다. 아마도 그는 처음부터 이상하다고 생각하고 있었던 듯했다. 그 시험으로 정체가 완전히 탄로 나고 말았지만 애초부터 그를 속인다는 것은 불가능한 일이었다.

그루너 남작이 느닷없이 책상 서랍을 열더니 그 안으로 손을 거칠게 찔러 넣었다. 그 순간이었다. 조그만 소리가 들려온 듯했다. 그루너 남작은 그 자리에 선 채 가만히 귀를 기울였다.

"앗!"

그루너의 입에서 놀라 외치는 소리가 터져 나왔다. 그와 동시에 그는 바로 뒤에 있던 문을 통해서 안으로 뛰어 들어갔다. 나도

서둘러 열려 있는 문 쪽으로 달려갔다. 옆방을 들여다본 순간 눈에 들어온 광경을, 나는 평생 잊지 못할 것이다.

정원으로 나갈 수 있는 창문이 활짝 열려 있었으며 그 옆에 유령과도 같은 셜록 홈즈의 모습이 있었다. 붕대는 피투성이가 되었으며, 딱딱하게 굳은 창백한 얼굴로 서 있었다. 다음 순간 홈즈는 창을 통해서 밖으로 달려나갔다. 월계수 수풀을 헤치고 나가는 소리가 바스락바스락 들려왔다.

그루너 남작도 분노로 가득 찬 소리를 외치며 창가로 달려갔다. 그때였다. 다시 한 번 생각지도 못했던 일이 일어났다. 아주 짧은 순간이었으나 나는 그것을 똑똑히 보았다. 여자의 손 하나가 월계수 잎 사이에서 불쑥 튀어나왔다. 그 순간 이 세상의 것이라 여겨지지 않는 남작의 비명이 귓가를 때렸다. 아직도 귓가를 맴돌고 있을 정도로 끔찍한 비명이었다. 남작은 두 손으로 얼굴을 가리고 미친 사람처럼 방 안을 돌아다니며 벽 여기저기에 얼굴을 부딪쳤다.

얼마 지나지 않아 남작은 융단 위에 털썩 쓰러지더니 저택 전체에 울려 퍼질 만큼 끔찍한 괴성을 지르며 몸부림을 쳤다.

"물! 물을 줘!"

나는 조그만 테이블 위에 있던 물통을 가지고 남작 옆으로 달려갔다. 그와 동시에 집사와 몇 명의 하인들이 방 안으로 달려 들어왔다. 나는 그루너 남작 옆에 무릎을 꿇고 앉아 그의 얼굴을 램프 쪽으로 돌렸다. 그것을 들여다본 하인 중 한 명이 기절한 사실을 기억하고 있다.

황산 때문에 얼굴 전체에 커다란 화상을 입은 상태였다. 그 방울이 그때까지도 귀와 턱을 타고 내려와 뚝뚝 떨어지고 있었다. 그리고 한쪽 눈은 이미 하얗게 흐려져 있었으며 다른 한쪽은 새빨갛게 부어 있었다. 조금 전까지의 그 아름답고 단정했던 얼굴이 때 묻은 스펀지로 더러워진 그림처럼 얼룩덜룩해졌으며, 혈색이 바뀌었고, 사람의 얼굴이라고는 여겨지지 않을 정도로 끔찍하게 변해 있었다. 나는 부들부들 떨고 있는 하인들에게 그 황산 사건만을 간단히 설명했다. 그 말을 듣고 어떤 사람은 창문을 넘어 뛰어 나갔으며, 어떤 사람은 잔디 쪽으로 달려나갔으나 주위는 이미 어둠에 잠겨 있었으며 비도 내리기 시작하고 있었다.

남작은 여전히 비명을 지르고 있었으나, 그러면서도 화를 참지 못하고 몸을 떨며 소리를 질러댔다.

"키티 윈터야! 제길! 악마 같은 계집! 이런 짓을 하다니, 가만 두지 않겠어! 그냥 넘어갈 줄 알아! 아아, 아파! 참을 수가 없어!"

나는 얼굴에 기름을 바르고 피부가 벗겨진 곳에 솜을 대고 모르핀을 주사했다. 남작은 죽은 생선과도 같은 눈으로 나를 올려다보더니 마치 내가 시력을 회복시켜준 것이라 생각하고 있기라도 하듯, 내 팔에 의지해왔다. 조금 전까지 나를 의심했었다는 사실은 까맣게 잊고 있는 듯했다. 하지만 나는 남작이 파멸했다는 사실에 동정할 마음은 조금도 없었다. 이처럼 끔찍한 결과를 맞이한 것도 전부 그때까지의 악행 때문이라는 사실을 잘 알고 있었기 때문이다.

남작은 불이라도 붙은 것처럼 뜨거운 손으로 나를 붙들었으나 나는 그저 화가 날 뿐이었다. 남작의 주치의가 전문의와 함께 들어와 남작에게서 해방되었을 때는 안도의 한숨까지 나왔다. 바로 그때 경감이 들어왔기에 나는 진짜 명함을 건네주었다. 런던 경찰청 사람들에게는 홈즈만큼이나 얼굴이 알려져 있었기에 가짜 명함을 사용할 수는 없었다.

나는 그 음울하고 끔찍한 집에서 나와 그로부터 1시간 뒤에는 홈즈의 하숙에 돌아가 있었다. 홈즈는 창백한 얼굴로 자신이 애용하는 의자에 앉아 있었다. 아주 지친 모양이었다. 머리의 상처도 상처지만, 뜻밖의 사태에 홈즈도 충격을 받은 것이었다. 홈즈는 끔찍하다는 듯한 표정으로 남작의 상처에 관한 내 설명을 들었다.

"죗값을 치른 거야! 안 그런가, 왓슨?"

그가 말했다.

"언젠가는 이렇게 될 운명이었던 거야. 나쁜 짓을 헤아릴 수도 없이 해왔으니까."

홈즈는 이렇게 말하고 테이블 위에 있던 갈색 책을 집어 들었다.

"이게 키티가 말했던 일기장이야. 그 결혼을 막는 데 이보다 더 좋은 패는 없을 거야. 아마 생각대로 될 것 같아. 아니, 틀림없이 막을 수 있을 거야. 자존심이 조금이라도 있다면 이런 걸 견딜 수는 없을 테니까."

"그 남자의 연애일기인가?"

"욕정일기라고 하는 편이 옳을지도 모르겠어. 아무래도 상관없는 일이지만. 키티 윈터로부터 이 일기장이 있다는 사실을 들은 순간, 나는 이것을 손에 넣을 수만 있다면 굉장한 무기가 될 것이라고 생각했어. 하지만 키티가 그 사실을 떠들고 다닐 우려가 있었기에 그때는 일부러 관심 없는 척했던 거야.

그리고 나는 어떻게 해야 일기를 손에 넣을 수 있을지 가만히 생각해봤어. 그때 일어난 것이 바로 습격사건이야. 나는 그 기회를 이용했지. 부상이 아주 심한 것처럼 보여서 나에 대한 녀석의 경계심을 풀려고 했어. 계획은 멋지게 맞아떨어졌지.

사실은 조금 더 기다릴 생각이었지만 그가 미국으로 간다는 말을 들었기에 일을 서두르기로 했어. 그렇게 위험한 일기장을 영국에 두고 갈 리 없을 테니까. 우리는 바로 행동에 착수할 수밖에 없었던 거야. 그루너는 매우 조심스러운 녀석이기 때문에 밤에 저택으로 침입할 수는 없었어. 하지만 만약 밤에 녀석의 주의를 다른 곳으로 돌릴 수만 있다면 일기장을 훔쳐올 수 있을지도 몰랐지.

그래서 자네와 그 파란 접시가 등장하게 된 거야. 단, 나는 일기장이 어디에 있는지 정확한 장소를 알아둘 필요가 있었어. 자네의 중국 도자기에 관한 지식으로는 기껏해야 2, 3분밖에 버티지 못할 거고, 나는 그 사이에 행동을 해야만 했으니까. 그래서 키티를 데리고 간 거였어. 그런데 설마 그런 짓을 할 줄이야……. 외투 속에 소중히 품고 있던 작은 병이 무엇인지는 나조차도 눈치를 채지 못했어. 나는 그녀가 내 일을 돕기 위해서 온 줄로만 알고 있었어. 하지만 키티는 처음부터 그 기회를 이용해서 그루너에게 복수를 할 생각이었던 거야."

"그루너는 내가 자네의 스파이라는 사실을 바로 꿰뚫어보더군."

"그럴 줄 알았어. 하지만 그 일기장을 찾기에 충분한 시간은 있었어. 들키지 않고 도망칠 수 있을 만큼의 시간은 없었지만. 어쨌든 자네가 일을 잘해주었어. 아아, 데머리 대령. 마침 잘 오셨습니다."

이 품위 넘치는 신사는 연락을 받고 찾아온 것이었다. 홈즈가 지금까지 있었던 사건의 경위를 자세히 들려주었다. 데머리 대령은 주의 깊게 귀를 기울이고 있다가 이야기가 끝나자 머리를 크게 끄덕였다.

"정말 대단한 일을 해냈소, 홈즈 씨! 훌륭하오!"

데머리 대령이 외치듯 말했다.

"어쨌든 왓슨 박사님의 말씀처럼 남작의 상처가 끔찍한 것이라면 이번 결혼도 자연히 취소될 거요. 그 더러운 일기장을 쓸 필요도 없을 듯하오만……."

홈즈가 단호하게 머리를 흔들었다.

"아니, 그렇지 않아요, 데머리 대령님. 바이올렛과 같은 성격의 여성은 그런 일로 결혼을 그만두거나 하지 않아요. 흉측하게 변한 남작을 희생자라고 생각하여 더욱 깊이 사랑하게 될 거예요. 그냥 내버려둬서는 안 돼요. 외모는 문제가 되지 않아요. 우리는 그 남자를 정신적인 면에서 파멸시켜야 해요. 이 일기를 보면 바이올렛 씨도 눈을 뜨게 될 거예요. 이보다 더 효과가 확실한 것도 없을 거예요. 그 남자의 손으로 직접 쓴 것이니 믿지 않을 수 없을 거예요."

데머리 대령은 일기장과 명나라의 접시를 넣은 그 상자를 가지고 자리에서 일어났다. 나도 집으로 돌아갈 시간이 되었기에 대령과 함께 거리로 나섰다. 거리에는 데머리 대령이 타고 온

자가용 마차가 세워져 있었다. 대령은 마차에 뛰어오르더니 모자에 꽃무늬 문양을 단 마부를 재촉하여 서둘러 길을 떠났다.

그때 대령은 외투를 마차 창밖으로 반쯤 늘어뜨려 문 위의 문장을 숨기려 했다. 그래도 나는 홈즈의 집 들창에서 나오는 빛을 통해서 그것을 분명히 볼 수 있었다. 나는 놀라서 숨이 멎을 것만 같았다. 집 안으로 다시 달려 들어간 나는 단숨에 계단을 올라 홈즈의 방으로 뛰어들었다.

"이보게 홈즈, 굉장한 소식이야. 베일 속 의뢰인의 정체를 알아냈어. 그건……"

하며 그 빅뉴스를 전하려 했다.

홈즈가 한 손을 들어 내 말을 가로막더니,

"기사도 정신으로 넘쳐나는 성실한 사람이야. 그것으로 충분하지 않은가?"

그 남작을 파멸로 내몬 일기장이 어떤 식으로 사용되었는지는 모르겠다. 물론 데머리 대령이 일을 잘 처리했으리라. 아니, 그보다는 문제가 문제인 만큼 바이올렛의 아버지인 드 머빌 장군에게 모든 것이 맡겨졌으리라. 어쨌든 결과는 예상대로였다. 3일 뒤, 『모닝 포스트』에 아델베르트 그루너 남작과 바이올렛 드 머빌 양의 결혼이 사정으로 취소되었다는 아주 간단한 기사가 실렸다.

같은 신문에 키티 원터의 황산 사건에 관한 경찰재판소에서의 첫 번째 공판이 열려 심문이 행해졌다는 기사도 실려 있었다. 심문 과정에서 정상참작의 여지가 있다는 사실이 밝혀졌기에 그런 종류의 범죄 중에서도 가장 가벼운 판결이 내려졌다.

셜록 홈즈도 절도죄에 회부될 뻔했으나 목적이 올바르고 의뢰
인이 고명한 인물이면 엄격하기로 유명한 영국의 법률도 관대히
봐주는 경우가 있는 모양이다. 홈즈는 아직도 피고석에 서지
않았다.

서섹스의 흡혈귀

The Sussex Vampire

홈즈는 마지막 편으로 도착한 편지 한 통을 주의 깊게 읽고 있었다. 잠시 후 홈즈는 히죽, 평소의 그다운 웃음을 짓더니 그 편지를 내게 건네주었다.

"현대와 중세의 이야기, 실제와 현실에서 완전히 동떨어진 상상 속의 이야기를 뒤섞어놓은 것 중에서 이보다 더 뛰어난 걸작은 없을 듯하네. 자네는 어떻게 생각하나, 왓슨?"

편지는 다음과 같은 것이었다.

「올드 주리 46번지, 11월 19일.

흡혈귀에 관한 건.

저희 상회의 거래처로 민싱 거리에 위치한 차 중매업자, 퍼거슨 앤드 무어헤드 상회의 로버트 퍼거슨 씨로부터, 오늘 흡혈귀에 대한 문의가 있었습니다. 아시는 것처럼 저희 상회는 기계의 가격에 대한 감정을 전문으로 하고 있기 때문에 그와 같은 흡혈귀에 대해 가격을 매기는 것은 영업 외의 일입니다. 이에 당신을 찾아가 상의하는 것이 좋을 듯하다고 퍼거슨 씨에게 추천해주었습니다.

한편 저희 상회에서는 지난 해 마틸다 브릭스 사건을 훌륭하게 해결해주신 당신의 수완을 아주 높이 평가하고 있습니다.

모리슨, 모리슨 앤드 도드 상회

대표 E. J. C」

홈즈가 옛일을 떠올리듯 말했다.

"마틸다 브릭스는 젊은 여자를 말하는 게 아니야. 그건 스마트라의 커다란 쥐와 관계가 있는 배의 이름이야. 이 이야기는 아직 세상에 알려지지 않았지만. 그건 그렇고 우리도 역시 흡혈귀(Vampire)에 대해서 아는 건 없는데. 흡혈귀는 나도 영업 외 항목이잖아. 하지만 집 안에 처박혀 있는 것보다는 낫겠지. 어쨌든 그림 동화의 세계 속으로 끌려들어갈 것 같은 느낌이야. 왓슨, 잠깐 손을 뻗어주겠나? 색인집의 V항목에 어떤 내용이 적혀 있는지 보기로 하세."

나는 뒤로 몸을 젖혀 홈즈가 집어달라고 한 크고 두꺼운 색인집을 책장에서 꺼냈다. 홈즈는 그것을 무릎 위에서 펼치더니 오래된 사건의 기록들을 천천히, 그립다는 듯한 눈빛으로 읽어나갔다. 거기에는 홈즈가 평생에 걸쳐서 모은 여러 가지 정보들도 섞여 있었다.

"글로리아 스콧 호의 항해(Voyage), 이건 별로 생각하고 싶지

않은 일이야. 왓슨, 이 사건은 자네도 기록했었지? 완성도는 썩 좋지 않았지만. 빅터(Victor) 린치, 위조문서 작성. 독이 있는(Venomous) 커다란 도마뱀, 이건 보기 드문 사건이었어! 빅토리아(Vittoria) 서커스의 미인. 밴더빌트(Vanderbilt)와 금고털이. 살모사(Vipers)에, 햄머스미스의 괴물 비고(Vigor). 아아, 아아! 이 색인은 정말 마음에 들어, 소중히 보관해야지. 잘 들어보게 왓슨. 헝가리의 흡혈귀라는 것이 있어. 그리고 다음에는 트란실바니아의 흡혈귀라는 것도 있고.”

홈즈는 페이지를 넘기며 한동안 입을 다문 채 열심히 읽었다. 그러나 읽기를 마치고는 아주 실망한 듯, 뭐야 하며 색인을 집어던졌다.

“아아, 한심하군! 정말 한심해! 흡혈귀는 한밤중이 되면 자신이 묻혀 있는 무덤 밖으로 나와 돌아다닌다는군. 그것도 그 시체의 심장에 말뚝을 박아놓지 않으면. 한심한 정도를 넘어서 거의 미친 짓이나 다를 바 없어.”

내가 말했다.

“하지만 흡혈귀라고 해서 반드시 죽은 사람만 있는 건 아니야. 살아 있는 사람 중에서도 인간의 피를 빨고 싶어 하는 습성을 가진 사람이 없는 건 아니야. 나는 노인이 젊음을 되찾기 위해서 아이들의 피를 마신 이야기를 어딘가에서 읽은 적이 있어.”

“맞아, 왓슨. 그런 일도 있을 수 있겠군. 이 색인집 속에도 그런 전설이 있어. 하지만 그런 이야기를 우리가 진지하게 받아들여도 되는 걸까? 우리는 지금까지 현실 세계에 굳건히 발을 붙이고 일을 해왔어. 앞으로도 그렇게 해야만 해. 세상에는 여러 가지 사건이 있어. 유령까지 상대할 수는 없지 않겠나? 로버트 퍼거슨 씨의 이야기를 진지하게 받아들일 마음은 없어. 아마 이 편지는 로버트 퍼거슨 씨 본인이 직접 보낸 거겠지. 읽어보면 무슨 일로 고민을 하고 있는지 진짜 이유를 조금은 알 수 있을 거야."

홈즈가 첫 번째 편지에 마음을 빼앗겨서 완전히 잊고 있던 테이블 위의 두 번째 편지를 집어 들었다. 그리고 처음에는 아주 재미있다는 듯 빙글빙글 웃으며 편지를 읽었다. 그러다 점점 웃음기가 걷히더니 아주 신중한 표정으로 열심히 읽어나갔다. 읽기를 마친 뒤, 한동안 그 편지를 손에 든 채 깊은 생각에 빠졌다. 잠시 후, 꿈에서 깨어난 듯 정신을 차리고 말했다.

"램벌리가 어디였더라? 램벌리의 치즈맨 저택이라고 하는데, 왓슨?"

"그건 서섹스 주야. 호샴의 남쪽이지."

"그렇다면 별로 멀지는 않군. 그리고 치즈맨 저택은?"

"그 부근에 대해서는 잘 알고 있어. 오래 된 집이 많이 남아 있는 곳인데 몇 백 년도 전에 지은 사람의 이름이 붙어 있어. 오들리 저택이네, 하비 저택이네, 캐리턴 저택이네, 지은 사람들은 물론 그 자손들도 살고 있지 않지만 이름만은 집과 함께 남아 있지."

"맞아."

홈즈가 쌀쌀맞게 말했다. 새로운 지식은 머릿속에 바로 깊이 각인을 시켜두면서도 자부심이 강하고 지기를 싫어하는 성격 때문에 그 지식을 제공한 상대에게는 좀처럼 머리를 숙일 줄 몰랐다.

"어쨌든 램벌리의 치즈맨 저택에 관해서는 곧 자세히 알게 될 거야. 이 편지는 역시 로버트 퍼거슨 씨가 보낸 거야. 그런데 이 퍼거슨이라는 사람, 자네를 알고 있다고 하더군."

"나를? 로버트 퍼거슨 씨라……."

"어쨌든 읽어보게."

홈즈가 이렇게 말하며 내게 편지를 건네주었다. 그 편지의 보내는 사람을 적는 곳에는 조금 전에 말했던 주소가 인쇄되어 있었다.

「셜록 홈즈 귀하

제 고문변호사로부터 당신을 소개받아 편지를 쓰고 있습니다. 문제가 문제인 만큼 어디서부터 말씀을 드려야 할지 모르겠습니다. 문제는 제 친구에게 일어난 일입니다. 친구는 5년쯤 전에 페루의 한 여자와 결혼을 했습니다. 친구가 초석을 수입하기 위해서 관계를 맺은 한 페루 상인의 딸입니다. 이 여성은 매우 아름다운 사람이지만 외국에서 태어났고, 또 종교도 다르기 때문에 당연히 부부 사이에서는 취미나 감정의 엇갈림이 생겨났습니다. 그래서 결혼한 지 얼마 지나지 않아 아내에 대한 친구의 애정이 다소 식기 시작했기에 이 결혼은 실패한 것이 아닐까 여겨질 정도였습니다.

친구는 아내의 성격 중에 도저히 감을 잡을 수도, 이해할 수도 없는 것이 있다는 사실을 깨달았습니다. 그것은 그 부인이 아내로서 더 이상은 남편에게 바칠 수 없을 것이라 여겨질 정도의 사랑을……, 참된 사랑을 친구에게 바치고 있는 것처럼 보였기에 더욱 가슴 아픈 일이었습니다.

이에 관한 이야기는 직접 뵙고 자세히 말씀드리겠습니다. 이번에는 대략의 상황을 말씀드려 당신이 이번 사건을 맡아주실지 여쭙고자 편지를 드리는 것이니. 부인은 언제나 다정하고 조용한 사람이었는데 요즘 들어 이상한 행동을 하기 시작했습니다. 친구는 두 번째 결혼을 한 것으로 전처와의 사이에 남자아이가 하나 있습니다. 그 소년은 올해 열다섯 살이 되었는데 가엾게도 어렸을 때 사고를 당해 불구가 되었지만 사랑스러운 마음을 가진 다정한 아이입니다. 그 소년을 부인이 이유도 없이 두 번이나 체벌했으며, 그 현장을 목격 당했습니다. 한 번은 지팡이로 때려서 소년의 팔에 크고 붉은 멍이 생겼을 정도였습니다.

하지만 이것도 태어난 지 1년도 되지 않은 자신의 아이에게 한 짓에 비하면 그나마 나은 편입니다. 지금으로부터 1개월 전, 유모가 아기 곁을 잠깐 떠났을 때의 일이었습니다. 어디 아픈 곳이라도 있는 것인지 갑자기 아기의 요란한 울음소리가 들려왔습니다.

깜짝 놀라 유모가 달려가 보니 놀랍게도 부인이 아기 위를 덮치듯 하여 목 부근을 물고 있었습니다. 자세히 보니 목에 조그만 상처가 있고 거기서 피까지 흐르는 것이었습니다. 유모는 놀라 주인을 부르려 했으나 부인이 거의 울음을 터뜨릴 듯한 표정으로 유모를 말렸습니다. 그리고 입을 막기 위해서 5파운드나 주었습니다. 결국 아무런 설명도 없이 그 일은 그렇게 마무리 지어졌다고 합니다.

하지만 유모의 마음에는 끔찍한 인상을 남겼습니다. 그때부터 부인을 경계하게 됐으며, 사랑스러운 아기에게서 한시도 눈을 떼지 않았습니다. 부인도 유모를 지켜보고 있는 듯, 유모가 언제 아기 곁을 떠나나 기다리고 있는 듯한 기색까지 보였습니다. 유모는 밤이고 낮이고 아기를 지켰습니다. 부인도 어린 양을 노리는 늑대처럼 가만히 빈틈을 노리고 있는 듯 보였습니다. 이런 이야기 믿을 수 없다고 생각하실지 모르겠으나 실제로 아기의 생명이 위협을 받고 있으니 진지하게 생각해주셨으면 합니다.

이런 날들이 계속되는 동안 더는 주인에게 숨길 수 없는 무시무시한 일이 벌어지고 말았습니다. 유모도 그 이상은 입을 다물고 있을 수 없었던 것입니다. 결국은 모든 사실을 주인에게 이야기하고 말았습니다. 주인인 제 친구는 그런 말을 듣고도 그저 웃어넘겼을 뿐입니다. 그것은 이 편지를 읽고 계실 당신이 믿지 못하는 것과 다를 바 없습니다. 더구나 부인은 친구에게 매우 다정한 아내이자, 의붓아들을 때린 것 외에 평소에는 다정한 어머니였으니까요. 그리고 자신이 낳은 아기에게 상처를 입히는 일이 과연 있을 수 있을까요? 생각할 수도 없는 일입니다.

친구는, 꿈이라도 꾼 것이 아니냐, 집사람에게 그런 의심을 품는 것이 더 이상하다, 만약 앞으로도 그런 험담을 한다면 그냥두지 않겠다며 유모를 나무랐습니다. 그런데 둘이 그런 이야기를 나누고 있을 때 이번에도 또 아기의 요란한 울음소리가 들려왔습니다. 유모와 제 친구는 서둘러 아기의 방으로 달려갔습니다.

그랬더니 어땠는지 아십니까, 홈즈 씨! 친구가 보니 부인은 요람 옆에 무릎을 꿇고 앉아 있다가 일어났는데 아기의 목에서 피가 흘러 시트를 새빨갛게 물들이고 있었습니다! 친구는 공포의 비명을 지르고 부인에게로 달려가 부인의 얼굴을 밝은 쪽으로 돌려 보았습니다. 그랬더니 부인의 입가에 피가 잔뜩 묻어 있었습니다. 더 이상 의심의 여지도 없었습니다. 부인이 아기의 피를 빤 것이었습니다.

사건의 경위는 대략 위와 같습니다. 부인은 지금 자신의 방에 틀어박혀 있습니다. 게다가 부인은 지금까지 단 한마디의 변명도 하지 않았습니다. 친구는 반쯤 정신이 나간 사람처럼 고통스러워하고 있는 것이 지금의 현실입니다.

친구와 저는 흡혈귀 전설에 대해서 잘 모릅니다. 모를 뿐만 아니라 어딘가 먼 나라의 동화와도 같은 이야기라고만 생각했는데 우리 영국 서섹스 주의 중심에서도 이런 일이 일어날 줄이야……. 자세한 내용은 내일 아침에 말씀드리도록 하겠습니다. 저를 만나주시겠습니까? 반쯤 정신이 나간 듯한 제 친구를 위해서 당신의 힘을 빌려주시기 바랍니다. 참으로 다행스럽게도 이번 일을 맡아주실 생각이시라면 램벌리 치즈맨 저택의 로버트 퍼거슨 앞으로 전보를 보내주시기 바랍니다. 전보를 받으면 내일 아침 10시까지 제가 찾아가도록 하겠습니다.

로버트 퍼거슨

추신

친구 되시는 왓슨 씨를 알고 있습니다. 왓슨 씨가 블랙히스에서 럭비선수로 계실 때 저는 리치먼드에서 스리쿼터를 맡고 있었습니다.」

나는 편지를 내려놓았다.

"나도 기억하고 있어. 빅 밥 퍼거슨은 리치몬드 팀에서도 가장 뛰어난 선수였지. 인품도 뛰어난 사람이었으니, 친구 때문에 이렇게 걱정을 하는 것도 참으로 그 사람다운 일이야."

홈즈가 깊은 생각에 잠긴 채 나를 바라보다 감탄한 듯 말했다.

"사람이란 정말 알 수 없는 법이군, 왓슨. 자네조차 내가 알지 못하는 일면을 가지고 있을 줄이야. 미안하지만 왓슨, 전보를 한 통 써주지 않겠나? '당신의 사건 기꺼이 맡겠습니다.' 정도면 되겠지."

"'당신의 사건'이라고 쓰란 말인가?"

"우리 사무소에 머리가 나쁜 사람들만 있다고 여겨지기는 싫으니까. 물론 이건 퍼거슨 자신의 사건이야. 그 전보를 치고 나면 내일 아침까지는 잊기로 하세."

이튿날 아침 정각 10시에 퍼거슨이 불쑥 들어왔다. 내가 기억하고 있는 퍼거슨은, 키가 크고 몸이 부드럽고 스피드가 있어서 상대 수비수들을 끊임없이 괴롭히던 선수였다. 예전에는 훌륭한 스포츠맨이었던 사람의 전성기를 아는 사람에게 있어서 그 스포츠맨의 나이 든 모습을 보는 것만큼 가슴 아픈 일도 없으리라. 예전의 우람했던 모습은 어디서도 찾아볼 수 없었다. 금발의 멋진 머리카락도 벌써 숱이 줄었으며 등도 구부정해져 있었다. 물론 퍼거슨도 내가 느낀 것과 같은 감정을 느끼고 있으리라.

"아아, 왓슨."

그래도 퍼거슨의 목소리는 예전처럼 크고 활기찼다.

"올드 디어 파크에서 자네를 로프 너머의 관중석 속으로 처박은 적이 있었네만, 그때의 모습은 전혀 찾아볼 수가 없군. 나도 꽤나 변했을 테지만. 특히 지난 이삼 일 동안 갑자기 늙어버리고 말았다네. 홈즈 씨, 당신의 전보를 보고 친구의 일인 척해봐야 소용없다는 사실을 깨달았습니다."

"이야기는 에둘러서 하지 않는 편이 좋지요."

홈즈가 시원하게 말했다.

"그야 물론 옳은 말씀이십니다. 하지만 자신이 보호하고 지켜주어야 할 여자에 대해서 이야기하는 것이 얼마나 괴로운 일인지 이해해주시기 바랍니다. 저는 어떻게 하면 좋겠습니까? 이런 황당한 일을 경찰에 이야기할 수는 없습니다. 그렇다고 해서 아이들을 그냥 내버려둘 수도 없는 일입니다. 아내의 정신이 이상해진 걸까요? 그도 아니면 유전과 관계된 문제일까요? 홈즈 씨, 비슷한 사건을 맡으셨던 적이 있으셨습니까? 저는 어떻게 해야 좋을지 모르겠습니다. 제발 힘을 빌려주시기 바랍니다."

"그러시겠죠. 퍼거슨 씨, 여기에 앉아서 마음을 가라앉히시고 내가 묻는 말에 대답을 해주세요. 나는 어떻게 해야 좋을지 당황하지도 않았고, 반드시 해결할 수 있으리라 확신하고 있으니까 안심하세요. 가장 먼저 묻겠는데, 그 후에 어떻게 하셨죠? 부인은 지금도 아이들과 접촉을 하나요?"

"지금 생각해도 소름이 돋습니다. 아내는 참으로 마음이 고운 여자입니다, 홈즈 씨. 그리고 진심으로 저를 사랑하고 있습니다. 그런데 그 섬뜩하고 믿을 수 없는 비밀의 현장을 제게 들킨

이후부터는 슬픔에 잠겨 거의 제정신이 아닙니다. 아내는 그
일에 대해서 단 한마디도 변명을 하려들지 않습니다. 제가 다그쳐
도 절망적이고 광기어린 눈빛으로 저를 가만히 바라보기만 할
뿐, 한마디도 답을 하려들지 않습니다. 그리고 자신의 방으로
들어가 안에서 문을 잠근 채 제가 찾아가도 문을 열려하지 않습니
다. 아내에게는 결혼 전부터 데리고 있던 덜로리스라는 하녀가
있는데, 하녀라기보다는 친구라고 하는 편이 옳을 테지만, 그
덜로리스에게 식사를 방으로 가져오게 하고 있습니다."

"그럼 지금, 아이들에게 위험은 없겠지요?"

"유모인 메이슨 부인이 밤낮으로 눈을 떼지 않고 있기에 그
점은 절대 안심할 수 있습니다. 그보다는 사내아이인 잭이 걱정입
니다. 편지에서도 말씀드린 것처럼 두 번이나 체벌을 받았으니."

"하지만 상처를 입을 정도는 아니었지요?"

"네. 조금 난폭하게 때린 것뿐이었으니까요. 하지만 잘못을
저지른 것도 아니고, 몸이 불편한 아이라서 더욱 가엾습니다."

그 아이의 이야기를 할 때면 수척해진 퍼거슨의 얼굴이 편안하
게 보였다.

"그 불편한 몸을 보면 누구나 그 아이에게 친절을 베풀고
싶어질 겁니다. 어렸을 때 높은 곳에서 떨어져 등뼈가 휘었습니다.
하지만 아주 사랑스럽고 착한 아이입니다."

홈즈가 어제의 편지를 꺼내 다시 읽어보았다.

"그 외에 댁에는 어떤 사람들이 있나요?"

"하녀가 둘, 모두 얼마 전에 고용한 사람들입니다. 그리고
마이클이라는 마부. 이 사람은 본채에서 잠을 잡니다. 그리고

아내와 저, 사내아이인 잭과 갓난아기. 그리고 아내가 데리고 온 델로리스와 유모 메이슨 부인. 이게 전부입니다."

"결혼 당초에는 아직 부인의 성격을 잘 모르셨던 듯하네요."

"네, 두어 주 사귀다 결혼을 했으니까요."

"델로리스라는 하녀가 부인의 시중을 들기 시작한 지는 얼마나 지났나요?"

"몇 년째 됩니다."

"그렇다면 부인의 성격은 당신보다 델로리스가 더 잘 알고 있겠네요?"

"뭐, 그렇다고 할 수도 있겠습니다."

홈즈는 수첩에 무엇인가를 적었다.

"여기서 이야기를 듣기보다는 일단 램벌리의 댁으로 가보는 편이 나을 듯합니다. 분명히 개인적으로 조사해야 할 사건이니까요. 부인께서는 방에만 계시다니 내가 찾아가도 부인께 폐가 되지는 않을 거예요. 물론 밤에는 여관에서 묵을 거고요."

퍼거슨이 안심했다는 듯한 표정을 지었다.

"그렇게만 해주신다면 정말 감사하겠습니다. 와주실 생각이시라면 마침 빅토리아 역에서 2시에 출발하는 열차가 있습니다."

"요즘에는 한가하기 때문에 당신의 문제에만 전적으로 매달릴 수 있습니다. 왓슨 군도 틀림없이 같이 가줄 겁니다. 그런데 출발하기에 앞서 미리 확인해두고 싶은 사실이 두어 가지 있습니다. 부인께서는 자신의 아기와 큰아이 모두에게 난폭한 행동을 하셨나요?"

"그렇습니다."

"하지만 난폭하다고 해도 그 방법에는 차이가 있죠? 큰아이는 때렸다고 하셨죠?"

"한 번은 지팡이로, 또 한 번은 손으로 심하게 때렸습니다."

"계모에게는 흔히 있는 일이죠. 전 부인이 남긴 아이에게 질투심을 느끼는 것이라고 할 수도 있어요. 부인은 원래 질투심이 강한 성격이었나요?"

"네, 질투심이 아주 강합니다. ……남국 사람이 가지고 있는 격렬함으로 질투를 합니다."

"왜 큰아이를 때렸는지는 설명하지 않으셨나요?"

"그게, 잭이 그냥 밉다고. 몇 번이고, 몇 번이고 그렇게만 말할 뿐이었습니다."

"그런데 큰아이는 벌써 열다섯 살이 되었고, 몸이 불편한 만큼 지혜는 또래 아이들보다 훨씬 더 발달했을 것이라 여겨지는데, 계모에게 맞은 일에 대해서 아무런 설명도 하지 않았나요?"

"네. 단지 이유는 없었다고 말했을 뿐입니다."

"평소에는 부인과 사이가 좋았나요?"

"아니요, 둘 사이에 애정은 전혀 없습니다."

"하지만 아드님은 애정이 아주 깊은 소년이라고 말씀하시지 않으셨나요?"

"그야 그렇습니다. 그렇게 사랑스러운 아이는 어디에도 없을 것이라 여겨질 정도입니다. 제 목숨을 바쳐도 아깝지 않을 만큼 사랑하고 있습니다. 그 아이도 제 말을 아주 잘 따릅니다."

여기서 홈즈는 다시 무엇인가를 수첩에 적었다. 그리고 잠시 생각에 잠겼다.

"말할 필요도 없을 테지만, 당신께서 지금의 부인과 결혼하기 전에는 아드님과 둘이서만 사셨으니 아주 사이좋게 생활을 하셨겠지요?"

"그야, 물론입니다."

"그리고 아드님은 원래 정이 많은 성격이라고 하니 지금도 물론 돌아가신 어머니를 생각하며 그리워하겠지요?"

"그렇겠지요."

"틀림없이 흥미로운 아이네요. 부인께서 하셨다는 난폭한 행동에 대해서 한 가지 더 묻고 싶은데요, 아기에게 상처를 입힌 것과 아드님에게 손을 댄 것은 비슷한 시기의 일이었나요?"

"처음에는 비슷한 시기였습니다. 마치 기분 상하는 일이라도 있었던 사람처럼 사소한 일로 두 아이에게 마구 화를 냈습니다. 하지만 두 번째 일이 있었을 때 당한 것은 잭뿐이었습니다. 메이슨 부인도 아기에 대해서는 아무런 말도 하지 않았습니다."

"그렇다면 문제가 약간 복잡해지네요."

"홈즈 씨, 무슨 말씀이신지 잘 모르겠습니다만."

"그렇겠지요. 이럴 때는 누구나 적당히 추측을 해서 시간을 벌거나, 혹은 재료를 모아 점점 생각을 굳혀가는 법이죠. 좋지 않은 버릇이에요, 퍼거슨 씨. 하지만 인간은 나약한 존재니까요. 당신은 옛 친구인 왓슨 때문에 나의 과학적 수사방법이라는 것에 대해서 과장된 생각을 품고 계신 건 아니겠지요? 하지만 지금 상황으로 봐서, 당신의 문제를 해결하지 못할 것이라고는 생각되지 않는다는 사실만은 분명하게 말씀드릴 수 있어요. 그럼 2시에 빅토리아 역에서 뵙도록 하지요."

우리는 우선 램벌리의 체커스라는 호텔에 짐을 맡겼다. 그런 다음 진흙으로 된 길고 구불구불하고 좁은 길로 마차를 달려 퍼거슨이 살고 있는 오래 된 농가에 도착한 것은 안개가 깊은 11월의 나른한 저녁이었다. 크지만 서로가 어울리지 않는 건물들로, 중앙의 건물은 아주 오래되었으나 양쪽은 새로 증축한 것이었다. 튜더 양식의 굴뚝이 높이 솟아 있고 호샴의 돌 판으로 경사가 급하게 만들어진 지붕 곳곳에는 이끼가 껴 있었다. 현관의 돌계단도 닳아서 가운데 부분이 움푹 파여 있었으며, 현관을 둘러싸고 있는 타일에는 이 집을 지은 사람과 관련된 문양이 새겨져 있었다. 들어가 보니 천장에는 굵직한 떡갈나무로 된 들보가 몇 개나 놓여 있었으며, 울퉁불퉁한 바닥 곳곳에는 심하게 파인 부분이 있었다. 어쨌든 이 기울어가기 시작한 건물에는 오랜 세월 동안의 묵은내가 감돌고 있는 듯했다.

퍼거슨은 우리를 중앙의 아주 널따란 방으로 안내했다. 거기에는 크고 고풍스러운 난로가 있었는데 철제 칸막이 뒤쪽에 1670년이라고 새겨져 있었으며, 둥근 통나무가 활활 타오르고 있었다. 방 안을 둘러보니 그곳은 여러 시대와 여러 지방이 한데 뒤섞여 있는 기묘한 방이었다. 벽 절반 정도의 폭으로 널빤지가 붙여져 있는 것은 17세기에 대두하기 시작한 자영 농민의 흔적이라고 봐도 좋을 것이다. 그 벽에는 매우 신경 써서 고른 근대 수채화가 나란히 걸려 있었다. 그리고 그 위쪽의 떡갈나무 부분에는 노란색 회반죽이 발려 있었는데, 남아메리카의 기구와 무기로 이루어진 멋진 수집품들이 장식되어 있었다. 그것은 틀림없이 2층에 있는 페루 출신의 부인이 가져온 것이리라.

홈즈가 갑자기 자리에서 일어났다. 언제나, 무슨 일이든 분명히 밝혀나가는 것이 홈즈의 방법이었다. 문득 호기심이 인 것인지 그 수집품들을 주의 깊게 살펴보기 시작했다. 그리고 무엇인가를 생각하며 다시 자리로 돌아오더니 갑자기 방 한쪽을 향해서 말을 걸었다.

"이리오렴."

돌아보니 구석의 바구니에 스패니얼 견이 한 마리 웅크려 앉아 있었는데 자신을 부르자 잘 걷지 못하는 듯 비틀비틀 홈즈에게로 다가가 그의 손을 핥았다. 꼬리를 늘어뜨리고 있었으며 뒷다리의 움직임이 아무래도 이상했다.

"홈즈 씨, 왜 그러십니까?"

"이 개가 왜 이러지요?"

"수의사도 모르겠다고 합니다만, 어딘가가 마비되어 있는 거겠지요. 뇌막염인 듯하다고 합니다. 하지만 경과는 좋습니다. 곧 좋아질 겁니다. ……그렇지, 카를로?"

"갑자기 이렇게 된 건가요?"

"네. 단 하룻밤 만에."

"언제쯤이었나요?"

"4개월쯤 됐을 겁니다."

"그거 재미있군요. 커다란 의미가 있을 듯네요."

"홈즈 씨, 어떤 의미가 있다고 생각하시는 겁니까?"

"내 생각이 옳았다는 사실을 확인했어요."

"어떤 생각을 가지고 계십니까? 당신에게는 단순히 수수께끼풀이와도 같은 것일지 모르겠으나 제게는 생사가 걸린 문제입니다. 아내는 살인자가 될지도 모르고, 아이들은 아이들대로 언제나 위험에 노출되어 있으니. 제발 부탁입니다. 저를 초조하게 만들지 마십시오. 홈즈 씨, 저는 심각합니다."

예전의 늠름했던 럭비선수가 몸을 부들부들 떨었다. 홈즈가 위로하듯 퍼거슨의 손을 쥐었다.

"퍼거슨 씨, 어떤 식으로 해결이 되든 당신의 마음을 아프게 할 것 같네요. 지금은 가능한 그렇게 되지 않도록 노력하겠다는 말씀밖에 드릴 수 없지만, 이 댁을 떠나기 전에는 분명한 사실을 말씀드릴 수 있을 거라 생각해요."

"꼭 그렇게 되기를 신께 빌겠습니다. 그럼 2층의 자기 방에 들어앉은 아내의 모습을 살펴보기 위해 잠깐 실례하겠습니다."

퍼거슨이 자리를 뜨자 홈즈는 다시 벽에 걸린 남아메리카의 여러 가지 수집품들을 둘러보았다. 잠시 후 퍼거슨이 돌아왔으나 고개를 숙이고 있는 모습으로 봐서, 아무런 변화도 없었던 듯했다. 퍼거슨에 이어서 늘씬하게 키가 크고 거뭇한 피부의 여자가 들어왔다.

퍼거슨이 말했다.

"딜로리스, 차가 준비되어 있어. 무슨 일이든 아내가 원하는 대로 해줘."

딜로리스가 화라도 난 사람처럼 퍼거슨을 노려보며 말했다.

"부인, 몸이 아주 안 좋아요. 아무것도 먹으려 하지 않아요. 아주 안 좋아요. 의사, 필요해요. 의사 부르지 않고 혼자 부인

곁에 있는 거, 나 무서워요."

퍼거슨이 애원하는 듯한 눈빛으로 왓슨을 보았다.

"괜찮으시다면 제가 진찰을 해드릴게요."

"여기 계신 왓슨 선생님께 아내를 봐달라고 할까?"

"나, 선생님, 안내할게요. 부인께 안 물어봐도 돼요. 꼭 의사의 진찰, 받게 할게요."

"그럼, 얼른 갑시다."

덜로리스의 뒤를 따라서 계단을 올라가 고풍스러운 복도를 걸어가니 끝에 쇠로 된 장식이 달린 묵직한 문이 있었다. 이래서는 제아무리 퍼거슨이라 할지라도 억지로 밀고 들어가기는 어려울 것이라고 나는 생각했다. 덜로리스가 주머니에서 열쇠를 꺼냈다. 그리고 떡갈나무로 만들어진 튼튼한 문을 열자 삐걱거리는 소리가 났다. 나는 바로 안으로 들어갔는데 덜로리스도 뒤를 따라서 얼른 들어오더니 문을 꼭 닫고는 다시 열쇠로 잠가버렸다.

침대에는 여자 하나가 누워 있었다. 얼핏 보기에도 고열에 시달리고 있는 듯했다. 비몽사몽간을 헤매고 있는 듯했으나 누군가가 들어왔다는 사실을 깨닫고는 겁을 먹은 듯한 아름다운 눈을 들어 불안하게 나를 바라보았다. 그러다 낯선 남자라는 사실을 알고는 오히려 안심했다는 듯 커다란 숨을 내쉬며 베개에 머리를 댔다. 나는 곁으로 다가가 안심을 시키기 위해 너무 걱정하지 말라고 말했다. 가만히 맥을 짚어보고 얼마나 열이 나는가를 살펴보았다. 그래도 부인은 몸을 움직이지 않았다. 부인은 맥박이 빨랐다. 게다가 열도 상당히 높은 듯했으나 내가 보기에 특별히 나쁜 곳이 있는 것 같지는 않았다. 그보다는 마음이 혼란스럽고

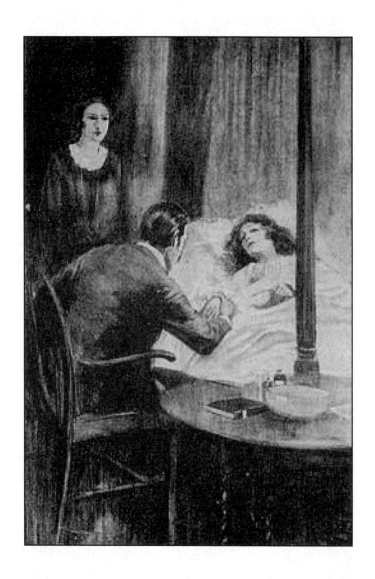

흥분한 때문인 것처럼 여겨졌다.

덜로리스가 말했다.

"매일 이래요. 이래서는 몸, 못 버텨요."

부인이 열에 들뜬 아름다운 얼굴을 내게 향했다.

"남편은 어디에 있나요?"

"밑의 거실에 있어요. 당신을 보고 싶어 하는데 불러올까요?"

"아니요, 됐어요. 남편은 보고 싶지 않아요."

이렇게 말한 부인은 아직 열에 시달리고 있는 듯, 이상한 헛소리를 했다.

"악마에요! 귀신이에요! 저 귀신을, 제 힘으로 어떻게 해야 하는 거죠?"

"제가 할 수 있는 일이 있으면 무엇이든 말씀해보세요."

"아니요. 지금은 그 누구도 손을 쓸 수가 없어요. 이미 끝난 일이에요. 전부 끝나버렸어요. 제가 그렇게 노력을 했는데도 모든 게 엉망이 되어버리고 말았어요……."

나는 부인이 어떤 묘한 환상에 사로잡혀 있는 것이 틀림없다고 생각했다. 그 사람 좋은 밥 퍼거슨이 악마일 리 없었다.

"부인, 남편은 진심으로 부인을 사랑하고 있어요. 바로 그렇기 때문에 이번 일로도 매우 혼란스러워 하며 마음 아파하고 있어요."

퍼거슨 부인이 다시 한 번 아름다운 눈으로 나를 바라보았다.

"남편은 저를 사랑하고 있어요. 맞아요. 그렇다면 여쭙겠는데, 저는 남편을 사랑하지 않는다고 생각하시는 건가요? 아니요, 저는 저를 희생해도 좋으니 남편의 마음에 상처가 되는 일이 없었으면 좋겠다고 생각하고 있어요. 그 정도로 남편을 사랑하고 있는데 그 사람은 제가 그런 일을 일으켰다고 생각하고, 그렇게 말씀하고 계시죠?"

"아니에요, 부인. 남편은 진실을 알 수가 없어서 단지 마음이 혼란스러운 것뿐이에요."

"맞아요, 그 사람은 잘 모를지도 몰라요. 그렇다면 그 사람은 저를 믿어주기만 하면 돼요."

"서로 만나서 잘 얘기해보는 것은 어떨까요?"

"아니요, 만나고 싶지 않아요. 그때의 무서운 말과 얼굴을 도저히 잊을 수가 없어요. 그 사람은 절대로 만나고 싶지 않아요. 그만 돌아가 주세요. 당신께 따로 부탁하고 싶은 일은 없어요. 단 한 가지 남편에게 하고 싶은 말이 있어요. 우리 아기를 이 방으로 옮겨달라고 해주세요. 제 아이에요. 이 말만은 꼭 좀 전해주세요."

이렇게 말한 부인은 벽 쪽으로 얼굴을 돌리더니 두 번 다시 입을 열려 하지 않았다.

나는 아래층의 방으로 돌아갔다. 퍼거슨과 홈즈는 아까와 마찬가지로 난로 옆에 앉아 있었다. 퍼거슨은 우울한 표정으로 부인과 만났던 내 이야기를 들었다. 내 이야기가 끝나자 퍼거슨이 말했다.

"아기를 달란다고 해서 그 방으로 보낼 수는 없습니다. 어떤 이유로 그런 이상한 발작이 일어나는지도 모르는데! 입을 새빨갛게 물들인 채 요람에서 일어난 그 모습을 어떻게 잊을 수 있겠습니까!"

그때의 일이 떠올랐는지 퍼거슨은 몸서리를 쳤다.

"아기는 유모인 메이슨에게 맡겨두면 안전합니다. 아내에게는 건네줄 수 없습니다."

그때 느낌이 좋은 하녀가 차를 가지고 들어왔다. 이 집에서 현대적인 것이라고는 이 하녀뿐이었다. 하녀가 차를 내려놓는 동안 문이 열리더니 남자아이 하나가 들어왔다. 밝은 색의 머리에 흥분하기 쉬운 파란 눈을 가진 아름다운 소년이었다. 퍼거슨을 보더니 그 소년이 눈을 반짝이며 달려왔다. 그리고는 마치 여자아이처럼 두 손으로 퍼거슨의 목에 매달렸다.

"아버지! 어서 오세요! 전 아직 안 오신 줄 알았어요. 이럴 줄 알았으면 여기서 기다렸을 텐데! 아버지가 돌아오셔서 정말 기뻐요!"

너무나도 격렬한 환영에 퍼거슨도 약간 당황한 표정을 지었으나, 다정하게 잭의 손을 풀고 갈색 머리에 가만히 손을 얹은 뒤 말했다.

"잭. 아버지는 여기에 계신 홈즈 씨와 왓슨 선생님을 설득해서 모시고 올 수 있었기에 일찍 돌아올 수 있었던 거란다. 홈즈 씨는 밤까지 우리 집에 계실 거야."

"홈즈 씨라면, 그 유명한 탐정 홈즈 씨?"

잭이 날카로운 눈빛으로 우리를 바라보았다. 그 시선에 적의가 담겨 있는 것처럼 느껴졌다.

홈즈가 물었다.

"또 다른 아이는 어디에 있나요? 아기와도 인사를 하고 싶네요."

"메이슨 부인에게 아기를 데려오라고 얘기해주렴."

퍼거슨이 말하자 잭은 기묘하게 절뚝거리는 발걸음으로 방에서 나갔다. 나 같은 의사가 보면, 등뼈가 좋지 않다는 사실을 금방 알 수 있는 걸음걸이였다. 잠시 후 잭이 아기를 안은, 키가 크고 마른 여자를 데리고 들어왔다.

검은 눈에 금발, 색슨족과 라틴족 사이에서 태어났다는 사실을 금방 알 수 있는 아주 귀여운 아기였다. 퍼거슨은 눈에 넣어도 아프지 않을 정도로 귀여운 듯, 바로 자신의 가슴에 안고는 조용히 달래주었다.

"보세요. 이렇게 귀여운 아기에게 상처를 입히다니!"

퍼거슨은 이렇게 말하며 아기의 목에 있는 작고 빨갛게 부어오른 곳을 두 사람에게 보여주었다. 그때였다. 별 생각 없이 홈즈를 바라보았는데 홈즈의 얼굴이 이상할 정도로 굳어 있었다. 그의 눈은 아기의 목을 힐끗 보면서도 반대편에 있는 무엇인가를 열심히 바라보고 있었다. 그의 시선을 따라가 보았으나, 내게는 비에 젖은 정원을 창문 너머로 바라보고 있는 것으로밖에 보이지 않았다. 창문의 한쪽 절반에는 덧문이 닫혀 있어 밖을 충분히 볼 수는 없었지만 홈즈가 열심히 바라보고 있는 것은 틀림없이 그 창문이었다.

잠시 후, 홈즈가 빙그레 웃으며 아기 쪽으로 시선을 돌렸다. 그리고 통통하게 살이 찐 아기의 목에 있는, 무엇인가에 찔린 듯한 조그만 상처를 말없이 주의 깊게 살펴보았다. 마지막으로 아기가 눈 앞에서 흔들고 있는 포동포동한 주먹을 손에 쥐었다.

"잘 있어라, 아가야. 너도 참 평범하지 않은 인생의 출발을 맞이하게 되었구나. 그런데 메이슨 씨. 당신에게만 은밀하게 하고 싶은 얘기가 있는데요."

홈즈가 유모인 메이슨 부인을 구석으로 데리고 가서 한동안 진지하게 이야기를 나누었다. 홈즈가 마지막으로 한, "당신의 걱정거리도 곧 사라질 거예요."라는 말이 들려왔을 뿐이었다. 메이슨 부인은 성격이 까다롭고 과묵한 여자인 듯했다. 홈즈와 이야기를 마친 뒤 아기를 안고 방에서 나갔다.

홈즈가 퍼거슨에게 물었다.

"저 메이슨 부인의 성격은 어떤가요?"

"보신 그대로입니다. 별로 칭찬할 만한 여자는 아니지만 마음 씨가 아주 고운 사람입니다. 게다가 누가 뭐래도 아기를 아주 사랑해주기 때문에 커다란 도움이 됩니다."

홈즈가 이번에는 잭을 돌아보며 물었다.

"잭, 너는 어떻게 생각하니? 저 아줌마를 좋아하니?"

잭은 감수성이 매우 예민한 아이인 듯, 아주 어두운 얼굴로 머리를 흔들었다.

퍼거슨이 곧 변호를 시작했다.

"이 아이는 좋고 싫음이 아주 분명합니다." 그리고 한 손으로 잭을 안으며 말을 이었다. "다행스럽게도 저는 이 아이가 좋아하는 사람 중 한 명입니다만."

잭은 어리광을 부리듯 아버지의 가슴에 얼굴을 묻었다. 퍼거슨이 다정하게 아이를 떼어놓으며 말했다.

"잭, 그만 나가 있어라. 아버지는 볼일이 있으니."

퍼거슨은 소년의 뒷모습이 보이지 않을 때까지 귀여워서 견딜 수 없다는 눈빛으로 소년을 바라보았다. 소년이 밖으로 나가자 퍼거슨이 말했다.

"홈즈 씨, 어렵게 여기까지 모시고 왔는데 헛걸음을 하신 듯합니다. 당신에게 동정만 받았을 뿐, 특별히 하실 수 있는 일은 없을 듯합니다. 당신이 보시기에도 이번 사건은 매우 미묘하지 않습니까?"

홈즈가 즐겁다는 듯 빙그레 웃었다.

"틀림없이 미묘한 사건이에요. 하지만 너무 복잡하다고는 생각지 않아요. 처음부터 이건 지적 추리의 문제였으니까요. 가장 처음에 했던 추리가 각각 몇 가지의 사실들에 의해 확인되어나가면 나만의 추리였던 것이 정말 있었던 일로 바뀌고, 마침내는 목적지에 도달했다고 자신감을 가지고 말할 수 있게 되는 법이지요. 솔직히 말씀드리자면 나는 베이커 가에서 나올 때부터 이미 목적지에 도달해 있었어요. 여기에 와서는 관찰로 그 추리를 확인했을 뿐이에요."

이마에 깊은 주름을 만든 퍼거슨이 거기에 커다란 손을 대고 갈라진 목소리로 말했다.

"부탁입니다, 홈즈 씨. 진상을 알고 계시다면 답답하게 만들지 마시고 얼른 가르쳐주시기 바랍니다. 제가 어떻게 했으면 좋겠습니까? 무슨 일을 해야 할까요? 정말 진상을 알아내셨다면, 무엇을 보고 어떻게 진상을 알아내셨는지 그런 것은 제게 조금도 중요하지 않습니다."

"퍼거슨 씨, 물론 당신에게는 반드시 설명해야 할 의무가 있어요. 그러니 곧 말씀드릴 거예요. 단 이 문제를 어떻게 처리할지는 내게 맡겨주세요. 그건 그렇고 왓슨, 부인의 용태는 어떻지? 내가 만나러 가도 괜찮겠나?"

"몸이 안 좋기는 하지만 이야기를 할 수 없을 정도는 아니야."

"그거 잘 됐군. 부인 앞이 아니면 얘기를 마무리 지을 수 없으니까. 자, 그럼 함께 부인이 계신 곳으로 가시죠."

퍼거슨이 힘없는 목소리로 말했다.

"틀림없이 저를 만나주지 않을 겁니다."

"괜찮아요. 분명히 만나줄 거예요."

홈즈는 이렇게 말하더니 종이에 무엇인가를 두어 줄 썼다.

"왓슨. 적어도 자네만은 부인의 방에 들어갈 수 있지 않은가? 미안하지만 이걸 부인에게 건네주지 않겠나?"

나는 다시 2층으로 올라갔다. 조심스럽게 문을 연 덜로리스에게 종이를 건네주었다. 그러자 곧 방 안에서 기쁨과 놀라움이 섞인 외침이 들려왔다. 그리고 덜로리스가 바로 얼굴을 내밀었다.

"모두를 만나 이야기를 듣고 싶다고 하십니다."

내가 계단 도중까지 내려가서 부르자 퍼거슨과 홈즈가 올라왔다. 문이 열렸다. 세 사람 모두 부인이 누워 있는 방으로 들어갔다. 퍼거슨이 곧 침대 위에 반쯤 일어나 있는 부인 곁으로 가기 위해 두어 걸음 다가갔으나 부인이 그를 거부하듯 한손을 들었다. 그래서 퍼거슨은 하는 수 없이 팔걸이의자에 앉았다.

홈즈가 놀란 듯 눈을 둥그렇게 뜨고 있는 부인에게 가볍게 눈인사를 한 뒤 퍼거슨 옆에 있는 의자에 앉았다.

"덜로리스에게 잠시 자리를 비워달라고 해도 상관없습니다만."

홈즈가 부인에게 대답했다.

"아, 그런가요? 덜로리스 씨가 있는 편이 좋다고 부인께서 말씀하신다면 함께 있어도 상관없어요. 그런데 퍼거슨 씨, 솔직히 말씀드려서 나는 바쁜 사람이에요. 그러니 단도직입적으로 말씀드릴게요. 게다가 외과수술은 빨리 할수록 그만큼 고통을 줄일 수 있으니까요. 처음으로 우선은 안심할 수 있는 얘기부터 하기로 하죠. 부인은 매우 차분하고 사랑이 깊으신 분이에요. 그런데 이상한 오해를 받고 있기에 괴로워하고 계시는 거예요."

퍼거슨이 기쁘다는 듯 소리를 올리고 의자에 바로 앉은 뒤 홈즈에게 물었다.

"홈즈 씨, 그 증거를 들려주시기 바랍니다. 그것만 증명된다면 저는 평생 은혜를 잊지 않겠습니다."

홈즈가 퍼거슨을 가만히 바라보다 조용히 말했다.

"알겠습니다. 하지만 다른 이유로 당신에게 깊은 상처를 주게될 거예요."

"아내의 결백만 입증할 수 있다면 저는 그 무엇도 두렵지 않습니다. 그에 비한다면 이 지상의 다른 것들은 가치 없는 것들뿐입니다."

"그럼 우선 베이커 가에서 내가 한 추리부터 말씀드리기로 하죠. 흡혈귀가 있다는 말 따위는 일고의 가치도 없어요. 그런 범죄가 영국에서 실제로 일어날 리 없다고 생각했어요. 게다가 퍼거슨 씨, 당신은 참으로 정확하게 관찰을 했어요. 부인이 입을 새빨갛게 물들인 채 아기의 요람에서 일어서는 모습을 당신은 분명히 목격했으니."

"맞습니다, 제 눈으로 틀림없이 봤습니다."

"그때 당신은, 피가 흐르는 상처에 입을 댄 것은 피를 빨기 위해서가 아니라 다른 목적이 있어서라고는 생각지 않으셨나요? 영국의 역사에도 독을 빨아내기 위해서 상처에 입을 댄 여왕 폐하가 계시지 않습니까?"

"뭐라고요?"

"이 댁은 남아메리카와 관계가 있지 않나요? 그렇다면 아래층의 거실 벽에 걸려 있는 남아메리카의 무기와 같은 것들도 틀림없이 있으리라 직감하고 여기에 오기 전부터 나는 상상을 해보았어요. 어쩌면 다른 곳에서 온 독일지도 모르겠지만 베이커 가에서 추리했을 때는 우선 그렇게 생각했어요. 그런데 여기에 와서 벽에 걸려 있는 남아메리카의 조그만 활 옆의 화살 통이 빈 것을 보고 내 예상이 맞았다는 사실을 알았어요. 만약 아기가 그 맹렬한 독이 묻어 있는 화살에 살짝이라도 찔리면 어떻게 될까요? 그 독을 빨리 빨아내지 않으면 목숨을 잃고 말아요.

그리고 그 마비된 개를 어떻게 보셨나요? 만약 누군가가 그 독을 써야겠다고 생각했다면, 그 독이 아직 효과가 있는지 먼저 시험해보고 싶어지지 않았을까요? 나도 이 댁에 개가 있다는 사실은 생각지도 못했기에 전혀 예상하지 못했지만 그 개를 보고 바로 그 의미를 알 수 있었어요. 그리고 그것이야말로 내 추리를 뒷받침해주는 것이었어요.

이제 아셨겠지요? 부인께서는 아기에게 그런 해가 가해질까봐 평소부터 두려워하고 있었던 거예요. 그리고 실제로 그 현장을 목격했기에 아기의 목숨을 구하기 위해서 서둘러 독을 빨아낸 거예요. 그래도 부인께서는 당신에게 사실을 밝힐 수가 없었어요.

아니, 말하고 싶은 마음은 굴뚝같았을 테지만 당신이 끔찍하게도 귀여워하고 계시기에, 사실을 밝히면 당신이 얼마나 마음 아파할지 그것이 두려웠던 거예요."

"앗, 그렇다면 잭이!"

"조금 전에도 당신이 아기를 안고 있을 때 나는 잭의 얼굴을 유심히 살펴보았어요. 덧문의 한쪽이 닫혀 있었기에 그 유리창이 거울 역할을 해주었고, 거기에 비친 잭의 얼굴을 유심히 관찰할 수 있었어요. 그처럼 커다란 질투와 격렬한 증오로 넘치는 얼굴은 지금까지 본 적도 없었을 정도였어요."

"아아, 우리 잭이!"

"퍼거슨 씨, 눈을 돌리지 말고 현실을 똑바로 봐야 해요. 당신과 돌아가신 어머니에 대한 일그러진 애정, 그것도 병적이라고도 할 수 있을 정도로 강한 애정이 잭에게 그런 행동을 하게 한 거예요. 그리고 자신은 몸이 불편한데 아기는 건강하고 귀엽다는 사실이 얄미워서 견딜 수 없기도 했을 거예요."

"그런 일이……, 어떻게 그런 일이 있을 수 있나요?"

"부인, 내가 한 말이 틀렸나요?"

부인은 베개에 얼굴을 묻고 흐느껴 울었다. 그러다 곧 얼굴을 들어 퍼거슨을 바라보았다.

"여보, 지금 홈즈 씨가 하신 말씀을 어떻게 제 입으로 할 수 있었겠어요? 당신이 얼마나 가슴 아파하실지 잘 알고 있었기 때문이에요. 그랬기에 제가 아니라 다른 사람의 입을 통해서 당신의 귀에 들어가기를 기다리는 편이 좋겠다고 생각한 거예요. 그래서 마법사와도 같은 홈즈 씨가 조금 전, 자신은 모든 사실을 알고 있다는 메모를 건네주셨을 때는 정말로 안심이 되었어요."

홈즈가 말했다.

"잭을 1년 정도 해안지방에라도 보내도록 하세요. 이것이 내 처방전이에요."

그리고 홈즈는 의자에서 일어나 부인에게 말했다.

"부인, 딱 한 가지 아직도 이해할 수 없는 일이 있어요. 잭을 체벌하신 마음은 저도 충분히 이해할 수 있어요. 어머니로서 아무리 참으려 해도 참을 수 없는 일이 있는 법이니까요. 그런데 지난 이틀 동안 당신은 아기를 곁에 두지 않고도 잘 버티셨네요."

"사실은 저를 오해하고 있던 메이슨 부인에게 나중에 모든 사실을 털어놓았어요. 그러니 그 사람은 어떻게 된 일인지 전부 알고 있어요."

"그렇군요. 나도 그럴 거라 생각했어요."

침대 옆으로 다가간 퍼거슨이 훌쩍이며 떨리는 두 손을 내밀었다.

홈즈가 낮은 목소리로 속삭였다.

"우리는 이쯤에서 물러나기로 하지. 덜로리스는 너무 충실한 사람 같군. 자네가 덜로리스의 한쪽 팔을 잡아주게. 반대쪽은 내가 잡을 테니. 자, 어서!"

둘이서 덜로리스를 복도로 데리고 나와 문을 닫자 홈즈가 말했다.

"둘만 있게 해두면 나머지는 둘이서 잘 이야기를 할 거야."

그 후에 이번 사건이 어떻게 되었는지, 한 가지만 더 기록에 남겨두면 될 것이다. 그것은 이번 사건의 발단이 된 편지에 대한 홈즈의 답장이다. 거기에는 다음과 같은 내용이 적혀 있었다.

「흡혈귀에 대해서

19일에 받은 당신의 편지에 대해서 보고하겠습니다. 당신 회사의 고객이신 민싱 거리의 차 중매업자 퍼거슨 앤드 무어헤드 상회의 로버트 퍼거슨 씨의 사건은 조사 결과, 매우 만족스러운 결과를 얻었습니다. 이에 당신의 추천에 깊이 감사드리는 바입니다.

11월 21일

베이커 가에서

셜록 홈즈」

국내 미출간 소설

스무 살 청년과 간호사의 풋풋한 사랑이야기
판도라의 상자 / 다자이 오사무 지음
'죽음은 좋은 것이다.'
그것은 참으로 숙련된 항해자의 여유와도 비슷하지 않은가? 새로운 사내에게 생사에 관한 감상은 없다네.

제2회 나오키상 수상작가가 그려낸 이에야스의 내면
젊은 날의 도쿠가와 이에야스 / 와시오 우코 지음
'강해지고 싶다!'
줄줄 눈물이 흘렀다.
훗날, 유명한 오케하자마 전투 직후 맺어진 오다·도쿠가와 동맹이 바로 이 순간에 싹튼 것이다.

병든 당신의 영혼을 위한 서점주 미프린 씨의 처방전
유령서점 / 크리스토퍼 몰리 지음
사람은 마음에 커다란 상처를 입거나 병에 걸려 위험을 느끼기 전에는 서점에 오지 않는 법일세.
그런 상태에 빠지고 나서야 비로소 서점을 찾지.

세상에 염증을 느낀 열아홉 청춘의 번뇌
갱 부 / 나쓰메 소세키 지음
사실을 소설가 따위가 쓸 수 있을 리 없으며 썼다 할지라도 소설이 될 염려는 없을 것이다. 진짜 인간은 묘하게 정리하기 어려운 법이다. 신이라 할지라도 애를 먹을 정도로 정리하기 어려운 물체다.

사회에 대한 신랄한 비판을 토로한 또 하나의 걸작

태 풍 / 나쓰메 소세키 지음

다카야나기 군은 말이 없었다. 과거를 돌아보면 죄가 있었다. 미래를 바라보면 병이 있었다. 현재에는 빵을 위해서 하는 필사(筆寫)가 있었다.

도야 선생이 다카야나기 군의 귀 옆으로 입을 가지고 와서 말했다.

"당신은 자기 혼자만이 외톨이라고 생각할지 모르겠지만 저도 외톨이입니다. 외톨이는 숭고한 것입니다."

히치콕 감독 영화의 원작소설

하숙인 / 마리 벨록 로운즈 지음

"번팅 부인 잠깐 이쪽으로 와보시겠습니까?"

그 말은 슬루스의 입술에서 발음되었다기보다 그곳에서 새어나온 숨결처럼 들렸다.

여주인은 두려움을 느끼면서 그 쪽으로 한발 다가갔다.

일본 탐정소설계의 3대 거성, 고가 사부로 단편집

혈액형 살인사건 / 고가 사부로 지음

두 사람을 그렇게 잠들게 하지 않았다면 선생님의 목숨을 건질 수 있었을까요? 설마 그렇지는 않았겠죠. 선생님은 각오를 하시고 자살하신 것이니. 아니면 시미즈가 더욱 크게 의심을 받게 되어 그 기계장치가 그렇게 빨리 발견되지는 않았을까요? 그도 아니면 우치노 씨가 의심을 받게 되어 일이 더욱 복잡하게 되었을까요?

여자 다자이 오사무라 불리는 작가의 단편집

몇 번인가의 최후 / 구사카 요코 지음

그는 또, 아내에 대해서 아내를 하나의 도구로밖에 생각하지 않는다. 도구에는 도구의 성능이 있기 마련, 그러나 아내는 첫 번째 성능인 아이를 만들지 않는다. 만들지 못하는 것이다. 두 번째 성능, 집 안을 청소하고 음식을 만들어 남편이 돌아오기를 기다리는 일도 하지 않는다. 아내로서는 실격.

조선을 위해 싸우다 투옥된 작가의 경험을 바탕으로 한

붉은 흙에 싹트는 것 / 나카니시 이노스케 지음

자신의 땀과 노력으로 정성껏 기른 농작물을 여기에 갑자기 나타난 이민족이
아무렇지도 않게 밟아댄 것을 그는 얼마나 증오스러운 눈길로 바라보았을까!
그가 지닌 잠재의식이 거기에 얼마나 강하고 날카롭게 기름을 들이부었을까!
그 격정적인 민족이 잘도 내게 달려들어 쥐고 있던 커다란 낫을 휘두르지
않았군.

식민지 조선을 한없이 사랑했던 두 일본인의 공저

사형수와 그 재판장 / 후세 다쓰지 · 나카니시 이노스케 지음

인간, 심판받지 않는 자 어디 있겠는가?

재판하는 자여! 너희도 역시 심판받을 것이다. 참으로 우습게도 그들은 그
형사재판의 모습을, 자신들이 재판하고 있는 피고로부터 심판받고 있다. 보라,
그들이 유죄인지 무죄인지 판단에 애를 먹고 있는 사건의 진상을 누구보다
잘 알고 있는 것은 바로 그 피고다.

치명적 매력으로 역사를 뒤흔든 여인들

대륙의 꽃 / 요네다 유타로 지음

서태후와 중국 4대 미인들. 권력을 손에 쥔 여인들의 욕망.

광서제는 아직 어렸다. 천하는 서태후 자희의 뜻대로 되었다.
단, 그녀의 뜻대로 되지 않았던 것은 외국과의 교섭과 일본과의 전쟁과 도둑떼와
태감 이영연이 진짜 사내가 아니었다는 점들이었다.

* 문학의 숲 *

다자이 오사무의 대표작과 이채로운 작품을 한 자리에
인간실격 · 정의와 미소 / 다자이 오사무 지음

화려한 물질문명을 누리고 있는 우리는 과연 행복할까?
간소한 삶 / 샤를르 바그네르 지음

일본 대표작가들이 들려주는 달콤하고 쌉싸름한 사랑이야기
이별 그리고 사랑 / 아쿠타가와 류노스케 외 지음

『간소한 삶』의 신장판. 행복으로 가는 지름길
들꽃은 무엇을 입을까 고민하지 않는다 / 샤를르 바그네르 지음

엄선하여 뽑은 세계 문호들의 서스펜스 단편 걸작선
세계 서스펜스 추리여행2 / 너대니얼 호손 외 지음

동서양의 명탐정들이 펼치는 치열한 지략 대결!
세계 3대 명탐정 단편 걸작선 / 아서 코난 도일 · 에드거 앨런 포
에도가와 란포 지음

* 인문의 숲 *

장대한 의학의 역사를 인간미 넘치는 시선으로 그린 역작
위대한 의사들 / 헨리 지거리스트 지음

다자이 선생의 생명을 건 작품 전부가 자전이라고 해도 과언이 아니다
다자이 오사무 자서전 / 다자이 오사무 지음 · 다나카 히데미쓰 엮음

한 권으로 깨우치는 인생의 비밀. 인류의 스승들이 펼치는 사상의 향연
인류의 스승 인생을 이야기하다 / 나카니시 이노스케 지음

독재는 어떻게 태어나는가? 파시즘을 위한 변명
무솔리니 나의 자서전 / 베니토 무솔리니 지음

옮긴이 **김진언**
대학에서 국문학을 전공 하고 세상 곳곳을 돌아다니며 삶의 경
험을 쌓았다. 그 경험을 바탕으로 지금은 인류가 남긴 가치 있는
책들을 찾아 우리말로 번역 중이며 문학과 삶에 대한 탐구를 계
속해 나가고 있다. 옮긴 책으로는 『세계 3대 명탐정 단편 걸작
선』, 『무솔리니 나의 자서전』, 『들꽃은 무엇을 입을까 고민하지
않는다』, 『위대한 의사들』, 『신을 찾아서』, 『삶의 지혜』 등이 있
다.

셜록 홈즈의 여인들

1판 1쇄 인쇄 2016년 7월 10일
1판 1쇄 발행 2016년 7월 15일

지은이 아서 코난 도일
옮긴이 김진언
펴낸이 박현석
펴낸곳 玄 人
표지디자인 김창미

등   록 제 2010-12호
주   소 서울시 도봉구 덕릉로 62길 13, 103-608호
전   화 010-2012-3751
팩   스 0505-977-3750
이메일 gensang@naver.com

ISBN 978-89-97831-14-2